Stefanie Santer
I want you to Stay

STEFANIE SANTER

I want you to Stay

Roman

everlove
by PIPER

Mehr über unsere Autorinnen, Autoren und Bücher:
www.everlove-verlag.de

Wenn dir dieser Roman gefallen hat, schreib uns unter Nennung
des Titels »I want you to Stay« an *empfehlungen@piper.de*,
und wir empfehlen dir gerne vergleichbare Bücher.

Von Stefanie Santer liegen im Piper Verlag vor:
An Ocean so Wide
I want you to Stay

ISBN 978-3-492-06446-0
© Stefanie Santer 2024
© everlove, ein Imprint der Piper Verlag GmbH, München 2024
Dieses Werk wurde vermittelt durch die Textbaby Medienagentur,
www.textbaby.de
Redaktion: Svenja Kopfmann
Illustrationen: Designed by Freepik
Satz: psb, Berlin
Gesetzt aus der Abril
Druck und Bindung: CPI Books GmbH, Leck
Printed in the EU

Liebe Leser*innen,
dieses Buch enthält potenziell triggernde Inhalte.
Deshalb findet ihr auf Seite 351 eine Triggerwarnung.

Achtung: Diese enthält Spoiler für das gesamte Buch!

Wir wünschen uns für euch alle
das bestmögliche Leseerlebnis,
eure Stefanie und euer *everlove*-Team

Für A. & M.

Für alle, die Geschichten in den Augen anderer lesen und nicht wegsehen, wenn Tränen sie erzählen.

»I must be gone and live, or stay and die.«

– Romeo (in Shakespeares *Romeo & Juliet*)

Kapitel 1

Birdie

Früher habe ich an schlechten Tagen einfach an die Zukunft gedacht und davon geträumt, dass dort alles besser sein wird. Ich habe dann meinen Kalender aufgeschlagen und begonnen, darin zu blättern, bis ich leere Seiten fand. Monate, die kommen würden und so vieles versprachen. Es beruhigte mich, auf noch nicht ausgefüllte Linien und Kästchen zu starren.

Aber ich hätte nie, wirklich niemals geahnt, dass ich irgendwann *zurückblättern* würde.

Weil die Zukunft nicht das ist, was ich mir erhofft habe.

22. März
08:00 Uhr – Nachkontrolle im Krankenhaus
10:30 Uhr – Physiotherapie
13:00 Uhr – Anprobe für die Mitleidsnummer
15:30 Uhr – Besprechung für die Mitleidsnummer
17:00 Uhr – Friseurtermin
19:00 Uhr – Mitleidsnummer
~~21:00 Uhr – Bathtub Drowning Konzert~~ 😒

Das Konzert hatte ich noch vor dem Unfall eingetragen. Es tat ein kleines bisschen weh, die Karte zu verschenken. Aber das Schmerzpflaster an meinem Oberschenkel betäubt die meisten meiner Gefühle. Abgesehen von der ständigen Übelkeit und dem Schwindel.

Ich werfe einen Blick auf die tickende Uhr in der Warte-halle. Noch fünf Minuten bis zu meinem ersten Termin. Aber weil ich nicht länger an den heutigen Tag und alles, was mir bevorsteht, denken will, blättere ich sechs Monate zurück. Die Zeit und das Schicksal zwischen meinen Fingern.

22. September
- Yoga mit Helen (Ausrede einfallen lassen?)
- Frühstück mit Marcella @Burggasse24
- Uni-Bücher zurückbringen (Gebühr fürs Überziehen in bar mitnehmen!!)
- Last-minute-lernen
- Privatrecht-Klausur (zweiter Antritt, shit)
- Rechtsgeschichte-Seminar
- Mittagspause mit Victor 🖤
- Volleyball-Training
- Führerschein-Fahrstunde
- Shooting

Helen ist die Freundin meines Vaters. Sie ist in Ordnung, aber ich bin aus mehreren Gründen nicht ihr größter Fan. Mar-cella hingegen kenne ich seit der ersten Klasse. Obwohl sie sich an der Uni für ein anderes Fach eingeschrieben hat und die einzelnen Fakultäten über die ganze Stadt verstreut sind, haben wir uns fast täglich getroffen. Egal, wie beschäftigt wir beide waren. Und jetzt kann ich mich nicht mal mehr erinnern, wann wir das letzte Mal telefoniert haben. Die Klausur habe ich übrigens auch beim zweiten Versuch nicht bestanden, Victor hat mich abserviert, und ich habe am Tag vor meinem Unfall zum letzten Mal Volleyball gespielt. Nur wusste ich das damals noch nicht. Ich habe wie immer die anderen Mädels abgeklatscht, mit ihnen das Netz abgenom-men, mich in der Umkleide über belanglose Dinge unter-halten und lächelnd meine Sachen gepackt, bevor ich mir die Sporttasche geschnappt habe und zu meinem nächsten Kalendereintrag gelaufen bin. Ohne je kurz innezuhalten.

Und jetzt bin ich Stillstand. Ich habe meinen Führerschein zwar noch bekommen, bin aber danach nie wieder gefahren. Und das letzte Foto, das ich auf Instagram hochgeladen habe, war eines von diesem Brand-Shooting. Die blonden Haare in wilden Locken, orange- und pinkfarbener Lidschatten bis zu meinen Augenbrauen. In Kombination mit dem batik-bunten Bralette und den Leggings der Sportmarke sah es richtig gut aus. Aber diese Erinnerung kommt mir wie aus einem anderen Leben vor. War ich wirklich einmal so? So selbstbewusst? Mit einem Blick direkt in die Kamera, als könnte ich alles erreichen.

Natürlich bin ich, seit mein Alltag aus Arztterminen besteht, auch bei keiner Agentur mehr unter Vertrag. Ich bin bloß noch ...

»Bernadette Marie Anker?«

Hastig klappe ich den Kalender auf meinem Schoß zu, blicke hoch und geradewegs in das Gesicht eines jungen Arztes. Bitte nicht, denke ich und würde mich am liebsten hinter der marmornen Säule ein paar Meter neben mir verstecken. Aber ich bewege mich keinen Millimeter.

Natürlich ist er jung. Und natürlich sieht er auch noch gut aus. Was mich unweigerlich daran erinnert, was *er* gleich sehen wird. Und dass mich seit Vic niemand in meinem Alter mehr nackt gesehen hat. Ich habe gedacht, dass das auch eines der Dinge ist, die ich irgendwann – ohne es zu wissen – zum letzten Mal erlebt habe. Jetzt gerade wünschte ich, dass es so wäre, obwohl das genauso traurig ist.

»Hier!« Konrad, der Fahrer meines Vaters, der mich zu den meisten meiner Termine begleitet, hebt kurz die Hand und steht auf.

Mit einem Ruck setzt sich mein Rollstuhl in Bewegung. Ich sehe über die Schulter nach oben. Zu Konrad, der meinen

Blick jedoch gar nicht bemerkt und mich unbeirrt vorwärts schiebt.

Die Wartehalle ist voll, und ein paar Köpfe drehen sich in unsere Richtung. Vielleicht, weil sie meinen Namen eben erkannt haben. Vielleicht, weil ein Mann in Anzug mich durch die Gegend fährt. Aber hauptsächlich, weil sie wohl Mitleid mit mir haben. Ich seufze lautlos.

»Ruf mich an, wenn du fertig bist.« Für eine Sekunde berührt Konrads Hand zögerlich meinen Oberarm. Ich blicke noch mal zu ihm hoch und nicke. Er nickt ebenfalls. Dann ist er weg, und ich manövriere mich die letzten Meter selbst in das Untersuchungszimmer.

Eine automatische Schiebetür gleitet hinter mir zu. Der Geruch von Desinfektionsmittel hängt in der Luft, und ich fühle mich schlagartig verloren. Also, ich weiß buchstäblich nicht, wohin mit mir. Vor dem Schreibtisch stehen bereits zwei Stühle. Ich könnte mich dahinterstellen. Oder daneben? Aber weil ich zu nichts aufgefordert werde, bleibe ich einfach, wo ich bin, direkt neben einem Torso-Modell, in dessen offener Bauchdecke sich bunte Organe ineinander verkeilen. Das Herz fehlt. Und ich fühle mich genauso.

Der Typ bekommt von meinem Dilemma allerdings nichts mit, weil er konzentriert über dem Tisch lehnt und etwas im Computer sucht. Die Maus klickt in regelmäßigen Abständen. Und dann setzt er sich auf einen Stuhl, dessen Sitzfläche aus einem ergonomischen Hüpfball besteht. Mein Physiotherapeut hat auch so einen.

»Der Oberarzt kommt gleich«, informiert mich McDreamy Junior, weiterhin klickend und stirnrunzelnd. Wahrscheinlich überfliegt er meine Akte und kann selbst nicht glauben, was mir passiert ist.

Ich murmle ein leises »Okay«. Keine Ahnung, ob er das gehört hat, weil er nicht aufsieht. Aber um ein weiteres Wort herauszupressen, müsste ich mich räuspern, und um ehrlich zu sein, will ich ja gar nicht, dass er mich ansieht. Oder wahr-nimmt. Oder da ist. Ich will, dass er geht. *Ich* will gehen. Eins von beidem. Hauptsache, ich muss mich nicht vor ihm aus-ziehen.

Um mich von dieser Vorstellung abzulenken und nicht bloß verloren zu warten, greife ich nach hinten und angle nach meiner Tasche, die von einem der Schiebegriffe bau-melt. Als ich meinen Kalender und das Handy darin verstaue, merke ich, wie meine Finger zittern. Ich hänge die Tasche zurück, zupfe meine Pulloverärmel bis über die Hände und balle diese in meinem Schoß zu Fäusten.

An McDreamys weißem Kittel hängt, etwas schief, ein Namensschild. Thomas Roth. Kein Titel. Vermutlich ist er Student. Als er aufsteht, um eine Verbindungstür zu öffnen, bin ich kurz davor, aufzuatmen. Weil ich denke, dass er tat-sächlich geht. Aber er streckt bloß den Kopf hindurch.

»Die Patientin ist hier«, höre ich ihn sagen. Im nächsten Moment macht er einen Schritt zur Seite, um Platz für einen dürren alten Mann zu machen, der so groß ist, dass sein Kopf buchstäblich um ein Haar den Türrahmen berührt. Ich kenne ihn. Er ist ein Freund meines Vaters und der Arzt, der mich übernommen hat, als ich immer wieder ins Krankenhaus ein-geliefert wurde, weil nichts mehr geholfen hat.

Dr. Wrenn ist nicht sonderlich einfühlsam oder nett oder gesprächig, aber ich wäre dennoch lieber mit ihm allein. Nur erhört mich mein Schicksal wieder mal nicht, denn McDreamy bleibt und hilft mir beim Ausziehen meiner Jogginghose. Ich wünschte, ich könnte auf der Stelle im Erd-boden versinken, aber ich bin immer noch da, als er mich fragt, wie's mir geht. Ohne es zu wollen, erwidere ich seinen Blick. Nur kurz. Aber in dieser einen Sekunde erwäge ich, ihm die Wahrheit zu sagen. Stattdessen lüge ich und murmle »gut«, so wie ich es immer tue.

Er nickt freundlich und stützt mich, damit ich auf die

Liege klettern kann. Als ich seine Hände auf mir spüre, hat er immer noch dasselbe freundliche Lächeln aufgesetzt. Ich versuche, zumindest mit meinen Gedanken woanders zu sein. Weit, weit weg. Aber noch während ich mich zögerlich zurücklehne, denke ich plötzlich wieder an Vic. Ich will nicht an Vic denken. Weil ich dann an tausend letzte Male denke und daran, nicht zu weinen. Viel zu fest beiße ich mir auf die Unterlippe, um ihr Beben zu unterdrücken.

Die ausziehbare Behandlungsleuchte ist grell auf mein Bein gerichtet. Die Blicke der beiden Ärzte auf meine Narbe. Behandschuhte Finger. Berührungen, die wehtun. Fachbegriffe, die sie bloß unter sich austauschen. Als wäre ich nicht da. Aber ich bin da. Und weil ich das nicht mehr aushalte, versuche ich mit aller Macht, gedanklich in die Zukunft zu blättern. Weg von diesem Krankenhaus. Weg von Vic. Weg von meinem Leben.

Mit angespanntem Nacken presse ich meinen Kopf fester gegen das raschelnde Papier der Liege, bis alles vorbei ist und meine Fingernägel sichelförmige Abdrücke auf meinen Handballen hinterlassen haben.

Als ich wieder in meinem Rollstuhl sitze, bin ich völlig fertig mit den Nerven.

»Es ist deutlich besser als die letzten Male. Ich glaube, dass wir dich hier erst wiedersehen müssen, falls erneut Komplikationen auftreten sollten. Was wir nicht hoffen.« Mein Arzt lacht, aber weder ich noch McDreamy stimmen mit ein. »Nun. Alles Gute, Bernadette.«

Ich bedanke mich, und als er auf mich zukommt, denke ich, dass er mir zum Abschied die Hand reichen will. Stattdessen tätschelt er meinen Kopf. Was komisch ist. Und unangenehm. Dann verschwindet er.

Der junge Medizinstudent macht ein Geräusch zwischen Schnauben und es gleichzeitig unterdrücken.

Hastig streiche ich mir die Haare zurecht. Mit den Fingern

und auf gut Glück, weil hier zwar ein Spiegel über dem Waschbecken hängt, der aber viel zu hoch ist, als dass ich mich vom Rollstuhl aus darin betrachten könnte.

»Darf ich?« McDreamy streckt zögernd den Arm aus, verharrt jedoch mit der Hand neben meiner Wange, bis ich ihn ansehe. Erst dann zupft er mit einer schlichten Bewegung die abstehende Locke nach unten. »Jetzt passt wieder alles«, sagt er, und obwohl das nett von ihm war, will ich ihn anbrüllen. Weil überhaupt nichts passt.

»Bin ich fertig?«, frage ich und klinge kein bisschen wütend, kein bisschen aufgebracht, sondern einfach nur müde.

»Ja. Wir haben alles. Sie können sich jederzeit melden, falls Ihnen Veränderungen an der Narbe auffallen. Jetzt können Sie sich jedenfalls erst mal ganz darauf konzentrieren, wieder gehen zu lernen.«

Ich nicke bloß. Die Hände an den Reifen, will ich mich umdrehen, um nach draußen in die Wartehalle zu flüchten und Konrad anzurufen.

»Alles Gute«, sagt er schließlich noch, und ich halte inne. »Wenn wir uns das nächste Mal sehen, will ich, dass Sie zur Tür raus*gehen*.«

O Gott. Er macht es bloß noch schlimmer. Allein die Vorstellung davon überfordert mich. Dass ich jetzt Wochen und Monate damit beschäftigt sein werde, zu lernen, einen Schritt vor den anderen zu machen, obwohl ich weglaufen will. Weit, weit weg. Irgendwohin, wo mich niemand kennt und niemand sieht und ich nicht mehr ich sein muss.

Auf dem Weg zur Physiotherapie erscheint Helens Name auf meinem Handy. Sie schickt mir alle paar Tage ein pseudopositives Zitat. Ich markiere die Nachrichten, so wie all die anderen davor, mit einem Herzen, obwohl ich am liebsten das augenrollende Emoji nehmen würde. Oder einen Kackhaufen. Weil ich Helens Zitate unnötig finde und, um ehrlich zu sein, … demotivierend. Aber irgendwie scheinen ihr die Ideen nicht auszugehen.

> Zum Stirnrunzeln braucht man mehr
> Muskeln als zum Lächeln.

Ich stöhne leise auf, und als ich hochblicke, sehe ich, dass Konrad mich über den Rückspiegel mustert. »Alles in Ordnung?«

»Alles bestens«, sage ich automatisch.

Wieder vibriert mein Handy. Diesmal ist es eine Nachricht im Gruppenchat, die auf dem Sperrbildschirm aufscheint. Marcella und ein paar Mädels, mit denen wir befreundet sind. Ich lese schon lange nicht mehr mit, weil es meistens um Dinge geht, bei denen ich ohnehin nicht dabei sein kann. Eigentlich will ich nach links wischen, um die Gruppe für einen weiteren Monat auf stumm zu schalten. Aber stattdessen tippe ich unabsichtlich auf eine der Benachrichtigungen, und der Chat öffnet sich. Auf einen Blick erkenne ich, dass es um das Konzert heute Abend geht. Marcella hat ein Foto des Front-Sängers von *Bathtub Drowning* geschickt und ein sabberndes Emoji dazu gemacht.

> **Flora**
> Der ist nichts gegen den hier!

Ein neues Bild lädt und ploppt im Chat auf. Es ist ein abfotografiertes Plakat an einer Litfaßsäule. Darauf steht in Großbuchstaben NΛVE. Aus dem Text daneben lese ich heraus, dass sein Auftritt vor dem Hauptakt heute Abend stattfindet. Das muss kurzfristig geändert worden sein, denn als ich meine Karte damals gekauft habe, ist mir das nicht aufgefallen. Ist *er* mir nicht aufgefallen. Und ... das wäre er. Denn unter dem Namen und Datum prangt ein Gesicht. Die Hälfte davon durch einen Schatten verdunkelt und die andere so markant, dass man regelrecht froh ist, nur mit fünfzig Prozent von ihm konfrontiert zu werden. Weil das Ganze zu intensiv wäre. Weil man ein Verkehrschaos verursachen würde, wenn man mit dem Auto daran vorbeifährt und es zufällig sieht. Weil man sich danach auf nichts anderes mehr konzentrieren könnte.

Okay, das klingt lächerlich. Aber ich bin nicht die Einzige, die gerade ranzoomt. Denn die Mädels im Chat feuern eine Nachricht nach der anderen ab, in der sie sich erst über sein Aussehen unterhalten und dann zu Stalkerinnen werden.

> **Miriam**
> Wie heißt er auf Instagram? Wieso finde ich ihn nicht???

> **Thea**
> Er hat anscheinend kein Social Media!

> **Marcella**
> Hat irgendjemand noch andere Bilder von ihm gefunden?

> **Flora**
> Ich werde auf jeden Fall früher da sein, damit wir einen Platz in der ersten Reihe haben!

Wie in Trance starre ich auf die markanten Gesichtszüge. Die verwuschelten schwarzen Haare. Die geraden Augenbrauen. Als würden sie sich nie krümmen, weil ihn nichts überraschen kann. Und dann, tja ... dann ist da noch sein Blick, der so nichtssagend und allesrufend zugleich ist. Seine Augen sind ein goldgelbes Grün. Ich zoome noch näher ran. Wie Tequila mit Moos. Das haben die bestimmt bearbeitet. Solche Augen hat kein Mensch!

Mit einem Ruck wird die Luft aus meinen Lungen gepresst. Der Gurt schneidet in meinen Oberkörper, lautes Hupen ertönt, und Konrad, der gerade eine Vollbremsung hingelegt hat, flucht.

»Das kann doch nicht dein Ernst sein, du Wappler!«, ruft er, murmelt jedoch gleich darauf eine Entschuldigung über die Schulter in meine Richtung und starrt dann den beschuldigten Autofahrer noch mal wütend an, bevor er demonstrativ die Spur wechselt und beschleunigt.

Meine Finger sind in der Hektik vom Display gerutscht. Naves Bild wandert immer weiter nach oben, je mehr neue Nachrichten im Chat kommen. Und weg ist der Moment, in dem ich vergessen habe, dass es mir egal sein kann, ob ich jemanden attraktiv finde oder nicht. Weil man *mich* nie wieder auf diese Weise wahrnehmen wird.

»Wir sind gleich da«, lässt Konrad mich wissen, und ich mache bloß einen zustimmenden Laut, weil ich trotz allem gerade dabei bin, den Typen ebenfalls zu googeln.

Man findet wirklich kaum etwas. Kein weiteres Foto. Aber es gibt ihn auf Spotify. Hastig krame ich in der Tasche nach meinen AirPods. Ich will seine Stimme hören. Will wissen, was ich heute Abend verpasse, damit ich wütend und traurig sein kann. Weil das alles ist, was mir noch das Gefühl gibt, zu sein. Wut und Trauer. Aber als ich den ersten Song antippe, ertönt nur noch der Klang einer Abwärtsspirale, weil der Akku meiner Kopfhörer den Geist aufgibt.

Kapitel 2

Nave

I am everybody's villain.
They warn you about guys like me.

»Ich kann das nicht machen.« Kopfschüttelnd schabe ich mit den Zähnen über meine Unterlippe, lasse sie wieder los und fasse mir stattdessen in den Nacken. Je mehr ich darüber nachdenke, desto fester knete ich meine Muskeln, wobei ich mir nicht sicher bin, ob ich mich selbst enthaupten oder tatsächlich bloß meine Verspannungen lockern will.

»Hätte dich nicht für den Lampenfieber-Typ gehalten.« Tom, mein Mitbewohner, mustert mich von der Couch aus und legt seine Lernunterlagen zur Seite.

»Du weißt genau, warum ich das mit Arthurs Interview nicht machen sollte. Wenn jemand die Sache in den falschen Hals kriegt, sieht das echt scheiße für mich aus.«

»Alter, reg dich ab. Es ist bloß ein Interview. Wir haben hier Meinungsfreiheit.« Er sucht meinen Blick, bevor er die nächsten Worte sagt. »Du glaubst echt immer, dass alles, was du tust, ein Risiko ist.«

Elvis streicht um meine Beine. Ich bücke mich, und weil sie schnurrt, will ich ihr über den gekrümmten Katzenbuckel streicheln. Doch als ich dazu ansetze, kratzt sie ohne Vorwarnung über meinen Handrücken, sodass eine feine Linie zurückbleibt, aus der augenblicklich Blut quillt.

Ich stoße ein frustriertes Schnauben aus. »Hört das irgendwann auf?«

Obwohl ich dem nichts hinzufüge, weiß Tom genau, was ich meine. »Jap, und zwar dann, wenn du endlich einsiehst, dass du nicht jeden davon überzeugen musst, einer von den Guten zu sein. Keiner kann dir was, und wir sind alle auf deiner Seite.«

Ich hebe einen Mundwinkel und nicke. Nicht, weil ich glaube, dass er recht hat. Sondern weil ich ihn nicht mit meiner Stimmung runterziehen will. Tom hat keine Ahnung, dass ich wahrscheinlich nur noch ein paar Monate in Wien bleiben werde. Arthur hingegen weiß Bescheid. Deshalb denkt er, das Interview wäre meine große Chance. Es gab eine Zeit, da wollte ich ihm glauben. Deshalb habe ich es auch aufgenommen. Aber dann sind die Zweifel gekommen, und noch bevor er es in seine Reportage schneiden konnte, habe ich ihn gebeten, das Material zu löschen.

Die schwarze Katze springt auf die Couch und rollt sich neben Toms Laptop ein. »Ach, und Elvis wird dir vergeben, wenn du ihr endlich einen würdigen Namen gibst«, fügt er hinzu.

»Elvis *ist* ein würdiger Name.«

»Für einen Kater, Nave. Du musst endlich einsehen, dass sie keine Eier hat.«

»Ich wollte ihr damit zeigen, dass sie alles sein kann, was sie will.« Hauptsächlich wollte ich einfach, dass sie Elvis heißt, weil es mich an die Schallplatten meines Vaters erinnert.

»Was ist mit Elvira?«

»Nein.«

»Elvi?«

»Nein.«

Tom will erneut zu einem Gegenvorschlag ansetzen, aber sein Handy gibt diesen für einen bestimmten Kontakt personalisierten Laut von sich, und er greift sofort danach. Ein breites Grinsen stiehlt sich auf seine Lippen, das jedoch von Sekunde zu Sekunde weiter in sich zusammenfällt, bis es zu einem Negativlächeln wird und seine Mundwinkel schließlich nach unten zeigen.

»Was ist los?«

Toms Seufzen lässt mich erahnen, warum er das Handy im nächsten Moment ans andere Ende der Couch schleudert, wo es dumpf zwischen den Kissen landet. Elvis hat diese Reaktion jedoch nicht kommen sehen und springt hoch. Mit angelegten Ohren faucht sie Tom an, der mindestens genauso angepisst aussieht, irgendwas Unverständliches grummelt und den Kopf schüttelt.

»Schon wieder?« Ich tippe darauf, dass Toms Date ihn hinhält oder ihn diesmal endgültig abserviert hat. Um ehrlich zu sein, wäre mir Letzteres lieber. Seit Wochen klammert er sich an leere Versprechen, und täglich sehe ich dabei zu, wie seine Launen und Pläne davon abhängen.

»Schon wieder«, bestätigt Tom emotionslos und verschwindet in seinem Zimmer.

Ich weiß, dass er nicht darüber reden will, weil wir ziemlich ähnlich gestrickt sind. Deshalb lasse ich ihn in Ruhe, fülle Elvis' Napf und räume die Unterlagen von der Couch, um sie vor den Krallen unserer WG-Katze zu retten. Eine Akte mit dem Logo des Universitätsklinikums rutscht mir dabei aus der Hand, und die herausfallenden Blätter segeln in einem Durcheinander zu Boden. Hastig sammle ich sie wieder ein, ignoriere die Gänsehaut, die sich plötzlich über meine Arme ausbreitet, und blicke durch die gläserne Balkontür nach draußen, weil es zu regnen begonnen hat.

Als ich in Wien angekommen bin, hat es auch geregnet. Daran erinnert mich dieses prasselnde Geräusch jedes Mal. Und an das Versprechen von Zukunft, das zumindest damals noch frisch in der Luft lag.

Kapitel 3

Birdie

»Da bist du ja.« Mein Vater kommt die Stufen nach unten ins Foyer, richtet seine Manschettenknöpfe und beugt sich zu mir, um mich auf die Stirn zu küssen. »Du siehst wunderschön aus.«

Victor steht in einem schwarzen Anzug reglos neben dem hölzernen Antrittspfosten der Treppe. Ich versuche, ihn zu ignorieren.

Das PR-Team meines Vaters hat beschlossen, dass ich heute Abend auf der Spendengala »in Erscheinung treten« soll. Was sie damit meinen, ist, dass ein paar Kollegen meines Vaters in einen kleineren Skandal verwickelt waren und ich davon ablenken soll.

Die arme Tochter, die sich ins Leben zurückkämpft. Das bringt Sympathiepunkte. Und mein schlechtes Gewissen ist so groß, dass ich nicht Nein gesagt habe.

Normalerweise habe ich meinen Vater nie zu solchen Anlässen seiner Partei begleitet. Höchstens mal zu einer Rede auf dem Rathausplatz. Da war ich noch um einiges jünger und wollte wegen des Kinderschminkens und der Luftballons unbedingt dabei sein. Aber je älter ich wurde, desto wichtiger war es meinem Vater, mich grundsätzlich aus der Öffentlichkeit rauszuhalten. Zumal wir keine Familie sind, bei der es sich lohnt, sie zu seinen Gunsten auf Wahlplakaten abzubilden. Weil es bloß wir beide wären. Er und ich.

Als irgendeine Mitarbeiterin in Bleistiftrock mir also gesagt hat, dass ich heute dabei sein werde, habe ich zuerst gelacht, auf mein Bein gezeigt und »Wie denn?« gesagt. Ihre Antwort? »Im Rollstuhl.« Sie wollte explizit nicht, dass ich die Krücken nehme, weil ich sitzend mehr Mitleid errege. Mein Vater war bei dem Gespräch nicht dabei, und ich wollte ihn schon fast anrufen. Ihm davon erzählen und hören, dass ich keine Schachfigur bin. Aber dann habe ich daran gedacht, dass er im Grunde Bescheid wissen muss. Dass er das abgesegnet haben muss, bevor sie zu mir gekommen ist. Als mir das klar wurde, habe ich mich dazu durchgerungen, die Veranstaltung einfach wortlos in meinen Kalender einzutragen.

»Sieht sie nicht toll aus?« Mein Vater dreht sich zu Victor, der für den Bruchteil einer Sekunde um Fassung ringt.

»Wunderschön«, sagt er schließlich, und während mein Vater sich zur Garderobe wendet, um nach seinem Mantel zu greifen und hineinzuschlüpfen, lenke ich meinen Rollstuhl demonstrativ zur Haustür. Weg von Vic. Weil meine Würde gerade nur Show ist. Dass ausgerechnet er mich so sieht, ist erniedrigend, und wenn ich könnte, würde ich ihm für immer aus dem Weg gehen.

Aber er arbeitet seit ein paar Monaten für meinen Vater. Dieser Job war angeblich auch der Grund, weshalb wir uns nicht mehr daten können. Weil Leute auf falsche Gedanken kommen könnten. Dass er die Stelle nur meinetwegen bekommen hätte; dass er nicht wirklich arbeitet, sondern stattdessen Zeit mit mir verbringt, wenn er hier ist ...

Aber das sind bloß armselige Ausreden. Weil unsere Väter gute Freunde sind, die sich ständig Gefallen tun. Vic hat die Stelle also deshalb bekommen. Dass wir zusammen sind, damit hätten unsere Familien auch kein Problem. Ich weiß sogar, dass mein Vater sich das insgeheim wünscht und darauf hofft. Aber er hat keine Ahnung davon, dass wir uns tatsächlich bereits nähergekommen waren. Dass ich Vic mochte. *Wirklich* mochte. Und dass er mich nach dem Unfall einfach abserviert hat.

»Bist du bereit?«

Ich nicke meinem Vater zu. Mein Physiotherapeut, dem ich von der Gala erzählt habe, meinte in der heutigen Sitzung, dass ich nichts tun muss, das ich nicht will. Aber nachdem dieser Satz seinen Mund verlassen hat, habe ich die restliche Stunde auf Durchzug geschaltet. Immerhin besteht mein kompletter Alltag nur noch aus Dingen, die ich nicht machen will, aber tun muss. Zwei Schneiderinnen dabei zusehen, wie sie mein Kleid so bemessen und abstecken, dass es mit den heruntergeklappten Fußauflagen meines Rollstuhls abschließt, zum Beispiel. Millimetergenau.

»Wir haben eine Kerze für dich angezündet.« Die ältere Dame, die mir an einem der runden Tische im Kuppelsaal des Hilton-Hotels gegenübersitzt, hält sich die knöchernen Finger an die schmalen Lippen. Der korallenfarbene Lipgloss schwimmt wie Lava in den vielen Falten. Ihr Ehemann einen Stuhl daneben räuspert sich. »Dich noch unter uns zu haben«, fährt sie fort. Und er nickt. Glaube ich zumindest. Er hat nicht wirklich einen Hals, weil sein Kopf direkt an den Knoten der schwarzen Fliege anschließt.

Ich weiß nicht, was ich darauf antworten soll, und unterdrücke mit aller Macht ein Bröckeln meines aufgesetzten Lächelns. Keine Ahnung, wer die beiden überhaupt sind. Vielleicht habe ich sie schon mal irgendwo gesehen. Vielleicht auch nicht. Aber der Plan des PR-Teams geht auf. Ich bin das perfekte Ablenkungsmanöver, und wenn man Mitleid sehen könnte, müsste ich mich mindestens einen Monat lang duschen, um das Zeug wieder abzubekommen.

»Es war so tragisch.« Sie greift nach der Hand ihres Mannes, die auf der bereits fettigen Stoffserviette auf dem Tisch liegt. »Für uns alle.«

Wow. Tut mir ja echt leid, dass es für euch genauso dramatisch war. Wer seid ihr noch mal?

»Danke«, sage ich zum gefühlt tausendsten Mal heute und lege das Besteck ab. Ich hatte ohnehin keinen Hunger, und die weißliche Schaumsoße auf dem Fischfilet vor mir sieht aus, als hätte jemand mit Tollwut darauf gespuckt.

Ich spüre, wie sich meine Finger an den Reifen des Rollstuhls verkrampfen, die ich viel zu fest packe, während mein Blick über die Menge von mit Klunkern besetzten Menschen wandert. Ein Stück weiter hinten unterhält sich mein Vater mit einer Frau, die ein Headset trägt und ihm etwas auf ihrem Klemmbrett zeigt. Gott sei Dank ist es nicht die Mitarbeiterin im Bleistiftrock.

»Es ist wirklich schön, dass du hier bist, Bernadette. Deinen Vater unterstützt. So eine Tochter wünscht man sich.«

Ich nicke der nervigen Dame noch mal nett zu. Wenn ich jetzt nicht verschwinde, fange ich an, zu heulen. Oder zu schreien. Aber ich weiß, dass ich das nicht bringen kann. »Bitte entschuldigen Sie mich.«

»Aber natürlich«, murmelt jetzt ihr Mann, der mir wegen seiner Stimme plötzlich doch bekannt vorkommt. Aus den Nachrichten? Ist er nicht der Typ, gegen den gerade wegen Postenschacher an der Börse ermittelt wird? Ja, doch. Das ist er. Mein Vater hatte, als das bekannt wurde, einen kleinen Wutanfall, weil die beiden für seinen Wahlkampf gespendet hatten. Und wenn mein Vater eines nicht erträgt, dann ist es ungünstiges Licht, in das er gedrängt werden könnte.

Wobei ich mir sicher bin, dass der Großteil der restlichen Gäste mindestens genauso großzügig mit dem Gesetz umgeht. Keine große Sache, solange man nicht rechtskräftig verurteilt wurde. Das sagt zumindest unser Anwalt, der sogar einen eigenen Zutrittscode für unser Haus hat, weil er so oft vorbeikommt, um meinen Vater zu beraten ... oder zu beruhigen.

Mit gesenktem Kopf manövriere ich mich über das polierte Fischgrätparkett, um jeglichen weiteren Gesprächen zu entgehen.

»Papa?« Ich hebe die Hand. Eine Angewohnheit, seit ich eine Etage tiefer bin als alle anderen. Aber er sieht mich. Er sieht mich immer.

»Bernadette! Alles in Ordnung?«

Ich nicke lächelnd, weil ich nicht will, dass er sich Sorgen macht.

»Ich bin ... müde. Wäre es okay, wenn ich mir ein Uber rufe und mich schon mal auf den Weg mache?«

»Aber natürlich. Ruf Konrad an. Und ...« Er sieht sich suchend um. »Ich schicke Victor mit, falls du warten musst.«

»Schon gut.« Ich verschlucke mich fast, weil ich so schnell antworte. »Er hat bestimmt zu tun. Falls ich in der Lobby warten muss, antworte ich einfach Marcella auf ihre zwanzig Nachrichten.«

Lüge. Lüge. Lüge. Marcella und ich schreiben kaum noch. Weil ich nicht will, dass sie mich fragt, wie's mir geht. Und sie nicht damit umgehen könnte, wenn ich es ihr doch sagen würde.

»Ich werde noch eine Weile hier sein. Für den Fall, dass du etwas brauchst, sag Bescheid und ruf mich an. Ja? Ich checke mein Handy zwischendurch.«

Wieder nicke ich. Mein Vater streckt die Hand aus, streicht mir über die Wange, und Schmerz flackert in seinen Augen. Mit*gefühl*. Aber das ist nach diesem Abend genauso unangenehm wie Mitleid, weshalb ich erleichtert bin, dass er bereits in das nächste Gespräch verwickelt wird.

In der Empfangshalle ist es wider Erwarten ruhig. Wahrscheinlich, weil die meisten Gäste um diese Uhrzeit bereits eingecheckt haben oder noch unterwegs sind. Ich schüttle meine Hände aus, die durch das Benutzen der Krücken und des Rollstuhls nach all den Wochen schon kleine Schwielen an der Innenseite bekommen haben. Halbherzig knete ich meine verkrampften Handballen. Ich bin tatsächlich müde. Aber als ein Concierge an mir vorbeigeht, krame ich hastig in meinem Täschchen, um beschäftigt zu wirken und ja nicht angesprochen zu werden.

Mit dem Daumen verharre ich ein paar Minuten über Konrads Nummer, ohne sie zu wählen. Die Aussicht, gleich in der leeren Villa zu sein, macht mir Angst. Ich würde in meinem düsteren Zimmer liegen, an die Decke starren und mir in Selbstgesprächen mitteilen, dass die Schmerzen, die ich spüre, nicht echt sind. Bis ich die Haustür höre. Dann würde ich meine Zähne zusammenbeißen, irgendwann erschöpft aufgeben und eine Schmerztablette nehmen, die mich ausknockt, bis die Sonne aufgeht.

Ich wohne nicht mal mehr in meinem eigenen Zimmer, weil das im zweiten Stock und deshalb gerade unerreichbar ist. Mein Vater hat sein ehemaliges Büro verlegen lassen. Es ist der einzige Privatraum im Erdgeschoss, der durch die Flügeltür barrierefrei betretbar ist und ein angrenzendes Bad hat. Weshalb ich jetzt in einem Zimmer wohne, dessen Wände mit dunklem Holz vertäfelt sind, das schon seit ich denken kann und mit Sicherheit auch noch die nächsten zig Jahre nach Zigarren stinkt. Nein, ich will nicht nach Hause. Und weil Konrad mich nirgends anders hinbringen würde, nehme ich stattdessen eines der Taxis, die vor dem Hoteleingang parken.

Der vorderste Fahrer steigt Gott sei Dank sofort aus, hilft mir in den Wagen und lässt sich erklären, wie er den Rollstuhl zusammenfalten kann, sodass er im Kofferraum Platz hat.

Ich beobachte durch das Beifahrerfenster noch einen Moment das hell erleuchtete Hotel. Eine Gestalt steht direkt an einem der bodentiefen Fenster relativ weit oben. Ich stelle mir vor, dass es Vic ist, und streiche mir mit dem Mittelfinger eine Haarsträhne hinters Ohr, die sich bereits aus meiner hochgesteckten Flechtfrisur gelöst hat. Mit Sicherheit ist er es nicht. Und selbst wenn, könnte er mich nicht sehen. Aber das ist mir egal. Der Typ kann mich mal. Genauso wie die Frau im Bleistiftrock. Und ganz ehrlich? Heute hasse ich sogar meinen Vater. Dafür, dass ich mich den ganzen Abend lang präsentieren musste, obwohl ich zu Hause schon dreimal überlege, ob ich wirklich Hunger habe, bevor ich mich auf den Weg zur Küche mache, wo Kristin, unsere Haushälterin, mich nicht mehr bloß »Kindchen«, sondern mittlerweile »armes Kindchen« nennt.

Der Fahrer steigt ein und drückt auf den Knopf des Taxameters. »Wohin?«

Weit weg, denke ich. »In den siebten Bezirk«, sage ich stattdessen. Warum, weiß ich auch nicht so genau.

»Adresse?«

»Club Danube.«

Ich habe keine Karte mehr. Das Konzert hat auch schon längst begonnen. Sollte mich dennoch jemand reinlassen, könnte ich außerdem nur dann etwas sehen, wenn ich mich bis zur Bühne vordränge. An allen vorbei. Sodass mich jeder bemerkt. Ich versuche, ein Schaudern zu unterdrücken.

»Sehr gerne.« Der Wagen setzt sich in Bewegung, und ich habe jetzt wohl exakt die Strecke bis zum Club Zeit, um mir zu überlegen, was ich dort tun will. Es ist März. Auf den Gehsteigen liegt überall Streusalz und teilweise sogar noch Schnee, der von den Abgasen jedoch bereits schwarz verfärbt ist. Das wird eine Tortur mit dem Rollstuhl.

»Skiunfall?«

»Hm?« Ich hebe den Kopf, und obwohl der Fahrer sich auf

den Verkehr konzentriert, wirft er mir einen kurzen Blick inklusive verständnisvollem Lippengekräusel zu.

»Hatte ich auch. Dezember 2017. Ein Tag vor Weihnachten. Richtige Scheiße, weil ich einen Liegegips bekommen hab. Der juckt nach einer Woche, das können Sie sich ni... können Sie sich wahrscheinlich vorstellen.« Wieder wirft er mir einen kurzen Blick zu, und ich weiß nicht, warum ich es tue, aber ich nicke. »Hab zwei Stricknadeln verloren, weil ich mit denen versucht hab, reinzustochern, um zu kratzen. Der Krankenpfleger hat Augen gemacht, als er mir das Ding aufgeschnitten hat und die Teile klimpernd rausgefallen sind.« Er lacht auf, und ich grinse etwas irritiert.

»Skier oder Snowboard?«

»Snowboard«, sage ich. Einfach so. Weil mir die Vorstellung gefällt, dass ich mein Bein einfach eine Weile stillhalten muss, damit es wieder ganz wird.

»Na Gott sei Dank muss man mittlerweile fast überall mit Helm fahren. Mich würde es sonst nicht mehr geben.«

»Ja«, sage ich nur.

»Da haben wir wohl Glück gehabt.« Er lenkt in eine Parklücke hinter einem Lieferwagen für Tiefkühlgemüse, auf dem eine tanzende Zucchini abgebildet ist.

»Ein Riesenglück«, stimme ich ihm halbherzig zu und greife nach der viel zu kleinen Umhängetasche, in die lediglich mein Handy, Schmerztabletten, ein Lippenstift und eine Kreditkarte passen. Weil ich nicht will, dass man diese Fahrt auf meiner Abrechnung sieht, ziehe ich die Hülle vom Handy und nehme den Notfall-Fünfziger heraus. Nachdem ich bezahlt habe, lasse ich mir wieder zurück in den Rollstuhl und auf den Gehsteig helfen.

»Soll ich Sie noch wohin bringen? In welches Haus müssen Sie?« Der Fahrer geht gar nicht davon aus, dass ich vielleicht in den Club und nicht bloß in diese Straße wollte.

»Alles gut, ich komme zurecht. Danke.«

»Wie Sie wünschen.« Er führt die Finger an die Stirn, als würde er sich an die Krempe einer imaginären Kappe greifen, und neigt den Kopf.

Ich bleibe am Gehsteig zurück, und als das Taxi weg ist, habe ich freie Sicht auf den unscheinbaren Eingang des Clubs direkt gegenüber. Ich weiß, dass sich hinter der schweren Metalltür eine alte Halle befindet. Mit gewölbter Decke, Säulen und einem mobilen Foodtruck. Ich erinnere mich an die bunten Scheinwerfer und die Muster, die sie an die Wände projizieren, an denen bereits der Putz bröckelt, was die Location zu einer Mischung aus Ballsaal und leer stehender Fabrik macht.

Wehmut breitet sich in mir aus, wenn ich an all die vergangenen Wochenenden in meinem Kalender denke und mir vorstelle, wie ich lachend mit meinen Freunden exakt hier entlanggekommen bin. Es ist beängstigend, wie schnell sich Dinge ändern können.

Plötzlich öffnet sich einer der Türflügel. Ein paar Leute stolpern nach draußen, um zu rauchen, und ich kann ganz kurz die Musik hören, die mit ihnen aus dem Inneren des Gebäudes dringt. Es ist zu flüchtig, um zu erkennen, welcher Song gerade spielt. Aber noch länger kann ich nicht hierbleiben, weil ich sonst trotz meiner Stola erfrieren werde. Blöderweise habe ich meinen Mantel im Hotel gelassen, und die Gänsehaut an meinen Armen macht mir das gerade schmerzlich bewusst. Es war eine dumme Idee, nicht nach Hause zu fahren. Es war eine beschissene Idee und ... Nein! Ein roter Lockenkopf taucht zwischen den Grüppchen auf, die sich vor dem Club versammelt haben. Marcella!

Ich drehe hastig an den Reifen. Es ist anstrengender, als ich dachte, den Rollstuhl über den Kies zu lenken, um hinter dem Zucchini-Laster zu verschwinden. Aber ich will auf keinen Fall, dass sie mich hier sieht. Das wäre erbärmlich. Ich bin erbärmlich. Scheiße!

Als ich hochblicke, streckt mir eine Aubergine in Lederhose auf dem Lieferwagen die Zunge raus, und ich schließe für einen Moment die Augen. Lasse den Kopf in den Nacken fallen und frage mich, womit ich das alles verdient habe. Meine Gänsehaut prickelt. Stimmen nähern sich. Und ich rolle weiter. Neben mir ist ein breiter Eingang zu einer Bar, die mir noch nie zuvor aufgefallen ist. Ich überlege nicht lange und fahre hinein.

Sie ist klein und stickig, aber der Barkeeper sieht sofort auf und fängt meinen Blick ein. Er steht hinter dem dunklen Tresen und hebt einen Zeigefinger. In Windeseile zapft er das Bier fertig, stellt es auf das Tablett einer Kellnerin und wischt sich die Hände an der Jeans ab, bevor er durch einen offenen Bereich an der Seite hinter der Bar hervor- und auf mich zukommt.

»Hi, bist du mit jemandem verabredet?«

Ich runzele die Stirn. »Nein?«

»Cool. Wo willst du sitzen? Dann mache ich den Weg frei.«

Es ist rappelvoll. Alle Tische sind besetzt, aber niemand der Gäste ist in meinem Alter. Hauptsächlich Menschen um die dreißig und aufwärts. Keiner, den ich kenne. Und weil es so schummrig und die Musik aus der Jukebox fast schon zu laut ist, fühle ich mich angenehm unsichtbar, was mich sofort etwas beruhigt. Erst jetzt merke ich, wie sehr ich bis gerade eben nach Atem gerungen habe und wie wild mein Herz unter dem viel zu engen Korsett des Kleides immer noch wummert.

»An der Bar?« Um ehrlich zu sein, sind die Hocker dort die einzig freien Plätze, die ich erkennen kann.

»Klar. Gute Wahl. Das ist der Platz, an dem du mit Sicherheit am schnellsten bekommst, was du möchtest«, fügt er dann noch mit einem Augenzwinkern hinzu.

Ich grinse ihn an und danke dem Universum, dass ich ausgerechnet hier gelandet bin. Er ist nett. Und er hat mich in diesem Gespräch noch kein einziges Mal in Verlegenheit gebracht, obwohl ich mir sicher bin, dass er nicht jeden Gast von der Türschwelle abholt.

Ich rolle an einen freien Hocker heran, stelle die Bremsen ein und ziehe mich am Tresen hoch. So elegant ich kann, lasse ich mich auf die Sitzfläche gleiten und richte den mauvefarbenen Rock meines Kleides, der aus mehreren Lagen besteht und wallend über den Rand des Hockers quillt.

»Was dagegen, wenn ich den so lange an die Garderobe stelle, damit die Kellner durchkommen?« Der Barkeeper zeigt auf meinen Rollstuhl.

»Oh, sorry! Nein, gar nicht ...« Ich will andeuten, wo der Hebel ist, aber da hat er ihn bereits ohne Erklärung mit einem Griff zusammengeklappt und sieht mich triumphierend an. »Kein Ding. Sobald du was brauchst, gib mir ein Zeichen. Ich bin ... wahrscheinlich hinter der Bar.«

Wir lachen beide, und ich lehne mich nach vorne, um mir eine Getränkekarte zu schnappen. Sie steckt so fest in der Halterung, dass ich den kleinen Holzklotz mit anhebe und an der Karte herumruckeln muss, um sie rauszubekommen. Der untere Teil ist total verklebt, sodass ich trotz der lauten Musik das schmatzende Knistern bei jedem Umblättern hören kann.

»Weißt du's schon?« Mein Retter des Abends taucht wieder hinter dem Tresen auf. Seine braunen Haare in einem Dutt auf dem Hinterkopf sehen meiner Frisur ziemlich ähnlich. Als er nach einem Lappen greift, fängt sich der Schein der Teelichter, die hier überall in kleinen Gläsern stehen, in dem goldenen Septum an seiner Nase. Ich kräusele meine eigene, weil ich mit mir hadere. Eigentlich sollte ich keinen Alkohol trinken. Weil ich selbst ohne Tabletten täglich hohe Dosen Schmerzmittel in mir habe. Durch die Pflaster. Allerdings ist dieser ganze Abend hier ein Geheimnis und existiert gar nicht wirklich. Mein Vater wird noch eine Weile beschäftigt sein.

Solange ich mich also nicht betrinke und mir rechtzeitig ein Uber rufe, wird niemand davon erfahren. Außerdem *brauche* ich das hier. Mich einfach mal für ein paar Minuten nicht wie Bernadette Marie Anker oder das »arme Kindchen« fühlen zu müssen. Sondern wie das Ich von vor einem Jahr, das zu einem leeren Datum im Kalender blättert und davon träumt, dass sich irgendetwas richtig anfühlt.

Aber ich traue mich nicht.

»Eistee«, beschließe ich deshalb, als gleichzeitig jemand seine Unterarme neben mir auf das verkerbte Holz des Tresens schiebt und etwas atemlos sagt: »Für mich auch, bitte.«

»Pfirsich oder Zitrone?«, fragt der Barkeeper, und noch bevor ich zur Seite blinzeln kann, antworten wir gleichzeitig: »Zitrone.«

Kapitel 4

Nave

I am not who you think I am.

Menschen mögen es, wenn man sie anlügt. Weil es ihnen lieber ist, ignorant sein zu dürfen, als sich mit einer unangenehmen Wahrheit auseinandersetzen zu müssen.

Niemand hier in diesem Club würde mich auf der Bühne haben wollen, wenn sie wüssten, wer ich bin. Oder, dass ich bereits dreimal im Knast war. Die Gründe sind egal. Die Tatsache zählt. Und für die Mädelsgruppe an dem Stehtisch ganz vorne bin ich der mysteriöse Typ, dessen Songs perfekt zu vier Gin Tonics passen. Ich lasse ihnen die Illusion.

hundreds of people,
thousands of eyes
they never really see me
I'm the problem in disguise

Meine Lippen berühren ein letztes Mal das Mikro. »Danke für diesen Abend«, sage ich, die Stimme schon leicht rau.

Die Leute jubeln.

Ich hebe zögerlich einen Mundwinkel, blinzle gegen die Scheinwerfer an.

Dann schlüpfe ich aus dem Gurt der Gitarre und verschwinde in den Backstagebereich.

Ich bin nicht berühmt. Bloß jemand, der ab und an die Chance hat, in irgendwelchen gewöhnlichen Bars und auf winzigen Bühnen ein paar Songs zu spielen. Der Backstagebereich ist deshalb derselbe Raum, in dem die Mitarbeiter auch ihre Raucherpausen machen. Nebelschwaden hängen unter den Halogenlampen, und meine Augen brennen, als ich nach dem abgewetzten Gitarrenkoffer greife, um meine akustische Fender darin zu verstauen.

»Nicht schlecht, Mann.«

Ich nicke Jakob zu, dem Sänger von *Bathtub Drowning*, der am Boden neben einer der Steckdosen hockt und sein Handy lädt. »Nur eine Frage der Zeit, bis man dich überall kennt.«

Automatisch zieht sich dieser nur allzu bekannte Zwiespalt wie ein Blitz durch meinen Kopf, meine Brust, mein Herz und zerreißt mich lautlos. Weil ich das auch will. Mehr als alles andere. Wenn meine Finger Saiten berühren oder sich um den Griff eines Mikrofons schließen, denke ich nicht mehr an Briefe, die nicht ankommen, Sachbearbeiter, die den Teufel an die Wand malen, und Bilder, die mir den Schlaf rauben. Aber ich weiß genauso gut, dass das hier – diese kurzen Auftritte – alles ist, was ich von meinen Träumen erreichen kann. Mehr ist nicht drin.

Vielleicht in einem anderen Leben.

Ich lache leise auf. »Mal sehen«, antworte ich, reibe mir mit den Händen übers Gesicht und spüre dabei meinen Ring über die Haut gleiten. Es ist ein Wunder, dass ich ihn nie verloren habe. Es ist allerdings auch ein Wunder, dass ich ihn nie wütend in irgendeinen Abgrund geworfen habe.

»Nimm dir eins.« Jakob reckt das Kinn in Richtung eines schmalen Kühlschranks. Durch die gläserne Scheibe schimmert das Grün voller Bierflaschen.

Ich schüttle den Kopf. »Nächstes Mal vielleicht.«

»Ich bin mir sicher, dass es ein nächstes Mal geben wird.«

Grinsend rappelt er sich auf und klopft sich den Staub von der Hose.

Die anderen Bandmitglieder kommen aufgedreht durcheinander rufend in den Raum und begrüßen mich ebenfalls.

»Echt krass, Nave.« Der Bassist hält mir seine Hand hin, und wir schlagen kurz ein.

»Danke und viel Spaß noch, Leute.«

»Du bleibst nicht?«, fragt der Drummer, aus dessen T-Shirt-Ärmeln sich zahlreiche Tattoos über seine Arme und den Nacken ergießen.

»Was? Alter, du musst noch bleiben«, schaltet sich der Bassist wieder ein, und ich klappe die aufgesprungene Lasche meines Gitarrenkoffers erneut zu.

»Eins«, lasse ich mich überreden und nehme das Bier entgegen, von dem Jakob gerade mit einem Feuerzeug den Kronkorken aufgestemmt hat.

Wir stoßen an, quatschen 330 Milliliter lang über Musik, und dann müssen die Jungs auf die Bühne.

Ich stelle mich an den Rand der Halle, lehne mich mit einer Schulter gegen die Wand und höre mir noch die ersten paar Songs an. Bis sich plötzlich eines der Mädchen, die vorhin ganz vorne standen, nähert und ihre Hand an meinen angewinkelten Unterarm legt. Ich umfasse die leere Bierflasche fester und sehe sie fragend an.

»O mein Gott, du bist es wirklich, oder?«

»Kommt drauf an, wen du gesucht hast?« Ich bereue es, nicht bereits auf dem Weg nach Hause zu sein.

Das Mädchen lacht. Ein Teil ihrer schwarzen Haare ist mit einer Klammer gebändigt, der Rest wirbelt wild über ihre nackten Schultern, bis zu ihrem trägerlosen Top. Ich mustere sie nicht. Aber sie ist so klein, dass ich direkt alles von ihr sehe, wenn ich auf sie herabblicke, um ihr ins Gesicht zu sehen. Den Mund leicht geöffnet, drückt sie von innen mit der Zunge gegen ihre Wange und überlegt. »Ist Na-ve dein richtiger Name?«

Ich zucke mit den Schultern und senke dabei meinen Arm, sodass ihre Finger von mir abfallen, ohne sie darauf hinweisen zu müssen.

»Ich hatte Latein. Und *Na-ve* heißt Schiff, stimmt's?«

»Keine Ahnung.« Sie spricht es falsch aus. Na-ve. Statt *Nave*, wie Dave und Rave und safe und Wave und ... Ich lehne mich noch weiter zurück gegen die Wand, aber diesmal stellt sie sich sogar auf die Zehenspitzen und berührt mit ihren Lippen mein Ohr, um die Musik aus den Boxen zu übertönen.

»Hattest du auch Latein?«

»Nope.«

»Schade. Dann weißt du wohl auch nicht, was *in medias res* heißt, oder?« Sie lacht wieder, und ich lege unweigerlich die Stirn in Falten.

»Ich hätte echt nie gedacht, dass ich mal auf Latein flirten würde«, erklärt sie und hält sich für einen Moment die Hand vors Gesicht, als wäre ihr dieses Gespräch mittlerweile selbst peinlich.

»Zur Sache kommen«, antworte ich und hebe meinen Arm wieder, sodass zumindest die leere Bierflasche zwischen uns ist.

»Soll ich?«

Noch näher. Sie kommt noch näher, und ich mache einen Schritt zur Seite. »Ich habe bloß deinen Satz übersetzt.«

»Oh«, sagt sie, aber ich höre es nicht. Sehe bloß, wie sich ihre Lippen zu diesem Laut formen und ihre Miene von anzüglich zu enttäuscht und ein bisschen verlegen wechselt.

»Tut mir leid, ich wollte nicht ...«

»Alles gut«, winke ich ab. Lächle sie so nett ich kann an und verschwinde aus dem Club. Mir fällt erst auf, dass ich weder meine Jacke noch meine Gitarre mitgenommen habe, als ich merke, dass jemand ein paar Meter weiter zu brüllen beginnt. Ich bleibe abrupt stehen, und dann geht alles ganz schnell. »Du Hurensohn«, ruft einer, schubst den größeren Typen vor sich und bekommt von dem umgehend einen Kinnhaken, sodass er mit einem dumpfen Geräusch auf dem Asphalt landet.

Geh weiter, schreit mein Kopf.

»Was soll der Scheiß?«, sage ich stattdessen laut, jedoch mit genügend Abstand, damit man mir nicht vorwerfen kann, ich wäre Teil des Chaos.

»Verpiss dich«, zischt ausgerechnet der Kinnhaken-Typ, aber weil der, der gerade zu Boden gegangen ist, sich bereits wieder aufgesetzt hat und seine Freunde ihm hochhelfen, gehe ich tatsächlich.

Keine Chance, dass ich noch mal umdrehe, um meine Sachen zu holen. Ich werde warten, bis das Konzert vorbei ist. Und weil ich bis dahin irgendwo ausharren muss, ohne zu erfrieren, gehe ich in die nächstbeste Bar, die durch das gekachelte Schaufenster nach Leuten aussieht, die mich nicht auf Latein anquatschen, sich nicht für mich interessieren und mich auf keinen Fall in irgendwelche Situationen bringen können, für die ich die Schuld an *was-weiß-ich* bekommen könnte. Ich werde paranoid. Ich brauche ...

»Eistee.« Eine junge Frau sitzt an der Bar und sticht mir sofort ins Auge. Weil sie ein verdammtes Ballkleid trägt und trotzdem den Anschein macht, als würde sie sich verstecken wollen. Sie ist ein glitzerndes Paradoxon. Und neben ihr der einzige freie Platz.

»Für mich auch, bitte«, murmle ich und stütze mich neben ihr am Tresen ab.

Kapitel 5

Birdie

Ich drehe meinen Kopf. Langsam. Diskret. Und mit dieser leisen Vorahnung im Bauch, dass das hier ein Moment ist, an den ich mich in ein paar Monaten immer noch erinnern werde. Auch ohne Kalender.

Meine Augenlider sind leicht gesenkt, während ich durch meine Wimpern blinzle, rüber zu diesem Typen, der nur einen halben Meter neben mir steht. In T-Shirt, Jeans und Verwegenheit.

Für den Bruchteil eines Moments sehen wir uns an. Nur zufällig, weil er eigentlich gerade dabei ist, einen Blick über die Schulter zu werfen, als wäre das etwas, das er öfter tut. Aber dann schnellt sein Kopf wieder zurück zu mir. Und jetzt kann ich nicht anders; starre gebannt in dieses Gesicht, das mir bekannt vorkommt. Ich starre. Starre. Starre immer noch, bis mir plötzlich immer wärmer wird und ich rasch das Kinn senke und stattdessen nach unten gucke.

Sekunden vergehen. Keiner von uns sagt ein Wort, obwohl es offensichtlich ist, dass wir gerade etwas im jeweils anderen gesehen haben.

Okay, durchatmen.

Was passiert hier?

Gar nichts, brüllt mein Verstand.

Ich traue mich nicht, noch mal in sein Gesicht zu schauen, und betrachte stattdessen diesen merkwürdigen Ring an seinem linken kleinen Finger. Ein zersprungener türkiser Stein in einem schwarzen Quadrat, gehalten von einem breiten silbernen Band. Vielleicht ist er ein Vampir und das hier sein Tageslichtring. Ich unterdrücke ein Kichern. Vor allem, weil ich merke, *deutlich merke*, dass er mich genauso mustert.

»Hi«, sage ich deshalb, während mir die tätowierte Zahl 777 auf seinem Handgelenk ein paar Zentimeter über seinem Handrücken auffällt, wo man normalerweise bloß die Ziffern einer Uhr trägt. Und als ich den schwarzen Schmetterling an seinem Ellenbogen entdecke, höre ich ihn lachen. Meine Lippen krümmen sich wie von selbst. So stark, dass sich ein Ziehen in meinen Wangen ausbreitet. Ich kann gar nicht anders. Etwas an der Art, wie er lacht, hat mich unweigerlich angesteckt.

»Hi«, sagt er in einem fast schon beruhigenden Tonfall, und ich hebe überrascht den Kopf.

Seine Stimme! Ich habe sie eben in meinem ganzen Körper gespürt. Und jetzt weiß ich, wie er sich angehört hätte. Auf Spotify. Weil ich *weiß*, wer *er* ist.

Sämtliche Alarmglocken in meinem Kopf gehen an. Mit Sicherheit weiten sich gerade meine Pupillen. Jedenfalls entgeht es ihm nicht, dass ich flach nach Luft schnappe und versuche, Abstand zwischen uns zu bringen.

Wann waren unsere Oberkörper sich noch mal näher gekommen?

»Ich weiß, wer du bist«, erkläre ich meine Reaktion.

Er sieht sogar noch besser aus als auf dem Plakat, das ich heute im Gruppenchat so genau inspiziert habe. Die rabenschwarzen Locken, die eigentlich ausgebürstete Wellen sind, sich an manchen Stellen aber immer noch eigensinnig kringeln, als könnte man sie niemals bändigen. Die markanten Züge und … Wow! Mit vielen, vielen Os – Naves grüne Augen sind nicht von dieser Welt! Definitiv kein Photoshop.

»Ach so?« Er ignoriert meinen Schock, zieht den Hocker

neben mir unter der Tresenplatte hervor und wartet einen Moment. Ob ich etwas dagegen habe? Wahrscheinlich hätte kein Mädchen etwas dagegen. Und selbst wenn ich die Ausnahme wäre, bringe ich in dieser Sekunde kein weiteres Wort über meine Lippen.

Nave setzt sich. Aber das tut er bestimmt bloß, weil der Barkeeper gerade die Getränke vor uns abstellt.

»Ich weiß auch, wer du bist«, sagt er grinsend.

Wie bitte? Er kann nicht wissen, wer ich bin. Meine Geschichte war vor Monaten eine kleine Fußnote in der *Kronen Zeitung*; mit einem Foto von mir, auf dem ich elf bin. Bis auf die Mitleidsnummer heute Abend, hat mein Vater immer versucht, mich aus allem rauszuhalten. Und mein Nachname ist mir nicht auf die Stirn geschrieben.

Seine Hand umfasst den Eistee, und auf dem Weg zu seinem Mund spreizt er den Zeigefinger vom Glas ab, um auf mich zu zeigen. »Du bist die berühmteste Schachspielerin der Welt.« Daraufhin nimmt er einen Schluck, lässt mich dabei jedoch nicht aus den Augen, die belustigt aufblitzen.

»Was?« Eine Mischung aus Kichern und schnaubendem Ausatmen dringt aus meiner Kehle, und ich spüre meine Mundwinkel zucken, die sich erneut zu einem Lächeln entschließen, ganz ohne sie dazu zwingen zu müssen.

Nave legt seine Fingerspitzen auf den Rand des Glases, das er wieder abgestellt hat, und dreht es abwartend gegen den Uhrzeigersinn. Die Merkwürdigkeit zwischen uns wächst mit jeder Umdrehung bis ins Unermessliche, aber sie ist nicht unangenehm.

»Du musst mich verwechseln«, sage ich, nicht sicher, ob das hier ein Witz ist, den ich nicht verstehe.

»Du mich auch.« Der Groschen fällt, und als ich schmunzle, zwinkert er mir zu. »Was hältst du davon, wenn wir, solange wir hier sitzen, nicht wir selbst sein müssten?«

Nachdenklich lege ich den Kopf schräg, in dem sich ein

paar drängende Fragen formen. Aber ich bin die letzte Person auf Erden, der man erklären muss, warum man – aus welchen Gründen auch immer – für ein paar gelogene Minuten lang jemand anders sein möchte. Deshalb stelle ich alle Fragen auf lautlos und strecke ihm meine Hand hin. »Birdie«, stelle ich mich vor. »Die berühmteste Schachspielerin der Welt.« Naves Blick wandert zwischen meinem Gesicht und meiner Hand hin und her. Einmal. Zweimal. Tiefe Grübchen formen sich in seinen Wangen. Ich bemerke eine feine Narbe, die knapp an seiner Augenbraue vorbei verläuft, aber sofort wieder von einer gewellten Haarsträhne verdeckt wird.

Dann greift Nave nach meiner Hand, was sie automatisch zwischen seinen Fingern verschwinden lässt. Seine sind groß, und der Druck, den er damit ausübt, fest. Als hätte er keine Angst, mich zu zerbrechen. Weil ... er weiß es nicht! Er weiß nichts. Mein Rollstuhl steht ein paar Meter weiter. Das Kleid verdeckt alles. Er sieht bloß mich. *Mich!* Nicht das, was passiert ist. Nicht, wo ich herkomme und wo ich noch hinmuss.

Euphorie beginnt durch meine Blutbahn zu rasen und wird zu einem Wirbelsturm, als mir klar wird, dass sein Grinsen immer breiter wird. Weil er mich bereits losgelassen hat, meine Hand aber immer noch zwischen uns schwebt. Ich ziehe sie rasch zurück. Innerlich zwinge ich mich, meine Fassung wiederzufinden. Eventuell bin ich nämlich kurz davor, zu heulen. Es wäre ein erleichtertes Heulen. Weil ich anscheinend tatsächlich noch dazu in der Lage bin, mich gut und normal zu fühlen. Aber ich halte mich zurück. Schlucke. Greife nach meinem Eistee. Trinke. Beschwöre mich, eine andere Person zu sein. Das Mädchen mit den wilden Locken und dem selbstbewussten Blick. Die Version von mir, die ich mal gewesen bin.

»Schön, dich kennenzulernen, Birdie.« Nave benetzt seine Lippen. »Ich bin übrigens ...«

»Nave. Der zweitbeste Schachspieler der Welt. Tut mir leid, dass ich dich letztes Mal geschlagen habe«, komme ich ihm zuvor.

Naves Schultern sacken ein winziges Stück nach unten, und er wirkt erleichtert.

Ich bin es auch.

Wo ist die Schwere hin, die normalerweise auf mir liegt?

»Du warst eine harte Gegnerin«, spielt er mit.

Ich zucke ungerührt mit den Achseln. »Du kannst jederzeit um eine Revanche bitten.«

»Irgendwas sagt mir, dass du nicht fair spielen wirst.«

»Sagt ausgerechnet derjenige, der in eine Bar spaziert kommt und die erstbeste Frau anlügt.«

Nave lacht auf. »Ich dachte, dass die Frau, die allein in einem Ballkleid an der Bar sitzt, vielleicht auch ganz gern für ein paar Minuten etwas vergessen würde.«

Ich blicke an mir hinunter. Der Punkt geht an ihn. »Normalerweise laufe ich nicht so rum.«

»Und was machst du so? *Normalerweise?*«

Ich tue, als müsste ich mich an etwas erinnern. »Meinst du, bevor oder nachdem ich mein Studium hingeschmissen habe?« Nicht wirklich zerknirscht, weil diese Seifenblase um uns wahrscheinlich alles unbeschwert wirken lassen könnte, verziehe ich das Gesicht.

»Du hattest bestimmt einen Grund. Bereust du's denn?«

»Ich wäre eine furchtbare Anwältin geworden, weil ich mich nicht durchsetzen kann. Deshalb: Nein. Nicht wirklich. Aber ich komme mir ziemlich planlos vor, und mein Vater sitzt mir im Nacken. Wenn ich keine vernünftige Alternative finde, muss ich mich wieder einschreiben und«, ich verdrehe für das Zitat meines Vaters die Augen und verstelle meine Stimme, »*endlich erwachsen werden.*«

»Wie alt bist du?«

»Fast neunzehn.« Ungeschickt streiche ich mir die lose

Haarsträhne wieder hinters Ohr. Diesmal nicht mit dem Mittelfinger. »Und du?«

»Neunzehn.«

»Bevor ich mein Leben nicht auf die Reihe bekomme, darf ich nicht ausziehen.« Der Plan war, mit meinen Freundinnen eine WG zu gründen. Vor meinem Unfall. Vor Vic. Ich hatte mich so darauf gefreut, nicht mehr am spießigen Stadtrand zu wohnen, wo man nicht mal richtig mit öffentlichen Verkehrsmitteln hinkommt. In einem Haus, das ständig leer und auch ein bisschen gruselig ist, weil es einem Museum gleicht; mit den Gemälden und Degen an der Wand oder den vergilbten Totenschädeln geschossener Tiere, die eine Reihe an Urgroßvätern als Deko hinterlassen hat. Kristin trinkt sogar jedes Mal ein Glas Schnaps, bevor sie die Geweihe entstaubt, weil sie die eklig und grotesk findet.

»Klingt, als wärst du eine Disney-Prinzessin, die in einem Turm hockt und darauf wartet, gerettet zu werden.«

Jetzt bin ich es, die auflacht. Wie passend dieser Vergleich ist. »Willst du mir gar nicht sagen, dass ich alt genug bin, um zu tun, was ich will?«

»Nein.« Nave stützt den Ellenbogen neben seinem Glas ab, und der sichtbare Flügel des Schmetterlingtattoos wird durch das flackernde Licht der kleinen Kerzen kurz lebendig.

»Warum?«

»Weil ich weiß, dass man manchmal eben nicht das tun kann, was man will. Auch wenn man theoretisch jede Möglichkeit dazu hätte.«

»Wie weise du bist.« Provozierend, um die Ernsthaftigkeit aus diesem Gespräch zu nehmen, hebe ich eine Augenbraue.

Nave wirkt amüsiert. Mit der Zungenspitze im Mundwinkel nickt er, als würde er wortlos einwilligen, dass wir ab jetzt nur noch lockere Themen anschneiden.

»Was ist mit dir?«

»Hm?«

Ich blende das tiefe Brummen aus, das in seiner Frage mitschwingt und sich gut in meinen Ohren und … allen anderen Ecken meines Körpers anfühlt.

»Was machst *du* so? *Normalerweise?*«

Nave rutscht näher an den Rand des Hockers, sodass er mit einem Bein auf dem Boden steht. Der andere Fuß liegt immer noch auf der Querstrebe und wippt auf und ab. Ist er nervös?

Kapitel 6

Nave

I wasn't expecting that.

Das gewohnte Misstrauen, das mich überkommt, wann immer mich jemand nach meinem Leben fragt, lässt mich innehalten. Aber dann fällt mir ein, dass wir beschlossen haben, nicht wir sein zu müssen. Sie ist das Mädchen an der Bar, das glitzert und Zitrone lieber mag als Pfirsich. Ich mag ihre grauen Augen und die Art, wie jedes ihrer Lächeln sie für einen Moment selbst zu überraschen scheint. Weil ich weiß, dass sie vorhin traurig war. Und obwohl ihre Traurigkeit schön war, bin ich erleichtert. Nicht, weil ich nicht damit umgehen könnte, wenn sie angefangen hätte, zu weinen. Ich habe schon viele Menschen weinen sehen. Aber es ist mir eindeutig lieber, wenn sie lächelt. Weil das noch schöner ist. Alles an ihr ist schön. Übertrieben schön. Wie Weihnachtsbeleuchtung auf Balkongeländern, obwohl fast Frühling ist. Oder eben dieses Kleid in einer abgefuckten Bar, das sie wie eine glitzernde Christbaumkugel zwischen all den Menschen in casual Outfits hervorstechen lässt.

Ich will gar nicht wissen, wo sie in dem Aufzug war. Weil ihre Eltern nach Menschen klingen, die mich hassen würden. Normalerweise vertraue ich auf mein Bauchgefühl. Ich würde Mädchen wie sie nicht ansprechen. Allerdings haben wir zufällig denselben Ort gewählt, um uns vor der Welt zu verstecken. Was uns zu Verbündeten macht. Nur, dass ich das nachher versauen muss. Weil ich sie am Ende dieses Abends nicht nach ihrer Nummer fragen werde oder danach, ob wir uns wiedersehen können.

»Du meinst, was ich mache, wenn ich nicht gerade Schach spiele?«

»Ich meine, wenn du nicht gerade gegen mich verlierst.«

»Dann lecke ich meine Wunden. Oder gebe Schwimmstunden.« Birdies Augen wandern zu meinen Schultern und flüchtig weiter über meinen Körper. Es macht mir nichts aus. Vor allem nicht, als ihre ohnehin schon pinken Wangen sich immer dunkler färben.

»Ich hatte eine Karte«, sagt sie plötzlich, als wollte sie mir das die ganze Zeit schon mitteilen.

Eine Karte? Eine Karte wofür?

»*Bathtub Drowning*«, fährt sie ohne meine Nachfrage fort. »Ich wollte die Band unbedingt sehen. Aber dann kam was dazwischen«, sie schnippt gegen eine der Pailletten des Kleides, »und ich musste sie verschenken.«

»Wenn du magst, kann ich dich sicher noch irgendwie reinbringen?«, schlage ich vor, aber bin insgeheim erleichtert, dass sie sofort den Kopf schüttelt. Vielleicht, weil ich gerne mit ihr hier sitze. Was ich nicht erwartet habe, als ich vorhin einfach in die nächstbeste Bar gestolpert bin.

»Ich kann nicht mehr lange bleiben und ...« Birdie unterbricht sich kurz. Nachdenklich. »Ich gehe einfach auf das nächste Konzert. Wirst du auch dort sein?«

»Ich ... ist noch nicht sicher. Jakob hat mich gefragt. Das ist der ...«

»Ich weiß, wer Jakob ist. Und ... o Gott«, sie deutet mit ihren flachen Händen eine verneigende Bewegung an. »Ich glaube, mir wird erst jetzt so richtig klar, dass ich vor einem Celebrity sitze.«

»Sehr witzig.« Ich finde Birdie wirklich lustig. Aber ich

versuche, empört auszusehen, was sie dazu bringt, entschuldigend meinen Arm zu tätscheln. Die Berührung ist zu kurz und leicht, um sie wirklich zu spüren. Aber die Stelle kribbelt immer noch, als ich weiterspreche. »Kann sein, dass ich für die nächsten Konzerte der Jungs auch der Support Act bin.«

»Wie kommt es, dass du hier bist und nicht dort drüben?«

Birdies Schal, oder wie auch immer man dieses durchsichtige Tuch um ihren Oberkörper nennt, rutscht ihr über eine Schulter und gibt ihr Dekolleté frei, das durch das Kleid ... in Szene gesetzt wird. Ich schlucke schnell, um mir nicht anmerken zu lassen, dass ich nicht auf die Pailletten gestarrt habe. Und dann vergesse ich, mir eine Ausrede einfallen zu lassen, und sage die Wahrheit.

»Ich bin vor so einem Mädchen geflüchtet, das mich angesprungen ist.«

Birdie runzelt die Stirn. Als ob sie die Info zuerst verarbeiten müsste. Dann hält sie sich rasch die Hand an den Mund, um ein Prusten zu kaschieren. »Immer diese Groupies«, sagt sie amüsiert, wie jemand, der seit Jahren in diesem Business ist.

Ich grinse. »Groupie. Einzahl. Und es sollte nicht so klingen, als würde ich was auf mich halten. Ich fand es eher beängstigend. Warum können die nicht einfach sagen, dass sie meine Musik mögen? Warum müssen die Latein mit mir reden und mich dabei anfassen?«

»Latein? Du hast ja interessante Groupies.« Sie presst die Lippen aufeinander, aber schafft es nicht, ernst zu bleiben.

»Groupie. Einzahl«, wiederhole ich.

»Ich bin mir sicher, dass sie deine Musik gut fand.« Birdie hebt anzüglich die Augenbrauen. »Aber ich kann mir auch vorstellen, warum sie *dich* gut fand.«

Tatsächlich bin ich jetzt derjenige, der verlegen ist. Ich weiß nicht, was ich sagen soll, und grinse stattdessen wie ein

Idiot meine Sneaker an, die irgendwann mal weiß gewesen sind.

»Ach, komm«, neckt sie mich. »Als wüsstest du nicht, dass du wie ein Vampir aus diesen ganzen Teenie-Büchern aussiehst.« Sie blickt auf meinen Ring. »Die tragen auch so was. Damit sie im Tageslicht nicht verbrennen.«

Ich drehe an meinem Ring und betrachte den Stein daran. Wenn mein Vater das hören könnte, würde er jetzt auch lachen. »Das ist ein Familienerbstück«, erkläre ich.

»Und deine Hände sind zu dick geraten, oder trägt man den am kleinsten Finger?«

Diese Frau bringt mich mit jedem weiteren Satz noch mehr aus dem Konzept.

Ich hebe einen Mundwinkel und ziehe den Ring ab. Dann halte ich ihr meine Hand vors Gesicht und wackle mit den Fingern. »Das sind Musikerhände. Die sind nicht dick.«

Birdie kichert und nimmt mir den Ring ab. Sie betrachtet eingehend die Kerben im antiken Silber, und ich habe das Gefühl, dass sie kurz davor ist, ihn sich selbst anzustecken. Aber dann schiebt sie ihn zurück auf meinen kleinen Finger und sagt: »Ich gelobe, deine *Musikerhände* nie wieder zu beleidigen.«

»Du bist merkwürdig.« Ich kann nicht aufhören zu grinsen.

»Du hast ein Mädchen angesprochen, das allein in einem Ballkleid an der Bar sitzt. Was hast du erwartet?«

Wir lachen beide los, und dann hebe ich mein Glas. Die Eiswürfel darin klacken hörbar, weil der aktuelle Song aus den Boxen in dieser Sekunde zu Ende geht und die letzten Töne verklingen. Der Lärm der Bar tritt in den Vordergrund. Die Gespräche, das Knarzen der alten Holzstühle auf dem noch älteren Dielenboden. Das Hantieren der Kellner. Das Verstummen von Birdies Lachen.

»Stoßen wir an?«, fragt sie, und der nächste Song startet.

»Auf was?«, will ich wissen.

»Auf Schach. Das ist doch unser gemeinsames Ding, oder?« Sie berührt mein Glas mit ihrem, aber als sie es an ihre Lippen hebt, widerspreche ich ihr in meinem Kopf. Auf dich, denke ich. Und dann wird mir klar, dass ich abhauen sollte.

Ich bin mir nicht sicher, ob wir miteinander flirten. Nicht auf Latein. Sondern in echt.

Ich muss meine Sachen holen. Jetzt. Weil frische Luft meinen Verstand wiederbeleben wird. Ihn zurechtrücken.

»Bleibst du noch, wenn ich kurz rübergehe, um meine Jacke und die Gitarre zu holen, bevor die zusperren? Mein Schlüssel ist in der Jackentasche, und ich …« Okay, das klang gerade irgendwie nicht danach, als würde ich mich von ihr verabschieden. Warum habe ich mich nicht verabschiedet? »Ich brauche nur fünf Minuten.« Wieder kein »Es war schön, dich kennenzulernen. Mach's gut.«

Birdie nickt, aber ihre Augen sagen: »Beeil dich, bevor unser Moment verfliegt.«

Und als ich rausgehe, weiß ich, dass ich heute meine Regeln brechen werde. Weil ich sie nach ihrer Nummer fragen will. Obwohl das definitiv keine gute Idee ist.

Kapitel 7

Birdie

Ein Kern löst sich aus der Zitronenscheibe in meinem Eistee und gleitet wie in Zeitlupe durch die goldbraune Flüssigkeit auf den Boden des Glases.

Mir ist klar, dass das hier Wahnsinn ist. Diese eingebildete Schwerelosigkeit. Weil ich mir bloß etwas vormache. Ich kann nicht einfach so tun, als wäre ich eine andere Person. Aber ... irgendwie fühlt es sich so an, als wäre ich dabei mehr ich selbst gewesen als das ganze letzte halbe Jahr.

Wahrscheinlich sollte ich die Möglichkeit nutzen, diesen Abend exakt hier enden zu lassen. Damit ich dieses Gespräch gemeinsam mit dem Grün seiner Augen und dem Zucken seiner Mundwinkel in dieser unbeschwerten Erinnerung behalten kann. Diese kurze Zeit, in der er mich so mühelos zum Lachen gebracht hat. Aber ich bleibe sitzen. Weil ich egoistisch und naiv bin und gar nicht will, dass es bereits vorbei ist. Ich werde ihn später einfach bitten, vor mir zu gehen. Dann muss ich ihm nichts erklären.

Ich würde mir tausend weitere Ausreden liefern, nur um noch ein kleines bisschen länger in dieser Normalität sitzen bleiben zu können. Und um mich daran zu hindern, doch noch meinen Verstand einzuschalten, lenke ich mich ab, indem ich mein Handy hervorkrame. Aber das Display bleibt auch nach mehrmaligem Drücken auf die Entsperrtaste schwarz.

Ich habe keinen Plan, wie spät es ist, oder ob mein Vater mich vielleicht angerufen hat. Allzu lange bin ich aber noch nicht hier. Und später werde ich einfach den Barkeeper bitten, mir ein Taxi zu rufen.

Es ist alles gut. Das hier ist mein Abend. Meiner.

Die Tür der Bar geht auf. Ich drehe mich um und lächle. Weil ich davon ausgehe, dass es Nave ist. Aber vor mir steht Victor, dessen Ausdruck regelrecht düster wird, als er mich erblickt.

»Bir-die!« Vic teilt meinen Namen in zwei gezischte Silben. Eine Spur zu laut und drängend, sodass ein paar Leute sogar ihre Unterhaltungen unterbrechen und sich irritiert umsehen. Ich kann genau erkennen, wie er sich sammelt, um keine Szene zu machen, die noch mehr Aufmerksamkeit erregt. Und als er bei mir ist, stellt er sich so dicht vor mich, dass niemand sieht, wie er mir das Handy aus der Hand reißt. Meine Unterlippe löst sich von der oberen. Mit geöffnetem Mund blinzle ich zu ihm hoch.

»Dein Vater hat versucht, dich zu erreichen«, rechtfertigt er sein Handeln und fährt sich frustriert durchs braunblonde Haar, als er erkennt, dass mein Akku leer ist, weshalb er mir stattdessen sein Handy vor die Nase hält. »Schreib Marcella. Sag ihr, dass sie dich decken soll. Dein Vater glaubt, du bist bei ihr.«

»Aber Marcella ist auf einem Konzert.« Obwohl ich im Grunde nichts Schlimmes mache, indem ich hier bin, gibt Vic mir das Gefühl, ein kleines Kind zu sein, das Mist gebaut hat.

»Das weiß Eric aber nicht. Außer er fragt nach. Und deshalb schreibst du ihr jetzt, sonst sind wir beide am Arsch.«

Ich will ihm sagen, dass ich nichts dafürkann, wenn er meinen Vater angelogen hat. Dass ich sein kann, wo ich will. Aber ich sage nichts davon, sondern schreibe, wie er es von mir verlangt hat, Marcella. Erst nachdem ich die Nachricht abgeschickt habe, werde ich skeptisch.»Woher weißt *du* eigentlich, wo ich bin?«

Vic streckt fordernd die Hand aus. Wir tauschen unsere Handys zurück, und er verstaut seines in der Innentasche des Sakkos.»Find My Friends. Dein Standort wurde vor fünf Minuten noch angezeigt.«

Das ... hatte ich total vergessen. Diesen Tag, an dem wir zufällig beide in Berlin waren und es in unseren Insta Storys bemerkt haben. So fing alles an. Wir wollten uns treffen, aber ich habe Vic immer wieder die falsche Adresse genannt. Wie sich herausstellte, saß ich in einem Café, das es ein zweites Mal ein paar Straßen weiter gibt. Nur habe ich das auf Google nicht gecheckt und ihm immer wieder die verkehrte Straße genannt, als er mich vom anderen Standort aus angerufen hat, mich aber nirgends entdecken konnte. Vic schlug vor, dass ich ihn auf Find My Friends freischalte, damit wir uns finden. Vielleicht wollte mir das Schicksal eigentlich damals schon sagen, dass wir uns nicht über den Weg hätten laufen sollen. Aber ich habe nicht darauf gehört. Auf diesem Trip haben wir uns das erste Mal geküsst. Vic war eigentlich in der Stadt, um seinen Bruder zu besuchen, der dort studiert. Aber er hat das restliche Wochenende bei mir im Hotel übernachtet. Es war schön. So schön, dass die Erinnerung daran wehtut. Weil ich sie im Kalender mit unzähligen Herzen markiert habe.

»Ist mein Vater schon zu Hause?«

»Nein. Aber er hat sich Sorgen gemacht. Woraufhin ich mich auf den Weg machen musste, um allen den Abend zu retten.«

Ich sehe ihn unbeeindruckt an. *Vic, du Held.*

»Weißt du eigentlich, wie das aussieht?« Er senkt seinen Kopf und blickt mir tief in die Augen. Seine Stimme ist leiser, aber gleichzeitig bedrohlicher. Erst jetzt denke ich an Nave. Dass er jeden Augenblick zurückkommen wird. Rasch versuche ich, Vic von mir zu drücken, aber er zieht meine Hand von seiner Brust und lehnt sich noch näher. »Birdie, du bist die Tochter von Eric Anker!«

Anstatt ihn erneut auf Abstand zu bringen, weiche ich ihm aus und rutsche weiter an den Tresen.

»Wie gut kommt das an, wenn du am Abend seiner Wahlveranstaltung allein in einer Bar sitzt und dich ...«, sein Blick fällt abschätzig auf das halb leere Glas neben mir. »... betrinkst?!«, beendet er den Vorwurf.

»Das ist Eistee, danke für dein Vertrauen.« Aber Vic hat nicht unrecht. Nach den Fotos, die heute auf der Veranstaltung gemacht wurden, und vor allem in diesem Kleid, war es leichtsinnig, hierherzukommen. Zum Glück hat er Naves Glas nicht bemerkt. Oder es nicht für möglich gehalten, dass ich mich mit jemandem treffen könnte. Weil ich mich seit meinem Unfall mit niemandem mehr verabredet habe. Zumindest nicht freiwillig und schon gar nicht mit irgendwelchen Typen.

Die Illusion des Abends platzt vor meinen Augen. Was habe ich mir denn erhofft? Dass ich Nave nach diesem Tag wiedersehen werde? Ich unterdrücke ein trauriges Auflachen. Weil ein Teil von mir das tatsächlich gewollt hätte.

»Holst du mir meinen Rollstuhl?« Ich gebe auf. Vic soll mich hier wegbringen und ... Gott! Ich hoffe, dass er sich beeilt und nicht noch länger diskutieren will.

»Wo?« Er hebt suchend den Kopf und geht sofort los, als er der Richtung meines Blickes folgt.

An der Garderobe, wo andere Menschen ihre Regenschirme und Wintermäntel deponiert haben, versucht Vic meinen Rollstuhl aufzuklappen. Aber er hat keine Ahnung, wie der Mechanismus funktioniert, findet den Hebel nicht und zieht stattdessen einfach immer wieder am Gestell, das nicht nachgibt.

Wie auf Autopilot nutze ich diesen Moment, von dem ich nicht weiß, ob er ausreicht. Mit vor Aufregung fahrigen Fingern krame ich in meinem Täschchen. Hole mein Geld heraus, lege es auf den Tresen und greife nach der Serviette unter meinem Glas, die vom Kondenswasser total durchnässt ist. Einen raschen Blick auf Vic werfend, löse ich mit den Zähnen den Stöpsel von meinem Lippenstift, weil ich die andere Hand brauche, um die Serviette straff zu halten, sodass sie nicht reißt, während ich eine Nachricht an Nave hinterlasse. Ich lege sie ihm direkt neben seinen Eistee und verdecke sie rechtzeitig mit dem Arm, als Vic zurückkommt.

»Stimmt so«, sage ich zum Barkeeper, der bemerkt hat, dass ich mich auf den Weg mache, und dann erst das Geld sieht. Zuerst denke ich, dass er mich abschätzig mustert, aber ich merke, dass der Blick Vic gilt, denn jetzt zucken seine Augen zu mir und werden wieder freundlich. »Danke«, ruft er mir vom anderen Ende der Bar zu und streckt einen Daumen nach oben.

Ich lächle und beeile mich, nach draußen zu kommen.

Vics Wagen parkt direkt vor dem Gehsteig, und in dem Augenblick, als er die Beifahrertür hinter mir zuwirft, kommt Nave aus dem Club gegenüber. Ich schnappe nach Luft, rutsche tiefer in den Ledersitz und drehe den Kopf zur Seite, sodass er mich auf keinen Fall sieht.

Ich bilde mir ein, dass ich meinen eigenen Herzschlag hören kann. Adrenalin breitet sich unangenehm in meinem Körper aus, macht mich zittrig, nervös und aufgewühlt traurig.

Einen Moment bleibt Nave vor der Bar stehen, legt den Kopf in den Nacken und sieht in den Nachthimmel. Jacke und Gitarrenkoffer klemmen unter seinem Arm, und als ich sein Lächeln sehe, bevor er hineingeht, bin ich unendlich enttäuscht, dass ich nicht einfach das Mädchen an der Bar sein konnte. »Bye, Nave«, flüstere ich lautlos und betrachte dabei meinen eigenen Mund, wie er sich im Licht der Straßenlaternen in der Frontscheibe spiegelt, an die der Himmel jetzt vereinzelt Regentropfen katapultiert.

Vic bekommt von alldem nichts mit, weil er erneut mit dem Rollstuhl kämpft, um ihn im Kofferraum zu verstauen. Ich blicke zwischen den Sitzen nach hinten, um ihm zu deuten, an welcher Seite dieser verdammte Hebel ist, und dass das wohl nicht so schwer sein kann. Aber ich bleibe stumm, weil da dieser Pulli direkt in meinem Sichtfeld liegt. Zusammengeknautscht auf der ansonsten leeren Rückbank. Es ist *mein* Pulli.

Vic hievt den Rollstuhl in den Kofferraum, und als er erleichtert aufseufzt, bemerkt er mich, dann den Pulli, und sein Atem stockt hörbar.

Ich habe ihn nach diesem Pullover gefragt. Aber er hat gesagt, dass er ihn nicht mehr hätte. Dass er ihn mir schon längst zurückgegeben hat und ich ihn selbst verlegt habe.

Das Zuknallen der Heckklappe lässt mich zusammenzucken.

Vic steigt ein.

Sagt nichts.

Ich schweige ebenfalls, obwohl ich mich frage, was das bedeutet. Ob es überhaupt etwas bedeutet? Es wäre besser, meine Gedanken nicht in diese Richtung laufen zu lassen. Aber ich kann sie nicht aufhalten. Vic hat etwas behalten, das mir gehört.

Als der Motor startet, verbindet sich sein Handy automatisch mit dem Bordcomputer, und eine Nachricht von Marcella ploppt auf dem Bildschirm mittig am Armaturenbrett auf.

Äh, klar. Aber was ist los?

»Kümmer dich morgen darum«, trägt Vic mir auf und gleitet aus der Parklücke.

Je länger wir durch die ausgestorbene Innenstadt fahren und an verlassenen roten Ampeln stehen bleiben, desto leerer fühle ich mich. Vielleicht ist es die abebbende Euphorie, die Nave ausgelöst hatte. Vielleicht aber auch die zurückkommende Schwere, die allen anderen Gefühlen ihren Platz wegnimmt.

Es ist gut, wiederhole ich innerlich. Es ist gut, dass ich nicht mehr in dieser Bar sitze. Nave ist der heiße Typ an Litfaßsäulen. Und mich hat er für jemanden gehalten, der ich ... schlicht und einfach nicht bin.

Das Tor öffnet sich automatisch, als die Kamera Vics Kennzeichen erfasst. Wir fahren die Einfahrt zum Haus entlang. Immer noch schweigend, sodass das Knirschen des Schotters unter den anhaltenden Reifen das einzige Geräusch ist. Darauf folgt Stille.

»Warum hast du meinen Pulli noch?«

»Das ist deiner?« Vic zieht ruckartig die Handbremse hoch und sieht mich mit einer Bitte in den Augen an. Der, das hier bleiben zu lassen. Ihn nichts mehr zu fragen.

»Ja«, flüstere ich lediglich und schlucke alles andere hinunter.

Vic greift nach hinten, holt den Pulli hervor und lässt ihn auf meinen Schoß fallen. Ich vergrabe die Finger im Stoff.

»Kannst du mir wenigstens endlich eine ehrliche Erklärung liefern?«

Weil er nicht antwortet, sehe ich zu ihm rüber. Aber er starrt, das Lenkrad gepackt, nach vorne. Ich tue es ihm gleich und betrachte das Haus vor uns, in dem alle Fenster dunkel sind. Einzig die Beleuchtung über der Eingangstür und die vielen Solar-Gartenlampen, die die Auffahrt säumen, heben sich buttrig hell vom Schwarz der Nacht ab.

»Es tut mir leid. Okay? Was willst du von mir hören?«

»Einen Grund und keine beschissene Ausrede. Weil ...« Meine Stimme bricht, und ich muss mich zusammenreißen, um nicht zu weinen. »Weil ich sonst glaube, dass es an dem Unfall liegt. Und du mich deshalb nicht mehr willst.«

Vics Kopf schnellt in meine Richtung, und seine Miene wird weich. Dann tritt Verzweiflung in seine braunen Augen, und er ringt mit sich. Will etwas sagen. Überlegt es sich anders. Vielleicht bilde ich mir das auch nur ein, aber sein Blick ist glasig. »Es tut mir leid. Es tut mir wirklich leid. Es hat nichts damit zu tun, Birdie!«

Ich will »Okay« sagen. Weil es zwar nichts gut macht, aber sich gut anfühlt. Ein bisschen zumindest. Aber ich sage nicht »Okay«. Ich lehne mich über die Mittelkonsole und küsse Vic. Ich schiebe es auf dieses Gefühl von Leere, das ich irgendwie füllen will. Füllen muss.

Und Vic küsst mich zurück. Er löst, ohne unsere Verbindung zu unterbrechen, meinen Gurt und zieht mich näher zu sich. Fast schon verzweifelt nimmt er meinen Kopf zwischen seine warmen Hände und presst seine Lippen auf meine. Ich will etwas sagen, aber er lässt mich nicht, küsst mich härter, während es wieder anfängt, zu regnen, und die Tropfen immer energischer auf das blecherne Dach des Wagens trommeln.

Ein paar verzweifelte Sekunden lang wollen wir es beide.

Das bilde ich mir nicht ein.

Da ist mein Pulli, den er immer noch hatte.

Seine Hand in meinem Haar.

Unser Keuchen und die ohrenbetäubenden Herzschläge.

Vic lässt eine Hand über meinen Hals, die Schulter und über meine Taille wandern.

Und dann ist da plötzlich Abstand.

Ich blicke nach unten. Vics Hand liegt auf meinem Kleid und drückt es auf das Leder des Beifahrersitzes.

Zuerst realisiere ich gar nicht, warum er so geschockt aussieht. Was passiert ist und dass es schon wieder vorbei ist. Aber dann merke ich, dass er die Hand auf mein Bein legen wollte.

Vic lehnt sich, so weit es der Innenraum zulässt, von mir weg. Dann schüttelt er den Kopf. »Birdie, das mit uns. Bitte lass uns ... Es tut mir so leid, dass ich nicht dieselben Gefühle für dich habe wie du vielleicht für mich.«

Ich lache freudlos auf. Beiße resigniert meinen Kiefer aufeinander und kämpfe gegen die plötzliche Übelkeit an. Ich fühle mich noch kaputter als vor diesem Abend.

»Es ist nicht wegen ...«

»Lass gut sein«, würge ich ihn ab. Instinktiv taste auch ich jetzt nach meinem linken Oberschenkel. Streiche über den Pulli, das Kleid. Dessen Stoff hinweg. Bis meine Fingerkuppen ins Leere fassen. Tastend. Suchend. Aber da ist nichts. Mein Kleid besteht aus lockerem Stoff und mehreren Lagen, die dieses Nichts verdecken. So, dass es nicht auffällt. Aber ich spüre es trotzdem. Weil die Phantomschmerzen mir die größte Lüge des Abends erzählen und weismachen wollen, dass mein Knie, mein Unterschenkel und Fuß immer noch da sind.

Als würde ich mich selbst bei etwas ertappen, ziehe ich die Hand zurück. Mit meinem halben Bein habe ich mein ganzes bisheriges Leben verloren. Nicht mal Vic sieht mich mehr, wie ich war. Und ich weiß, dass er lügt. Dass es nicht der Job ist, weshalb er das mit uns nicht mehr will. Sondern weil ich langsam bin und traurig und ... Stillstand. Er weist mich wegen etwas ab, das ich nicht ändern kann. Und das tut noch mehr weh, als bloß abgewiesen zu werden. Ich bin ein verdammter Klon von Frankensteins Monster.

»Birdie?«

»Hör auf, mich anzustarren. Dadurch wächst mein Bein auch nicht wieder nach!«

Ich höre, wie er scharf die Luft einzieht. Aus dem Augenwinkel sehe ich, dass er sich mit den Händen übers Gesicht reibt.

Am liebsten würde ich aus dem Auto stürmen und ins Haus laufen. Aber stattdessen muss ich mir von Vic dabei helfen lassen.

Es ist die unangenehmste Stille, mit der er mich bis in

mein Zimmer bringt und dann mit gesenktem Kopf verschwindet, mich allein lässt, anstatt sich neben mich zu setzen, mich in den Arm zu nehmen und mir zu versprechen, dass ich immer noch ich bin.

Im angrenzenden Bad mache ich mich bettfertig, ziehe mir die Haarnadeln aus der Frisur und massiere mir mit den Fingern die schmerzende Kopfhaut. Selbst als ich fünf Minuten später im Bett liege, spüre ich noch die Strenge des geflochtenen Dutts, der meine Locken gebändigt hat.

Normalerweise würde ich jetzt alte Chatverläufe lesen, um in die Vergangenheit zu flüchten. Belangloses Zeug und Pläne mit meinen Freundinnen. Bilder der Wohnungen, die wir uns angesehen haben und in die sie jetzt ohne mich gezogen sind. Gelbe Herz-Emojis von Vic, als er mich noch mochte.

Aber ich lasse das. Ziehe stattdessen das Ladekabel, an dem mein Handy hängt, maximal in die Länge, um mich nicht über die Bettkante lehnen zu müssen, und suche Nave auf Spotify. Eilig drücke ich auf den ersten Song und schließe die Augen.

Für seine Stimme gibt es keine Worte.

Ungefiltert, ohne den Lärm der Bar, ist sie noch intensiver. Ich höre, wie er atmet und jeden Ton trifft.

Fast schon geheimnisvoll erzählen seine Lyrics eine Geschichte. Und ich fühle sie.

everything that happens
feels like pouring rain
I can't hide or find shelter
I'm soaked but also drained

Als das dritte Lied beginnt, bin ich endlich ruhiger. Und irgendwann, während des vierten Songs und des Rests des Albums, schlafe ich ein.

Ohne Schmerzen. Ohne Tabletten. Ohne Tränen.

Kapitel 8

Nave

In life, unlike chess,
the game continues after checkmate.

– Isaac Asimov

Ich drücke die Tür auf, und sie ist nicht da. Aber ihr Glas ist halb voll, weshalb ich meine Gitarre gegen den Tresen lehne und mich setze.

Ein paar Minuten fummle ich an meinem Handy herum, lege es weg, nehme es wieder in die Hand, sehe mich um und warte. Am liebsten würde ich mich selbst auslachen. Weil ich nicht damit gerechnet hätte, jemanden zu treffen, den ich wiedersehen will. *Entgegen jeglicher Vernunft wiedersehen will.* Aber sie kommt nicht.

»Entschuldigung«, halte ich den Barkeeper auf, der uns vorhin bedient hat und jetzt mit einem Tablett voller giftgrüner Shots an mir vorbeiläuft. »Ist die Frau noch da, die vorhin an der Bar saß?«

»Das Mädchen im Rollstuhl?«

»Nein, das Mädchen, das genau hier saß«, ich zeige auf den Hocker neben mir.

»Die ist weg, ja.« Der Barkeeper sieht mich mitleidig an. Ich tue so, als wäre es mir egal, und ziehe einen Schein aus meinem Portemonnaie, aber er winkt ab. »Sie hat schon gezahlt.«

Ich packe das Geld also wieder weg und will bereits nach meiner Gitarre greifen, um zu verschwinden, da fällt mir die halb zerfetzte Serviette auf, die auf dem Boden liegt. Striche sind darauf, die aussehen wie ein unförmiger Smiley. Es ist purer Zufall, dass ich das bemerkt habe. Aber ich greife danach und falte sie auseinander.

Mit einem ziemlich dicken Stift steht da: *Schachmatt, aber danke für heute Abend.* Ich bin mir zu 99 Prozent sicher, dass sie das geschrieben hat. Zumal die Serviette unter ihrem Glas fehlt.

Ein Teil von mir ärgert sich, dass ich nicht schneller war. Vielleicht hätte ich sie noch abgepasst. Wobei ... was dann? Und die Tatsache, dass sie gegangen ist, bedeutet, dass sie wohin musste. Zu jemandem. Oder einfach bloß weg von mir.

Das ist okay. Es ist sogar gut. Genauso, wie es sein sollte. Ihr Abgang hat mich davor bewahrt, einen Fehler zu machen. Weil ich mich in beiden Fällen fertiggemacht hätte. Sie nach ihrer Nummer zu fragen. Und sie nicht nach ihrer Nummer zu fragen. Problem gelöst.

Ich lasse die Serviette auf dem Tresen und gehe zu Fuß nach Hause, um wieder einen klaren Kopf zu bekommen. Manchmal nehme ich abends absichtlich nicht die U-Bahn. Weil ich erst dann schlafen kann, wenn ich so müde bin, dass kein Weg mehr daran vorbeiführt.

Die Innenstadt ist etwas Besonderes. Ich mag die Straßennamen und wie hinter jeder Ecke ein Gebäude steht, das den Jahrhunderten trotzt und dabei kein bisschen in die Jahre gekommen, sondern immer noch nach pompösem Barock aussieht. Diese Häuser strahlen Ewigkeit aus. Und dieses Gefühl mag ich. Genauso wie die Mondscheingasse, die direkt um die Ecke des Clubs ist und mich zur Siebensterngasse führt. In einer Welt, in der man Straßen auch schlicht und einfach nummerieren kann, sind solche Bezeichnungen wie eine Geschichte. Das habe ich mir zumindest gedacht, als ich hier das erste Mal entlanggelaufen bin. Aber das entfernte Aufheulen einer Polizeisirene lässt mich instinktiv fokussiert schneller gehen.

Ich brauche nicht lange bis zur Wohnung, drücke währenddessen dreimal Arthurs Anrufe weg und tue es ein weiteres Mal, bevor ich in den Aufzug steige. Aber erst, als ich im sechsten Stock ankomme und aussteige, sackt mein Magen so richtig nach unten.

»Hast du gedacht, dass ich dich damit davonkommen lasse?« Arthur steht vor dem Apartment, das Toms Eltern uns als WG zur Verfügung stellen, und kommt auf mich zu.

Seine Haare wirken grauer als beim letzten Mal, aber sein Schnauzer ist genauso dunkel wie die Bartstoppeln, die seine eingefallenen Wangen überziehen.

Als wir auf gleicher Höhe sind, fasst er mich an der Schulter. Ich gehe einfach weiter.

»Sag mir, was los ist.«

Da ich es ihm nicht sagen kann, ignoriere ich die Frage und krame in meiner Jackentasche nach dem Schlüssel. Natürlich finde ich ihn ausgerechnet jetzt nicht auf Anhieb und muss die Gitarre an die Wand im Flur lehnen, um die Hände in beide Jackentaschen stecken zu können. Aus dem Augenwinkel sehe ich, wie Arthur mit verschränkten Armen dasteht und mich abwartend ansieht. Seine Lederjacke riecht nach Zigaretten. Ich wünschte, er würde damit aufhören. Weil ich ihn mag. Und ich wünschte, er würde mich endlich in Ruhe lassen. Aber ich weiß, dass er das nicht kann. Weil ... er *mich* mag.

Endlich finde ich den Schlüsselbund, der sich mit meinen Kopfhörern verheddert hat, und stöhne innerlich, als ich sie entwirren muss. Obwohl mir dieses Entknoten ein paar Sekunden verschafft, in denen ich Arthurs Blick weiterhin ausweichen kann, bringt mir das nichts, weil er mir den Schlüsselbund sofort aus der Hand reißt, bevor ich ihn ins Türschloss stecken kann. Völlig übertrieben, schließlich hatte ich nicht vor, in der Wohnung zu verschwinden und ihn auszusperren. Ich weiß nur nicht, was ich ihm sagen soll.

»Was ist los, Junge? Du kannst nicht einfach eine Nachricht hinterlassen und alles abblasen, ohne mir einen Grund zu nennen.«

Arthur ist Produzent bei einem großen Sender, und ich hatte mich bereit erklärt, ein Interview für seine neue Reportage zu geben. Aber dann habe ich noch mal über alles nachgedacht, Schiss bekommen und es mir anders überlegt.

»Sag, dass ich es verwenden darf!«

»Nein, Arthur! Ich will, dass du die Aufnahmen löschst. Du tust mir keinen Gefallen damit.« Wütend nehme ich ihm den Schlüssel wieder ab. Er protestiert nicht.

Ich sperre auf, stelle meine Gitarre rein und lasse die Türe offen, für den Fall, dass Arthur mir folgen will.

Aber er tut es nicht, sondern bleibt unentschlossen vor der Schwelle stehen.

Ich raufe mir die Haare. »Es tut mir leid.«

»Wenn du deine Meinung änderst ... du weißt, wo du mich finden kannst.«

Ich nicke.

Arthur zieht einen Umschlag aus der Innentasche seiner Lederjacke und drückt ihn mir gegen die Brust. Dann dreht er sich um und verschwindet wortlos.

Tom ist nicht da. Aber Elvis' Augen leuchten mir gelblich vom Lesesessel im Wohnzimmer aus entgegen. Ich mache das Licht an und setze mich vor sie auf den Boden.

»Kannst du den für mich aufmachen?«

Elvis sieht mich an. Wenn Katzen Augenbrauen hätten, würde sie die jetzt hochziehen. Aber sie legt bloß den Kopf schief und richtet ihre Aufmerksamkeit auf das raschelnde Papier zwischen meinen Händen, als ich das Kuvert schließlich selbst öffne.

Eine Karte fällt mir in den Schoß. Ich hebe sie hoch, inspiziere die Vorder- und Rückseite. Es sind die Kontaktdaten einer Anwältin. Mit zitternden Fingern will ich sie zurück in den Umschlag schieben, da fällt mir auf, dass noch etwas anderes drin ist. »Nicht sein Ernst«, murmle ich, rapple mich hoch und stürme in mein Zimmer.

Es ist schon nach Mitternacht. Aber ich weiß, dass ich mich trotzdem ewig im Bett wälzen werde, wenn ich jetzt versuche, schlafen zu gehen. Deshalb wechsle ich von der schwarzen Jeans in eine Sporthose, ziehe mir einen Hoodie über, die Kapuze bis in die Stirn, und gehe noch mal raus.

Und dann laufe ich. Immer weiter. Auch wenn ich niemals ankommen werde.

Tom sitzt am Frühstückstisch und liest auf seinem Handy die Nachrichten. Ich kann den Knutschfleck an seinem Hals deutlich sehen, obwohl seine schulterlangen blonden Haare sich wie bei einem Surfer in alle Richtungen kringeln. Er trägt unsere Sofadecke über den Schultern und sieht mich müde an.

»Guten Morgen«, sage ich beschwingt und wackele grinsend mit den Augenbrauen, damit er merkt, dass ich genau weiß, was Sache ist.

»Morgen.«

Ach, komm. Er ist schon wieder schlecht gelaunt? Und das, obwohl er offensichtlich erst vor Kurzem nach Hause gekommen ist und die Nacht nicht hier und definitiv auch nicht allein verbracht hat?

Ich schraube die Mokkakanne zu und versuche, unseren Tag mit Kaffee zu retten. Aber ich habe das Gefühl, dass Toms bereits hinüber ist. »Willst du ... sollen wir heute Abend was machen oder so?«

»Was denn?«

»Was du willst. Pizza und Xbox?«

»Klar. Wie war's gestern noch bei dir?«

Ich mache den Herd an und setze den Kaffee auf. Dann drehe ich mich zu ihm um und lehne mich an die Küchenzeile. »Gut.«

Auf Toms Stirn bildet sich eine steile Falte.

»Es ist ziemlich gut gelaufen. Aber dann ...«

»Dann was?«

Ich denke an den Brief, und meine verkaterten Muskeln tun ihr Übriges, um mich daran zu erinnern, dass auch ich die halbe Nacht wach war.

»Dann was?«, wiederholt er und trommelt mit den Fingern auf die Tischplatte. Der aufbrühende Kaffee zischt. Ich tue so, als müsste ich dem Geräusch sofort nachgehen. Die Wahrheit ist, dass ich einen Moment brauche, um mir noch mal zu überlegen, ob ich ihm wirklich alles erzählen will.

»Arthur hat angerufen und ist hier aufgetaucht«, sage ich schließlich, weil es manchmal regelrecht anstrengend ist, etwas für sich zu behalten, das man direkt auf der Zunge trägt und am liebsten ausspucken will.

»Was wollte er?«

Ich mache uns zwei Americanos fertig, setze mich ebenfalls an den Tisch und schiebe ihm seine Tasse zu. »Dasselbe wie immer. Ich habe ihm wieder mal gesagt, dass ich das nicht will, und er hat mir als Antwort einen Brief in die Hand gedrückt, mit der Nummer einer Anwältin oder so.«

»Aber du hast einen Anwalt. Meine Eltern haben doch ...«

»Ich weiß. Ich hab den Anwalt deiner Eltern.« Ich sage Tom nicht, dass die Visitenkarte, die Arthur mir gegeben hat, jetzt trotzdem in meinem Portemonnaie steckt. Schätze, ein Teil von mir rechnet damit, dass ich den Kontakt irgendwann doch noch brauchen könnte, obwohl das ziemlich miese Aussichten sind.

»Warum hat er das dann gemacht?«

Ich zucke mit den Schultern. »Er wollte helfen. Auf Nummer sicher gehen. Keine Ahnung.« Falsch. Die richtige Antwort wäre gewesen, dass Arthur weiß, was als Nächstes passieren wird, und dass ich mit dem Anwalt von Toms Eltern, der im Grunde bloß auf Steuern und Nachbarschaftsstreitereien spezialisiert ist, nicht weit kommen werde.

»Ich finde, der Typ übertreibt.«

Ich mache einen zustimmenden Laut und trinke von meinem Kaffee, an dem ich mir sofort den Mund verbrenne.

»Es ist echt an der Zeit, dass du diesen Stress hinter dir lässt und dich auf deine Zukunft konzentrierst. Mach Pläne, sag Jakob zu, dass du bei seinen Konzerten spielen wirst. Oder was dir sonst so Spaß macht. Aber mach irgendwas für dich.«

»Ich überleg's mir.«

Elvis nähert sich ihrer Schüssel. Ich weiß, was gleich kommt. Weil sie nicht wie ein normales Tier mit ihrer Zunge trinkt, sondern ihre komplette Pfote eintunkt und diese dann ableckt, aber dabei den Fliesenradius von einem Meter mit Wasser besprenkelt, sodass wir ständig nasse Socken haben.

»Wag es nicht«, sagt Tom warnend in ihre Richtung, aber es hilft nichts. Wassertropfen fliegen durch die Luft, und Elvis kippt sogar die Schüssel, sodass eine ordentliche Portion Flüssigkeit über den Rand schwappt. »Nave?«

»Hmm?«

»Kannst du das nächste Mal einfach *nicht* auf den Infoscreen glotzen, wenn du in der Straßenbahn stehst?«

Ich lache. Weil es tatsächlich mein Verdienst ist, dass wir Elvis haben. Die städtischen Tierheime lassen immer wieder zur Adoption stehende Katzen und Hunde über die Bildschirme in öffentlichen Verkehrsmitteln laufen. Vor ein paar Wochen habe ich Elvis gesehen, und da stand, dass sie einer alten Frau gehört hat, die gestorben ist und keine Erben hatte. Ich habe die Werbung abfotografiert und Tom weitergeschickt, mit dem Hinweis, dass ich auf dem Weg zum Tierheim bin. Er hat gedacht, ich will ihn verarschen. Aber als er abends nach Hause kam, hatten wir eine WG-Katze. »Sie braucht einfach noch ein bisschen, bis sie sich eingewöhnt hat. Unsere Wohnung ist ein Kulturschock für sie. Die muss sich erst mal zurechtfinden.« Tom brummt seine Zustimmung. »Hoffentlich.« Und ich nehme das Wasserablenkungsmanöver gerne in Kauf, um nicht länger über meine nicht existente Zukunft zu reden. »Also«, ich schnappe mir den Kaffee und stehe auf. »Heute Abend geht klar?«

Tom, der sich ein Starrduell mit Elvis liefert, nickt die Katze an. »Wird aber später. Ich schreib dir.« Dann richtet er sich ebenfalls auf, achtet ganz genau darauf, wo er hintritt, und holt sich einen dieser sündhaft teuren Smoothies aus dem Kühlschrank. Ich kenne ihn gut genug, um zu wissen, dass er jetzt zusammenpackt, zur Universitätsbibliothek am AKH-Campus fährt und sich den restlichen Tag mit Lernen ablenkt, bis sein Kopf so voll mit lateinischen Begriffen ist, dass er an nichts anderes mehr denken muss. Wer auch immer diesen Knutschfleck hinterlassen hat, wird auf Toms Festplatte überschrieben.

Die Erinnerung an lateinische Begriffe lässt mich schmunzeln. Und plötzlich fühle ich mich ein bisschen wie Tom. So, als müsste ich mich ablenken, um nicht an etwas anderes zu denken. An *jemand* anderen. Zum Beispiel an traurige Mädchen in Bars, die mich schachmatt setzen ...

Ich weiß nicht, was an ihr es war. Aber während ich neben ihr saß, habe ich über nichts von dem ganzen Scheiß nachgedacht, der mich sonst verfolgt. Ich habe einfach alles vergessen.

Gott sei Dank war sie weg, bevor ich mich noch mehr vergessen konnte.

Ich mache mich ebenfalls fertig, schnappe mir die neon-

68

leuchtende Jacke mit dem Lieferlogo und ziehe mir die Sturm-maske über, bevor ich mein Rad aus dem Innenhof hole und den ganzen Vormittag durch ungemütlichen Schneeregen von Restaurant zu Restaurant fahre, um verkaterten Menschen Pizzen und Burger zum Frühstück zu liefern.

Die nächsten Tage verlaufen ähnlich. Tom kommt spät nach Hause, wir essen gemeinsam, zocken ein paar Runden, und ich bin fast schon überrascht, dass Arthur mich wirklich in Ruhe lässt. Zumal er sich bestimmt eine Reaktion darauf erhofft, dass er die Telefonnummer von einem Typen heraus-gefunden hat, der meine Schwester kennen soll. Diese Info steckte nämlich ebenfalls in dem Umschlag, aber den habe ich, seit ich ihn in meiner Schreibtischschublade ganz unten verstaut habe, nicht mehr angefasst.

Nächste Woche gehen endlich die Schwimmklassen im Sportzentrum wieder los, und ich freue mich darauf, weil es sich so anfühlt, als würde ich etwas tun, das richtig ist. Zur Abwechslung.

Obwohl es auch Anfang April in dieser Stadt noch scheiß-kalt ist, nutze ich die Strecke dorthin, nach Wien Mitte, immer zum Laufen. Meine Lunge brennt, und der eisige Spät-nachmittagswind kriecht unter meine feuchten Klamotten, bis ich erschaudere. Auch als bereits der Parkplatz des Zen-trums in Sicht kommt, bleibe ich nicht stehen, weil ich jeden letzten Meter nutzen will, um schneller zu sein als meine Gedanken.

Es dämmert bereits, und hinter dem Logo über dem Ein-gang geht gerade die Beleuchtung an. Ich warte noch eine Minute, sodass mein Puls sich beruhigt und ich nicht mehr keuchen muss, bevor ich die Halle betrete.

An der Rezeption stehen ein paar Leute mit Trainingstaschen und dicken Jacken über ihren Sportoutfits. Ich halte meinen Chip an eines der Drehkreuze und verschwinde direkt in den Mitarbeiterumkleiden.

Die Fliesen sind feucht und riechen beißend nach Putzmittel. Wie ferngesteuert schiebe ich meine Schuhe unter die schmale Holzbank, stopfe meine Sachen in den Spind und ziehe mir die Badeshorts und ein langärmeliges schwarzes Surf-Oberteil an.

In den Fluren zu den Becken liegt als krasser Kontrast zu draußen warmer Dunst in der Luft. Die gläsernen Wände sind bis zur Hälfte beschlagen, aber man sieht trotzdem die Schemen des Outdoor-Sportplatzes, der zum angrenzenden Physiotrakt gehört.

»Nave!« Sven kommt auf mich zu. Es ist das erste Mal seit Wochen, dass wir uns über den Weg laufen.

»Hey.« Ich freue mich tatsächlich, ihn zu sehen. Er nimmt mich sofort in den Arm, klopft mir auf den Rücken, und sein Schlag presst mir die Luft aus der Lunge. »Wie geht's dir? Wie war dein Urlaub?« Weil ich es schon eilig habe, sperre ich nebenbei den kleinen Raum vor uns auf, um die Schwimmbretter rauszuholen.

Sven folgt mir. »Stressig. Ich bin froh, dass er vorüber ist.«

Ich lache. »Warum?« Mit einem Packen Styropornudeln unter dem Arm drehe ich mich um.

»Wir waren Skifahren. Hast du eine Ahnung, wie unentspannt Skiurlaube sind? Zuerst stehst du im Stau, um hinzufahren. Dann stehst du an, um deinen Skipass abzuholen, weil der ausgedruckte Wisch aus dem Internet anscheinend nicht reicht oder defekt ist, frag mich nicht. Danach stehst du am Lift. Und dann rutschst du innerhalb von fünf Minuten den Hang mit hundert anderen runter, die dich fast über den Haufen fahren, und musst schon wieder warten.«

»Du hast dir wenigstens nichts gebrochen, wie ich sehe.« Jetzt beginnt für Sven normalerweise die Hauptsaison, wenn sich all die Skiunfälle in seiner Physiopraxis ansammeln, damit sie für den nächsten Winter rechtzeitig fit sind.

Sven schmunzelt. »Ach, hör mir auf. Irgendwann braucht mich keiner mehr. Da verkaufen die an den Pisten sicher auch neue Kreuzbänder. Menschen werden nicht geduldiger, nur einfallsreicher.« Er nimmt mir die Schwimmnudeln ab und bringt sie zum Beckenrand. »Schau bei mir vorbei, wenn du fertig bist. Für Kaffee wird es zu spät sein, aber ich sollte sowieso auf Tee umsteigen.«

»Mach ich«, verspreche ich und begrüße dann meine neue Gruppe, die bereits nach und nach eintrudelt.

Ich stelle mich vor, höre mir an, was die Leute mir zu erzählen haben – fünf Jungs und zwei Mädchen, alle ungefähr in meinem Alter –, und erkläre ihnen den Ablauf. Es klappt ganz gut. Bis auf Nadia. Sie sitzt immer noch am Rand und sieht den anderen zu, die zwar auch nicht schwimmen können, sich aber zumindest ins hüfttiefe Wasser trauen.

Mit etwas Abstand setze ich mich neben sie. Die Anspannung in ihrem Körper muss wehtun. Sie hat die Beine angezogen und sieht mich mit großen Augen an.

»Du musst nicht ins Becken. Alles ist gut.«

Sie schüttelt den Kopf. »Aber ich will.«

»Dann wirst du das auch schaffen. Wenn es heute noch nicht so weit ist, dann nächste Woche.« Optimistisch nicke ich, damit es wie eine Tatsache wirkt, und drehe mich dann zu den anderen, um ein paar Anweisungen zu geben.

Meine Badeshorts kleben wie ein sanftes Gewicht an meinen Oberschenkeln, meine Gedanken tonnenschwer in meinem Kopf. Ich betrachte für einen kurzen Moment Nadias zitternde Finger, die sie um ihre Knie krallt. Lediglich die Zehenspitzen werden hin und wieder vom hochschwappenden Wasser verschluckt. Ein paar Spritzer der planschenden Kursteilnehmer verirren sich bis zu uns. Ich weiß, dass das alles ist, was sie gerade zulassen kann.

»Bleib eine Weile hier sitzen und beobachte uns.«

Sie kaut auf ihrer Unterlippe.

»Irgendwann fühlt es sich weniger beängstigend an. Versprochen. Und wenn du erst mal schwimmen kannst, wird es besser.«

»Ich hab …«

»Angst«, beende ich ihren Satz und lächle zuversichtlich.

»Ich weiß. Deshalb sind wir ja gemeinsam hier.«

Kapitel 9

Birdie

»Heute ist es so weit.« Sven zwinkert mir aufmunternd zu, weil er bestimmt gesehen hat, wie ich frustriert die Nase kräusle.

»Das sagst du jedes Mal«, witzle ich und ziehe einen Mundwinkel hoch, obwohl der Prothesentechniker bereits den Kopf schüttelt.

Kein gutes Zeichen. Mit seinem Stift markiert er eine Stelle an der Carbonfassung und dreht sich dann zu meinem Physiotherapeuten. »Da muss ich noch mal ran«, sagt er zu ihm.

Mein ohnehin schon halbes Lächeln fällt in sich zusammen. Ich zwinge mich, so zu tun, als wäre es keine große Sache, wenn ich noch länger warten muss.

Aber Sven ist anderer Meinung. »Wir bekommen das hin«, verspricht er, schnappt sich sein iPad, auf dem all meine Daten sind, und verschwindet mit dem Techniker in die Werkstatt, um etwas an der Passform auszufräsen.

Ich habe die letzten Wochen und Monate bereits unzählige Gipsabdrücke und Abmessungen über mich ergehen lassen. Immer wieder musste etwas geändert werden. Und heute hätte ich endlich meinen *ersten* Schritt in die richtige Richtung gehen sollen.

Okay, nein. Optimistisch denken, ermahne ich mich. Ich *gehe* heute meinen ersten Schritt! Kein Konjunktiv. Kein

Zweifeln. Nur Ausrufezeichen. Weil ich es nicht erwarten kann, mich endlich von der Stelle zu bewegen. Weil die Leute aufhören werden, mich anzustarren, wenn ich wieder mit beiden Füßen im Leben stehe. Auch, wenn es nicht echt ist. Wenn einer der Füße nicht echt ist. Und meine Hoffnung nur gespielt ...

Mit etwas mulmiger Vorfreude lehne ich meine Krücken neben mir an den Rand der Liege und pule an dem Sticker, der schon halb von einem der Griffe absteht.

Helens Neffe hat eine rosarote Katze mit Zylinder draufgeklebt, als sie heute Vormittag zu Besuch waren. Er meinte, sie hätte ihn an mich erinnert. Ich muss auch jetzt wieder lachen. Er ist fünf. Und obwohl Helen ihn ständig mit Psst- und Timo-Nein-Rufen ermahnt, spricht er mich trotzdem jedes Mal auf mein Bein an. Er fragt, wann ich endlich meine Roboterteile bekomme. Und weil er mich so direkt und unverhohlen fragt, statt zwischen meinem Gesicht und meinem halben Bein hin und her zu blinzeln, stört es mich, ehrlich gesagt, auch gar nicht, darüber zu reden. Es ist erfrischend, wenn jemand keinen nach Worten ringenden Eiertanz um mich veranstaltet. Fünfjährige schaffen das.

Erwachsene wiederum lassen sich so leicht aus der Fassung bringen. Das meinte zumindest Sven vorhin, als wir darüber gesprochen haben.

»Wenn ich geübt bin, kann ich meine Hosen in Zukunft auf der linken Seite auch runterkrempeln, um die Prothese zu verstecken?«, habe ich gefragt.

Sven hat das zwar verstanden, mich aber trotzdem ernst angesehen. »Du brauchst dein Hilfsmittel nicht zu verstecken. Menschen schämen sich ja auch nicht für eine Brille.«

Zuerst fand ich den Vergleich total süß, aber dann habe ich ihm dennoch widersprochen. Weil es genug Leute gibt, die Kontaktlinsen tragen.

»Trotzdem. Die Prothese wird dich überall hinbringen, wo

du willst. Die einzige Hürde ist dein Kopf«, hat Sven die Unterhaltung abgeschlossen, obwohl ich ihm so gerne noch gesagt hätte, dass es in meinem Leben tausend weitere Hürden gibt.

Meinen Vater zum Beispiel, der mich täglich mit diesem »Bitte mach es mir nicht schwerer, als ich es ohnehin bereits mit dir habe«-Vorwurf ansieht. Und ich habe ein schlechtes Gewissen. Wegen mir hat er die Kandidatur für das Bürgermeisteramt zurückgezogen. Um für mich da zu sein. Ich bin fast neunzehn, trotzdem könnte ich mein Leben in seinen Augen nicht weniger im Griff haben, jetzt, wo ich auch noch mein Studium hingeschmissen habe, obwohl doch alle Ankers seit Generationen Jura studieren. Außerdem habe ich seine Hoffnung auf Enkelkinder mit Vic zerstört, aber davon weiß er Gott sei Dank nichts, weil Victor um unser Liebesleben das größte Geheimnis gemacht hat und es aus war, bevor es überhaupt richtig begonnen hat.

Ich seufze. Der Zylinderkatzen-Sticker ist mittlerweile ab, und als ich ihn in den Mülleimer werfen will, begegne ich meinem eigenen Blick im Ganzkörperspiegel gegenüber. Ich sehe viel zu verzweifelt aus, stelle ich fest und zwinge mich zu einem Lächeln, das zu einer Grimasse wird.

Heute ist ein guter Tag. HeuteisteinguterTagHeuteist... Ich sage diesen Satz ein paarmal lautlos, bewege bloß meine Lippen und schreie die Wörter dafür in meinem Kopf.

An der Wand neben dem Spiegel hängt ein neues Poster. »April ist *Limb Loss & Limb Difference Awareness Month*« steht da. Darunter ein paar bunte Grafiken, in denen Statistiken angeführt sind. »Alle dreißig Sekunden findet eine lebensrettende Amputation statt«, ist eine davon. Und wow! Wenn ich das vor meinem eigenen Unfall gesehen hätte, hätte ich Angst bekommen, weil ich keine Ahnung hatte, wie viele Menschen davon betroffen sind. Jetzt gerade lässt mich diese Ziffer genauso schlucken. Weil ich dazugehöre. Trotzdem fühle ich mich plötzlich weniger allein. Auch wenn man es im Alltag nicht oft sieht. Zu wissen, dass man nicht der oder die Einzige ist und all die Hindernisse, die jetzt vor mir liegen, auch schon von anderen Menschen bewältigt wurden, macht mir Mut. Ein ganz kleines bisschen zumindest.

Mein Handy läutet in der Tasche, die ich auf dem breiten Fensterbrett abgelegt habe.

Ich richte mich auf und halte mich an allem Möglichen fest, um ohne Krücken und mit einem Bein zum Fenster zu kommen. Dann drücke ich mehrmals seitlich auf den unteren Button, bis der kleine Lautsprecher auf dem Display durchgestrichen wird, und betrachte für einen Moment das Anruferbild. Marcella und ich. Unweigerlich zähle ich meine Beine darauf. Eins. Zwei. Ein Kloß sammelt sich in meinem Hals, wann immer ich mich daran erinnere, dass es bloß Zufall und Unglück waren, die mich hierhergebracht haben. Aber die Alternative wäre, dass ich gestorben wäre. Deshalb würge ich meinen Frust hinunter und schreibe Marcella eine kurze Nachricht, dass ich gerade keine Zeit habe und mich später melde.

Ich habe ihr nach dem Abend mit der Spendengala am nächsten Tag erklärt, was los war. Also nicht so richtig. Weder von Nave noch dem katastrophalen Kuss mit Vic habe ich ihr erzählt. Aber sie hat sich ihren Teil gedacht. Dass ich traurig war, weil ich nicht auf das Konzert konnte. Und seither schreiben wir wieder ab und zu. Was ... ebenfalls ein Schritt in Richtung Normalität ist. Auch wenn Marcella eindeutig eine der Eierschalentanz-Personen ist.

Und Nave? Ich denke viel zu oft an ihn, und noch viel öfter höre ich sein Album auf und ab. Kann es mittlerweile auswendig, weil es mich immer dann beruhigt, wenn die Emotionen hochkochen und ich mal wieder mit allem überfordert bin. Damit, mein Gesicht zu wahren und so zu tun, als wäre alles okay.

I am tired of this feeling
that life is just a game
and I've been dealt the rigged cards
to make me miss my aim

Ich erschaudere. Weil das Fenster auf Kipp und es hier drin deshalb ein bisschen frisch für kurze Sportshorts ist. Aber ich komme beim Training ohnehin immer ins Schwitzen, und um schon mal vorbereitet zu sein, ziehe ich meinen Liner zurecht. Das ist ein Silikonstulpen, den ich über mein kleines Bein, wie ich es manchmal nenne, drüberrolle, damit es die Form behält und vor Druckstellen in der Prothese geschützt ist. Aber sie drückt trotz allem, wie ein viel zu enges und hartes, schweres Kleidungsstück, das man am liebsten eine Nummer größer und leichter bestellen würde. Oder gar nicht erst anziehen.

Die Wahl habe ich allerdings nicht.

Denn Sven ist zurück – mit meiner angepassten Prothese. »So, jetzt müsste es besser sein«, sagt er und lächelt mich dabei enthusiastisch an, während er mir beim Anlegen hilft.

Obwohl mein Gewicht, wenn ich dieses Ding trage, nicht unten auf der Narbe ist, sondern ich quasi mit dem Hintern in der Carbonfassung drinsitze, ist es momentan noch alles andere als angenehm. Es tut nicht mehr so weh, aber es ist merkwürdig, dass sich allein das Sitzen damit schon falsch anfühlt. Das kurze Stehen zeigt mir gleich mal, wie schwer es ist, die Balance zu finden, und der Parallelbarren für meine ersten Gehversuche ist Furcht einflößende drei Meter lang. Mit den Händen greife ich hinter mir nach der Liege und lasse mich wieder darauf sinken.

»Bist du bereit?« Sven überprüft ein letztes Mal den Sitz, und ich nicke, obwohl mir plötzlich richtig übel wird. »Drückt es hier vorne noch?«

Ich fühle nach und schüttle den Kopf. »Nein, es passt so, glaube ich.«

»Na dann, lass uns loslegen.« Er zieht den Barren näher, sodass er direkt an die Liege anschließt und ich mich zwischen die beiden hölzernen Holme stellen kann. Diesmal ziehe ich mich selbst in den Stand. Dann zähle ich drei Standrohre bis zum anderen Ende, wo Sven sich hinstellt und zuversichtlich lächelt. »Bleib so und lass mich die Ausrichtung deiner Hüfte kurz anschauen.« Er kneift die Augen etwas zu, dann geht er in die Knie, bewegt den Kopf und nickt zufrieden, bevor er näher zu mir kommt, aber außerhalb der Holme stehen bleibt. »Mach den ersten Schritt mit deinem rechten Bein«, weist er mich an.

Das ist mein gesundes Bein. Und obwohl es an meinem Hintern drückt, kann ich das Gewicht ganz gut auf die Prothese verlagern, während ich mit rechts einen Schritt mache und das Bein eine halbe Fußlänge weiter vorne wieder auf der gummierten Matte abstelle.

»Sehr gut. Schmerzen?«

»Nur komisch«, winke ich ab und verstärke den Griff an den Holmen. Mir ist plötzlich viel zu warm, und meine Finger sind feucht. Das ist anstrengend. Nicht nur körperlich, sondern vielmehr mental.

»Jetzt sieh nach vorne, nicht nach unten. Und stell dir den Schritt mit links zuerst in deinem Kopf vor. Was macht die Hüfte? Der Oberschenkel? Das Knie? Der Fuß? Spann die Bauchmuskeln an. Denk *oben* und *vorwärts*. Stell es dir vor. Spür die Verlängerung.«

Das ist einfach. Weil ich mein nicht vorhandenes Knie, meinen Unterschenkel und den Fuß immer spüre. Die Phantomschmerzen sind allgegenwärtig.

»Tief durchatmen. Du kannst das.«

Ich sehe ihn an und nicke, aber bestärke dabei mehr mich selbst. Und dann hebe ich aus der Hüfte und dem Oberschenkel mein linkes Bein, das sich tonnenschwer anfühlt. Nicht nur, weil eine Prothese ganz schön was wiegt, sondern hauptsächlich, weil meine Muskeln mittlerweile ziemlich schwach sind. Schwächer als zuvor. Ich habe Training hier im Fitnessstudio verschrieben bekommen. Vorerst nur für meine Arme, den Rücken und Bauch.

Und noch während ich daran denke, dass ich Fitnessstudios nicht mag, mache ich meinen ersten Schritt.

O mein Gott. Ist das gerade wirklich passiert?

Ich keuche überrascht und sehe im Spiegel vor mir, wie sich ein riesiges Lächeln auf meinem Gesicht ausbreitet. Ein echtes. Eins, das ich nur noch selten sehe.

Und dann schaue ich zu Sven, der langsam in die Hände klatscht. »Genau so! Sehr gut.«

Ich lache auf und mache noch einen Schritt mit dem rechten Fuß, bevor ich ihm sage, dass ich gleich falle, weil meine Arme zittern und mir schwindelig ist.

»Alles gut. Das ist normal. Du bist aufgeregt.« Er tritt von vorne zwischen die Holme, schnappt mich an der Hüfte und stützt mich zurück auf die Liege.

Dann läutet sein Handy. Wir haben schon überzogen. Es ist spät. Aber er ist extra länger geblieben, damit wir die Stellen an der Prothese noch mit dem Techniker lösen können und ich meinen ersten Schritt nicht schon wieder verschieben muss. Deshalb bedeute ich ihm, dass er ruhig rangehen soll.

»Dauert nicht lange«, sagt er, nimmt ab und zeigt dann zur Tür, bevor er seine Hand hochhält und mir mit den Fingern mitteilt, dass er in fünf Minuten zurück ist.

Ich strecke einen Daumen hoch und bin ehrlich gesagt unendlich froh um die kurze Pause. Weil ich Tränen spüre, die gerade in mir hochsteigen. Tränen der Erleichterung, aber auch der Frustration, Angst und Überforderung.

»Du schaffst das«, flüstere ich und blinzle nach oben zu den grellen Lichtern an der Decke, um nicht wirklich zu heulen.

Die Tür steht weit offen, und ich will nicht, dass mich irgendjemand so sieht. Wobei die Sperrstunde schon längst vorbei ist und Sven und ich wahrscheinlich die Letzten im Gebäude sind. Immerhin ist es draußen bereits stockfinster, und der reguläre Betrieb, das Schwimmbad und die anderen Räumlichkeiten sind längst geschlossen.

Ich wische mir hastig eine einzelne Träne von der Wange, atme mit einem schluchzenden Stolpern aus, ein und noch mal kontrolliert aus. Ich will mir beweisen, dass ich stark bin.

Du. Kannst. Das.

Entschlossen starre ich meinem Spiegelbild entgegen, das gerade eben genau das getan hat, was ich mir seit Wochen wünsche. Und weil ich es nicht glauben kann und mich vergewissern will, greife ich nach den Holmen und ziehe mich noch mal in den Stand. Wenn ich nur einen Schritt mache, kann ich mich direkt wieder zurück auf die Liege plumpsen lassen.

Rechts.

Das war einfach.

Links.

Ein lautloses Kreischen rast durch meinen Kopf. Ich kann es wirklich! Ganz allein. Wieder blicke ich an die Decke und kneife dankbar die Augen zu. Meine Hände sind immer noch feucht. Ich löse eine, um sie an meinen Yoga-Leggings abzuwischen. Dann verliere ich plötzlich das kleine bisschen Gleichgewicht, das mich gerade noch innerlich hat jubeln lassen. Und es passiert das, wovor ich die größte Angst hatte.

Ich falle.

Auf den Boden der Tatsachen.

Ohne noch irgendetwas verhindern zu können, reiße ich die Augen auf. Ein überraschter Schrei bleibt mir im Hals stecken. Vielleicht kam er mir auch über die Lippen. So oder so wurde er von dem dumpfen Knall übertönt, als ich mit der Schläfe gegen den Barren knalle und dann auf der Matte lande. Ich fange mich mit den Händen ab, und mein rechtes Knie ist in der Luft, weil ich hauptsächlich auf die Prothese gefallen bin.

»O fuck«, dringt es an meine Ohren. Ich sehe auf. Alles an mir zittert. Und dann verschleiert sich meine Sicht. Ich sehe nicht mehr richtig. Wegen dem Blut, das von meiner Stirn über meine Braue, durch meine Wimpern in mein Auge rinnt und sich nicht wegblinzeln lässt.

Das spielt allerdings überhaupt keine Rolle. Denn seine Stimme würde ich immer wiedererkennen.

»Was?« Ungläubig lasse ich mich auf die Seite kippen, um zu sitzen, fasse mir ans Auge, rubble. Blut läuft zwischen meinen Fingern die Hand runter, und ich gerate in Panik.

Nave ist sofort bei mir, geht in die Hocke und hebt mein Kinn an. Dann greift er nach einer Papierrolle auf der Kommode und tupft damit über mein Auge, reinigt die Haut drumherum. Ich schließe es instinktiv.

Ich kann ihn atmen hören. Kann ihn riechen. Chlor und Duschgel. Aber diesmal beruhigt mich seine Anwesenheit kein bisschen.

Was macht er hier?

Meine Erinnerung an diesen Abend. Unser unbeschwertes Gespräch. Die Normalität. Sie zerbricht. Weil er mich sieht. So. Am Boden.

Es ist demütigend. Noch dazu, weil ich ihm einen Abend lang etwas vorgemacht habe und er das hier gerade sehr deutlich erfährt. Obwohl es doch mein Geheimnis bleiben sollte. Wien ist kein Dorf. Schon klar. Aber wie aberwitzig ist die Wahrscheinlichkeit, dass er mir ausgerechnet hier über den Weg läuft?

Jetzt?!

Chlor ... Schwimmlehrer! Doch nicht so unwahrscheinlich. Aber noch mal: Ausgerechnet hier?!

Fast schon zu vorsichtig bewegt er meinen Kopf, legt ihn schräg, sodass das Licht mich blendet und ich erneut die Augen schließe. Diesmal spüre ich seinen Atem an meiner Wange.

»Ist nur ein kleiner Cut. Tut dir sonst noch was weh?«

Alles, will ich sagen. Aber ich schüttle den Kopf.

»Sieht schlimmer aus, als es ist. Hab dich fallen sehen, und du hast dich gut abgefangen. Gib mal deine Handgelenke.«

Ohne abzuwarten, greift er nach einer Hand und drückt vorsichtig daran herum. Ich spüre diese Berührung bis in den Bauch, wo sich die Übelkeit und das Kribbeln in einen Tornado verwandeln. Dann nimmt er meine zweite Hand.

»Nichts verstaucht, oder?«

»Ich glaube nicht.«

»Gut. Dann steh auf.«

Ich sehe ihn ungläubig an. »Warum?«

»Weil man das so macht, nachdem man hingefallen ist.«

Kapitel 10

Nave

Doing the right thing might be my downfall.

Ich bleibe vor ihr auf den Knien. Der Cut über ihrer Augenbraue ist nicht mal eine richtige Platzwunde. Und es hat längst aufgehört, zu bluten. Sie ist auch eher abgerutscht als wirklich gefallen. Was gut ist. Weil das heißt, dass sie sich nicht ernsthaft wehgetan hat. Trotzdem sehe ich die Panik in ihren Augen. Dieselbe Panik wie Nadias vorhin. Und dieselbe Anspannung. Nur dass es mir diesmal noch mehr wehtut, weil ihr schwacher Moment etwas ist, das sie unbedingt vor mir verbergen möchte, und ich kann ihr diesen Wunsch nicht erfüllen. Weil ich nun mal da bin. Und jetzt schlecht einfach abhauen kann. Das wäre nicht richtig. Weshalb ich meinen eigenen Schock, sie hier und so zu treffen, hinter einer Maske verstecke und unbeeindruckt die Brauen hebe. Sie sieht mich ungläubig an. Vielleicht hat sie erwartet, dass ich ihr hochhelfe. Aber sie hat bereits gesagt, dass ihr nichts wehtut. Also soll sie selbst aufstehen. Wenn ich jetzt helfe, kommt sie sich nur noch schwächer vor. Ich kenne das. Weil ich selbst oft genug die falsche Art von Hilfe bekommen habe.

Wobei ... kurz blitzt Arthurs Gesicht irgendwo ganz weit hinten in meinem Kopf auf. Er ist definitiv jemand, der hinter mir steht. Nur, dass ich es nicht annehmen kann, weil er alles an die Bedingung knüpft, ihm im Gegenzug meine Geschichte zu liefern. Ich blicke auf meinen Ring. Keine Ahnung, wie ich es geschafft habe, sie ihm überhaupt jemals zu erzählen. Als hätte er mich hypnotisiert. Damals, in diesem Raum ohne Fenster. Das Einzige, was zwischen uns auf dem Tisch stand, war eine Kamera. Und eine Packung Zigaretten lag auch da. Er hat eine nach der anderen geraucht, obwohl ein Schild neben der Tür hing, auf dem genau das verboten wurde. Mein Hals hat gekratzt. Zuerst von den Worten, die nicht so richtig rauswollten. Dann vom Rauch. Und irgendwann vor Erschöpfung.

Ich hätte dieses Interview verdammt noch mal nicht machen dürfen.

»Komm«, sage ich etwas ungeduldig und, ihrem Blick nach zu urteilen, hasst sie mich dafür. Aber das ist gut. Das lenkt sie von allem anderen ab.

»Falls du's nicht mitbekommen hast, ich *kann* nicht aufstehen.« Der Frust in ihrer Stimme ist nicht zu überhören.

»Ich wüsste nicht, weshalb das nicht gehen sollte. Halt dich an der Stange fest und zieh dich hoch, damit ich mir das an deiner Stirn besser ansehen kann.«

Ein Muskel an ihrem Kiefer pocht. »Du brauchst es dir nicht ansehen. Ich komme zurecht.«

»Das glaube ich dir.« Ich gehe nicht darauf ein, wie sie mit mir spricht. Sie ist vielleicht in ihren eigenen Augen nicht mehr das Mädchen an der Bar. Aber ich bin immer noch der, den sie kennengelernt hat. Weil ich zwar ihr Geheimnis kenne, aber sie nicht *meins*. Und obwohl das unfair ist, habe ich nicht vor, unser Aufeinandertreffen hier zu einem Machtspiel werden zu lassen, wer die größere Lüge erzählt hat. Weil ich einfach nur das sein will, was sie im Moment braucht. Und da sie das selbst nicht zu wissen scheint ... Wenn ich jetzt aufstehe und gehe, weint sie. Deshalb bleibe ich. Auch wenn es sie auf die Palme bringt. »Steh auf.«

Birdie verdreht die Augen, packt die Stange des Barrens und zieht sich hoch. Ich glaube, dass es sie für einen Moment selbst überrascht, wie einfach das gerade war. Und dann geht sie zurück zur Liege. Es sind bloß zwei Schritte. Einer mit der Prothese. Aber sie geht ihn, setzt sich, verschränkt die Arme vor der Brust und weicht meinem Blick aus. Weil sie lächeln muss. Es ist ihr nicht recht, sich jetzt eingestehen zu müssen, dass sie es doch konnte.

Mir ist es allerdings recht. Sehr sogar. Unbeeindruckt von dem, was sie gerade getan hat – und es war eine große Sache, das ist uns beiden klar –, hole ich den Verbandskasten neben der Tür und suche eine Flasche Desinfektionsmittel und ein Pflaster raus.

»Darf ich?«

Sie beißt sich auf die Unterlippe, schabt mit ihren Zähnen darüber, aber zuckt mit den Schultern, als wäre es ihr egal, ob ich mich um sie kümmere oder nicht. Dabei weiß ich, dass das hier mindestens so verrückt ist wie unser Abend. Ich bin ihr damals aber nie so nahe gekommen. Und ich hätte nicht gedacht, dass ich noch mal die Chance bekommen würde, es je zu sein. Dass ich sie überhaupt wiedersehen würde.

Ist das hier Schicksal? Oder Zufall? Und gibt es überhaupt einen Unterschied?

Vielleicht gibt es im Grunde nur Pech und Glück.

Welches von beiden wäre dann das hier?

Kommt drauf an, was du als Nächstes tust, ruft meine Vernunft. Es ist exakt derselbe warnende Impuls, der mich davon abhalten wollte, sie letztens nach ihrer Nummer zu fragen.

Ich bin froh, dass sie ihre Augen senkt und ihre im Schoß verschränkten Finger knetet, anstatt mich anzusehen. Denn ich habe damit zu tun, meinen innerlichen Kampf hinter einem konzentrierten Gesichtsausdruck auszufechten. Ich habe Angst, dass sie mich durchschauen könnte. Was ... Blödsinn ist. Das weiß ich. Aber Ängste kann man eben nicht einfach so ausschalten oder ablegen.

Vorsichtig tupfe ich das bereits angetrocknete Blut weg. Die Wunde ist wirklich winzig. Und muss auf keinen Fall genäht werden. Aber ich schätze, Sven oder sonst jemand wird sich das gleich noch ansehen. Ich gehe zumindest davon aus, dass es Sven ist. Weil das hier sein Raum ist. Als ich fertig bin, wische ich auch noch mal unter ihrem Auge eine Stelle sauber, wo ein einzelner Blutstropfen die Spur einer Träne hinterlassen hat. Es sieht fast schon wie Kunst aus, aber ich bin mir sicher, dass sie es lieber weghaben will.

»Fertig«, murmle ich, und als sie hochsieht, merke ich erst, dass ich ihren Kopf zwischen den Händen halte. Ich will loslassen. Aber ich kann nicht. Meine Finger in ihrem Haar fühlen sich wie versteinert an. Ich kann ihr Shampoo riechen. Irgendwas mit Vanille. Und ich kann die Wellen ihrer Locken unter den Fingerkuppen spüren, wie sie versuchen, sich gegen den Dutt zu wehren, der auf ihrem Kopf sitzt wie eine in sich zusammengefallene Antenne.

Ich kann nicht anders, als festzustellen, wie viel schöner ich sie diesmal noch finde. Ohne dieses ganze Make-up, die perfekte Frisur und das glitzernde Kleid. Sondern mit dem feuchten Schatten des weggewischten Blutes und der Unsicherheit in den Augen, was wir einander jetzt bloß sagen sollen.

Ich habe sie das letzte Mal nicht nach ihrer Nummer gefragt, weil wir wohl beide dachten, dass es einfacher wäre, wenn wir uns nie wieder begegnen würden. Aber jetzt ist sie hier. Und ich weiß, was dieser Zweifel in ihrem Blick bedeutet. Wie sie ihre Stirn krauszieht und wartet, dass ich sie jetzt anders behandle. Ich weiß nur zu gut, wie es sich anfühlt, plötzlich in einem ganz anderen Licht zu stehen, weil Menschen wissen, was dir passiert ist. Und obwohl sich der Ring an meinem Finger auf einmal schwerer anfühlt und mein Verstand mir, lauter als letztes Mal, zuruft, dass ich verschwinden muss, höre ich nicht darauf. Mag sein, dass ich nicht mehr lange in der Stadt bleiben werde. Nicht mehr bleiben kann. Und mich deshalb auf nichts und niemanden einlassen sollte. Aber ich ignoriere jegliche Vernunft und Zukunft.

»Gibst du mir deine Nummer?«, höre ich mich fragen und rechne damit, dass sie überrascht ist. Skeptisch. Abwägend. Aber als sie auch nach ein paar viel zu hektischen Atemzügen nicht antwortet, rechne ich mit einem Korb. Ich lasse ihren Kopf los und lächle trotzdem weiter.

»Warum?« Ich kann sie nur hören, weil ich immer noch so nah vor ihr stehe. Sie flüstert, als führten wir ein verbotenes Gespräch.

Es ist ein verbotenes Gespräch, Nave!

Ich zucke mit den Schultern. »Damit du nicht noch mal einfach so verschwindest?« Grinsend hole ich mein Handy aus der hinteren Hosentasche, aber sie nimmt es nicht entgegen. Starrt bloß abwechselnd mich und das Bild auf meinem Display an – ein Foto von Elvis, wie sie am Holzbein unserer Couch nagt wie ein Hamster.

»Falls du's noch nicht mitbekommen hast. Ich kann überhaupt nicht davonlaufen.«

»Nein«, sage ich entschlossen. »Keine Ausreden, okay?« Birdies Augen weiten sich, aber die Mitleidsnummer bekommt sie genauso wenig wie das Schonprogramm. »Entweder du gibst mir deine Nummer, oder du sagst mir ins Gesicht, dass du kein Interesse daran hast, den Abend zu wiederholen.« *Dass du kein Interesse an mir hast*, denke ich, spreche es aber nicht aus, weil das irgendwie zu bedeutungsvoll dafür wäre, sich einfach noch mal zu treffen. Kein Date. Einfach bloß ... abhängen. Reden. Vergessen hauptsächlich. Gemeinsam vergessen. Weil das schön war. »Aber alles andere ist mir gegenüber unfair.«

Birdie lacht ungläubig auf. »Ich habe kein Interesse, weil dieser Abend eine Lüge war.« Sie schüttelt den Kopf, als wäre ich völlig irre, das überhaupt vorgeschlagen zu haben.»Nave, siehst du mich?«

Ich lasse meinen Blick langsam an ihr runter- und wieder raufwandern. So hat sie das nicht gemeint, aber dieses Spiel kann man zu zweit spielen. Wie Schach. Ein Zug sie. Ein Zug ich. Immer auf der Hut vor dem, was der andere als Nächstes tut, und sich selbst beschützend.»Ich seh dich. Ja.«

Ein Schnauben bricht über ihre Lippen.»Du bist unglaublich. Hat dir schon mal jemand gesagt, dass man sich nicht über Behinderte lustig macht?«

Wow, stop! Ich muss mich räuspern.»Bei allem Respekt. Ich habe mich nicht über dich lustig gemacht. Und dass du überfordert bist, tut mir leid. Aber das war's auch schon. Weil du nämlich gerade ziemlich unfreundlich zu mir bist. Ich hab dir nichts getan.«

Eigentlich rechne ich mit einem erneuten Zug, aber Birdies Kopf ruckt nach hinten. Sie starrt mich an. Blinzelt. Beißt sich von innen in die Wange. Die Pause zwischen unseren Worten zieht sich in die Länge.»Es tut mir leid«, sagt sie schließlich.

Ich drücke ihr mein Handy in die Hand.»Mach's wieder gut. Gib mir deine Nummer.«

Dieses Mal kann sie sich ihr Lächeln nicht verkneifen. Und ich kann mir nicht verkneifen, sie breit anzugrinsen.

»Schachmatt«, sage ich, stecke mein Handy wieder ein, nachdem sie es mir gereicht hat, und gehe einen Schritt zurück.»Sag mir noch, dass bei dir alles klar ist?«

Sie bewegt den Kopf in einer Art abwechselndem Nicken und Kopfschütteln.»Ja«, sagt sie schließlich teils lachend, teils atemlos, teils peinlich berührt von dem bisschen Drama, das noch in der Luft hängt. Aber das ist okay.

»Wir hören uns«, sage ich und zwinkere ihr zu.

Direkt nachdem ich den Untersuchungsraum verlassen habe, kommt Sven mir bereits entgegen.»Nave! Ich hab dich total vergessen. Ich ... heute dauert es noch ein bisschen länger. Können wir unseren Kaffee auf nächste Woche verschieben?«

»Klar«, sage ich. »Wolltest du für diese Uhrzeit nicht auf Tee umsteigen?«

»Sagen wir einfach koffeinfreier Kaffee.« Er lacht, und ich stimme mit ein. »Ach, und kannst du das für mich bei den Fundsachen abgeben?« Sven drückt mir etwas in die Hand, das aussieht wie ein antikes Märchenbuch, aber in Wirklichkeit die Hülle eines E-Readers ist.

»Mach ich«, sage ich, weil die Rezeption auf dem Weg zu den Schwimmumkleiden ist, wo auch noch mein Rucksack auf mich wartet. Ich verabschiede mich von Sven, und als er sich umdreht, klappe ich die Hülle auf. Mit einem pinken Glitzerstift ist der Name Birdie in die untere Ecke der Innenseite geschrieben. Daneben ein schiefer Schmetterling, der dem auf meinem Arm ziemlich ähnlich sieht.

Anstatt ihn ihr jedoch sofort zurückzugeben oder hinter die Rezeption zu legen, schließe ich ihn in meinen Spind. Weil ich sie jetzt nicht noch mal stören will und das Kästchen mit den Fundsachen abgesperrt ist. Ich gebe ihn morgen ab, wenn die Sekretärin da ist, rede ich mir ein. Aber weiß insgeheim, dass ich mich selbst belüge und das Ding als Vorwand behalte, um sie wiederzusehen ...

Mit dem Gewicht von Birdies Nummer in meinem Handy und der Tatsache, dass ich mich bei ihr melden muss, weil ich ihr nicht das Gefühl geben will, dass ich es wegen ihrem Bein nicht täte, verlasse ich das Gebäude.

Mich nicht zu melden ... das hätte andere Gründe. Richtige Gründe. Triftige Gründe. Aber ich schätze, ich werde es uns beiden schwer machen müssen.

Kapitel 11

Birdie

> Ich könnte dich jetzt fragen, warum du's
> mir nicht erzählt hast. Als ich dich gefragt habe,
> was du sonst so machst. *Normalerweise.*
> Aber dann fällt mir ein, dass wir uns eigentlich
> nicht kennen. Und dass ich das gerne ändern
> würde. Nave

Ich lese zum gefühlt tausendsten Mal diese Nachricht. Beim ersten Mal war ich so aufgeregt, dass ich sie vor lauter Hektik regelrecht überflogen und dabei die Hälfte nicht wahrgenommen habe. Bis auf den Namen am Ende der Nachricht.

Nave.

Nave! Das ist der Typ von der Litfaßsäule. Der Typ von meinem geheimen Abend. Der Typ, der meinen Kopf zwischen seinen warmen, großen Musikerhänden hält und nicht mit der Wimper zuckt, obwohl er mich angesehen hat.

Es ist absurd.

Als ich seine Nachricht erneut lese, gehe ich jedes Wort viel zu langsam durch und lege dämliche Bedeutung rein, die sie nicht hat. Natürlich musste er mir schreiben, nach dem, was heute war. Weil ... na ja, er hätte mich nicht nach meiner Nummer fragen müssen, aber einfach gehen wäre vielleicht genauso merkwürdig gewesen.

Im Grunde ist es jedoch egal, wie ich es drehe und wende

und von allen Seiten inspiziere und interpretiere. Ich werde mir jedes weitere bisschen Träumen verbieten. Ich werde nicht gefühlsduselig seufzen oder in das Kissen grinsen. Auch wenn ein Teil von mir genau das tun will. Weil es Schicksal war, dass wir uns ausgerechnet in dem Moment wiedersehen, als ich versuche, den ersten Schritt zu machen, und dabei gleich mal hinfalle. Ironisch.

Noch ironischer? Er hat mich nicht aufgefangen. Dieser ... Er hat mir noch nicht mal hochgeholfen! Aber im Grunde hat er mir damit viel mehr geholfen, als er denkt. Weil er mir in diesem Moment – egal, ob der, wie alles andere zwischen uns auch, gelogen war – das Gefühl gegeben hat, dass er an mich glaubt. Als wäre es total logisch, dass ich weitermache. Und ich schätze, dass das irgendwie noch besser war. Es war ziemlich perfekt. Auch wenn die kleine Wunde über meiner Schläfe pocht und ziept, als wäre sie anderer Meinung.

Wir haben jetzt wohl dieselbe Narbe, denke ich und lege das Handy weg. Weil ich ihm nicht antworten werde. Wenn ich es täte, würde ich mir erhoffen, dass daraus ein Gespräch und ein Wiedersehen werden. Aber alles, was ich will, ist, wieder auf eigenen Beinen zu stehen, und das muss ich allein schaffen. Ich will mir nicht all diese Gedanken machen, die bereits jetzt in meinem Kopf sind. Selbst, wenn es nur halb so verkorkst wird wie mit Vic, kann ich mir in meiner momentanen Verfassung nichts leisten, das mich rückwärts taumeln lassen könnte. Ich brauche einen freien Kopf, damit ich Ziele finden kann. Damit ich eine Zukunft planen kann. Damit ich von hier ausziehen kann, Vic nicht mehr sehen muss und endlich nicht mehr von meinem Vater wie ein Kleinkind behandelt werde, der denkt, dass ich nichts auf die Reihe bekomme.

Mit Chaos im Kopf liege ich im Bett und starre an die Decke. Die Beleuchtung aus dem Garten wirft helle Flecken an die Wände, und weil ich nicht schlafen kann, zähle ich sie.

Als meine Augen tatsächlich irgendwann zufallen, vibriert mein Handy erneut, und ich stöhne frustriert, weil ich es nicht in den Flugmodus geschaltet habe. Aber als ich sehe, dass Nave noch mal geschrieben hat, bin ich hellwach.

> Wenn du vorhast, mir aus dem Weg zu gehen, muss ich dir mitteilen, dass du deinen E-Reader im Wartezimmer vergessen hast und ich ihn sicherheitshalber mitgenommen habe. Wann kann ich ihn dir zurückgeben?

Warte, was? Wie kann das sein? Er ist *vor* mir gegangen. Wieder mal. Woher will er wissen, dass das meiner ist? Ich meine ... es ist meiner, weil ich ihn schon gesucht habe. Aber woher weiß er das? Hat er ihn aufgeklappt? Gott! Hat er ihn eingeschaltet? Mir wird heiß, und ich seufze ins Kissen, bis ich grinsen muss. Beides Dinge, die ich nicht tun wollte, bloß weil Nave mir schreibt. Aber jetzt kann ich ihn unmöglich weiterhin ignorieren. Weil die Tatsache, dass es *mein* verdammter Kindle in seinen Händen ist, ausreicht, um meinen Puls zu beschleunigen. Meine Daumen beginnen, panisch zu tippen. Wenn er ihn einschaltet und in meiner Bibliothek nachsieht, was ich lese, kann ich ihm wirklich nie wieder unter die Augen treten. Warum müssen 90 Prozent aller Romance-Bücher Cover mit nackten Typen haben? Und wenn er meine aktuelle Lektüre sieht, deren Cover aus einem blauen Monster mit Sixpack besteht – danke, TikTok – NEIN. Nein, nein, nein. Ich quieke wie ein verlorenes Küken, schreibe und lösche und weiß nicht, was ich antworten soll, ohne ihn dazu zu verleiten, erst recht den Kindle anzumachen, falls er es noch nicht getan hat.

> Hättest du den nicht auch an der Rezeption abgeben können?

Ich starre gebannt auf die drei Punkte. Nave schreibt. Mach schneller!

> Da war niemand mehr. Und ich wollte auf Nummer sicher gehen.

> Dass ich meinen E-Reader wiederbekomme?

> Dass ich dich wiedersehe.

Mit hochrotem Kopf vergrabe ich mein Gesicht noch mal zwischen den Kissen und kreische, die Lippen aufeinandergepresst, damit mich im Haus niemand hört. Weil ich auf diese Weise allerdings bloß meine Stimme und blöderweise nicht auch gleichzeitig meinen Reader lahmlegen kann, reiße ich mich zusammen und tippe weiter.

> Mittwoch

> 16:30

> Aber du kannst ihn auch wirklich einfach für mich abgeben.

> Kann ich machen. Aber nur, wenn du mich nicht sehen willst.

Ich traue mich nicht, zu antworten.

> Schweigen ist keine Zustimmung.

> Ich schätze, es ist okay, wenn wir uns wieder mal über den Weg laufen.

> Bis Mittwoch, Birdie 😊

Und dann eine Sekunde später:

> Schlaf gut

Aber an Schlaf ist nicht zu denken. Ich liege ewig wach. Nicht vor Traurigkeit oder Schmerzen. Sondern weil ich wie ein zwölfjähriger Teenie Naves Album rauf und runter höre. Erst nachdem ich seine Nachrichten weitere tausend Mal gelesen und dabei gebetet habe, dass mittlerweile der Akku meines Kindles alle ist, schlafe ich ein.

Vor meinem nächsten Termin bin ich diesmal noch nervöser als sonst. Im Gegensatz zu den letzten Monaten, überlege ich mir, was ich anziehen will. Weil es mir nicht – wie alles andere – egal ist. Ich schminke mich sogar ein bisschen und mache mir die Haare, anstatt sie zusammenzubinden, was ... um ehrlich zu sein, praktischer wäre, weshalb ich den

Lockenstab doch wieder weglege und mir die aufgefrischten Wellen in einen französischen Zopf binde, der zumindest weniger nach Vogelnest aussieht als der unordentliche Dutt, den ich momentan meistens trage.

Mein Vater ist noch im Büro in der Innenstadt, aber Konrad bemerkt meine Laune, die nach außen hin mit etwas Fantasie vielleicht tatsächlich als »gut« und »motiviert« beschrieben werden könnte.

Aber eigentlich ist es bloß undefinierbare Aufregung. Konrad mustert mich überrascht, sagt aber nichts. Er sagt allgemein sehr wenig, was ich angenehm finde. Früher fand ich es gruselig, weshalb ich, sobald ich alt genug war, immer die Öffis genommen habe, statt mich von ihm fahren zu lassen. Auch wenn ich dafür erst zwanzig Minuten zur nächsten Haltestelle gehen musste. In meiner jetzigen Lage bin ich jedoch ganz dankbar, dass es ihn gibt. Aber ich kann es nicht erwarten, wieder selbstständig zu sein und ausgehen zu können, wo und wann ich will.

Im Sportzentrum Wien Mitte bahne ich mir mit den Krücken einen Weg zum Trakt mit den Behandlungsräumen der Physiotherapie. Svens ist fast ganz hinten. Direkt gegenüber ist statt eines weiteren Zimmers eine ausgesparte Nische mit Getränke- und Süßigkeitenautomaten. Inklusive einer Couch, ein paar Stühlen, einer Malecke für Kinder und Zeitschriften, die ich jedoch nicht in die Hand nehme, weil mich die Models darin an eine Zeit erinnern, in der ich mich auch schön fand.

Eine Woche hat sich noch nie so zeitlos angefühlt. Gleichzeitig lang und viel zu kurz. Aber definitiv lang genug, um einen Akku leer werden zu lassen, oder? Ich habe Nave nicht mehr geschrieben. Er mir auch nicht. Wahrscheinlich, weil er sich nicht wie ein Stalker vorkommen will. Oder aber, weil er den blauen Alien mit Sixpack auf meinem Kindle entdeckt hat. Mir wird warm. Schwitzig warm. Unangenehm. Die Uhr tickt unbehelligt weiter, und ich weiß nicht, ob ich hierbleiben oder an der Rezeption nach ihm fragen soll. Vielleicht kommt er auch erst nach meinem Training. Aber das dauert manchmal ewig. Ich bin oft stundenlang hier, weil die Prothese immer wieder an die Techniker übergeben wird. Das ist üblich. Genau deshalb habe ich auch immer meinen Kindle dabei. Weil ich manchmal schon ganze Nachmittage hier verbracht habe. In genau dieser Ecke. Auf exakt diesem Sofa. Oder im Behandlungszimmer. Einmal bin ich sogar auf der Liege eingeschlafen.

Im Grunde bin ich gerne hier, weil ich dann das Gefühl habe, etwas zu tun, auch wenn ich bloß warte. Zumindest fällt mir hier nicht wie zu Hause die Decke auf den Kopf. Und ich bin nicht den Fragen meines Vaters ausgeliefert.

Ich wusste sogar, dass es in dem Trakt gegenüber ein Schwimmbad gibt, und eine Etage über mir ist das Fitnessstudio, das ich benutzen darf. Mal abgesehen von dem Muskelaufbautraining, habe ich seit dem Unfall aber keinen richtigen Sport mehr gemacht. Obwohl ich Sven regelmäßig das Gegenteil erzähle, rolle ich auch zu Hause meine Matte kaum aus, um zumindest halbherzig ein paar der Übungen zu machen, die er mir gezeigt hat. Ich weiß auch nicht, warum. Ich war einfach nicht motiviert. Vermutlich, weil ich einen Großteil der letzten Monate meine Energie darauf verschwendet habe, nicht akzeptieren zu wollen, was passiert ist. Immerhin war es nur *ein* Zentimeter. *Eine* Sekunde. *Ein* Fehltritt, der mir zum Verhängnis wurde ...

Vielleicht bin ich wirklich selbst schuld, dass alles so lange dauert. Weil ich gar nicht wieder auf die Füße kommen *wollte*. Weil ich das Leben nur noch an mir vorbeiziehen lassen habe. Weil der Heilungsprozess vor allem anfangs so lang gewirkt hat, dass ich ihn gar nicht erst durchmachen wollte.

Was hat sich geändert?

Der Kuss in Vics Auto spult sich wie ein Film vor meinem

inneren Auge ab, und die Erinnerung reicht aus, um in einem Anflug von Reue die Augen zuzukneifen. Es ist mir so peinlich. Er glaubt, dass ich ihn immer noch will. Dabei frage ich mich, ob ich bloß in die Idee verliebt war, dass das mit uns funktioniert. Weil es etwas gewesen wäre, an dem ich mich hätte festhalten können. Und egal, wie unlogisch das klingt, auch etwas, das mein Vater gutgeheißen hätte. Vielleicht hätte er mir dann wieder mehr vertraut. Er würde mir bestimmt erlauben, mit Vic zusammenzuziehen. Auch jetzt. Aber es ist lächerlich, dass ich das Vertrauen meines Vaters bloß durch Vic erkaufen könnte.

Ich schaffe das allein.

Sven sieht das auch so. Zumindest den Part, wo ich plötzlich wieder Dinge schaffe. Denn ich gehe heute tatsächlich ein paar Schritte am Barren, bis ich wegknicke und mich noch rechtzeitig festhalten kann.

»Das ist super. Ernsthaft, Bernadette. Toller Fortschritt. Aber ich stelle das Knie noch mal steifer, damit du für den Anfang weniger Sorge hast, die Kontrolle zu verlieren, und dein Gewicht wirklich auf die Prothese verlagern kannst.«

Ich nicke und lasse mir aus dem künstlichen Bein helfen. Ich finde es immer noch sehr unangenehm.

Sven scheint meine Gedanken zu lesen. »Irgendwann merkst du die Prothese nicht mehr. Sie wird einfach dazugehören. Wie Schuhe anziehen. Und ich weiß, dass du mir das jetzt nicht glaubst. Aber ich verspreche es dir.«

Ich gebe einen zustimmenden Laut von mir, bin aber nicht mehr richtig bei der Sache. Weil ich immer noch auf Nave warte. Nur noch an ihn denke.

Aber er kommt nicht.

Ich schaffe eine ganze weitere Bahn mit der Prothese, aber so richtig freue ich mich erst, als es an der Tür klopft. Sven und ich heben gleichzeitig unsere Köpfe.

»Nave.« Sven bedenkt ihn mit einem kurzen Nicken und

wirft dann einen schnellen Blick auf die Uhr an seinem Handgelenk.

»Hi«, murmle ich und taumle ein bisschen.

»Festhalten«, weist Sven mich an, und ich kralle die Hände fester um die Holme des Barrens. »Du kannst draußen warten, ich bin gleich bei dir«, sagt er zu Nave, aber ich räuspere mich rasch.

»Er ... also, wenn das okay ist, kann er bleiben. Es macht mir nichts aus.«

Sven nickt wieder und sieht Nave fragend an. Wahrscheinlich, weil er denkt, dass er etwas von ihm will. Aber ich hoffe, dass er wegen mir hier ist. Und als er das sagt, beginnt mein Gesicht zu kribbeln.

»Ich«, Naves Blick huscht zu mir. Grübchen und hochgezogener Mundwinkel, ein Aufblitzen in den grünen Augen, und mein Kopf ist Matsch. »Wollte nur sichergehen, dass sie mir nicht davonläuft, bevor ich ihr das hier zurückgeben kann.« Grinsend hält er meinen Kindle hoch.

Ich will etwas sagen, aber ein drückender Schmerz raubt mir für einen Moment die Luft.

»Was war das?«, fragt Sven, dem das nicht entgangen ist. Die Hände an der Carbonhülle, will er wissen: »Drückt es immer noch?«

»Eher schon wieder«, stelle ich fest. Weil es vorhin eigentlich besser war.

Sven tastet eine Weile an mir herum, und ich sehe ihm dabei zu, vergesse fast, dass Nave da ist. Aber als Sven sich mit der Prothese verabschiedet und mich auf der Liege sitzend zurücklässt, sodass er die Stelle mit dem Techniker in der Werkstatt hier im Zentrum – hoffentlich ein für alle Mal – korrigieren kann, kommt Nave ins Zimmer, und wir sind allein.

»Danke«, sage ich, als er den Kindle neben meine Tasche auf die breite Fensterbank legt.

»Kein Ding. Wie geht's dir?«

»Okay.« Einsilbig ist alles, was ich plötzlich zustande bringe.

»Ist es dir unangenehm, wenn ich hier bin?«

Ich schüttle den Kopf. »Es ist mir unangenehm, nicht zu wissen, ob du meine Kindle-Bibliothek gesehen hast.«

Kurze Verwirrung legt sich über Naves Gesicht, und ich mustere ihn eine Sekunde zu lange. Weil er gut aussieht. Mit seinen kantigen Zügen, die dennoch Vertrautheit ausstrahlen. Und als er lacht, spüre ich es wieder überall. Seine Stimme. Immer wieder seine Stimme, die mich erreicht.

»Ich hab nicht nachgesehen. Obwohl ich jetzt wünschte, ich hätte.«

Ich halte mir die Hände vors Gesicht und spähe zwischen den Fingern durch.

Nave geht ein paar Schritte rückwärts, und mir ist erst klar, was er tun will, als er sich auf den Fersen umdreht und in einer blitzschnellen Bewegung das Cover des Kindles hochklappt.

Ich strecke panisch die Hand aus. »Nein«, rufe ich halb lachend, halb kreischend, aber erkenne sofort den traurigen Akku-Smiley auf dem Display.

Gott sei Dank! *Danke, danke, danke.*

Nave sieht enttäuscht aus und klappt ihn wieder zu. Dabei bin ich mir sicher, dass er nicht nachgesehen hätte, selbst wenn der Akku noch nicht alle gewesen wäre.

»Was liest du denn so? *Normalerweise?*«

»Du hattest deine Chance«, sage ich erleichtert. »Das wirst du jetzt wohl niemals erfahren.«

Nave legt den Kopf schief. »Das nächste Mal, wenn du deinen Kindle vermisst, hast du ihn nicht vergessen, sondern ich hab ihn gestohlen.«

»Dann nehme ich ihn wohl ab heute lieber nicht mehr mit.«

Scheinheilig kommt er auf mich zu. »Aber was willst

du dann in all den Stunden machen, wenn du hier warten musst?«

Ich entsperre mein Handy und halte es ihm vor die Nase. Ich habe mir nach unserem ersten Abend eine Schach-App runtergeladen. Weil es mich an ihn denken lässt und ich … nun ja, gerne an Nave denke.

Das grün-weiß karierte Schachbrett mit meinem ausstehenden Zug prangt auf dem Display.

Nave grinst. Mit Grübchen und leicht geöffnetem Mund. Er neigt den Kopf nach unten, eine schwarze Locke fällt ihm in die Stirn, während er für eine Sekunde auf seine Hände blickt und dann durch seine Wimpern hoch zu mir. Seine Augen. Meine Augen. Ich kann nicht wegsehen, bin einfach nur froh, dass ich sitze. Und man Herzschläge nicht hören kann. Weil meiner ohrenbetäubend laut wäre.

»Ich hab eine Idee«, durchbricht Nave den Herzschlaglärm in mir, geht zu einem der Wandschränke und öffnet ihn. Verbandszeugs und Akten. Kopfschüttelnd macht er ihn wieder zu und zieht an der Tür des nächsten, dessen Regale bis oben voll mit Brettspielen sind. Als er den hölzernen Schachkasten entdeckt, nimmt er ihn raus und legt ihn neben mich auf die Liege. »Spielen wir, bis Sven zurück ist?«

»Ich muss dir aber vorher etwas sagen.«

Nave klappt das Kästchen auf. »Okay?«

»Ich bin gar nicht die beste Schachspielerin der Welt.«

Er lacht und beginnt damit, die Figuren aufzustellen. Ich schnappe mir auch eine. Es ist die weiße Dame, und als ich die Finger um sie schließe, pikt ihre Krone in meine Handfläche. Ich drücke noch fester und versuche, mich auf die Kanten der Figur zu konzentrieren, die sich immer weiter in meinen Daumenballen graben, je näher Nave mir kommt. Weil alles andere, das ich sonst fühlen würde, zu verwirrend wäre, um es einzuordnen.

Nave setzt sich auf die andere Seite des Spielbretts, fährt

sich durchs Haar und stutzt. »Schwarz oder weiß?«, fragt er, ohne den Blick zu heben, weil er gerade überlegt, welche Figur der Radiergummi ersetzen soll. Es ist der weiße König. Er fehlt. Ist wohl irgendwann verloren gegangen. Und jemand hat ihn durch einen Radiergummi ersetzt. Ich grinse und tippe auf das leere Feld.

»Sehr königlich«, murmelt Nave und legt den halb verbrauchten Stummel neben das Feld der Dame, die ich jetzt ebenfalls abstelle. Unsere Finger berühren sich, und ich tue so, als hätte ich es nicht bemerkt. Aber das habe ich. Denn Nave zu berühren, ist wie das Versprechen von Sicherheit. Etwas, das von ihm auf mich übergeht und mich langsamer atmen lässt. Auch wenn es nur ein flüchtiger Moment ist. Auch wenn es vielleicht bloß Einbildung ist.

Es stellt sich heraus, dass ich definitiv nicht die beste Schachspielerin der Welt bin. Aber Nave ebenso wenig. Einmal müssen wir sogar googeln, wie viele Felder das Pferd vorwärtsziehen darf, bevor es abbiegt, weil ich trotz App keine Ahnung habe. Da nehmen die Figuren ja automatisch die Felder, die sie dürfen.

Trotzdem mag ich das echte Schach lieber, weil ich dabei die Möglichkeit habe, Nave jedes Mal, wenn er am Zug ist, ungeniert anzusehen. Er ist so vertieft in das Spiel, dass es ihm nicht auffällt. Dafür fallen mir all die Details auf, die ich damals im schummrigen Licht der Bar übersehen habe. Wie zum Beispiel, dass die Narbe an seiner Schläfe aus zwei Schnitten besteht. Oder dass seine grünen Augen goldgelbe und braune Sprenkel haben. Und seine Mundwinkel? Selbst wenn er nicht lacht oder lächelt, krümmen sie sich ein winziges Stück nach oben, sodass er niemals wirklich traurig aussieht.

»Birdie?«

»Hmm?«

Kapitel 12

Nave

Why do I feel like running away from everyone
... but her?

»Du bist dran.«

»Ups«, sagt sie und lehnt sich so weit nach vorn, dass sie ihren Ellenbogen auf der Liege platzieren und ihren Kopf in die Hand stützen kann. Ihr Zopf fällt ihr über die Schulter, und ich frage mich, ob sie ihre blonden Locken je offen trägt.

Was zur Hölle tue ich hier?

Der Plan war nicht, mich weiterhin anzulügen, und definitiv auch nicht der, uns etwas vorzumachen. Ich wollte ihr dieses Ding zurückgeben und verschwinden. Nur sage und tue ich nichts von dem, was ich mir vornehme, seit sie auf der Bildfläche aufgetaucht ist. Ich bereue es, dass ich sie nach ihrer Nummer gefragt habe. Aber dass ich ihr geholfen habe, letztens, das bereue ich nicht. Weil es wehgetan hat, sie so zu sehen. Mit dieser Unsicherheit und Verletzlichkeit, die regelrecht auf mich übergeschlagen ist. Sie hat sich scheiße gefühlt. Nicht nur, weil es gerade hart ist, sondern weil jemand sie beim Scheitern gesehen hat. Es ist beschissen, wenn jedes kleinste Detail, das du tust, gesehen und beurteilt wird. Ich weiß das ... aber ich weiß nicht mehr, wie man die Notbremse zieht. Weiß nicht, welche Worte ich dafür wählen könnte. Weil ich zu weit gegangen bin, um einen Rückzieher zu machen. Oder? Einen Rückzieher wovon? Meine Gedanken sind reinster Mist. Ich könnte nach diesem Spiel verschwinden und sie höchstens zufällig zwischen Tür und Angel hier im Zentrum antreffen. Wenn überhaupt. Vielleicht sende ich ihr irgendwann eine nette Nachricht, frage nach, wie es ihr geht. Aber das ist noch größerer Mist. Ich kenne mich gut genug, um zu wissen, dass ich spätestens, wenn sie das nächste Mal laut lacht, wieder alles über Bord werfe und mich gleich mit in die Fluten stürze.

Als Sven zurückkommt, ist er kurz überrascht, uns wild diskutierend mit den Köpfen über dem Schachbrett zu finden. Keiner von uns hat gewonnen. Wir fotografieren die Konstellation der Figuren ab. Beide, weil keiner dem anderen traut. Fürs nächste Mal. Ich schlucke.

Es wird ein nächstes Mal geben. Grandios!

Und ein Teil von mir findet es tatsächlich grandios. Der andere klatscht über mein naives Handeln und sagt mir, dass das nicht gut ausgehen wird. Aber ihre Physiostunden sind zufällig immer dann, wenn meine Schwimmkurse stattfinden.

Was, wenn irgendwelche Sterne gerade so stehen, dass es kommen musste, wie es kam? Eine Aneinanderkettung von Zufällen, denen wir beide nicht entkommen können?

Ich verabschiede mich und beschließe, den Lauf nach Hause zu nutzen, um einfach mal an absolut gar nichts zu denken.

Mein Rucksack klopft im selben Takt, den meine Füße auf dem harten Asphalt vorgeben, fest gegen meinen Rücken. Vielleicht ist es auch mein Herz, das mich erschlägt. Könnte gut möglich sein. Ich stoppe an der Ampel und greife die Riemen fester. Als die ersten Autos stehen bleiben und ich das grüne Licht sehe, beeile ich mich, über die Straße zu kommen, die mehrspurig ist und in der Mitte von einer Fußgängerinsel geteilt wird. Ein Plakatständer ist um den Laternenmast befestigt, und Wahlwerbung prangt – von Wind und Wetter verblasst und in Mitleidenschaft gezogen – darauf. »Ihr *Anker in stürmischen Zeiten!*« steht aber immer noch leserlich da. Ich verkneife mir ein Schnauben, weil unter dem bescheuerten Slogan auch die Fresse von diesem Clown abgebildet ist, der mit seinen Rufen nach strengeren Richtlinien schon mehrmals fast mein Leben zerstört hätte.

Kapitel 13

Birdie

Eigentlich habe ich mir heute Morgen gewünscht, dass endlich mal wieder etwas passiert, das ... ich weiß auch nicht. *Irgend*etwas, das mich den dazugehörigen Kalendereintrag mit unzähligen Doodles verzieren lässt zum Beispiel. Aber jetzt gerade will ich bloß meine Ruhe.

»Warum kommst du denn nicht mit, Bernadette?« Helen schwebt in einem zitronengelben Zweiteiler durch das Wohnzimmer, wo ich nur deshalb sitze, weil ich mich vor einer Stunde von ihr dazu überreden lassen habe, nach unten zu kommen. Und ich ahne, was sie jetzt vorhat. Sie will mich stückweise dazu kriegen, das Haus zu verlassen.

Ohne mir anmerken zu lassen, dass ich genervt bin, lege ich meinen Kindle zur Seite und schnappe mir eins der Sofakissen, das ich wie einen Schutzschild an meine Brust drücke. »Was soll ich denn auf dem Golfplatz?«, frage ich. Es sollte eigentlich sarkastisch klingen, aber Helen strahlt mich an, als wäre ich bereits dabei, nachzugeben.

Sie lässt sich auf die Sitzgruppe gegenüber fallen und spitzt einen Moment nachdenklich die Lippen. »Hör mal, Bernadette«, sagt sie schließlich in leisem Ton, und ich ahne, dass unsere oberflächlichen Unterhaltungen wohl der Vergangenheit angehören. Sogar ihre Pseudoweisheiten wären mir jetzt lieber als das, was sie als Nächstes sagt. »Dein Vater hat ein schlechtes Gewissen, weil er dich so oft allein lässt, und es wäre doch schön, wenn ... Also es wäre eine große Unterstützung, wenn du nicht immer ...«

»Das war vor meinem Unfall doch auch kein Problem.« Ich runzle die Stirn.

»Aber da warst du noch nicht so ... du bist ... du, du tust gar nichts mehr«, plappert Helen haltlos, und es ist unangenehm, wie sie um Worte ringt.

Etwas in meinem Bauch zieht sich dabei zusammen. In meiner Brust auch. Mir ist klar, dass sie es nicht böse meint, aber dieses Gespräch ... ich will es nicht. Nicht mit ihr. Hilfesuchend werfe ich einen Blick über die Schulter, sehe nach, ob mein Vater in Hörweite ist, doch wir sind allein.

»Ich bin einfach noch nicht so weit«, murmle ich.

»Aber du trägst deine Prothese mittlerweile im Alltag«, widerspricht Helen. »Du *kannst* mitgehen.« Den letzten Satz betont sie regelrecht, als wollte sie mir dadurch mitteilen, dass *ich* das Problem bin und nicht meine ... Umstände.

Ich trage die Prothese zwar wirklich jeden Tag, nur ist das Knie immer noch steif eingestellt, was das Gehen zu einem Kraftakt macht. Weil ich jedes Mal aus der Hüfte mein Bein anheben und nach vorne wuchten muss. »Ich kann ein paar Schritte machen«, erkläre ich und versuche, dabei nicht aufgebracht zu klingen. »Ich kann *nicht* auf einem unebenen Gelände laufen oder stundenlang über den Golfrasen wandern.«

Helen bleckt die Zähne in einem viel zu breiten Lächeln. »Wir beide würden ja irgendwo gemütlich sitzen und zusehen«, erklärt sie, als hätte ich sie völlig falsch verstanden, doch ich will wirklich unter keinen Umständen mit. Nicht, weil mir ein bisschen frische Luft nicht vielleicht tatsächlich guttun würde. Sondern weil ich weiß, dass Vic auch da sein wird. Ich wäre selbst ohne Schmerzen nicht in der Stimmung, drei Stunden lang herumzusitzen und ihm von einer schattigen Terrasse aus dabei zuzusehen, wie er mit voller Wucht einen Ball davonschlägt, den er in Gedanken wahrscheinlich bildlich durch mein Gesicht ersetzt.

Helen hat jedoch keine Ahnung. Weder von meinem Leben noch davon, was mit Vic passiert ist. Und sie lässt nicht locker. »Frag doch eine Freundin, ob sie mitkommt. Oder vielleicht einen Freund?«

Ich weiß mit absoluter Sicherheit, dass sie das nicht in Bezug auf eine Beziehung gemeint hat. Ich würde *niemals* mit Helen über mein Liebesleben reden. Mit niemandem, um genau zu sein. Bevor ich dieses Gespräch führe, finde ich mich lieber damit ab, dass ich jetzt – und mit ziemlicher Sicherheit auch für immer – allein bin. Eventuell könnte ich irgendwann mal platonisch mit jemandem zusammen sein. Möglicherweise mit jemandem, der gar nicht auf mich steht und für den ich mich als Alibi-Freundin nützlich machen kann. So wie bei Evelyn Hugo und ihrem letzten Fake-Ehemann. Einfach irgendjemand, mit dem ich ... nicht ... nie ...

»Bernadette?«

»Ja?«

»Ich habe dich gefragt, ob es jemanden gibt, der dich begleiten könnte?«

»Oh. Ja. Klar«, versichere ich ihr und habe kurz vergessen, über was wir hier eigentlich gerade diskutieren, weil mein Vater die Treppe nach unten kommt.

»Geht sie mit?«, fragt er von der Eingangshalle aus, erscheint im Durchgang und hat bereits die Golftasche mit den oben herauslugenden Schlägern über seiner Schulter hängen.

Sie geht nicht mit, würde ich ihm gerne entgegenrufen. Weil er mich heute Morgen beim Frühstück auch schon gefragt hat. Zu ihm habe ich allerdings ebenfalls Nein gesagt, und irgendwie fühlt es sich komisch an, dass er das nicht akzeptiert.

»Das nächste Mal«, verspreche ich ausweichend.

»Bernadette, das ist ein freundliches Machtwort. Du musst aus dem Haus.«

»Ich war heute schon im Garten, zählt das?«

»Bernadette«, mischt Helen sich dazwischen. »Es wäre wirklich gesund für dich, Spaziergänge in deinen Alltag zu integrieren.«

Ich pruste. »Im Moment muss ich mich nach ein paar Schritten hinsetzen, weil jeder weitere Versuch wehtut. Soll das ein verspäteter Aprilscherz sein?«

Mein Vater verschränkt die Arme vor der Brust und sieht mich entrüstet an. Mir fällt auf, dass es dieselbe Pose ist, die auch auf seinen Wahlplakaten abgebildet ist. Aber sein Blick ist ein anderer. Müde. Müde und am Ende mit seiner Geduld.

»Eric, wir sind schon spät dran. Vielleicht ...«, meint Helen rasch.

Aber mein Vater hat, seiner Körpersprache nach zu urteilen, etwas zu sagen, und das wird er sich nicht nehmen lassen, selbst wenn sie deshalb zu spät kommen. »Wie stellst du dir das vor, Bernadette?«, fragt er mich eindringlich, und ich weiß, dass es keine wirkliche Frage war, auf die er eine Antwort möchte.

Also sehe ich ihn einfach nur schweigend an.

»Du willst ausziehen?«

Ich nicke vorsichtig.

»Ja, wie denn?«, fragt er weiter und stößt ein belustigtes Schnauben aus. »Wohin willst du denn ziehen? Von einer Couch auf die andere? Nimmst du Kristin mit, dass sie für dich kocht? Und Konrad, der dich herumfährt? Wozu willst du denn überhaupt ausziehen, wenn du dich keinen Millimeter aus diesem Haus hier bewegst?«

Ich blinzle schneller, presse die Lippen fester aufeinander.

»Eric, Eric«, versucht Helen, zu ihm durchzudringen, der nicht entgeht, wie meine Augen sich langsam mit ungeweinten Tränen füllen. »Das ist ein bisschen ...«, sie sucht nach dem richtigen Wort. Ich blinzle nicht mehr, sondern starre einfach nur ausdruckslos geradeaus. »... harsch«, sagt Helen schließlich. Ihre Gedanken scheinen im Gegensatz zu meinen immer noch zu funktionieren.

Aber ich bin leer. In mir funktioniert gar nichts mehr. Ich bin einfach nur fertig. Er ... mein Vater hat recht. Deshalb tut es so weh. Und sein Blick verrät mir, dass er weiß, dass ich es weiß. Ich schweige. Weil es mich schon genug Kraft kostet, dieses ekelhafte Gefühl in meiner Brust zu ignorieren. Als ob meine Schlüsselbeine jeden Moment nachgeben und einfach durchbrechen könnten. *Knack.* Ich kneife die Augen zu, kräusle unweigerlich die Nase. Diese Vorstellung ist so real, dass ich rasch einen tiefen Atemzug mache, um meinen Brustkorb von innen mit möglichst viel Luft zu stützen.

Es geht nicht nur darum, dass ich ausziehen und mein eigenes Leben haben will. Es geht darum, dass mich niemand ernst nimmt. Dass man mich nicht als Menschen sieht, der selbst entscheiden kann und sehr wohl in der Lage ist, Dinge auf die Reihe zu bekommen.

Mein Bein ist gar nicht das Problem.

Sondern dieses fehlende Vertrauen in mich!

Das ist es, was meine Verzweiflung immer wieder anheizt und das unruhige Feuer in mir am Brennen hält. Diese sorgenvollen Blicke, die schwer auf meiner Brust liegen.

»Wir müssen los, Eric«, drängt Helen, und erst als die beiden weg sind, stemme ich mich vom Sofa hoch, um wieder in meinem Zimmer zu verschwinden. Stechende Schmerzen lassen mich dabei flach atmen und meine Gedanken umherfliegen, zurück zu den Krankenhausaufenthalten, Vic, Marcella, den vielen Wochen, die ich in der Reha-Klinik verbracht habe. Was ich mir damals – und insgeheim auch heute noch – gewünscht habe, war einfach die Möglichkeit, manchmal an einen Ort zu verschwinden, wo mich niemand kennt. Weil mich auch hier, in meinem Zuhause, niemand kennt. Weil mich niemand mehr kennt und niemand mehr sieht.

Außer ... vielleicht Nave. Sein Lächeln kreuzt meine Gedanken. Und die Gewissheit, dass mein Vater mir helfen will und genauso verzweifelt sein muss wie ich. Vielleicht sollte ich wirklich aus dem Haus.

Ich raffe mich auf und schreibe Marcella. Sie muss allerdings für eine Prüfung lernen und hat erst danach wieder Zeit. Aber anstatt wieder nach meinem Kindle zu greifen, suche ich den Chat mit Nave, und bevor ich richtig darüber nachdenke, tippe ich auch schon los.

> Hi

Das ist alles, weil ich dachte, dass ich mir den restlichen Text noch überlegen kann. Aber er ist sofort online, und mein Puls beschleunigt sich, weil ich jetzt schnell etwas schreiben muss, mein Hirn aber plötzlich viel zu langsam arbeitet. Ein »Ich« steht bereits da, aber ich lösche es hastig wieder, damit er nicht denkt, dass ich ihm seit einer Minute schreibe. Dass ich seit einer Minute mein Display und seinen Online-Status anstarre, soll er allerdings auch nicht glauben, weshalb ich mich beeile:

> Hast du vielleicht Zeit? Veganlsta hat seit dieser Woche geöffnet ♤

Wer in Wien wohnt, weiß, dass es dort das beste Eis der Stadt gibt, und die Wiedereröffnung nach der Winterpause ist jedes Jahr so etwas wie ein kleines Highlight.

Nave tippt. Aber auch er löscht seine Antwort ein paarmal, bevor sie schließlich im Chat aufscheint.

> Jetzt?

Nur ein Wort. Das ist nicht gut. O Gott, ich hätte ihn besser nicht fragen sollen. Weil wir ... weil er und ich uns abgesehen von unserem ersten Abend noch nie außerhalb des Sportzentrums getroffen haben. Aber dann schickt er noch ein lächelndes Emoji hinterher und, noch bevor ich darauf reagieren kann, eine weitere Nachricht.

> Ich könnte so in einer Stunde?

Es gibt mittlerweile mehrere Veganista-Filialen, und ich überlege schnell, will ihn eigentlich fragen, welche für ihn die beste ist, weil ich mir ohnehin ein Taxi rufen werde. Da schlägt er mir bereits die Location im siebten Bezirk vor, und ich stimme zu.

Ab dem Zeitpunkt, wo ich mein Handy weglege, bewege ich mich nervös durch mein Zimmer und mache mich fertig.

Ich werde Nave heute noch sehen! Meine Gedanken kribbeln.

Nach zwölf Tagen (nicht, dass ich mitgezählt hätte). Weil ich meinen letzten Termin bei Sven verschieben musste und Nave immer nur mittwochs da ist. Aber es ging nicht anders. Mein Kreislauf war im Keller, und ich habe mich einfach nur krank und schlapp gefühlt. Nave hat mir sogar geschrieben, gefragt, wo ich bleibe und ob ich bloß nicht aufgetaucht bin, weil ich Angst davor hätte, die laufende Schachpartie gegen ihn zu verlieren. Ich habe mich wie eine Blöde gefreut, von ihm zu hören, aber nachdem er mir gute Besserung gewünscht hat und ich wissen wollte, wie es ihm geht, kam bloß noch eine knappe Antwort. Keine weitere Frage. Und ich hatte Angst, ihn zu nerven. Oder mich komisch zu verhalten.

So wie jetzt, wo ich ein paar Meter neben der Eisdiele stehe und nicht weiß, was ich mit meinen herunterhängenden Armen anstellen soll, während Nave auf mich zukommt.

Mit einem Lächeln, das zu einem Grinsen wird. Seinem Blick, der mich in der Menge sucht und findet. Seinen Händen, die er aus den Jackentaschen nimmt. Ich schlucke, weil meine eigene Jacke mir plötzlich viel zu warm vorkommt.

»Hi«, sage ich eine Spur atemloser, als mir lieb wäre, als er endlich vor mir steht.

»Hi«, gibt er warm und dunkel zurück und scannt mein Gesicht ab. »Alles klar bei dir?«

Ich ziehe einen Mundwinkel hoch, atme durch die Nase aus, sodass sich mein leises Schnauben wie ein noch leiseres Lachen anhört, während ich auf unsere Schuhspitzen blinzle, weil ich seinem Blick für eine Sekunde ausweichen will. *Muss.* Weil er in meinen Augen sofort ablesen würde, dass ich einen Scheißtag hatte. »Alles bestens«, lüge ich, blinzle hoch, und Nave mustert mich noch einen Moment, nickt dann aber zum Eingang der Eisdiele.

»Eis macht alles besser«, sagt er. Ich weiß, wie es dir geht, sagen hingegen seine Augen.

Können wir heute einfach wieder so tun, als wären wir nicht wir selbst?, frage ich mit meinen, und Nave benetzt die Lippen, reibt sie kurz aneinander, bevor er einen Schritt zurück macht, sodass ich an ihm vorbeigehen kann. Mir wird erst jetzt bewusst, wie knapp wir voreinander standen, ohne uns zur Begrüßung zu berühren.

Als ich meine Eiswaffel über die Theke gereicht bekomme, beeile ich mich, eine bereits schmelzende Stelle mit der Zunge aufzufangen, bevor ich mir die Finger klebrig mache, weil ich ja noch zahlen muss.

»Geht auf mich«, sagt Nave, der bemerkt, wie ich doppelt auf die Sperrtaste meines Handys gedrückt habe, sodass die Bankomatkarte für Pass-By-Zahlung auf dem Display aktiviert wird. »Du hast mich schließlich letztens auf den Eistee eingeladen.« Er zwinkert und nimmt dann sein eigenes Eis entgegen.

»Letztens«… es fühlt sich an, als wäre das eine Ewigkeit her, und gleichzeitig erinnere ich mich an diesen Abend, als wäre er erst gestern gewesen. Nave, ich und die Leichtigkeit zwischen uns, bevor alles Prothesen-schwer wurde. Wir beide in der schummrigen Bar, das war mehr als ein *Kalender-Moment*. Einer, den man nicht vergisst, auch wenn man ihn nie notiert. Zumindest ich werde ihn nie vergessen…

Wir setzen uns auf die hölzernen Bänke des Schanigartens. Früher habe ich mir oft ein Eis geholt und es dann to go auf dem Weg zu meinem nächsten Termin gegessen. Jetzt bin ich regelrecht froh, dass wir hierbleiben. Zumal es mit Hose über der Prothese tatsächlich um einiges anstrengender ist. Auch wenn meine Jeans nur an der Taille eng ist und dann ausgestellt verläuft, sodass man unten bloß die Spitzen meiner Converse hervorlugen sieht.

»Ich war letztes Jahr mindestens dreimal die Woche da«, sage ich, um irgendwas zu erzählen und keine peinliche Stille aufkommen zu lassen.

Naves Zunge leckt langsam über sein Eis, und ich schaue rasch woandershin, weil ich den eigentlich noch kühlen Frühlingswind gerade überhaupt nicht spüre, obwohl ich wünschte, er würde mir ins Gesicht wirbeln und meine Wangen abkühlen.

Erneut setze ich an, um etwas zu sagen, aber mein Kopf ist wie leer gefegt.

Nave bemerkt das alles und sieht kurz auf die Straße, wo Autos an uns vorbeiziehen. Vorbeirasen, wie all die Dinge, die wir einander sagen könnten, aber es nicht tun, bevor sie verschwinden.

Doch dann blickt mich Nave ernst von der Seite aus an. »Ist alles klar bei dir?« Er klingt ehrlich interessiert, und gleichzeitig sieht er mich mit diesem »Verarsch-mich-nicht«-Blick an und seinen »Du-belügst-dich-nur-selbst«-hochgezogenen Brauen.

»Geht so«, antworte ich ausweichend.

Nave nickt einmal. Resigniert. Aber dann überlegt er es sich anders. »Du hast Eis. Der Himmel ist endlich mal nicht grau. Die Sonne scheint. Was ist los?«

Ich blicke auf mein Eis. Den Himmel, der heute zur Abwechslung mal tatsächlich blau ist. Etwas, das man hier den ganzen Winter über nicht sieht, und die Sonne kitzelt mich im Gesicht. »Ist eigentlich offensichtlich, oder? Mein Blick wird nie wieder automatisch zum Himmel gehen, um zu gucken, wie blau er ist, weil ich mich zuerst darauf konzentrieren muss, dass ich beim nächsten Schritt nicht vor allen auf dem Boden lande.«

Nave wartet, bis ich ihn richtig ansehe, bevor er weiterspricht. »Du darfst wütend sein.«

»Natürlich bin ich wütend«, gebe ich zu. Und ich sage es so nüchtern, dass es klingt, als würde ich eine Einkaufsliste runterbeten. Brot, Sojamilch, Natürlich-bin-ich-wütend und Bio-Bananen.

»Das ist gut.« Nave lächelt mich an, und ich blicke genervt weg. Weil er sich nicht an das hält, was wir vorhin stumm vereinbart haben. Weil er gerade wie Helen ist. Und mein Vater. Weil alle immer darüber reden wollen, wie es mir geht, aber es nicht wirklich wissen wollen.

Wobei ... Das ist gut? Hat er soeben gesagt, dass das gut ist?

Naves Blick wird so weich, wie er es nicht werden sollte, wenn er vermeiden will, dass meine Gefühle ein noch größeres Chaos werden. »Ich wäre es auch«, versichert er mir. »Aber überleg mal, was du alles tust, um möglicherweise an deiner Wut festzuhalten?«

Ich schlucke angestrengt und tue so, als müsste ich die Frage zuerst sacken lassen. Im Grunde muss ich das sogar. Ich kämpfe gegen den Impuls, ein nervöses Lachen auszustoßen, weil ich nicht weiß, wo ich anfangen soll ... na ja ...

eigentlich weiß ich das doch. Ich habe es nur noch nie laut ausgesprochen. »Es fühlt sich einfach wie eine Ewigkeit an, weißt du? Eine Ewigkeit, die ich nicht ich selbst war. Und jetzt, wo ich endlich wieder laufen lerne, ist es immer noch so. Jeder starrt mich an. Jeder will, dass ich die Alte bin. Aber ich bin die Einzige, die dabei realisiert hat, dass ich das nie mehr sein werde.«

Nave wirkt unbeeindruckt. Zumindest wirkt er nicht schockiert. »Jeder Mensch verändert sich. Nicht nur du. Du wirst nie wieder dieselbe sein. Und das klingt jetzt ziemlich abgedroschen, aber du kannst jeden Tag entscheiden, wer du sein willst.«

Hmm, denke ich.

»Hmm«, sage ich schließlich auch. »Wirklich ziemlich blau heute.«

Nave sieht mich fragend an.

»Der Himmel«, erkläre ich und lächle, woraufhin Nave seine Zunge über seine Backenzähne gleiten lässt und dann ebenfalls lächelt. »Danke, Nave.«

»Für was?« Er isst bereits seine Waffel, und ich mag es, wie er dabei aussieht. Ein bisschen, als hätte man die Zeit zurückgedreht, und er wäre wieder ein kleiner Junge, für den sein Eis das Highlight des Tages ist.

»Einfach ... dich, schätze ich.« Ich zucke mit den Schultern, um es nicht nach zu viel klingen zu lassen. Wahrscheinlich sollte mir dieses Treffen peinlich sein, weil ich ihn mit meinen Gefühlen bombardiere.

Aber Naves Pupillen weiten sich trotz des hellen Sonnenlichts, und dann räuspert er sich und antwortet mit einem überraschend heiseren »Immer gerne«.

Als ich wieder zu Hause bin, markiere ich diesen Tag im Kalender mit einem Herzen. Nicht, weil ich mich in Nave verliebe. Als mir der Gedanke kommt, bin ich kurz davor, das Herz zu übermalen und einfach ein Quadrat aus Tinte daraus zu machen. Aber ich lasse es dann doch, weil ich beschließe, dass es bloß dafür steht, dass ich mich heute lebendig gefühlt habe.

Kapitel 14

Nave

*Most of our self doubt comes from
how other people treat us.*

»Wie sage ich jemandem, dass es keine gute Idee ist, Gefühle
füreinander zu haben, wenn ... also ... wenn ich davon ausgehe,
dass es so ist? Nur so, rein hypothetisch.« Ich rechne damit,
dass Tom sofort von der Couch aufspringt und wissen will,
um wen es geht, aber anstatt auf die Idee zu kommen, dass
ich ihn wegen *mir* frage, projiziert er das Ganze auf sich und
sieht mich wütend an.

»Warum kannst du's nicht einfach akzeptieren, dass es
für mich okay ist? Es hilft mir nicht, wenn du mich ständig darauf ansprichst, dass ich Schluss machen soll oder
so.«

Äh ... shit. Ich wollte keine große Sache daraus machen.
Deshalb habe ich das Ganze vielleicht etwas zu kryptisch for-
muliert. Zumal ich mir nicht sicher bin, ob es dieses Problem
überhaupt gibt. Aber Birdie war heute so ... ich weiß nicht,
wie ich es beschreiben soll. Irgendwann hatte ich jedenfalls
das Gefühl, dass sie vielleicht anfangen könnte, mich zu sehr
zu mögen. Was mich einerseits überrascht. Auch die Tatsache,
dass es sich gut anfühlt. Trotzdem können wir das auf keinen Fall tun. Ich hatte und habe nicht vor, ihr aus dem Weg
zu gehen. Das würde ich nicht übers Herz bringen. Aber ich

schreibe ihr, so selten es geht, und wenn wir uns im Sport-zentrum begegnen, halte ich unsere Gespräche für gewöhn-lich oberflächlich. Nicht so wie ... vorhin. Ich fahre mir mit der Hand übers Gesicht. Hinter meiner Stirn läuft ein Banner, auf dem *fuckfuckfuck* in Dauerschleife steht.

»Spuck's aus.« Tom hebt genervt eine Braue und reißt mich aus meinen Gedanken, die sich nicht um ihn oder sei-nen Freund und deren toxisches Daten gedreht haben. Aber ich sage ihm trotzdem endlich, was ich von diesem Hin und Her denke. Zumindest einer von uns hat dann was von dieser Unterhaltung.

»Weißt du, Tom, ich finde, dass du respektieren musst, dass er sich nicht outen wird. Aber genauso sollte er einsehen, dass er dir damit wehtut, wenn er in der Öffentlichkeit eine Fake-Freundin nach der anderen präsentiert und dich nur hinter verschlossenen Türen sehen will. Wenn er dich wirk-lich mag, würde er dich nicht ständig hinhalten.«

»Alter! Ich verlange von niemandem, sich zu outen, ver-dammt! Du hast ja keine Ahnung, Nave! Keine Ahnung, was auf dem Spiel steht!«

»Sorry. Aber die Wahrheit ist nicht immer cool.«

Elvis maunzt, was durch das Timing fast so klingt, als würde sie mir recht geben, und Tom holt zu einem Gegen-schlag aus, indem er mir sagt, was *ich* nicht hören will.

»Ich werde ihn nicht dafür verlassen, dass er nicht zu sich stehen kann, auch wenn es mich nervt. Wenn ich so wäre, müsste ich dich nämlich genauso aufgeben!«

Darauf konnte ich nichts mehr erwidern. Tom hat mein Schweigen ebenfalls unkommentiert gelassen und ist danach verschwunden. Wahrscheinlich ist er am Campus und arbei-tet verbissen seinen Prüfungsstoff ab, um sich mit nichts anderem beschäftigen zu müssen.

Ich klimpere eine Weile auf meiner Gitarre rum, aber weil ich mich dadurch nicht wie sonst besser, sondern nur noch nachdenklicher fühle, fahre ich ins Sportzentrum, wo ich im Fitnessstudio kostenlos trainieren kann.

Fehler. Großer Fehler.

Denn Sven ist auch noch da. Ich zucke zusammen, als er mir von hinten auf die Schulter tippt, und lasse die Stange der Latzugmaschine los.

Anstatt gleich etwas zu sagen, sieht er mich abwartend an. Ich ziehe mir die Kopfhörer aus den Ohren, und erst jetzt fällt mir auf, dass der Lärm in meinem Kopf nicht von Musik kam. Ich bin so verpeilt, dass ich seit einer Stunde Sport mache, ohne je auf Play gedrückt zu haben. Ich schnaube belustigt, weil ich nicht glauben kann, dass ich derart von der Spur bin. Was ist bloß los mit mir?

»Nave, ich habe einen kleinen Anschlag auf dich vor.«

»Wie kann ich helfen?«

»Es geht um Berna... um Birdie.«

Mein Lächeln verwandelt sich von ungezwungen zu eingefroren. Ich versteife mich instinktiv, aber Sven bemerkt es nicht und schnappt sich unbekümmert eine der Kurzhanteln, die in der niedrigen Ablage vor dem Spiegel der Größe nach aufgereiht liegen.

»Um was genau?« Ich habe keine Ahnung, wo dieses Gespräch hinführt, aber es gefällt mir nicht, dass es um die Person geht, die ich mir gerade schweißgebadet aus dem Kopf schlagen will. Zumindest habe ich das versucht.

Sven zieht sich den Ärmel seines T-Shirts auf einer Seite über die Schulter und beginnt mit Curls. Er betrachtet sich dabei selbst im Spiegel. »Ihr seid befreundet, oder?«

Ich nicke, aber weil ich nicht sicher bin, dass er das mitbekommen hat, schiebe ich noch ein zögerliches Ja hinterher.

»Sie macht ziemlich gute Fortschritte. Ehrgeizig. Aber wenn sie nicht auch ihre Muskulatur wieder aufbaut, habe ich sie als Nächstes wegen ganz anderer Beschwerden auf der Liege.«

»Dann sag ihr das doch.«

Sven wirft mir einen spöttischen Seitenblick zu und wechselt dann den Arm. Sein Bizeps wölbt sich unter der Anstrengung, und die Ausatmung kommt stoßweise. Es sieht fast schon witzig aus, weil er dabei den Unterkiefer immer ein Stück vorschiebt. »Das sage ich ihr ständig. Aber sie geht trotzdem nicht trainieren. Behauptet, dass sie es zu Hause macht, aber ich sehe ja, dass das nicht stimmt oder zumindest nicht reicht.«

»Hmm.«

»Ich dachte, weil du ... du hast doch in letzter Zeit öfter nach ihr gesehen, wenn sie bei mir war.«

Ich ahne, worauf er hinauswill, schweige aber, um mir ja nicht mein eigenes Grab zu schaufeln.

»Könntest du sie nicht vielleicht mal fragen, ob sie mit dir trainieren will? Wenn sie sich mit jemandem dazu verabredet, fällt es ihr bestimmt leichter.«

»Ich weiß nicht, Sven. Sie ist alt genug, um selbst zu entscheiden, was klug ist. Wenn sie keinen Bock hat, ist sie vielleicht einfach noch nicht so weit?«

»Ach, und was ist mit deinen Nichtschwimmern? Sind die auch nicht so weit, bloß weil immer wieder jemand dabei ist, der einen Schubs braucht?«

Shit. Ich weiß, dass Sven recht hat. Und weil es das Richtige für sie ist und ich sie grundsätzlich mag und niemanden enttäuschen oder im Stich lassen will, stimme ich zu. Auch wenn mein Plan vor einer halben Stunde noch war, mir zu überlegen, wie ich das zwischen ihr und mir langsam auslaufen lassen kann, ohne unfair zu sein. Ich habe gedacht, dass das Ende ihrer gerade noch wöchentlich stattfindenden Physiotherapie vielleicht auch das natürliche Ende unserer Freundschaft bedeuten könnte. Ich habe es zumindest gehofft. Andererseits ... wenn ich ihr beim Training helfe, dann ist sie umso eher fit, und unsere Wege trennen sich noch schneller. Das macht Sinn. Zumindest behaupte ich das jetzt einfach mal zur Selbstverteidigung.

»Kann ich machen«, höre ich mich sagen. Und gleichzeitig höre ich Toms Stimme von vorhin in meinem Ohr, wie er mich anschreit, dass ich keine Ahnung habe, was auf dem Spiel steht. Vielleicht sollte ich den neuen Song, den ich vorhin mit der Gitarre in der Hand lose auf ein leeres Blatt gekritzelt habe, so betiteln.

Track 1: Es bedeutet, dass ich keine Ahnung habe.

what does it mean if I take the risk
because you need me to
and I don't tell you what's at stake
because I need you to
feel safe and catch a break

Wie jeden Morgen stecke ich den winzigen Schlüssel in den Spalt und versuche, den Briefkasten im Foyer zu öffnen, ohne ihn aus den Angeln zu heben. Obwohl wir einen »Keine Werbung«-Sticker draußen angebracht haben, quillt mir zuerst eine Flut an Prospekten entgegen. Ich blättere sie hastig durch, um sicherzugehen, dass kein wichtiger Brief irgendwo zwischen den Seiten steckt. Dann werfe ich den Stapel zum Altpapier.

Enttäuscht und erleichtert zugleich mache ich mich auf den Weg und verpasse den Bus, der mir vor der Nase die Tür zumacht und aus der Haltestelle fährt. Weil ich kaum geschlafen habe und ohnehin wach werden muss, beschließe ich wieder mal, die Strecke zu laufen. Ich habe mich vor ein paar Tagen für heute mit Birdie verabredet. Zum Training. Und ich habe ein schlechtes Gewissen, weil ihre Nachrichten so klangen, als würde sie sich freuen. Aber ich tue das wegen ihr und Sven. Nicht, weil ich es wirklich will. Was mich zu einem Heuchler macht. Und dazu führt, dass ich extra nett zu ihr bin. Was nicht gerade förderlich ist.

Sie hat heute zur Abwechslung morgens Physio, weil es langsam warm wird und Sven auf der Terrasse des Zentrums mit ihr Laufen üben wollte. Ihr Knie ist seit Kurzem nicht mehr steif gestellt. Und ich bin überrascht, als ich sie schon von Weitem sehe, wie sie dabei ist, die Treppen zur Dachterrasse rauf- und wieder runterzugehen.

Den Mittwoch nach Svens Überfall auf mich ist Birdie nicht gekommen, weil sie anscheinend wieder Kreislaufprobleme oder so hatte. Und letzten Mittwoch habe ich nur kurz Hallo gesagt und so getan, als hätte ich keine Zeit, um das Schachbrett aufzubauen oder länger zu bleiben. Aber auch da ist sie im Untersuchungsraum bereits über Gegenstände und Hindernisse gestiegen, die Sven parkourmäßig am gummierten Boden aufgebaut hatte. Sie macht wirklich schnelle Fortschritte, und als ich mein Lächeln spüre, komme ich nicht drumrum, mir einzugestehen, wie sehr ich mich für sie freue.

Das ist okay. Nichts daran ist heuchlerisch. Nichts davon impliziert, dass ich ihr etwas vorlüge. Und es ist auch okay, dabei an mich zu denken und zumindest für eine Sekunde die Deadline unserer Freundschaft im Kopf zu haben, weil sie bestimmt bald wieder so stabil im Leben steht, dass sie nicht mehr ständig hier ist. Sie wird alles nachholen, was sie in den letzten Monaten verpasst hat. Sich mit ihren Freunden treffen. Ausgehen. Reisen. Sie kann alles tun. Und sie wird mich vergessen.

Das ist ... gut.

Ein Stich fährt durch meine Rippen, und ich bleibe kurz stehen, halte mir die Stelle und frage mich, seit wann ich Seitenstechen bekomme, wenn ich laufe. Aber es hört gleich wieder auf.

Ich bleibe trotzdem noch eine Weile unten neben dem Haupteingang stehen, von dem aus man auf die Terrasse sieht. Sven hält Birdie kaum am Oberarm, und obwohl sie sich ans Treppengeländer klammert, scheint sie sich sicher zu fühlen. Bevor ich noch Wurzeln schlage, gebe ich mir einen Ruck und jogge zu den beiden hoch. Zum ersten Mal spüre ich, wie rau die Treppenstufen sind, die aus grobem Betongemisch gebaut sind. Allgemein ertappe ich mich in letzter Zeit öfter dabei, wie ich Strecken und Wege aus Birdies Augen zu betrachten versuche.

»Hi«, sage ich etwas atemlos, obwohl ich in Form bin und zwanzig Stufen nicht dazu führen sollten, dass mein Puls derart in die Höhe schnellt.

»Hi.« Birdies Gesicht hellt sich auf, und Sven scheint es – warum ausgerechnet diesmal? – nicht zu entgehen, denn er sieht mich mit hochgezogener Augenbraue an. Ich ignoriere das, als ich auch ihn begrüße und vor den beiden rückwärts mit nach ganz oben gehe.

»Bist du bereit für das anstrengendste Training deines Lebens?«

Birdie schüttelt lachend den Kopf. »Ich hab gedacht, dass ich da gerade schon mittendrin stecke. Es war ein Fehler, mich für nach der Therapie mit dir zu verabreden.«

»Ach was. Heute steht Oberkörper an.« Ich schaue wieder zu Sven. »Habt ihr Arme und Schultern gemacht?«

»Haben wir nicht«, verneint Sven zufrieden, und Birdie stöhnt, aber ich sehe ihr an, dass sie sich freut, und fuck, ich freue mich auch.

Bevor wir ins Fitnessstudio verschwinden, zeigt sie mir oben auf der Terrasse noch, wie sie mittlerweile läuft. Sie hält sich auch dabei am Geländer fest, und mit jedem Schritt weiten sich für eine Millisekunde ihre Pupillen, weil das Knie der Prothese jetzt so gelenkig ist, dass es regelrecht wegknickt, wenn sie sich nach vorne neigt. Aber sie stellt jedes Mal rechtzeitig das rechte Bein auf den Boden und stolpert kein bisschen.

Sven klatscht. Ich pfeife unterschwellig. Und Birdie läuft rot an, aber sie klatscht ebenfalls und ist so euphorisch und optimistisch, dass ihre Stimmung auf uns überschwappt. Das ist wohl einer der Gründe, weshalb Sven das hier macht. Diesen Job. Um Leute wieder auf die Füße zu stellen und sie lachen zu sehen. Das ist irgendwie wirklich emotional. Ich räuspere mich und bin froh, als Sven meint, dass es das für heute war und wir uns um Birdies dürre Ärmchen kümmern können. Das waren seine Worte. Nicht meine. Aber ich habe eventuell trotzdem gelacht, während Birdie empört nach Luft geschnappt hat. Und so dürr sind die gar nicht, weil ich prompt einen Hieb gegen meine Schulter von ihr kassiere und den durchaus spüre.

»Wir starten mit Liegestütz.« Ich krame in der Kiste mit den Widerstandsbändern und sehe hoch, als Birdie nichts darauf erwidert. Ihr Blick spricht Bände.

»Wie genau hast du dir das vorgestellt?«

»So.« Ich gehe vor ihr auf die Knie, dann in eine Plankposition, und dann mache ich fünf schnelle Liegestütz, bevor ich mich wieder hinkie und ihr bedeute, zu mir auf den Mattenboden zu kommen.

»Ich weiß nicht, ob ich …«

Anstatt sie ausreden zu lassen, greife ich nach ihrer Hand, lege sie mir auf die Schulter und bedeute ihr, dass sie runterkommen soll. Erstaunlicherweise widerspricht sie nicht noch mal und schafft es ganz allein ins Brett.

»Okay, warte noch.« Ich rapple mich auf und platziere zwei Widerstandsbänder unter ihr. Eines an der Hüfte und eines am Brustkorb. Letzteres ein bisschen breiter, damit es über und unter ihrer Brust verläuft. Aber ich frage trotzdem nach, ob es unangenehm ist, bevor ich aufstehe, die Bänder straffe und ihr somit einen Teil ihres Körpergewichts abnehme.

»Nein?« Birdies Antwort klingt misstrauisch.

»Ich helfe mit«, erkläre ich. »Beug die Arme, Ellenbogen näher an den Körper. Ja, genau, noch weiter. Noch ein Stück. Geh tiefer. Bleib. Atmen. Und mit dem nächsten Ausatmen stemm dich hoch.« Zuerst halte ich die Bänder locker, um zu sehen, wie viel Kraft sie selbst hat, aber als ihre Muskeln sichtbar zu zittern beginnen, ziehe ich sie das letzte Stück hoch. Birdie stöhnt.

Ein Geräusch, das ich dringend ignorieren muss.

»Noch vier davon.«

»Was?« Sie klingt entsetzt, was mich schmunzeln lässt, und als sie den Kopf hebt, treffen sich unsere Blicke im Spiegel.

»Du kannst dir Zeit lassen«, versuche ich, sie aufzumuntern.

»Ich ... Okay.« Sie geht wieder tief, aber anstatt diesmal ihre Kräfte zu verschwenden, indem sie dort lange verharrt, drückt sie sich sofort wieder hoch, ohne dass ich viel tun muss.

»Sehr gut. Weiter so.«

Birdie prustet. »Nicht. Reden«, sagt sie durch zusammengebissene Zähne, und ich halte die nächsten drei Liegestütze meinen Mund.

Als Birdie sich aufrichtet und ein paar Schlucke aus ihrer Wasserflasche nimmt, mache ich selbst noch welche, um mich ebenfalls aufzuwärmen. Ich bin mir nicht sicher, weil ich den Blick starr auf den schwarzen Gym-Floor richte, aber ich glaube zu spüren, dass sie mich beobachtet. Und als ich mich ruckartig aufrichte, sieht sie schnell auf die Öffnung ihrer Flasche und klickt den Verschluss runter.

Ich räuspere mich. »Hast du ein Handtuch dabei?«

»Oh. Eigentlich schon, aber ich hab's in meiner Sport-tasche vergessen.« Sie macht Anstalten, es aus der Umkleide holen zu wollen, aber ich winke ab.

»Ich hab zwei.« Ich lege ihr ein schwarzes Mikrofaser-Handtuch auf eine gepolsterte Hantelbank und klappe die Rückenstütze runter, sodass Birdie von selbst aufrecht darauf sitzen muss. Anstatt ihr dabei zuzusehen, wie sie sich vorsich-tig niederlässt, werfe ich mein zweites Handtuch auf die Han-telbank daneben und hole uns dann die passenden Gewichte. Birdies sind halb so schwer wie meine. »Rutsch nach vorn an die Kante. Rücken gerade.« Ich drücke ihr eine Hantel in die Hand. »Heb die mal zur Seite weg.« Sie tut es, aber verzieht dabei nicht mal das Gesicht, weshalb ich ihr noch mal eine Nummer schwerer hole und mich dann ebenfalls hinsetze.

»Wir machen zuerst zehn Wiederholungen rechts. Dann links und nach einer Minute Pause noch mal jeweils drei Runden.«

Birdie nickt, und tatsächlich scheint sie sich jetzt mehr anstrengen zu müssen. Ich konzentriere mich ebenfalls, und wir reden bis zur ersten Pause kein Wort. Trotzdem über-prüfe ich immer wieder kurz, ob sie es richtig macht. Das Dümmste wäre jetzt, wenn sie von einer falschen Übung erst recht wieder Schmerzen bekommt.

»Was bedeuten eigentlich deine Tattoos?« Birdie muss etwas in meinem Blick gesehen haben, denn sie schiebt noch hinterher: »Also ... falls du es mir sagen willst.«

Ich lege meine Hand kurz auf die Tinte an meiner Haut und streiche darüber. Meine Eltern wären enttäuscht, wenn sie wüssten, dass ich überhaupt Tattoos habe. Aber sie wer-den es nie erfahren, und ich habe das gebraucht. Kontrolle über mich zu haben. Die Entscheidung, wie ich aussehen will, selbst zu treffen. »Die 777 ist so was wie eine Glückszahl.« Ich schlucke kurz. »Sie steht einfach dafür, dass ich an einem Punkt in meinem Leben bin, wo sich meine Mühen endlich auszahlen sollen.« Ich habe sie mir nach dem ersten positiven Bescheid stechen lassen.

Vielleicht etwas zu voreilig.

»Und der Schmetterling?«

Meine Augen huschen zu meinem Ellenbogen. »Der steht für den Schmetterlingseffekt. Die Unvorhersehbarkeit kleinster Dinge und deren langfristige Auswirkungen.«

»Vielleicht sollte ich mir auch einen Schmetterling auf die Prothese zeichnen oder so.«

»Warum?« Indem ich eine der beiden Kurzhanteln vom Boden hochhebe, bedeute ich ihr, dass die nächste Runde startet, und Birdie tut es mir gleich. Aber sie hört dabei nicht auf, zu erzählen. Die einzelnen Worte aus ihrem Mund wechseln sich mit einem regelmäßigen Keuchen ab.

»Mein Unfall ... Das war eine ... dämliche Scherbe ... und ... also ... ich hatte ... einfach ... echt Pech.«

Nachdenklich lege ich die Hantel ab. Anstatt mit dem zweiten Arm weiterzumachen, drehe ich mich zu ihr. »Wie meinst du das?«

»Ich war auf einer Party. Und es war Spätsommer. Deshalb hatte ich diese superflachen Espadrilles an, die aus einem Hauch von Nichts bestehen. Und irgendjemandem ist ein Weinglas runtergefallen. Ich hab's nicht gesehen. Es war auch ziemlich dunkel. Und ich hatte ein bisschen getrunken. Nicht viel. Also eigentlich erst einen Drink oder so. Aber ich hab getanzt, glaub ich. Und dann war da dieser Ruck.« Birdies Augen zucken ausweichend zur Seite, als würde die Erinnerung direkt dort lauern, bevor sie die Lider zukneift. Nur eine Sekunde. Dann sieht sie mich schulterzuckend an und erzählt weiter. »Zuerst hab ich einfach gedacht, dass ich auf irgendwas getreten bin, aber als ich nach unten geguckt hab, war der beige Stoff meiner Schuhe schon überall dunkelrot. Der Stiel ...« Sie räuspert sich leise. »Der abgebrochene Glasstiel ging direkt durch den Schuh und meinen Fuß.«

»Fuck.«

»Ja.« Sie sieht mich an. Dann mein Schmetterlingstattoo und danach ihr Bein, bevor sie weitererzählt. »Eigentlich hatte ich Glück.« Birdies Finger streichen andächtig über die Prothese. »Das Glas ging direkt vorbei an wichtigen Nerven und Sehnen, und es war nicht mal was gebrochen.«

Wie um alles in der Welt verliert man dann ein Bein, frage ich mich, spreche es jedoch nicht laut aus. Stattdessen halte ich den Mund, sehe hin und dabei zu, wie sie gedanklich in eine Vergangenheit reist, die ihre ganze Zukunft verändert hat.

»In der Unfallambulanz wurde die Wunde um drei Uhr morgens oben und unten einfach zugenäht. Manchmal oder normalerweise – das weiß ich nicht so genau – legt man da so ein Dings«, sie macht eine wegwerfende Handbewegung, »für die Wundflüssigkeit oder so. Es wurde nie geklärt, ob es ein Behandlungsfehler war, wie ich genäht wurde. Jedenfalls hat es sich entzündet.« Birdie zuckt wieder mit den Schultern. Ihre Fingernägel klopfen einer nach dem anderen auf das Carbon, bevor sie am Saum ihrer kurzen Trainingsshorts zupft.

»Und dann?«

Birdies Blick schweift zu mir, als würde sie erst jetzt bemerken, dass ich immer noch neben ihr sitze. »Ich hab eine Weile gedacht, dass die Schmerzen normal sind.« Ein müdes Lächeln breitet sich auf ihrem Gesicht aus. »Waren sie nicht. Im Endeffekt wurde ich mehrmals operiert, aber die Wunde ist einfach nicht richtig geheilt. Nie. Und als ich nach der vierten OP ...«

Ich ziehe die Brauen hoch. Vier OPs wegen einer Scherbe, die man sich eintritt?

»... gedacht hab«, erzählt Birdie unbeirrt weiter, »dass es das jetzt endlich war, bin ich fast an einer Sepsis gestorben.«

»Du hattest eine Blutvergiftung?«

Sie nickt. »Ich stand kurz vor einem multiplen Organversagen. Wegen etwas, das eigentlich bloß als kleine Wunde angefangen hatte. Aber da war nichts mehr zu retten. Zuerst wurde mir nur der Unterschenkel abgenommen. Dann gab es allerdings Probleme mit dem Kniegelenk. Höchstwahrscheinlich ein Krankenhauskeim. Man wusste aber nicht, warum der Bewegungsradius plötzlich nur noch minimal war. Ich konnte mein Knie jedenfalls nicht mehr bewegen.«

Birdies gesundes Bein streckt und beugt sich. Ich frage mich, ob sie das überhaupt mitbekommt, so versunken scheint sie in ihre Gedanken, und ich stecke ebenfalls drin. Weil ich nicht glauben kann, wie recht sie damit hatte. Dass ein Schmetterling das passendste Motiv für einen Sticker auf ihrer Prothese wäre.

»Das hätte sich auch nicht mehr gebessert?«

Birdie schüttelt den Kopf. »Wir haben es lange genug versucht. Aber es tat weh.« Ihre Stimme zittert. »Ich wollte nicht mehr. Tja, und dann ist die Hölle losgebrochen. Weil der Vorschlag kam, mir das Bein über dem Knie zu amputieren, was mir mit einer Oberschenkelprothese und mechanischem Knie mehr Lebensqualität zurückgegeben hätte.«

»Das, was du jetzt hast?«

»Ja.« Birdie seufzt. »Mein Vater wollte das nicht.«

Bei der Erwähnung ihres Vaters ballen sich meine Hände automatisch zu Fäusten. Ich lockere sie rasch wieder, hoffe, dass sie es nicht gesehen hat.

»Und ich anfangs auch nicht«, fügt sie schnell hinzu. Vielleicht hat sie meine Reaktion doch bemerkt. »Aber ich hätte zusätzlich zur Unterschenkelprothese für immer Krücken gebraucht und mir innerhalb kürzester Zeit eine Fehlhaltung angewöhnt, die dann ebenfalls Probleme verursacht hätte. Weil ich ja das Knie nicht beugen konnte. Es wäre also nicht weniger schmerzhaft gewesen. Deshalb habe ich mich dann dafür entschieden.«

»Das muss hart gewesen sein.«

»Schon. Aber weißt du, was noch härter ist?«

»Was?«

»Dass ich nichts dafürkann, was mir passiert ist. Aber dass ich mich nicht mal zu einhundert Prozent darauf konzentrieren kann, nach vorne zu blicken. Weil die Leute mir ständig das Gefühl geben, mich anders behandeln zu müssen. Entweder sie tuscheln, haben Mitleid oder trauen mir nichts zu. Das ist das, was mich wirklich irre macht. Nicht die Prothese. Das glaubst du mir jetzt wahrscheinlich nicht, aber ...«

»Doch«, beeile ich mich zu sagen. »Es sind immer die Leute und das Gefühl, das sie einem geben. Egal, wie stark man selbst ist. Sobald man einen schwachen Moment hat, reißt einen das runter. Und man wird zu der Person, für die sie einen halten. Was meistens nichts Gutes ist.« Ich lache spöttisch.

»Genau. Ich hasse das.« Sie greift nach der Hantel und macht die letzten Wiederholungen mit dem linken Arm. Ich bin eigentlich gerade zu perplex, um irgendetwas zu tun, aber greife ebenfalls nach dem Gewicht, das plötzlich so viel mehr zu wiegen scheint.

»Ich hasse das auch«, lasse ich sie wissen. So sehr, dass ich darüber sogar mal einen Song geschrieben habe.

doubting?
you don't make me and he doesn't
I do that myself
but when I'm weak it's way too easy
to believe all the lies they tell

Kapitel 15

Birdie

Nachdem ich das morgige Treffen mit Marcella im Kalender vermerkt habe, lege ich den Stift weg. Mir fällt unweigerlich auf, dass die einzigen bunten Tage die sind, an denen ich Nave getroffen habe. Weil ich dort immer irgendwelche dämlichen Doodles drumherum gezeichnet habe. Es sind nicht viele Einträge dieser Art. Aber wenn ich zurückblättere, zu den Wochen und Monaten, bevor wir uns über den Weg gelaufen sind, gibt es gar keine Farbe auf den Zeilen.

Ich schlage noch mal die aktuelle Woche auf, um das Lesebändchen reinzulegen, als ich die kleinen Druckbuchstaben unter dem heutigen Datum sehe: Muttertag.

Wie habe ich den dieses Jahr nicht kommen sehen?

Mein Vater und ich, wir reden nicht über sie. Aber nur *er* ignoriert den Muttertag. Ich ... feiere ihn heimlich. Wenn er nicht da ist. Und um mich zu vergewissern, dass ich allein zu Hause bin, gehe ich die Treppe nach oben und klopfe an die Bürotür. Nichts. Um ganz sicherzugehen, rufe ich ihn an.

»Bernadette?«, meldet er sich nach dem ersten Tuten, und ich höre, dass er in einem Auto sitzt. Hoffentlich ist er nicht bereits auf dem Heimweg.

»Hi, Papa«, sage ich gut gelaunt, damit er nicht denkt, ich könnte wegen eines Notfalls anrufen.

»Alles in Ordnung?« ist trotzdem das Erste, das er fragt, und ich verdrehe die Augen.

»Ja, natürlich. Ich ... ich wollte nur wissen, ob ich mit dem Essen auf dich warten soll.« Ganz mieser Einfall. Jetzt bekommt er vielleicht ein schlechtes Gewissen und sagt einen Termin ab, um schneller hier zu sein.

»Eigentlich müsste ich ...« Er räuspert sich. »Also, wenn du ...«, stammelt er zwiegespalten, und noch bevor er ausgeredet hat, wechsle ich, so schnell ich kann, das Thema.

»Gar kein Problem. Ich wollte eigentlich ohnehin nur anrufen, um dir ...« Was sage ich denn jetzt? Idee, Idee, ich brauche eine Idee! Mein Blick huscht zur Garderobe und – perfekt! »Um dir zu sagen, dass ich meinen Mantel wohl im Hilton vergessen habe. Ist schon ein Weilchen her. Könnte Konrad den für mich abholen?« Ich seufze erleichtert, als mein Vater verspricht, es zu notieren, und noch einmal hinzufügt, dass es heute länger wird.

»Gar kein Problem«, sage ich zufrieden zu mir selbst, nachdem ich bereits aufgelegt habe. Aber dann verschwindet das Lächeln von meinen Lippen, weil ich mich daran erinnere, was ich eigentlich tun wollte. Mein Erinnerungsritual abhalten.

Wie jedes Jahr hole ich die Kassetten aus dem Karton in meinem Schrank und gehe damit ins Wohnzimmer. Die Pappe ist so alt, dass sie schon ganz weich und ausgefranst ist. Irgendwann habe ich mal ein Glas Wasser verschüttet, weshalb die vorderen beiden Ecken etwas gewellt sind. Und einmal hat mein Vater mich erwischt. Ich weiß auch nicht genau, warum, aber er war total überfordert, hat hektisch die Kassette aus dem alten Rekorder gezogen, und da sie klemmte, ging sie dabei kaputt. Seitdem habe ich nur noch sechs. Und den Rekorder verstecke ich hinter den Atlanten im Regal, die nur Dekoration sind und deshalb nie ihre Plätze verlassen. Selbst Kristin zieht die nicht einzeln zum Abstauben raus, sondern streicht einfach von außen mit dem Staubwedel über die dunkelroten ledernen Buchrücken.

Mein Vater wollte den Rekorder damals entsorgen. Eigentlich hat er das auch. Aber er hat nie bemerkt, dass ich ihn mir wiedergeholt habe. Es ist jedoch langsam, aber sicher nur noch eine Frage der Zeit, bis der den Geist aufgibt. Ich muss die Kassetten dringend digitalisieren lassen. Für heute sollte es hoffentlich noch funktionieren.

Ich nehme die Erste aus der Hülle. Die Beschriftung in der Mitte, zwischen den beiden Videobändern, kann man nicht mehr lesen, weil sie bereits verblasst ist. Das war schon so, als ich sie zufällig vor Jahren entdeckt habe.

Das vertraute Zurren dringt an meine Ohren, und dann flimmert der Fernseher kurz, als wäre ich in der Vergangenheit. Was ich irgendwie auch bin.

Mit der Kapuze meines Pullis über dem Kopf, setze ich mich auf die Couch und drücke auf Play.

»Hi, Mama«, murmle ich und lasse mich zurück in die Polster sinken, während eine Nachrichtensprecherin von 2004 zu meiner Mutter schaltet, die eine Reportage moderiert.

Ihre Haare haben denselben dunklen Blondton wie meine. Ich erkenne meine blauen Augen in ihren, und wir haben eine ähnliche Nase. Aber das spitze Kinn habe ich von meinem Vater, genauso wie die markanten Augenbrauen.

In dieser Aufnahme war meine Mutter in einer Stadt, deren Namen ich nicht kenne, weil die Kassette an genau dieser Stelle einen Fehler hat. Das Bild wird kurz zu einem schwarz-weißen Flackern. Der Ton bricht ab. Ein lautes Klickgeräusch. Der Ton kommt zurück. Aber seltsamerweise wird der Ort die gesamten fünfzehn Minuten, die diese Sendung dauert, nicht mehr erwähnt. Als ob es egal wäre, wo wir uns befinden, weil es um die Menschen geht und deren Geschichten.

Ich kenne den Text in- und auswendig. Insgesamt gibt es noch fünf weitere dieser Aufnahmen. Die siebte wollte ich restaurieren lassen. Aber der Mann in dem winzigen Laden hat mich bloß kopfschüttelnd angesehen und gemeint, dass sie hinüber sei. Als wäre das kein Weltuntergang, sondern einfach ein Missgeschick. Aber es waren fünfzehn Minuten Stimme. Fünfzehn Minuten meine Mama, die ich nicht mehr zurückbekomme, und je mehr Zeit vergeht, desto mehr verblassen die Erinnerungen an den Inhalt des verloren gegangenen Materials.

Ich bin meinem Vater nicht mal böse. Weil es *seine* Kassetten sind. Ich hätte sie nicht nehmen dürfen. Und ich glaube, dass es ihn einfach emotional überrascht hat, meine Mutter plötzlich ohne Vorwarnung im Wohnzimmer zu sehen. Lange Zeit gab es nach ihrem Tod nur ihn und mich. Keine Ahnung, ob er Freundinnen hatte, die er mir einfach nie vorgestellt hat. Aber für mich ist Helen die erste. Und an meine Mutter kann ich mich nicht erinnern.

Ich war ein Jahr alt, als sie gestorben ist. Und ich weiß so gut wie nichts über sie. Außer, dass sie Journalistin gewesen ist. Sie und mein Vater haben sich bei den Arbeiten einer Hilfsorganisation kennengelernt. Und in den seltenen Fällen, wo er mir davon erzählt, hat er immer gesagt, es sei Liebe auf den ersten Blick gewesen. Ich weiß noch, dass ich das immer total romantisch fand. Die beiden waren wie füreinander bestimmt, und ich frage mich manchmal, wie er sich danach in jemanden wie Helen verlieben konnte, die offensichtlich das komplette Gegenteil meiner Mutter ist. Viel jünger als mein Vater, ziemlich naiv und etwas zu sehr auf ihre Gesundheit fixiert. Ständig predigt sie irgendwelche neuen Theorien, die sehr fragwürdig klingen. Sie ist zum Beispiel jemand, der im Restaurant fragt, ob sie ihr Essen ohne Gewürze haben kann, weil sie gelesen hat, dass Rieselhilfe bei der Salzgewinnung giftig sei. Ich weiß nicht mal, was eine Rieselhilfe ist, und mein Vater nimmt in solchen Momenten einfach einen großen Schluck Wein in den Mund und wechselt rasch das Thema, wenn sie ihn belehren will. Aber Helen ist zumindest nett und hat nie Anstalten gemacht, sich als meine zukünftige Stiefmutter aufzuspielen, was ich ihr hoch anrechne. Das wäre mit unserem bloß zehnjährigen Altersunterschied nämlich richtig eigenartig geworden.

Marcella wartet bereits auf mich, als Konrad mich mit einem Kopfnicken – was sonst – an der Ringstraße direkt bei einem der Eingänge zum Stadtpark aussteigen lässt. Zwar bewege ich mich in freier Wildbahn immer noch vorsichtig und langsam, aber ich ertappe mich auch schon öfter dabei, wie ich gehe, ohne groß darüber nachzudenken. So wie jetzt, als ich kurz die Hand hebe und lächelnd auf meine Freundin zusteuere.

Sie fällt mir um den Hals und ...»Du gehst schon fast normal!« Marcella hält mich eine Armlänge von sich an den Schultern und schüttelt mich vor übertriebener Aufregung. Ich lache etwas beschämt, weil ... na ja, was ist schon normal? Meint sie damit die Art, wie *sie* geht? Dieses kleine Hinken und die unterschwelligen Nervenschmerzen, die mich täglich begleiten, sind jedenfalls *mein* neues Normal. Aber das sage ich ihr nicht, sondern grinse sie ebenfalls an.

»Wie war die Prüfung?«

Marcella stößt theatralisch die Luft aus. »Prüfung*en*. Plural. Aber frag nicht.«

Wir gehen in Richtung der goldenen Johann-Strauß-Statue, weil dort oft der kleine Espresso-Wagen steht, bei dem ich mir früher manchmal Kaffee geholt habe. Den gleichen Wagen gibt es nämlich auch vor den diversen Fakultätsgebäuden. Die Wiener Universitäten sind neben der Hauptuniversität überall in der Stadt verstreut. Aber das Juridicum ist das mit Abstand hässlichste Gebäude davon. Und während Marcella ihrem Publizistik-Studium mit der Hornbrille auf der Nase –

sie braucht eigentlich gar keine Brille – und dem fast boden-langen Mantel, den sie an der Taille wie einen Bademantel festgezurrt hat, alle Ehre macht, würde sie am Institut für Rechtswissenschaften wie Hagrid aussehen. Ihre roten Locken sind überall. Und viel länger, als ich sie in Erinnerung habe. Was mir zeigt, dass unser letztes Treffen ewig her sein muss.

»Zuerst heißt es, die sind alle easy, weil Multiple Choice.« Marcella bedenkt mich mit einem dramatischen Side-Eye.

Ich runzle kurz die Stirn, weil ich mich nicht auskenne. Aber dann checke ich, dass sie jetzt wohl doch von den Prü-fungen spricht.

»Im Ernst, Birdie, was kreuzt du an, wenn alle vier Ant-wortmöglichkeiten gleich unlogisch sind? Das machen die doch mit Absicht!«

Sie hakt sich bei mir unter, was etwas unangenehm ist, weil sie zu schnell geht. Also löse ich ihre Hand um meinen Arm wieder und tue so, als wäre der Grund dafür, dass ich etwas in meinem Jutebeutel suchen wollte, um sie nicht vor den Kopf zu stoßen. Eine Waage ist außen auf den ver-waschenen Stoff gedruckt. Es soll die Waage der Gerechtig-keit sein. Justitias. Ein Geschenk meines Vaters, als ich nicht alle Unibücher in meine anderen Taschen stopfen konnte, weil Kodizes verdammt dick und schwer sind. Heute steckt statt Büchern eine Packung Schmerzpflaster drin. Und wie-der wird mir bewusst, wie viel sich verändert hat ...

Wir setzen uns Gott sei Dank, ohne dass ich danach fra-gen muss, auf die nächstbeste Parkbank. Und dann erzählt Marcella mir von ihrem Praktikum, das sie diesen Sommer in irgendeiner Redaktion machen darf. Ich höre, ehrlich gesagt, nur halb hin, weil mir auffällt, dass Parks im Frühling der Hotspot für Pärchen zu sein scheinen. Und während ich immer wieder zustimmende Geräusche von mir gebe und an den – wie ich hoffe – passenden Stellen nicke, beobachte ich die vielen Menschen, die mit Glitzern in den Augen und verschränkten Händen vor uns auf den geschwungenen Wegen entlanglaufen und nur stehen bleiben, um sich verliebt anzusehen.

»Ich hab den Typen im Büro, der so was wie mein Chef ist, schon kennengelernt. Ein richtig creepy Dude. Sieht ein bisschen aus wie der kettenrauchende und das Gesetz nicht so ernst nehmende Detektiv aus einer Netflixserie. So was wie *True Detective*. Mit einer Portion Pädo-Vibes, wegen dem«, sie zeichnet mit der Bewegung ihrer Finger etwas um ihren Mund, bevor sie das Wort »Schnurrbart« sagt und sich dann gespielt schüttelt, als wäre der Typ wirklich gruselig.

Ich lache, aber bin in Gedanken eigentlich gerade bei dem jungen Mädchen, das auf einem Skateboard steht und von einem ziemlich süßen Typen angeschoben wird. Er hat seine Kappe verkehrt rum auf, weil sie ihm die vor einer Sekunde von den verstrubbelten Haaren gerissen und umgedreht hat. Seine Hände liegen fest um ihre Taille, während er sie vorwärtsschiebt und ihr Gekreische, als die Rollen an einem Kieselstein hängen bleiben, mit einem Kuss erstickt. Ein bisschen wie in einem Liebesroman.

»Birdie? Warum starrst du so?«

Ich zucke zusammen und schaue zurück zu Marcella, die meinem Blick gefolgt ist.

»Hab ich nicht«, sage ich schnell und räuspere mich. »Sollen wir uns einen Kaffee holen?«

Marcella nickt, und als ich aufstehen will, tut sie etwas, das zwar nett ist, aber mich derart trifft, dass mir die Sprache wegbleibt. »Bleib du ruhig sitzen«, meint sie. »Ich mach das schon für dich.«

Sie bekommt gar nicht mehr mit, wie ich schlucke und Tränen wegblinzle. Ich weiß, dass sie das nur gut gemeint hat. Und wenn ich wirklich müde wäre oder mir was so richtig wehtäte, dass ich eine Pause brauche, hätte ich mich auch darüber gefreut. Aber so? Die fünf Schritte zu diesem bescheuerten Espresso-Mobil sind anscheinend etwas, das man mir nicht zutrauen kann. Sie hat mich nicht mal gefragt, wie es in der Physiotherapie läuft oder wie es mir mit der Prothese geht. Wahrscheinlich, weil sie denkt, dass das ein Tabuthema ist. Aber sie ist eigentlich meine beste Freundin, und zu merken, wie wir nicht mal mehr ein normales Gespräch führen können, ist so dermaßen unangenehm, dass ich regelrecht froh bin, mich nur für einen kurzen Spaziergang und Kaffee mit ihr verabredet zu haben. Konrad holt währenddessen ein paar Pakete von der Post ab und sammelt mich dann wieder ein, um mich zum Sportzentrum zu bringen.

Zurück im Auto, bin ich gleichermaßen frustriert und traurig. Ich habe mir dieses Treffen anders vorgestellt. Bunter. So, wie ich es im Kalender markiert hatte.

»Was ist denn mit dir?«, begrüßt Nave mich grinsend in dem leeren Korridor hinter der Eingangshalle, aber wird ziemlich rasch ernst, als ich sein Lächeln nicht erwidere.

Weil ich die restliche Autofahrt damit verbracht habe, mir auf masochistische Weise vorzustellen, dass ich das Mädchen auf dem Skateboard bin und die Finger um meine Taille Naves sind. Die Lippen an meinem Mund seine. Etwas, das nie, nie, nie passieren wird. Weil beides unmöglich ist. Weil Nave der heiße Typ von dem Foto im Chat meiner Freundinnen ist. Und ich das verkrüppelte Mädchen, das nicht *normal* gehen kann, geschweige denn Skateboard fahren.

Kapitel 16

Nave

The more I care about her,
the less I care about my reasons not to.

Sie starrt auf ihre Füße und versinkt in Gedanken. Das erkenne ich daran, dass sie vergisst, das Lächeln aufzusetzen, mit dem sie sonst durch die Welt geht. Ich frage mich, wie vielen Menschen auffällt, dass es meist nicht echt ist, wenn Birdie lacht. Oder irgendwas sagt. Schon gar nicht auf die Frage, wie es ihr geht. Selbst Sven will sie immer weismachen, dass alles bestens ist, obwohl ich mir nicht vorstellen kann, dass sie nicht auch jetzt noch hin und wieder Zweifel oder Fragen hat. Ich glaube, dass es ihr selbst oft gar nicht auffällt, wie sie ihre Maske aufsetzt und sich dahinter versteckt. Sonst hätte sie mich damals nicht so entrüstet angesehen, als ich ihr gesagt habe, dass sie mich nicht anlügen soll. Sie hat ein paar Sekunden gebraucht, um zu realisieren, dass ich sie für ihre Worte und die Art, wie sie mit mir gesprochen hat, nachdem ich ihre Stirn von dem Blut gesäubert habe, nicht einfach so davonkommen lasse.

»Hey.« Ich remple sie sanft gegen die Schulter, und Birdie fällt aus ihrer Starre, hebt den Kopf und die Mundwinkel.

»Was geht da drin vor?« Ich lehne mich zu ihr, stoße mit meiner Stirn gegen ihre. Ein kleines bisschen zu fest, sodass wir beide ein leises *Au* murmeln. Aber jetzt kichert sie. Reibt mit den Fingern über die Stelle.

»Nich...«

»*Nichts* bringt dich bei mir nicht weiter.« Was ist heute nur los mit ihr?

»Wenn du's unbedingt wissen willst ...«

Ich sehe sie abwartend an, und Birdie gibt sich einen Ruck. »Es sind meine Schuhe. Ich hab ... auf meine Schuhe geguckt.«

Ich blicke nach unten auf ihre schwarzen Converse, deren Kappen strahlend weiß sind. Wo ist das Problem? »Und das macht dich traurig, weil?« Ich spare mir das Grinsen, weil sie wirklich so aussieht, als wäre das ein Scheißtag. Manchmal ist sie ein Mysterium. Wobei ... Ich erinnere mich daran, dass ich sie beim allerersten Mal als Paradoxon bezeichnet habe. Und das ist sie immer noch. Ein Mädchen, das lacht, obwohl es traurig ist. Ballkleider in abgefuckten Bars trägt. Lügt, dass es ihr gut geht, wenn es doch okay wäre, das Gegenteil zuzugeben.

Und sie ist gleichzeitig jemand, den ich mag, obwohl ich sie nicht mögen sollte. Dieses Paradoxon ist das größte Problem von allen.

»Wegen meinem rechten Schuh.«

Wieder schaue ich nach unten. Dann in ihr Gesicht, und meine Planlosigkeit bringt sie dazu, doch einen Mundwinkel nach oben zu ziehen und die Augen zu verdrehen.

»Der sieht viel getragener aus als der linke«, erklärt sie.

»Ich sehe keinen Unterschied.« Tue ich wirklich nicht.

Birdie hält sich an meiner Schulter fest, und ihre kleinen Finger krallen sich in meine Jacke. Sie balanciert jetzt auf ihrer Prothese und hebt ihr gesundes Bein, zeigt mir seitlich die Sohle ihrer Chucks. Der Gummi wölbt sich an manchen Stellen vom Stoff, ist minimal abgenutzt und vielleicht nicht mehr überall ganz weiß. Ich nicke und tue so, als hätte sie ihren Standpunkt deutlich gemacht. Sie lässt das Bein sinken, krallt sich noch fester an mir fest und hebt ihren linken Oberschenkel. Mit einem Handgriff hebelt sie das mechanische Knie aus, sodass sie den Teil mit Schienbein und Prothesenfuß in einem unnatürlichen Winkel nach oben verrenken kann. Ihr linker Schuh ist jetzt direkt vor ihrer Nase. »Die Seite sieht aus wie neu. Und wenn ich gehe und dabei nach unten gucke, zeigt mir jeder Schritt, wie lange ich Stillstand war und warten musste, während alle anderen ohne mich weitergegangen sind und jetzt nicht mal mehr glauben, dass ich zwei Schritte tun kann, um mir meinen eigenen Kaffee zu holen.«

Sie klingt wütend, und ich weiß zwar nicht, was genau passiert ist, aber ich weiß, was sie meint.

»Was, wenn meine linken Schuhe ab jetzt nur noch zum Stehen da sind? Weil ich damit nichts Cooles mehr machen kann. Wie Skateboarden oder ...«

»Du bist Skateboard gefahren?«

»Nein.« Sie schüttelt den Kopf, als hätte ich sie unterbrochen, und es geht eigentlich um was ganz anderes, aber ich muss trotzdem noch mal nachfragen.

»Aber du willst unbedingt Skateboard fahren, oder was?« In meinem Kopf ergibt das alles hier im Moment noch nicht allzu viel Sinn, aber ich bemühe mich, mitzukommen, und Birdie zuckt mit den Schultern, nickt dann.

»Vielleicht. Aber das hätte ich wohl besser vor meinem Unfall auf die Liste packen und abhaken sollen.« Sie lässt ihre Prothese wieder nach unten schnellen und stellt den Fuß ab.

»Wieso?«

»Weil ich so schon mit mir zu tun habe, um nicht das Gleichgewicht zu verlieren. Und ich überhaupt kein Skateboard habe.« Den zweiten Satz schiebt sie leiser nach. Als würde ihr ebenfalls gerade auffallen, dass sie ein zusätzliches Problem erschafft, das nicht der Rede wert ist. Aber ich weiß mittlerweile, was sie mit diesem Beispiel sagen will, und beschließe, es einfach wörtlich zu nehmen.

Ohne nachzudenken, was diese Geste für mich bedeutet, oder für sie, oder jemanden, der uns dabei sehen könnte, lege ich den Arm um ihre Schulter und berühre mit meinen Lippen ihre Schläfe. Es ist kein Kuss. Aber es ist auch nicht kein Kuss. »Ich werde dich überall hinschleppen. Ich werde tausend Rillen und Dellen in deine linken Schuhe bringen.«

Birdie lacht auf, aber ein Schluchzen ringt in ihrer Kehle, und dann schlingt sie die Arme um mich, vergräbt ihr Gesicht an meiner Brust und weint.

Das ... wollte ich nicht.

Aber ich weiß gerade nicht, was ich sagen soll, weshalb ich zögerlich die Arme um sie schließe und sie einfach halte. Ihre Locken kitzeln mich am Hals, und ihre Haare riechen süß. Das tun sie immer, und ich wünschte, es wäre kein trauriger Moment, der dazu geführt hat, dass wir uns zum ersten Mal umarmen. Wünschte, sie müsste erst gar nicht so oft traurig sein, und dass ich mehr tun könnte, als sie bloß zu halten und ihr zu versprechen, dass ihr Leben noch unendlich viele Abenteuer bereithalten wird.

»Ich muss dir was sagen«, flüstere ich irgendwann und hoffe insgeheim, dass sie mich nicht gehört hat. Sie sieht auch nicht hoch, nickt allerdings an meiner Jacke.

»Wir sind Freunde, oder?«

Wieder nickt sie. Diesmal erst nach einer kurzen Pause.

Ich lege mein Kinn auf ihrem Kopf ab. »Ich werde nicht mehr ewig in Wien sein. Es kann sein, dass ich ... umziehe. Ist noch nicht sicher. Aber ich wollte es dir trotzdem sagen. Weil ... also, ich denke, dass du das wissen solltest.«

Jetzt sieht sie hoch. Ihre Wimpern sind feucht und ihre Augen glasig, aber ansonsten sieht sie aus wie immer. Schön. So verdammt schön. Und was sie mir nicht sagt, ist die Frage, die ihr auf den Lippen liegt. Während das, was ich nicht sage, damit zu tun hat, dass ich irgendwann angefangen habe, mich in sie zu verlieben, und ich glaube, dass das bald schon scheiß wehtun wird. Trotzdem bin ich zu feige, um es bleiben zu lassen, halte sie stattdessen noch fester, als könnte ich sie und uns und die fehlende Zeit vor meinem Schicksal verstecken.

Ich schreibe Tom, ob er Mittagspause machen will, und hole ihn dann vom Campus des Universitätskrankenhauses ab. Nicht weit von dort gibt es eine *Swing Kitchen*, wo wir uns mit einem Burger-Menu in die letzte freie Ecke setzen, weil es hier immer voll ist.

»Wo ist dein Longboard?«, frage ich, während ich die Pappverpackung meines Burgers aufklappe und das hohe Brötchen mit der Hand etwas zusammendrücke.

Tom nimmt einen großen Schluck seiner Kirsch-Cola, stellt dann den Becher ab, leckt sich über die Lippen und runzelt die Stirn. »Mein Longboard?«

»Du hast doch eins, oder? Kann ich mir das am Wochenende mal ausleihen?«

»Sicher?« Seine Antwort klingt wie eine Frage, und ich muss lachen, weil Tom irritiert kaut und mich dabei anguckt, als wäre mein Verhalten komisch.

»Ich wollte damit auf die Donauinsel. Die Wege dort sind ziemlich glatt asphaltiert und super zum Fahren, weil es keine Autos gibt.«

»Äh, ja. Ich bin hier aufgewachsen. Du musst mir nicht erklären, was die Donauinsel ist.«

»Ich wollte nur sichergehen, dass man dort gut fahren kann.«

»Kann man. Ich wusste nur nicht, dass du auf der Suche nach neuen Hobbys bist.«

»Wie daneben würdest du es finden, wenn es ein Date wäre?«

»Du und mein Longboard?«

Sehr witzig. »Ich, ein Mädchen und dein Longboard«, präzisiere ich.

Tom schluckt den viel zu großen Bissen in seinem Mund hastig nach unten. »Ernsthaft?«

Ein breites Grinsen taucht in seinem ungläubig dreinsehenden Gesicht auf, und ich kann nicht anders, als ebenfalls zu lächeln. Weil ich an einem Punkt angekommen bin, wo ich einfach alle Zweifel über Bord werfen werde. Ich bin ohnehin schon zu weit drin, und ich will gar keinen Rückzieher machen. Birdie konnte ihre Vorfreude kaum zurückhalten, als ich vorgeschlagen habe, mit ihr am Wochenende was zu unternehmen. Und obwohl wir nicht darüber geredet haben und ich sie noch mal davor gewarnt habe, dass das zwischen uns ein Ablaufdatum haben wird, glaube ich zu wissen, dass sie mich auch mag.

Der irrationale Teil in meinem Kopf hofft das zumindest.

»Das ist riskant, ich weiß. Sag mir, dass ich ein Idiot bin.«

Tom schnaubt. »Du bist ein Idiot. Aber aus ganz anderen Gründen. Wieso kannst du nicht *einmal* etwas aus der Perspektive betrachten, dass du es verdient hast, Spaß zu haben?«

»Wenn du sie kennen würdest, wüsstest du, dass ich sie nicht verdient habe.«

»Ach, halt die Klappe. Du bist ein Idiot, der verliebt ist. So what, willkommen im Leben. Das ist normal. Du bist der netteste Typ, den ich kenne. Wenn du mich nicht gerade nervst oder Tierheimkatzen anschleppst, die unsere Möbel zerkratzen und die Küche unter Wasser setzen.«

»Du kannst nicht so über Elvis reden.«

»Weißt du was, Nave?«

Ich hebe den Kopf.

»Wir nennen sie für eine Woche Elvira, und wenn sie das versöhnlich stimmt, dann bleiben wir dabei. Vielleicht hasst sie uns wirklich einfach nur wegen dem Namen, glaubt, wir checken nicht, dass sie eine Katze und kein Kater ist. Die denkt bestimmt, wir sind komplett bescheuert. Da würde ich auch protestieren.«

»Nein.« Ich beiße in meinen Burger, kaue und ignoriere Toms weitere Überredungsversuche. Elvis bleibt Elvis. Auf jeden Fall.

Kapitel 17

Birdie

Es könnte etwas mit seiner Musik zu tun haben. Wenn ich Musikerin wäre, würde ich wahrscheinlich auch woanders hingehen und nicht in Österreich bleiben. Er könnte nach Berlin ziehen. Das wäre nicht mal so weit weg. Na ja, eigentlich schon. Aber es gibt einen Zug und Flüge, und ich könnte ihn besuchen. Berlin ist cool. Wenn ich mit Nave dort wäre, könnte ich die Erinnerungen dieser Stadt, während ich mit Vic da war, einfach überspielen wie bei einer Kassette. Und falls er nach London geht oder nach Amerika, weil er dort die Aussicht auf einen Plattendeal hat, dann können wir immer noch telefonieren. Man bleibt ja auch nirgends für immer. Und im Grunde könnte ich genauso gut ins Ausland gehen.

Darüber habe ich mir bisher noch nie so wirklich Gedanken gemacht. Über was genau grüble ich hier die ganze Zeit nach? Ich tue ja regelrecht, als wäre Nave mein Freund. Dabei bin ich mir nicht einmal sicher, ob wir richtige Freunde sind. Wenn ich ehrlich bin, kennen wir uns kaum. Trotzdem fühle ich mich in seiner Gegenwart derart geborgen, als wäre das alles egal. Dass ich seine Lieblingsfarbe nicht kenne oder wie er seinen Kaffee trinkt. Es ist, als wären die Blicke, mit denen wir uns ansehen, wichtiger als all die anderen Details. Sie sind bloß kleine Lücken, die wir nach und nach füllen können. *Könnten.* Wenn er will. Solange er eben noch hier ist. Und danach ... darum mache ich mir dann einen Kopf, wenn es so weit ist. Ein Schritt vor den anderen. Ein Tag nach dem nächsten.

Ich habe ewig vor meinem Schrank gestanden. Selbst in meinem Kalender konnte ich nicht finden, wann ich das letzte Mal auf der Donauinsel war, und irgendwann wurde es mir zu blöd, immer weiter nach hinten zu blättern, und ich habe eingesehen, dass ich mich stattdessen auf heute konzentrieren sollte.

Ganze fünf Minuten hatte ich sogar Jeans-Shorts an. Weil die Temperaturen draußen mitspielen würden. Und es sah ... okay aus. Die Interimsprothese ist nicht besonders hübsch. Das Carbon am Oberschenkel mattes Grau, darunter das Kniesystem, der Rohr- und Fußadapter und dann, etwas realistischer, ein Fuß, der von der Farbe her aber noch nicht meinem Hautton entspricht. Aber den Teil hätte man nicht gesehen, weil ich Socken und Converse dazu tragen würde. Trotzdem habe ich mich noch mal umgezogen und mich letztlich für lange Jeans entschieden. Wieder ein Modell, das bloß oben und bis zur Hälfte der Oberschenkel anliegt und dann Mom-Jeans-mäßig locker bis zu meinen Knöcheln ausfällt. Das ist auch deshalb besser, weil ich mir dann wenigstens nicht gleich die Knie aufschlage, wenn ich falle. *Das Knie.* Einzahl. Ich könnte fast vergessen, dass ich nur noch eins davon habe, wenn ich mich so im Spiegel sehe. In Klamotten, die alles verstecken. Man merkt nichts. Von außen zumindest.

Sven würde mich jetzt fragen, warum ich nicht als Mensch mit Prothese gesehen werden will. Und mir gehen langsam die Antworten aus, die ich darauf erwidern könnte, weil er mir immer wieder die Argumente raubt.

Ich bin einfach noch nicht so weit. Punkt.

147

Und was mir ebenfalls bewusst wird, ist, dass ich eventuell noch nicht so weit bin, mich in Menschenmengen zu stürzen. Aber da ist es bereits zu spät. Weil Konrad misstrauisch wäre, wenn ich jetzt nicht aussteige. Er hat mich zum Westbahnhof gefahren. Ich habe behauptet, dass Marcella dort auf mich wartet. Stattdessen ist es Nave. In einer dunklen Hose, Hoodie mit offenem Reißverschluss und einem Shirt darunter, dessen Schriftzug ich auf den ersten Blick nicht genau erkennen kann, aber ich glaube, dass es ein Band-T-Shirt ist. Sein rabenschwarzes Haar glänzt in der Sonne, wie aus einer Shampoo-Werbung.

»Hi, du«, begrüßt er mich und drückt mich kurz an sich.

»Hi«, murmle ich zurück und merke, wie groß er ist, als meine Nasenspitze gegen seine Brustmuskeln gedrückt wird. Ich atme ihn ein und unterdrücke ein Seufzen. Aber diese Sekunde Geborgenheit verpufft sofort, weil es das erste Mal seit Monaten ist, dass ich eine U-Bahn-Station betrete, und ich davor nie gemerkt habe, wie viele Hürden das für jemanden wie mich bereithalten kann.

Wir müssen zur U6, die direkt hier abfährt. Aber es ist ein Knotenpunkt von S-Bahnen, U-Bahnen und Zügen. Weshalb hier immer viel los ist. Vor allem am Wochenende und jetzt, wo der Frühling alle Menschen nach draußen lockt.

Meine Jeans hat zwar den Vorteil, dass mich keiner anglotzt. Allerdings auch den Nachteil, dass niemand besonders Rücksicht auf mich nimmt. Niemand achtet darauf, mich nicht anzurempeln, und ich habe ehrlich Angst, dass ich das Gleichgewicht verlieren könnte. Und dann ist da noch die Rolltreppe und – ich sehe ihn schon von hier oben – der Spalt zwischen Bahn und Bahnsteig, über den ich noch nie zuvor auch nur einen Gedanken verschwendet hatte. Aber was, wenn ich hängen bleibe? Was, wenn ich mein Prothesenbein gleich nicht weit genug nach vorn schwinge und dann direkt da reintrete?

»Warte kurz«, sage ich zu Nave und bleibe wie angewurzelt stehen, weil ich mir noch eine neue Monatskarte aufs Handy laden muss. Aber hauptsächlich, weil ich mich kurz sammeln will. Nave wartet neben mir. Und nachdem ich das Handy wieder weggesteckt habe, nimmt er meine Hand. Ich sehe zu ihm hoch und dann in die Richtung, in die wir gehen. Weg von den Rolltreppen. Nave zieht mich weiter, weil die außer Betrieb sind, und bevor ich mich versehe, stehe ich am Fuß einer Treppe, die aus unzähligen Stufen besteht.

Deshalb hat er meine Hand genommen.

Ich schlucke, aber meine Kehle bleibt staubtrocken.

Hundert Meter weiter wäre auch ein Fahrstuhl, nur hat Nave mir gar nicht erst die Wahl gelassen. Zwar ist das hier eine moderne Station und die Treppe nicht aus rundem abgelaufenem Gestein, wie bei vielen Wiener U-Bahn-Stationen, die zu den Trassen der ehemaligen Stadtbahn gehören und noch immer prunkvoll nach Donaumonarchie und Otto Wagners Architektur aussehen, aber es sind *so* viele Stufen! Zu viele.

Kopfschüttelnd sehe ich wieder zu Nave hoch. »Ich kann das nicht.« Meine Stimme ist leise und geht im Chaos der Geräusche um uns herum unter.

»Probier's mal. Ich bin da«, erwidert er, und obwohl er genauso leise spricht, höre ich ihn, als wäre etwas in mir darauf programmiert, alles andere auszublenden.

»Aber du hilfst mir.«

»Probier's zuerst selbst.«

Vielleicht sagt er das, weil er mir nicht von vornherein das Gefühl geben will, Hilfe zu brauchen. Weil er will, dass ich es aus eigener Kraft schaffe, und er mich ermutigen will.

Oder aber er ist genervt, weil ich mich wie ein Kleinkind benehme.

»Komm schon.« Nave lächelt mich so sicher an, dass ich

den letzten Gedanken schnell verdränge, tatsächlich die Schultern straffe und mich am Treppengeländer festhalte.

Früher hätte ich das verdammt eklig gefunden. Tue ich immer noch. Aber ich werde mich damit anfreunden müssen, öffentlich alle möglichen Griffe und Geländer anzufassen, wenn ich nicht zwanzig Stufen nach unten fallen will.

Nave hakt sich wie selbstverständlich bei mir unter, und dann gehen wir. Ich habe bloß einmal das Gefühl, dass mein linkes Knie am Wegknicken wäre. Aber das war nur ein Schreckmoment. Es ist nicht wirklich passiert. Alles ist gut. Halbwegs gut. Denn unten angekommen, merke ich, wie ich unter dem Pulli ins Schwitzen gekommen bin. Ich atme die angestaute Luft aus, und obwohl ich meine Verzweiflung spüre, weil die Welt zu einem Hindernisparcours für mich geworden ist, mache ich ein erleichtertes Geräusch. Ich bin nicht gefallen.

»Schnell«, sagt Nave und zieht mich weiter, weil unsere Bahn gerade einfährt.

»Der Spalt, da ist ein Spalt!« Ich würde ihm gerne sagen, dass ich mich schon darin stecken sehe. Und dass er verrückt ist und langsamer mit mir machen muss. Nur scheint er mein Tempo besser zu kennen als ich selbst. Wir steigen rechtzeitig ein, ich bin mühelos über den Spalt gekommen und ... es ist bloß ein Spalt. Es ging nichts schief. Nichts.

In der Bahn setze ich mich und krame in meinem Jutebeutel sofort nach dem kleinen Fläschchen Desinfektionsmittel.

Nave, der gegenüber von mir Platz genommen hat, streckt seine Hand aus. Ich will ihm auch einen Tupfen des Mittels geben, aber er umfasst stattdessen meine Hand, die das Fläschchen hält, und drückt mit seinem Daumen auf meinem die Verschlusskappe zu, bis sie klackt. Dann greift er nach meiner anderen Hand, auf die ich viel zu viel Gel gekippt habe, und nimmt sich die Hälfte davon. Ich grinse und packe das Fläschchen weg.

Als ich mich wieder zu ihm drehe, ist Nave mir noch näher und schnappt sich erneut meine Hände. Er verreibt das Desinfektionsmittel zwischen unseren Fingern, aber massiert dabei meine Handballen, und es fühlt sich so gut an, dass ein leises Summen in meinem Hals vibriert.

»Ich hab gewusst, dass du das kannst«, sagt er, und erst als ich daraufhin die Augen aufmache, wird mir klar, dass ich sie gerade flatternd geschlossen hatte.

»Was?«

»Die Stufen. Hör auf, dir Sorgen wegen allem zu machen. Den ominösen Spalt am Bahnsteig hast du vor lauter Eile gar nicht beachtet. Denk das nächste Mal dran. Wenn du Angst hast, bist du zu langsam, weil du zu viel Zeit hast, um auf deine hundert Sorgen zu hören.« Er lässt meine Hände los, reibt seine eigenen noch mal aneinander und lehnt sich wieder zurück.

Ich starre ihn mit leicht geöffneten Lippen an und ... kann nichts mehr dagegen tun.

Ich mag ihn, mag ihn, mag ihn.

Aber meine hundert Sorgen bestehen diesmal aus berechtigter Angst. Weil ich mich unweigerlich frage, wie viel Zeit wir noch haben. Er und ich. Denn ich verbringe gerne Zeit mit Nave.

Er sieht so schön aus, wie er durch das Fenster nach draußen guckt und die Stadt betrachtet, als wäre sie etwas Besonderes. Die U6 ist die einzige U-Bahn, die den Großteil ihrer Linie oberirdisch auf den Stadtbahnbögen des Gürtels entlangfährt, sodass die Gebäude draußen an uns vorbeiziehen. Das Allgemeine Krankenhaus, die Volksoper, die wirklich eigenartige Hundertwasser-Anlage bei Spittelau, die Brücke über den Donaukanal und schließlich unser Ziel, die Donauinsel. Im Sommer habe ich hier immer Beachvolleyball gespielt. Das kommt mir jetzt wie eine Zeit aus einem anderen Leben vor.

Die Bahn bleibt stehen. Nave steht auf und wartet zwar auf mich, hilft mir jedoch nicht hoch. Während ich nach der Haltestange greife, um mich hochzuziehen, steht er bereits in der Lichtschranke, einen Fuß auf dem Bahnsteig, sodass die automatischen Türen sich nicht sofort wieder schließen und ich eine Sekunde mehr Zeit habe.

»Jetzt machen Sie schon!«, ruft ein alter Mann und sieht Nave wütend an. »Sie halten da alles auf, Sie …«

Nave unterbricht ihn mit einem »Ihnen auch noch einen schönen Tag« und streckt den Arm in meine Richtung aus. Wa…? Ich blinzle die Tränen meiner Unfähigkeit zwar so schnell weg, dass ich selbst nicht sicher bin, ob ich wirklich feuchte Augen bekommen habe, aber mein gutes Gefühl von vorhin ist wie ausgelöscht. Weil dieser Mann den Moment zerstört hat. Mir gezeigt hat, dass ich nicht schnell genug war, nicht *normal* genug.

Ich versuche, mir einzureden, dass es nichts mit mir zu tun hatte und er einfach nur ein Exempel dafür war, was man über Wien sagt. Dass sie die unfreundlichste Stadt der Welt sein kann. Aber die Stadt kann nichts dafür. Manche Leute sind es. Wien hingegen ist wunderschön. Jetzt gerade zum Beispiel. Mit Nave. Auf dem Weg zur Donauinsel. Wenn die Sonne auf dem blauen Flusswasser glitzert. Und tatsächlich verschwindet dieser Zwischenfall schneller, als er passiert ist, weil meine Gedanken sich von ganz allein dafür entschieden haben, nur noch auf Nave zu achten. Auf Nave, der neben mir geht und seine Schritte minimal verlangsamt, sodass ich direkt neben ihm gehe, ohne dabei von seinem Skateboard getroffen zu werden, das zwischen seinem Rücken und dem Rucksack eingeklemmt ist und rechts und links übersteht. Eine falsche Bewegung und er schlägt mich k.o. Aber er bewegt sich nicht falsch. Er nimmt Rücksicht, ohne Rücksicht zu nehmen. Ich weiß gar nicht, ob er extra darauf achtet oder einfach so perfekt ist, dass er es immer schafft, mir dieses

Gefühl von Zuversicht zu geben, sodass ich mir nicht wie ein langsames Anhängsel vorkomme. Weil es niemand anders derart mühelos auf die Reihe bekommt. Und auch niemand, außer Sven vielleicht, daran glaubt, dass ich alltägliche Kleinigkeiten schaffe. Nave gibt mir jedenfalls immer das Gefühl, noch ich zu sein. Das alte *Ich*. Das *Ich*, bevor ich Stillstand war.

Als wir den Trubel hinter uns gelassen haben, stellt Nave das Skateboard auf einem der vielen Wege zwischen den Grünflächen ab. Das Brett ist ein bisschen breiter und länger als das von dem Pärchen letztens im Park. Die Größe sollte es einfacher für mich machen, aber jetzt, wo Nave mir zunickt und mir bedeutet, dass ich mich draufstellen soll, zögere ich.

»Ich falle da sofort runter. Was, wenn dabei die Prothese kaputtgeht?« Davor habe ich gerade tatsächlich mehr Angst als davor, mich aufzuschürfen. Weil es ewig gedauert hat, das Ding anzupassen. Und der Sitz immer noch nicht perfekt ist; manchmal trotz allem schmerzhaft drückt.

»Ich lass dich nicht fallen.«

Ich kräusle trotzdem die Nase, und Nave versucht nicht, mich zu überreden.

»Sag Bescheid, falls du's dir anders überlegst.« Er akzeptiert mein Nein, steigt selbst auf, stößt sich ab und rollt ein paar Meter vorwärts. Dann blickt er über die Schulter.

»Kommst du?«

»Warte!«

»Beeil dich!«

Ich lache und beeile mich tatsächlich. Sven wäre stolz auf mich.

Als ich Nave, der das Board ausrollen lässt, einhole, behält er das Tempo so, dass er nur noch dann Schwung holt, wenn das Skateboard fast zum Stehen kommt, und ansonsten locker neben mir fährt.

»Schubs mich einfach runter, wenn du's doch probieren

willst. Und wenn nicht, ist es auch in Ordnung. Du musst dir nichts beweisen.«

»Es ist ziemlich peinlich, dass ich mir das eingebildet habe, wir jetzt extra hier sind und ich mich doch nicht traue.« Ich verdrehe die Augen über mich selbst. »Auf einem rollenden Brett stehen wollen, bevor ich gehen oder laufen kann.«

»Du kannst gehen. Und laufen. Ich sag ja nicht, dass du den nächsten Hügel allein runterfahren sollst. Und ich stelle dich auch nicht in die Halfpipe.« Nave lacht. Ich glaube, dass er sich das gerade bildlich vorstellt. Ich in der Halfpipe, zwischen all den anderen Skatern, die ein Stück weiter hinten verrückte Sprünge durch die Luft machen.

Da ist sogar ein kleines Mädchen mit knallgelbem Helm und einem Scooter dabei. Es sieht mühelos aus, wie sie damit in die Höhe wirbelt, bloß noch den Lenker hält und das Trittbrett unter ihren Füßen so wegkickt, dass es sich wie die Rotorblätter eines Helikopters im Kreis dreht. Sie scheint keinen Gedanken daran zu verschwenden, dass sie fallen könnte. Und weil ich nicht den Rest meines Lebens aus Sorge, die Prothese könnte einen Kratzer abbekommen, ein Angsthase sein will, straffe ich die Schultern.

»Du fängst mich, ja?«

Nave sieht mich glücklich an und steigt sofort ab. Dann reicht er mir über das Skateboard die Hand, als würde er mich zum Tanzen auffordern, und ich lege meine in seine. Wir blicken uns dabei in die Augen, und ich schaue erst nach unten, als ich merke, dass Nave noch mal einen Fuß auf das Brett stellt, sodass es nicht wegrollen kann. Als er mich plötzlich mit der zweiten Hand an der Taille berührt, keuche ich lautlos auf. Unsere Blicke verhaken sich noch mal für den Bruchteil einer Sekunde ineinander. Bis Nave blinzelt und als Erster wegsieht.

»Sorry«, sagt er rau und lockert seinen Griff, aber ich schüttle den Kopf.

»Wenn du mich festhältst, laufe ich zumindest nicht Gefahr, dass ich sofort auf dem Asphalt lande.« Ich grinse, und grinse noch breiter, als er mich daraufhin tatsächlich ein kleines bisschen fester packt. Und dann gebe ich mir einen Ruck und steige auf das Brett. Zuerst kicke ich mein linkes Bein nach hinten, sodass das Knie sich beugt. Dann ziehe ich den Oberschenkel hoch, lehne mich etwas nach vorne, und im nächsten Moment ist mein Fuß auch schon auf der rauen Fläche des Skateboards. Ich wünschte, ich hätte irgendeinen Sensor in diesem Plastikfuß, der mir dabei hilft, das Wackeln auszubalancieren. Aber so was gibt es nicht, und als ich den rechten Fuß nachziehe, kommt ein erstickter Laut über meine Lippen, weil das Skateboard bei der kleinsten Bewegung quer über den Achsen vor und zurück kippelt.

»Spann den Bauch an, geh ein bisschen in dein rechtes Knie, schau nach vorne und halt dich an meinen Schultern fest.«

Ich tue alles, was er sagt. Außer das Nach-vorne-Schauen. Weil ich stattdessen Naves Zunge fixiere, die konzentriert in seinem Mundwinkel ruht.

»Warte kurz.« Nave lässt mich ganz langsam los, sodass ich sicher bin, dass ich auch ohne ihn als Stütze stehen bleibe. Sein Fuß ist jetzt vor den vorderen Rollen auf dem Boden, als er sich den Hoodie runterreißt und hastig in seinen Rucksack stopft.

Danach stehen wir wieder genauso da wie davor. Seine Hände auf mir. Meine auf ihm. Ich müsste meine Finger jetzt nur ein kleines Stück über seine Schulter nach unten wandern lassen und würde seine gebräunte Haut berühren. Die Härchen darauf schimmern golden im Sonnenlicht, und als ich die Muskeln an seinem Arm sehe, die sich anspannen, als er mich anschiebt, beginnen meine Wangen verräterisch zu kribbeln. Dieses Mal schaue ich tatsächlich nach vorne und rasch auf den Boden, um nicht rot zu werden.

Nave wird schneller, und ich lasse immer wieder probehalber von ihm ab. Kann es nicht fassen, dass das klappt. Von außen muss es dämlich aussehen. Wobei ... jetzt bin ich das Mädchen, das ich im Park so wehmütig beobachtet habe. Ich *kann* dieses Mädchen sein. Und diese winzige Gewissheit macht, dass ich mich lebendig fühle. Unweigerlich frage ich mich, ob ich das vor meinem Unfall je probiert hätte.

Mit Vic sicher nicht.

Ich werde nie, nie, niemals sagen, dass ich froh darüber bin, was mir passiert ist. Dass es einen Sinn hatte. Dass es so kommen musste und Schicksal war. Weil manche Dinge einfach schlimm sind. Egal, aus welcher Perspektive man sie betrachtet. Aber ich merke, dass ich mich jetzt, in diesem Augenblick, glücklicher fühle, als ich es davor je gewesen bin. Und diese Gewissheit lässt mich Naves Schultern noch fester packen. Ich will, dass du bei mir bleibst, flüstere ich innerlich, und obwohl er das natürlich nicht gehört haben kann, spüre ich auch seine Finger auf mir noch ein kleines bisschen deutlicher.

Irgendwann geht der Weg leicht nach unten. Es ist keine richtige Neigung. Aber trotzdem wackle ich plötzlich, und Nave packt mich, wirbelt mich im Halbkreis vom Brett und stellt mich sicher auf dem Boden ab, bevor er dem davonrollenden Skateboard hinterherläuft und dann mit dem Brett unterm Arm und einem Grinsen im Gesicht wieder zurück zu mir kommt. Er muss die Augen zukneifen, weil die Sonne ihn blendet. Und er sieht so unheimlich gut dabei aus.

Wie oft habe ich *das* heute bereits gedacht?

»Was habe ich gesagt?«, ruft Nave, sobald er in Hörweite ist.

Ich lege den Kopf schief. »Ich weiß nicht?«, gebe ich mich unwissend und blinzle kurz, weil mir leicht schwindlig wird. Das hat nichts mit dem Manöver von gerade eben zu tun. Es ist das beschissene Pflaster an meinem Oberschenkel, das meine Phantomschmerzen eigentlich abschwächen soll, aber sie sind trotzdem immer unterschwellig da, wenn ich mich nicht davon ablenke.

»Birdie?«

»Ja?«

Nave ist plötzlich direkt vor mir, und ich muss den Kopf in den Nacken legen, um in sein Gesicht zu blicken.

»Ich hab doch gesagt, dass ich dich fange.« Seine Zähne graben sich in die volle Unterlippe, und ich starre viel zu lange auf sein selbstgefälliges Lächeln.

»Hast du«, gebe ich ihm etwas atemlos recht. »Aber könnten wir vielleicht trotzdem kurz eine Pause einlegen?« In meinem Sichtfeld erscheinen bereits unzählige helle und dunkle Punkte, als wäre ich zu eilig aufgestanden. Und wenn ich jetzt nicht entweder was trinke oder mich setze, kippe ich um.

»Klar.« Nave lässt sich auf die Wiese fallen, und ich setze mich ein bisschen umständlich neben ihn, hole meine Wasserflasche aus dem Jutebeutel und trinke die Hälfte.

Besser. Es wird langsam besser.

»*Bathtub Drowning* ist demnächst im *Flux*. Ich ...« Nave unterbricht sich und reibt sich mit der Hand über den Nacken. »Sie haben mich gefragt, ob ich noch mal supporten will, und ich hab zugesagt. Also, wenn du willst, kann ich dir eine Karte besorgen, damit sie diesmal sehen kannst.«

»Dein Ernst?« Ich grinse ihn breit an, weil es das erste Mal wäre, dass ich abends ausgehe. Abgesehen von der geheimen Nacht-und-Nebel-Aktion damals nach der Spendengala, wo Vic mir den Korb meines Lebens gegeben hat.

»Ja, klar.« Nave grinst zurück.

Wahrscheinlich findet er meine Reaktion ziemlich amüsant, und ich bin so aufgeregt, dass ich nicht über meine nächsten Worte nachdenke. »Ich würde nicht wegen der Band kommen«, sage ich. »Ich würde kommen, weil ich dich live sehen will.«

157

Nave hebt die Brauen und lacht, als wäre ihm das ein bisschen peinlich, aber als würde er sich insgeheim trotzdem freuen. Dann lässt er sich mit dem Oberkörper zurück ins Gras fallen, und ich lege mich ebenfalls hin. Der Himmel über mir besteht aus unendlichem Blau mit vereinzelten Schäfchenwolken. Ich beobachte, wie sie sich auflösen, und zähle die Flugzeuge, die ein Schachbrettmuster aus Abgasen ziehen. Insgesamt sind es sechs, bis ich den Kopf in Naves Richtung drehe. Da ist ein einzelnes Gänseblümchen zwischen uns, und Nave, der mich anscheinend schon die ganze Zeit beobachtet, zupft es aus und dreht es am Stängel zwischen den Fingern. Dann führt er es in meine Richtung, und einen kurzen Moment glaube ich, dass er mir die Blume ins Haar stecken wird, aber stattdessen stopft er mir den Stiel in die Nase, sodass ich überrascht pruste, mir die Hände vors Gesicht schlage und dann tatsächlich niesen muss.

Wir lachen beide.

»Hey«, rufe ich empört und schlage seine Hand weg, als er Anstalten macht, es noch mal zu versuchen, aber diesmal steckt er mir die Blüte tatsächlich ins Haar.

Sein Kopf ist meinem jetzt so nah, dass mein Herz augenblicklich schneller schlägt. Unsere Blicke suchen sich. Meiner verharrt an seinen langen, dichten Wimpern und dann dem leuchtenden Grün.

Es gibt da diesen Trend, dass man seine Augen fotografieren und die Iris auf ein Plakat vergrößern lässt. Sie sieht dann aus wie ein wilder Planet mit Wirbeln und viel mehr Farben als bloß Blau oder Grün oder Braun. Naves Augen müsste man nicht vergrößern, um die wilden Wirbel und Formen darin zu sehen. Wie ein Kaleidoskop vermischen sich die goldenen Sprenkel mit den unterschiedlichen Grüntönen, die an seiner Pupille heller sind und nach außen hin immer dunkler werden.

Nave blinzelt. Er benetzt in einer schnellen Bewegung

seine Lippen. Ich öffne meine ein Stück und hole flach Luft. Weil ich denke, dass er mich jeden Moment küssen wird. Aber ... er tut es nicht. Und obwohl die Sehnsucht in meinem Blick ihm mit Sicherheit deutlich gemacht hat, was ich gerade gedacht habe, rollt er sich wieder zurück auf den Rücken und verschränkt die Arme hinter seinem Kopf. Tut, als wäre nichts gewesen.

Ich kneife die Augen zu und verfluche mich. Mir ist heiß. Heiß und schlecht. Was war das? Warum habe ich ihn gerade regelrecht angefleht? Natürlich will er mich nicht küssen! Nachdem ich ihm wie ein Fangirl gestehe, dass ich ihn auf einer Bühne sehen will. Ich hätte niemals nur im Entferntesten daran denken dürfen, dass das hier mehr wäre als Freundschaft.

Nave spricht mich auch auf dem Rückweg zur Haltestelle nicht darauf an. Vielleicht habe ich mir den peinlichen Moment aber auch nur eingebildet, wie so vieles andere auch. Denn er fragt mich, ob ich noch Lust habe, mit ihm ins *MQ* zu fahren. Das ist das Museumsquartier. Ein Innenhof zwischen den Kunstmuseen in der Innenstadt, wo es Cafés und unzählige Sitzmöglichkeiten gibt.

Ich mustere ihn. Weil die Frage bedeutet, dass er freiwillig noch länger Zeit mit mir verbringen will. Oder? »Ich, also ... warum nicht«, antworte ich, und Naves Lächeln ändert rein gar nichts daran, dass meine Gedanken sich die gesamte U-Bahn-Fahrt weiter um diesen möglicherweise Fast-Kuss drehen, der nicht stattgefunden hat.

Nave hingegen ... wirkt wie immer. Und obwohl ich sein *wie immer* mag, macht es mir jetzt gerade auch bewusst, dass das mit mir für ihn also wirklich nicht mehr als Freundschaft ist. Das mit ihm für mich aber darüber hinausgeht. Und das mit uns tut deshalb plötzlich auch ein klein wenig weh. Wie ein Phantomschmerz. Weil es eigentlich kein *Uns* gibt.

Wir steigen beim Volkstheater aus und spazieren langsam die Promenade entlang. Während wir daran vorbeischlendern, erzählt Nave von einer Ausstellung im Kunsthistorischen Museum. Weil die Mutter seines Mitbewohners dort Restauratorin ist. Ich überspiele meine Enttäuschung mit guter Laune und höre seinen Erzählungen zu. Dass er schon oft drin war, während sein Mitbewohner sich nur selten dazu aufgerafft hat, absolut keine Lust hatte und dort einmal sogar drei Stunden auf einer Couch saß, sodass einer der Museumswärter ihn versehentlich für einen neuen Kollegen gehalten hat.

Der Eingang zum *MQ* führt über einen Durchgang im blassgelben Hauptgebäude auf den weitläufigen Platz dahinter. Wir setzen uns draußen an einen der Cafétische, und ich strecke mein Roboterbein aus. Eine Oberschenkelprothese ist zwar so aufgebaut, dass das Gewicht nie direkt auf der Amputationsstelle ist. Aber irgendwann wird es trotzdem zur Tortur. Vor allem, wenn man es noch nicht gewohnt ist, den ganzen Tag damit unterwegs zu sein.

»Alles okay?«

»Ja.« Ich nehme die Karte von der Tischplatte und halte sie mir vors Gesicht, aber Nave greift gleichzeitig danach und zieht sie wieder runter.

»Was tut dir weh?«

Mein Herz, denke ich. Und mein Bein, das spüre ich.

»Fragst du das als Svens Handlanger?«

»Nicht lustig. Was tut weh?«

»Es tut nicht direkt weh. Ist nur ein bisschen unangenehm. Aber Sven hat gesagt, ich soll ruhig anfangen, weitere Strecken zu gehen, um zu sehen, an welchen Stellen die Form noch weiter angepasst werden muss.«

»Wir können so lange sitzen bleiben, bis es wieder geht. Oder ich trage dich zurück zur U-Bahn.«

»Ja, genau.« Ich grinse erneut, und Nave checkt, dass ich den Schmerz lieber ignorieren will. Er lässt das Thema fallen, indem er die Karte loslässt, sodass ich sie wieder hochheben kann.

Als die Kellnerin kommt, bestellen wir beide Eistee. Ich glaube, dass das unser Ding ist. Obwohl ich damals an der Bar einfach das erstbeste Getränk gewählt habe, das nicht alkoholisch und nicht Wasser war. Aber jetzt? Jetzt ist Eistee mein Lieblingsgetränk. Zitrone mein Lieblingsgeschmack und ... Nave mein Lieblingsmensch.

Wir sitzen noch eine Weile da, reden über Naves Mitbewohner und Elvis. Ich lasse mir ein paar Videos der widerspenstigen Katze zeigen, und irgendwann gehen zwei Mädchen in die Retro-Fotokabine, die direkt neben unserem Café steht. Ich höre ihr Gekreische da drin und muss grinsen, als eine der beiden aus der Kabine fällt, sich hysterisch kichernd den Bauch hält und der Meinung ist, dass sie sich gleich anpinkeln muss, wenn ihre Freundin nicht aufhört, sie auszulachen.

Der Drehstuhl in der Kabine ist wirklich winzig. Ich saß da auch schon oft drin. Mehr als zwei Leute auf diese Automatenfotos zu bekommen, ist eine Kunst für sich. Einmal habe ich hier betrunken mit Marcella, Flora, Thea und Miriam einen Schnappschuss zu fünft gemacht. Keine Ahnung, wie wir das angestellt haben. Nicht jede hat ihr gesamtes Gesicht verewigen können. Von Marcella ist bloß ein Ohr drauf. Dafür besteht der gesamte Hintergrund aus ihren Haaren. Ich kann mich selbst nicht mehr daran erinnern. Aber ich habe die Fotos noch, und ich hatte am nächsten Tag auf jeden Fall einige blaue Flecken, die nur von der Origamifaltung, die wir wohl veranstaltet haben müssen, stammen konnten.

Nave folgt meinem verträumten Blick und zahlt dann rasch unsere Getränke, bevor er mich hochzieht. »Zufall, dass ich exakt eine Zwei-Euro-Münze dabeihabe?«

Die beiden Mädels sind mit ihrem Abzug bereits fort, und Nave steuert zielstrebig die leere Kabine an, zieht den Vorhang zur Seite und setzt sich. Er ist groß. Und obwohl er breitbeinig dasitzt, hätte ich auch keinen Platz, wenn er sich schmal machen würde.

Unschlüssig stehe ich vor dem Automaten, der außen mit diesem alten Vintage-Holz aus den Siebzigern verkleidet ist. Weil ich keine Anstalten mache, mich zu bewegen, klopft Nave auf seinen Oberschenkel. Ich beiße mir auf die Unterlippe. Ganz sicher setze ich mich jetzt nicht auf seinen Schoß. Bei meinem Glück verstehe ich die Geste falsch und mache schon wieder etwas Peinliches.

»Jetzt komm schon«, drängt Nave und wirft die Münze in den Schlitz, sodass bereits der Countdown startet. »Schnell!« Ohne auf mich zu warten, greift er nach meinem Arm, und in der nächsten Sekunde lande ich seitlich auf seinem Oberschenkel.

Unsere Gesichter sind immer noch weit genug voneinander entfernt, um bloß Freunde zu sein, und die Stellen, an denen unsere Körper sich berühren, sind ... harmlos, versuche ich mir einzureden.

Nave strahlt mich an, und ich starre, wahrscheinlich etwas überrumpelt, zurück, als der Auslöser laut schnalzt. Das ist unser erstes Foto.

»Du musst in die Kamera schauen«, sagt Nave schnell, und ich blicke immer noch ihn an, als er dieses Mal rechtzeitig nach vorne grinst.

Beim dritten Foto schaue auch ich endlich in die Linse. Und beim vierten drehen wir beide wieder den Kopf, sodass unsere Lippen einander streifen. Wir reißen synchron unsere Augen auf, weil das nicht geplant war. Aber dann schließt Nave seine, ohne diesen unabsichtlichen Kuss zu unterbrechen. Seine Arme spannen sich fester um mich, und je mehr ich von ihm spüre, desto mehr lässt meine eigene

Anspannung nach. Meine Augenlider schließen sich wie von selbst, und ich schmiege mich in seine Berührung.

Ein letztes Mal löst der Automat aus. Aber wir hören nicht auf. Küssen uns weiter.

Wenn draußen jemand vorbeigeht, sieht man bloß, dass ich auf Nave sitze. Denn der Vorhang reicht bis zu unseren Hüften, und hier drin reicht dieser Zufall. So wie bei allem zwischen Nave und mir. Vom ersten Aufeinandertreffen zum zweiten, und all den anderen Malen, wo er mir gezeigt hat, dass er mich sieht.

Sogar mit geschlossenen Augen weiß er, was ich brauche, vertieft den Kuss und vergräbt eine Hand in meinem Haar.

Nave küsst nicht vorsichtig. Nicht forsch, aber auch nicht sanft. Sondern so, als wäre das hier etwas, das keinen Tag mehr hätte warten können. Nave küsst dringend und drängend. Und es ist der *beste* Kuss meines Lebens. Das Wummern unserer Herzschläge? Vielleicht höre ich das nur in meinem leer gefegten Kopf, aber es ist das beste Geräusch, das ich je gehört habe. Das leise, tiefe Grollen in seiner Brust, unter meinen bebenden Fingern? Das beste Gefühl. Seine Hände, die mich halten ... die beste Sicherheit ... der Tornado an Schmetterlingen in meinem Bauch ... die beste Bestätigung. Es ist das Beste, Beste, Beste. Alles an diesem Moment, der ewig dauert.

Erst das leise Klacken, das ankündigt, dass unsere Fotos draußen in die Auffangbox gefallen sind, lässt uns innehalten. Sein Gesicht schwebt immer noch vor meinem. Seine Hände sind jetzt an meinen Wangen. Seine Daumen streichen über meine Haut. Wir sehen uns noch ein paar Sekunden lang an. Naves Augen funkeln, er atmet abgehackt, und seine Lippen sind gerötet und feucht. Er sieht so perfekt aus, wie ich mich gerade fühle. Und dann grinsen wir gleichzeitig.

Unsere Fotos haben das alles eingefangen. Ich spüre, wie ich rot werde, als ich die einzelnen Bilder betrachte, weil sie unwirklich kitschig sind. Wer kann von sich behaupten, dass er einen Zufall verewigt hat? Das ist so verrückt, dass Nave und ich ernsthaft diskutieren, wer sie behalten darf. Aber schließlich überlässt er sie mir großzügig. Nicht ohne sie jedoch mit seinem Handy abzufotografieren.

Kapitel 18

Nave

How many answers hide behind silence?

»The number you have dialed is not in service.«

Ich probiere es noch mal. Immerhin habe ich beim ersten Versuch tatsächlich die falsche Vorwahl eingegeben. Aber auch diesmal dauert es, bis die Verbindung sich überhaupt aufbaut. Dann knarzt es, und ein schriller Ton kündigt erneut die synthetische Stimme an, die mich wissen lässt, dass es unter dieser Nummer keinen Anschluss gibt.

»Fuck!«

Elvis sieht mich geschockt an, macht einen Buckel mit aufgestelltem Fell und bewegt sich zunächst seitwärts von mir weg. Dann stürmt sie regelrecht aus meinem Zimmer, weil ich mein Handy auf den Schreibtisch brettere, dessen Schublade immer noch offen steht. Mein Blick haftet auf diesem verdammten Kuvert, dessen Lasche danebenliegt, weil ich den Brief so ungeschickt aufgerissen habe. Der Zettel, den ich mit zitternden Fingern rausgeholt habe, liegt auch noch da. Nutzlos. Weil es die Nummer, die draufsteht, nicht mehr gibt. Ich war feige und habe zu lange gewartet ... Was habe ich mir gedacht? Dass es je einen richtigen Moment dafür geben wird?

Tränen brennen in meinen Augen, und ich presse die Handballen so fest dagegen, bis ich Lichtblitze sehe. Drücke, bis die hellen Zacken zu goldenen Wirbeln und Punkten vor meinem inneren Auge werden, und fange an, zu beten. Wiederhole die einzigen fünf Sätze des Gebets, an die ich mich noch erinnere.

Immer wieder.

Bis ich den Faden verliere.

Bis eine Hand meinen Rücken berührt.

Weil ich davon ausgehe, dass es Tom ist, der nach Hause gekommen ist, sehe ich nicht gleich auf. Ich weiß nicht, wie lange ich schon so dasitze.

Lange.

»Nave«, dringt eine warme Frauenstimme zu mir durch, und jetzt schrecke ich hoch.

Hier drin ist es mittlerweile dunkel. Einzig vom Flur kommt Licht, und hinter mir steht Toms Mom.

Ich stolpere regelrecht vom Schreibtischstuhl. »O shit!«, rufe ich aus und schiebe ein schnelles »Sorry« hinterher, weil ich nicht vor ihr fluchen will.

Aber Hanna presst bloß die Lippen aufeinander, hat selbst Tränen in den Augen und macht dann einen Schritt nach vorn, um mich in den Arm zu nehmen. Von außen betrachtet, macht es den Anschein, als würde ich sie halten, weil sie genauso zierlich ist wie Birdie. Aber tatsächlich ist sie es, die mich gerade davor bewahrt, zu Boden zu sacken.

»Was ist los?«, flüstert sie irgendwann, und ich fühle, dass sie Angst vor meiner Antwort hat.

»Es ist nichts mit mir«, sage ich deshalb schnell, weil ich nicht will, dass sie sich Sorgen macht. Zumindest ist jetzt in diesem Moment nichts mit mir. Aber auch ihr und Toms Vater habe ich nichts davon erzählt, was mich in wenigen Monaten erwarten könnte. Nur will ich ihr nicht das Herz brechen. Sie hat mich damals quasi zu einem Teil ihrer Familie gemacht. Ich weiß nicht, wo ich ohne sie geblieben wäre. Oder wenn es Tom nicht gäbe. All die Türen, die ich mir nicht selbst öffnen konnte und die sie deshalb selbstlos mit allen Mitteln, die sie hatten, für mich aufgehalten haben.

Hanna streicht mir die Tränen unter den Augen weg und schüttelt den Kopf. »Was ist es dann?«

»Arthur hat mir eine Nummer gegeben. Vor einer ganzen Weile schon. Ich habe nie angerufen. Und jetzt geht niemand mehr ran.«

Hanna holt bestürzt Luft. Weil sie dasselbe denkt wie ich. Wenn niemand rangeht, dann gibt es vielleicht niemanden mehr, der da ist, um rangehen zu können.

Kapitel 19

Birdie

Nave hat mir geschrieben, dass ihm etwas dazwischengekommen ist, weshalb er nach meiner Physiostunde nicht noch vorbeikommt. Wie er es immer tut. *Normalerweise.*

Ich werde das Gefühl nicht los, dass irgendwas passiert ist. Aber ich will weniger auf diese Stimme in mir hören, die mich bloß mit Unsicherheit füllt. Außerdem meldet er sich jeden Tag, und seine Nachrichten lassen mich jedes einzelne Mal verknallt aufs Handy starren und bringen meine Zweifel zumindest so weit zum Verstummen, dass ich nicht davon ausgehe, er könnte bereuen, was zwischen uns passiert ist.

Die Fotos aus dem Automaten sind mein neues Lesezeichen. Ich habe sie ständig in der Hand. Manchmal vergesse ich ganz, überhaupt weiterzulesen, weil ich meine Zeit lieber damit verbringe, die einzelnen Bilder, uns, und das, was wir bedeuten könnten, anzuschmachten. Weil meine Realität gerade besser ist als jede Liebesgeschichte, die ich lesen könnte.

Passiert das wirklich? Geht's ihm genauso? Wie hoch sind die Chancen, dass zwei Menschen sich zufällig zur selben Zeit gut finden? Das kommt mir so aberwitzig vor, je länger ich darüber nachdenke. Dass man jemandem über den Weg läuft und sich trotz des Gepäcks, das jeder mit sich herumschleppt, noch so viel Momentum ergeben kann, um sich gegenseitig den Kopf zu verdrehen und plötzlich alles leichter erscheinen zu lassen. Nave macht das mit mir. Verteilt überall in meinem Leben Leichtigkeit. Zum ersten Mal fühle ich diese Gewissheit, dass etwas richtig ist. Und endlich ist da eine Person, für die ich nicht perfekt sein muss, um gemocht zu werden.

Ich hatte immer noch das Gänseblümchen im Haar, aber man sieht es nur auf dem letzten Foto, auf dem wir uns küssen. Wie ein kleiner heller Fleck hebt es sich über meiner Schläfe ab. Ich weiß nicht, wo oder wann auf dem Nachhauseweg ich es anscheinend verloren habe, aber jetzt zieren dafür unzählige kleine Blümchen meine gesamte Kalenderwoche, sodass man die einzelnen Einträge fast nicht mehr lesen kann.

Nave und ich verabreden uns für Freitag zum Training. Und diese paar Tage ohne ihn sind die reinste Folter. Sogar mein Vater merkt, dass ich total hibbelig bin, wertet es aber als Vorfreude, dass ich mich für das nächste Wintersemester wieder an der Uni einschreiben werde. Denn das war jeden Tag beim Frühstück Hauptthema. Dass ich einen derart positiven Eindruck mache, seit ich ihn auf die Gala begleitet habe. Und die Uni mir das restliche Selbstvertrauen zurückgeben wird, das ich die letzten Monate über verloren habe.

Mein Vater könnte nicht falscher liegen.

Ich bin zu früh dran. Eigentlich wollte ich bei den Umkleidekabinen warten. Aber nach zehn Minuten fällt mir auf, dass ich mit meinem linken Fuß wippe. Was nicht möglich ist. Und bedeutet, dass ich mich ablenken muss, um dieses Phantomgefühl so schnell wie möglich loszuwerden. Es ist gruselig, wenn man sich dabei ertappt, etwas zu fühlen, das nicht existiert. Nicht immer sind es Schmerzen. Manchmal ist es einfach ein Kribbeln, Stechen oder das Empfinden von Temperatur. Doch selbst das ist unangenehm, sobald einem klar wird, dass man sich das nur einbildet, aber nichts dagegen tun kann, wie berühren, kratzen oder massieren, weil da ja nichts mehr vorhanden ist. Hin und wieder kommt es mir so vor, als könnte es auch vom Wetter abhängen. Wie bei Narben. Und einmal war es so real, dass ich nachts aufstehen wollte und halb aus dem Bett gefallen bin, weil ich schlicht vergessen hatte, dass mir ein halbes Bein fehlt. Ich habe mir eingebildet, den Holzboden unter meiner nackten Fußsohle zu spüren. Seitdem lege ich meine Krücken nicht mehr neben das Bett, sondern lehne sie direkt an meinen Nachttisch, um sie sofort zu sehen, falls ich nachts aufstehen muss. Schon komisch, welche Streiche einem der Kopf manchmal spielt, obwohl man es eigentlich besser weiß.

Und um dieses Wippen zu betäuben, husche ich noch mal kurz zu den Spinden, ruckle meine Yoga-Leggings ein Stück nach unten, sodass ich mir das Pflaster vom Oberschenkel ziehen kann, weil es nicht mehr wirkt. Aber ich beschließe dann doch, mir erst nach dem Training ein neues aufzukleben, weil man damit zwar duschen gehen kann, es jedoch nicht einseifen soll, und ich auch keine Lust habe, drei Tage damit rumzulaufen, wenn ich es jetzt vollschwitze.

Dann schreibe ich Nave, dass ich oben auf ihn warte. Ich will mich, bis er kommt, mit ein paar der Übungen ablenken, die er und Sven mir gezeigt haben. Früher hat Sport zumindest immer geholfen, um mich auf andere Gedanken zu bringen. Aber ich stelle schnell fest, dass allein an einer Maschine in einem Fitnessstudio zu sitzen und dieselbe monotone Bewegung auszuführen, nicht dasselbe ist, wie im Team Volleyball zu spielen und drei Sätze lang um Punkte zu kämpfen, als wären das Spielfeld, das Netz und der Ball der Mittelpunkt des Universums und alles andere – der Stress, die Sorgen, mein Vater ... und Vic – schlicht nicht existent.

Ich frage mich, ob ich irgendwann wieder spielen kann. Vielleicht mit einer Sportprothese, deren unterer Teil wie eine Sprungfeder geformt ist. Sven hat mich sogar gefragt, ob ich so eine möchte, und ich konnte nur daran denken, dass ich damit aussehen würde wie Phil aus dem Disneyfilm *Hercules* mit seinen Ziegenbeinen, die auch so eigenartig gekrümmt sind. Ich habe damals nur meinen Kopf geschüttelt. So wie jetzt auch. Allerdings aus einem anderen Grund. Wieso verzichte ich auf etwas, das ich geliebt habe, nur weil ich dabei vielleicht anders aussehe?

Ich atme einmal tief durch und spüre, wie sich ein Lächeln auf meinem Gesicht ausbreitet. Bei meinem nächsten Physiotermin werde ich Sven doch noch mal darauf ansprechen.

Es ist bereits spät, und nur noch wenige Leute sind im Gym, dessen Trainingsbereich so weitläufig auf die ganze Etage verteilt ist, dass ich nur ab und zu jemanden erblicke, der gerade das Sportgerät wechselt.

Weil die Tage mittlerweile viel länger sind, dringt auch jetzt noch die zwischen den Hochhäusern untergehende Sonne durch die Fensterfront. Es sieht schön aus. Ein bisschen wie in einem Film. Fake irgendwie.

Ich stelle die Hantel neben mir auf dem Boden ab und will mir den Zopf straffziehen, aber zucke zusammen, als sich jemand hinter mich auf die Bank setzt und Hände tastend über meine Taille nach vorne wandern.

Mein Blick fällt auf ein Tattoo. 777.

Ich weiß, dass es Nave ist, noch bevor ich ihn im Spiegel sehe.

»Hi«, flüstert er, sein Mund so nah an meinem Ohr, dass ich seine Stimme wie einen Blitz durch meine Nervenbahnen rauschen spüre. Wie ein Kitzeln. Und ich bekomme prompt eine Gänsehaut. Der Schreck tut sein Übriges, und mein Puls rast. »Hab gedacht, du hast mich bereits gesehen«, entschuldigt er sich, weil ich immer noch kein Wort rausgebracht habe.

Ich schüttle grinsend den Kopf. »Nein«, murmle ich und klinge außer Atem, was Nave leise auflachen lässt.

»Sorry«, sagt er noch mal und streicht mit den Fingern

über die nackte Haut an meinem Bauch. Ich trage ein gecropptes Sport-Tanktop und spüre jede Rille seiner rauen Fingerkuppen. Seufzend lege ich den Kopf in den Nacken und an seiner Schulter ab. Ich bin so froh, dass wir da weitermachen, wo wir aufgehört haben, und es jetzt nicht komisch zwischen uns ist.

»Dein Bizeps ist mittlerweile größer als meiner«, sagt Nave aus dem Nichts und drückt meinen Oberarm, der sogar schmaler als sein Unterarm ist. Ich verrenke den Kopf und sehe ihn mit gerunzelter Stirn an.

»Angst?«, frage ich mit belustigter Herausforderung.

»Vor dir immer. Ich weiß ja mittlerweile, dass du nicht fair spielst.«

Bevor ich etwas erwidern kann, küsst Nave meine Nasenspitze, und dann trainieren wir eine Weile vor uns hin.

Ich erzähle ihm von meinem Vater, der es ja eigentlich nur gut meint, aber ich habe wirklich langsam das Gefühl, von ihm in eine Ecke gedrängt zu werden, in die ich nicht passe. »Mittlerweile habe ich einfach ein schlechtes Gewissen, ihm zu widersprechen, weil ich es so lange nicht getan habe. Ich weiß ja im Grunde schon seit Ewigkeiten, dass ich nicht das tun will, was er von mir verlangt. Ich will mich nicht wieder am Juridicum einschreiben. Das wollte ich ohnehin nie. Es war immer *sein* Plan. Und ich habe den Mund gehalten, weil ... naja, weil ich irgendwie keinen eigenen Plan hatte.«

»Aber denkst du nicht, dass es eigentlich seine Schuld ist? Du lügst ja nicht, weil du es böse meinst, sondern, weil du ihm nicht vertraust. Was das angeht. Und als Vater sollte er dir doch eigentlich die Chance geben, immer mit ihm über alles sprechen zu können.«

Ich muss lachen. Weil das absolut nicht zutrifft. »So sind wir nicht«, erkläre ich. »Mein Vater hört das, was er hören will. Ich glaube wirklich, dass er das Beste für mich möchte. Er kennt mich einfach nicht gut genug. Außer der Version von mir, die ins Bild passt. Alles andere hat er immer schon gerne ausgeblendet und es als *Phase* abgetan.«

»Weißt du noch, als ich dir in der Bar gesagt habe, dass ich es verstehe? Wenn man manchmal keine eigenen Entscheidungen treffen kann? Was dich angeht, nehme ich es zurück. Du bist alt genug, Birdie. Es ist dein Leben.«

»Das sagt sich so leicht. Aber ... lass uns vielleicht das Thema wechseln. Was war bei dir los?«

Naves Miene verändert sich. »Nichts Spannendes. Arbeit hauptsächlich.« Er steht auf, und seine Hand verschwindet beim Vorbeigehen hinten an meinem Nacken. »Mach die Übung noch fertig. Bin gleich wieder da.«

Ich sehe ihm kurz nach, aber weil er sich nicht umdreht, tue ich, was er gesagt hat, und greife nach der Hantel am Boden.

Diesmal bemerke ich ihn bereits aus dem Augenwinkel, als er zurückkommt und sich wieder hinter mich setzt, aber ich keuche trotzdem auf und muss einen Schrei unterdrücken, weil plötzlich etwas Eiskaltes meinen Bauch berührt. Nave lacht und hält einen Eistee aus dem Getränkeautomaten hoch, der seinem Namen alle Ehre macht.

»Hab gedacht, du hast vielleicht Durst«, flüstert er und schraubt die Flasche auf.

Ich habe wirklich Durst, und dass es Zitrone ist, lässt mich an unseren ersten Abend denken. Was mich unweigerlich lächeln lässt. Aber als Nave Anstalten macht, die Öffnung der Flasche an meine Lippen zu führen, schüttle ich rasch den Kopf, presse den Mund zu und mache ein verneinendes Geräusch.

Er stoppt sein Vorhaben jedoch nicht. »Aufmachen.«

Ich blicke in den Spiegel, in der Hoffnung, dass man es nicht sieht, aber meine Wangen sind knallpink. Nave sieht ebenfalls in den Spiegel, fixiert jedoch meine Lippen und korrigiert den Weg der Flasche ein Stück.

Ich gebe auf und öffne meine Lippen. Es kostet mich so viel Selbstbeherrschung, jetzt nicht zu lachen, aber wenn ich nicht stillhalte, bin ich garantiert gleich von oben bis unten voll mit Eistee.

»Okay, aber langsam«, sage ich, und bevor die Plastiköffnung meinen Mund berührt, streicht Naves freie Hand sanft über meine Kehle nach oben. Mit den Fingern an meinem Kinn kippt er meinen Kopf wieder nach hinten gegen seine Brust. Ich spüre, wie er selbst schwer schluckt, und dann das kühle Plastik der Flasche an meinen Lippen. Langsam neigt er sie höher. Und dann schwappt ein Schluck Flüssigkeit in meinen Mund. Ich schlucke hastig, damit ich nicht husten muss.

»Geht doch«, meint Nave zufrieden, seine Stimme rauer als noch vor zwei Sekunden.

»Das war so knapp«, beschwere ich mich und will mir mit dem Handrücken einen Tropfen aus dem Mundwinkel wischen, der bereits zu einem Rinnsal wird und meinen Kiefer hinabtropft.

»Du darfst eben nicht dabei lachen.«

»Ich hab nicht gelacht.«

»Okay, vielleicht sollte ich nicht dabei lachen. Willst du noch?« Er macht Anstalten, den Eistee hinter meine Schulter zu führen, um selbst zu trinken, aber ich fange die Flasche auf dem Weg ab, ziehe sie zurück vor meinen Mund, und mit meiner Hand über seiner funktioniert es diesmal, sodass ich wirklich trinken kann.

»Du bist die Letzte hier. Nur noch du und ich.«

Ich sehe mich um, während Nave aus derselben Flasche trinkt, die gerade noch meine Lippen berührt hat. Und weil es stimmt – wir sind wirklich die Einzigen hier –, fühlt es sich plötzlich viel intimer an, und ich kann das warme Ziehen zwischen meinen Beinen kaum noch ignorieren. Trotzdem tue ich so, als würde mich nichts von dem hier aus der Fassung bringen.

»Sind die offiziellen Gym-Zeiten schon vorbei?« Mir ist nicht aufgefallen, dass der Trainer, der normalerweise Aufsicht hat, auch schon weg ist.

Nave nickt. »Wir könnten später noch runter zum Schwimmbad.«

»Was?« Ich lache, aber Nave hat es wohl ernst gemeint. »Darf man das denn? Die haben die Halle doch schon abgesperrt, oder nicht?«

»Ich hab einen Schlüssel. Mit dem kann ich ganz einfach wieder aufmachen.« Seine Mundwinkel krümmen sich in ein schiefes Grinsen, und mit einem imaginären Schlüssel in der Hand macht er eine Drehbewegung, als würde er ein unsichtbares Schloss in der Luft vor uns aufsperren.

Immer noch nicht sicher, suche ich nach Ausreden. »Ich hab keinen Bikini dabei.«

Naves Finger streichen jetzt am Saum meines BH-Trägers vorbei, der unter dem Sport-Top hervorblitzt. »Du hast Unterwäsche an.«

Ich setze mich an den Rand des Pools, wo die Stufen sind, und während ich einen Fuß bereits ins warme Wasser hängen lasse, ziehe ich mir vom anderen Bein die Prothese ab.

Es gibt spezielle Prothesen, mit denen man auch schwimmen gehen könnte. Aber mit dieser hier nicht. Will ich auch gar nicht. Sie ist relativ schwer, und ich hätte Angst, dass sie mich runterziehen könnte. So genau weiß ich nicht, wie es sich anfühlen würde, weil ich während der Physiotherapie kein einziges Mal schwimmen war. Ich hatte die Möglichkeit, habe mich aber geweigert, nachdem ich mir mich im Badeanzug und auf rutschigen Fliesen mit nur eineinhalb Beinen vorgestellt habe.

Und jetzt sitze ich hier. In meiner Unterwäsche. Trotz eineinhalb Beinen und rutschiger Fliesen. Aber außer Nave ist niemand hier, und obwohl es mich immer noch und immer wieder Überwindung kostet, ihm zu vertrauen, stört es mich nicht wirklich, dass er mich sieht.

Ich öffne das Ventil an der Prothese, sodass der Unterdruck sich löst, und ziehe sie mir mühsam ab. Es ist anstrengend. Vor allem am Boden sitzend mit ausgestrecktem Bein. Aber ich habe es mittlerweile so oft gemacht, dass ich es auch jetzt schaffe.

Kurz überlege ich, den Liner anzulassen, weil es dann schöner aussieht. Die Stelle mit der Narbe. Aber obwohl er hauteng anliegt, würde er sich wohl gleich mit Wasser füllen, und ich bin mir nicht sicher, ob das Chlor ihn vielleicht kaputt machen könnte und ... ach, was soll's. Ich rolle ihn ab und lege ihn in den oberen Teil meiner Prothese, die ich ein Stück vom Becken wegschiebe, sodass sie nicht nass wird, falls ich gleich wie ein Walross umfalle und ins Wasser kippe.

Nave lehnt mit ausgebreiteten Armen an der gegenüberliegenden Beckenrandseite. Eine ganze Bahn von mir entfernt. Aber seine Augen sind auf mich gerichtet. Und sie folgen mir, als ich weiter nach vorn rutsche, mein halbes Bein das Wasser berührt und ich kurz andächtig die Lider schließe.

Nach dem Unfall durfte ich lange Zeit nur duschen. Und im Erdgeschoss bei meinem neuen Zimmer ist keine Badewanne. Nur eine bodenebene Dusche, in die wir einen Plastikhocker gestellt haben, damit ich mich allein waschen kann.

Ich habe das hier, das Schwappen und Herumwirbeln von Wasser, seit Monaten nicht auf diese Art an meiner Haut gespürt. Es ist so schön, dass ich mehr will. Ich stütze mich mit den Händen ab und rutsche Stufe für Stufe in den Pool, bis ich schwerelos werde und schwimmen könnte. Aber ich probiere vorher, ob ich stehen kann. Erst dann versuche ich einen Schwimmzug, und es klappt. Es fühlt sich nicht mal komisch an. Ich fühle mich leicht, als würde alles Gewicht von mir fallen und ich mich endlich wieder frei bewegen. Es ist gut. So gut, dass ich lachen muss und mich auf den Rücken drehe, um mich in diesem Gefühl von Freiheit treiben zu lassen. Mit glasigen Augen, weil mich diese vielen Kleinigkeiten, die ich eigentlich auf meiner »Das-erlebst-du-nie-wieder«-Liste hatte, fast ein bisschen aus der Bahn bringen. Auf die beste Weise überwältigen.

Die gedimmten Spots der Deckenbeleuchtung glitzern wie unzählige Sterne. So oft habe ich in letzter Zeit gedacht, dass dieses und jenes der schönste Moment seit meinem Unfall ist. Aber dieser hier kommt direkt nach dem Kuss im Fotoautomaten.

Ich spüre die Ringe, die Naves Bewegungen im Wasser verursachen, und ahne, dass er gleich bei mir ist. Ob er weiß, dass er mich glücklich macht? *So verdammt glücklich?* Ich möchte mir gar nicht vorstellen, wo ich jetzt wäre und wie ich mich fühlen würde, wenn wir uns nie begegnet wären.

Das hier, zwischen Nave und mir, ist alles. Nicht seit meinem Unfall. Sondern seit immer. Ich kann aufhören, Dinge in ein Vor und Nach meiner Amputation einzuteilen. Weil es bloß ein Vor und Nach Nave gibt.

Er legt sich neben mich auf den Rücken, und unsere kleinen Finger berühren sich, bis sie sich verhaken. Ich muss kichern, weil er anstatt meiner Hand bloß einen Finger genommen hat, und ich spüre die abgerundete Kante seines Rings, den er wirklich immer zu tragen scheint.

Als er sich bewegt, schwappt mir plötzlich Wasser ins Gesicht, und ich richte mich auf. Hier kann ich nicht mehr stehen. Das wird mir sofort klar. Und einen Sekundenbruchteil spüre ich Panik, die wie das Wasser immer höher schwappt. Aber ich merke schnell, dass alles okay ist. Dass ich es mühelos schaffe, mich mit den Armen an der Oberfläche zu halten, und dann ist es Nave, der mich hält. Ich lege meine Beine um seine Hüfte. Und so, wie er seine Hände platziert, unter den Oberschenkeln, mit den Fingerkuppen nur knapp vom Ansatz meines Pos entfernt, bemerkt er von meinem Stumpf gerade überhaupt nichts. Was mir wichtig ist. Dass er mich dort nicht berührt. Aus Angst, dass er es eklig finden würde. Auch wenn er es schon gesehen hat. Aber es anzufassen, ist dann doch noch mal eine Nummer krasser. Weil …

»Kannst du aufhören, zu denken?«, fragt er mich plötzlich, und ich schlinge die Arme um seinen Hals. Nave kann stehen. Er geht sogar noch weiter in den tieferen Bereich, sodass ich bis zum Hals im Wasser bin und nicht friere.

»Man kann nicht aufhören, zu denken«, erwidere ich etwas verspätet, weil sein Satz mich überrascht hat, aber Nave hat damit tatsächlich meine Zweifel vertrieben. Wieder mal.

Er grinst mich an, als wüsste er das, und dann starren wir uns so lange gegenseitig auf die Lippen, bis einer von uns endlich den winzigen Abstand zwischen unseren Gesichtern überbrückt, damit wir uns küssen. Ich glaube, dass ich es war. Ich weiß es, ehrlich gesagt, nicht mehr. Ich weiß gar nichts mehr, als ich seine Zunge spüre und meinen Mund öffne, um ihn eindringen zu lassen. Sein Stöhnen verhallt in mir, und ich vergrabe meine Finger in seinem nassen Haar. Naves Finger sind mittlerweile an meinen Hintern gewandert. Er hält mich regelrecht gepackt, und ein Teil von mir wünscht sich, er würde mich überall berühren, weil ich es so unbedingt will. Ich habe seit … Ewigkeiten ist zu kurz, um zu beschreiben, wie lange ich keinen Sex mehr hatte. Als ich noch gedacht habe, dass das für immer so sein würde, wurde es irgendwann okay. Etwas, an das ich versucht habe, einfach nicht mehr zu denken. Aber jetzt küsse ich ihn wie eine Verhungernde und habe absolut keine Ahnung mehr, wie ich mich zurückhalten soll.

Nave löst sich kehlig lachend von mir. Es ist ein leises Lachen. Der dunkle Schatten in seinen Augen verrät mir, dass ihm gefällt, was wir hier tun. Auch wenn er das wahrscheinlich nicht unbedingt vorhatte, als er mich vorhin gefragt hat, ob ich mit ins Schwimmbad komme.

Oder doch?

Seine Nase stupst gegen meine. Hör auf zu denken, will er mir damit wieder sagen, schließt seine Augen und lehnt seine Stirn gegen meine. Ich seufze. Meine Lippen prickeln. Das Wasser an unserer Haut macht die Nähe zwischen uns so viel elektrisierender. Und aufregender. Das leise Schwappen der Wellen, die wir auslösen. Das laute Verhallen unseres aufgeregten Atems.

Ohne sich von mir zu lösen, streicht Nave mir die Träger des BHs über die Schultern, aber die Cups halten trotzdem, weil es eigentlich ein trägerloser BH ist, der ziemlich gut sitzt. Als Nave den Kopf hebt und die Augen öffnet, stöhnt er frustriert, weil er sich hier gerade eine Show vorgestellt hat, die nicht stattfindet. Ich lache, greife mit einer Hand nach hinten und löse blitzschnell die Häkchen.

Nave nimmt sofort den vollgesogenen Stoff, der zwischen uns schwimmt, und wirft ihn an den Beckenrand. »Du bist so schön. Du weißt gar nicht, wie schön.« Er küsst meinen Hals, meinen Kiefer. Langsam. Hart. Sanft, bis ich seufze. Seine Lippen berühren mein Schlüsselbein, ziehen eine Spur abwärts, und erst, als sie meine Brüste erreichen, bemerke ich, dass wir uns wieder in den seichteren Bereich des Pools bewegt haben müssen, weil ich nur noch bis zur Taille im Wasser bin. Ein Schauder überzieht meinen Körper. Diesmal nicht, weil mir kalt ist. Sondern weil jeder Millimeter von mir hellwach ist und auf jede Berührung reagiert. Meine eigenen Lippen aufeinandergepresst, lasse ich seufzend den Kopf in den Nacken fallen, weil Naves Zähne über meine linke Brustwarze streifen. Zuerst vorsichtig, dann fester, und erst, als ich aufschreie und mein Laut sich mit dem warmen Dunst der Luft vermengt, lässt er endlich seine Zunge darübergleiten und saugt daran, bis ich den Verstand verliere und ihn anbettle, nicht aufzuhören.

Nave schiebt mich höher, hält mich mit einem Arm dicht an sich gepresst und krallt die Hand in meine Hüfte. Die andere lässt er in meinen Nacken gleiten, sodass ich mich noch ein Stück weiter zurücklehnen kann und mehr Platz zwischen unseren Oberkörpern ist. Mehr Platz für seine Küsse. Seine Zähne. Seine Zunge. Die dasselbe quälende Spiel auch noch an meiner anderen Brustwarze wiederholen, bis das schummrige Licht an der Decke zu verschwommenen Punkten und schließlich Dunkelheit wird, weil ich die Augen schließe. Ich muss mir regelrecht auf die Unterlippe beißen, um nicht noch mal so laut aufzuschreien. Dieses Mal wäre meine Stimme heiser. Rau. Vor Lust.

Aber wir gehen nicht weiter. Wir gehen ...

»Nein«, wispere ich, als mir bewusst wird, dass Nave mich aus dem Pool trägt und auf einer der Badeliegen absetzt. »Nein.«

»Birdie.« Nave geht grinsend vor mir in die Hocke, und ich sehe seine Erregung, die sich gegen den Stoff seiner Schwimmshorts drängt. »Wir können nicht ... nicht hier.«

»Und wenn wir zu dir fahren?«

Nave zieht die Augenbrauen hoch, aber er grinst immer noch, legt den Kopf schief und benetzt seine Lippen, während er mich nachdenklich betrachtet, dabei kurz die Augen verengt. »Du willst bei mir schlafen?«

»Ich will *mit* dir schlafen«, korrigiere ich ihn und überrasche uns beide damit, dass ich es einfach ausspreche. Was ich will.

»Du machst mich wahnsinnig, weißt du das?« Nave küsst mich schnell und löst sich genauso abrupt wieder von mir. »Lass uns duschen gehen und von hier verschwinden.«

Ich nicke eilig, nehme die Wasserflasche entgegen, die er mir hinhält, damit ich mein halbes Bein vom Chlorwasser reinigen kann, bevor ich es gut abtrockne und wieder in meine Prothese schlüpfe, sodass ich zu den Damenumkleiden gehen kann. Während Nave in die Herrenumkleide verschwunden ist, stehe ich vor einem Problem. Hier ist kein Hocker in der Dusche. Ohne Prothese könnte ich ausrutschen. Mit dieser Prothese kann ich nicht unters Wasser. Und weil mir keine Lösung einfällt, presse ich schließlich einfach mit dem Handtuch so viel Feuchtigkeit wie möglich aus meinen Haaren und ziehe mich an.

»Hier.« Nave reißt sich seinen Hoodie über den Kopf, als er mir vor den Umkleiden in der Eingangshalle entgegenkommt. Im Gegensatz zu mir riecht er nach Duschgel, und seine Haut fühlt sich an, als hätte er mit Eiswasser geduscht. Zumindest seine Finger sind richtig kalt, als sie mein Gesicht streichen, während er mir seinen Pulli überzieht und meine nassen Haare unter die Kapuze schiebt. Mich fröstelt trotzdem, und ich vertippe mich mehrmals, als ich meinem Vater schreibe, dass ich bei Marcella schlafe. Er liest die Nachricht sofort und lässt mich wissen, dass ihm das gelegen kommt, weil er heute noch länger im Büro ist und schon ein schlechtes Gewissen hatte, mich abends wieder allein zu lassen. Ich würde ihm gerne antworten, dass ich kein Kleinkind bin, aber lasse es bleiben. Immerhin lüge ich ihn gerade an. *Wie ein Kleinkind.*

Vielleicht sollte ich ihm demnächst Familientherapie vorschlagen. So traurig der Gedanke ist, erheitert er mich auch. Mein Vater würde es keine fünf Minuten aushalten. Er redet nicht über Gefühle, er inszeniert sie. Und kein Therapeut der Welt würde jemals gegen ihn ankommen, weil mein Vater ein Rhetoriker ist. Er hält es nicht aus, nicht das letzte Wort zu haben. Etwas, das ich definitiv nicht von ihm geerbt habe, und immer, wenn mir solche Unterschiede auffallen, frage ich mich, wie meine Mutter wohl gewesen ist und ob ich eher nach ihr komme.

»Warum hast du dir die Haare nicht geföhnt?« Nave greift nach einer tropfenden Haarsträhne, die wieder aus der Kapuze gefallen ist, wickelt sie sich um den Finger und schiebt sie dann hinter mein Ohr.

»Das hätte bei meinen Haaren ewig gedauert mit diesem Miniföhn an der Wand, und ich habe sie mir nicht mal gewaschen.«

»Warum nicht? Es macht mir nichts aus, zu warten.«

»Ich ...« Ich beiße mir auf die Lippe. »... konnte nicht wirklich duschen gehen. Es gab nichts zum Festhalten.«

»Dann sag doch was. Du kannst bei mir zu Hause duschen. Wir haben eine Badewanne. Und mein Mitbewohner hat sogar Shampoo für Locken oder so.«

Ich lache auf. »Okay.«

»Okay«, wiederholt Nave mit seinen Lippen auf meinen, zieht die Kordel des Hoodies unter meinem Hals zu und macht eine Masche rein. Ich muss aussehen wie ein Zwerg mit Mütze, aber bin dann doch froh darum, weil es draußen jetzt bereits stockfinster und trotz nahendem Sommer ziemlich kühl ist.

Wir müssen ein paar Minuten auf den Bus warten, und obwohl Nave nur ein T-Shirt anhat, strahlt er so viel Wärme aus wie ein Heizkörper, und ich wünschte, ich könnte in ihn hineinkriechen, anstatt mich bloß von ihm umarmen zu lassen.

Der Fahrer des Linienbusses mustert uns, als wir einsteigen, und auch danach über den Rückspiegel. Wahrscheinlich, weil bloß drei weitere Plätze besetzt sind, ich mich aber trotzdem auf Naves Schoß setze.

Die Türen schließen sich ächzend, der Bus fährt los, und Nave drängt seine Wange von hinten gegen meine.

Draußen beginnt es zu nieseln, und als wir an jemandem vorbeifahren, der sich gerade unter einen Regenschirm rettet, gibt Nave ein belustigtes Räuspern von sich. »Ich mag Regen. Und Regenschirme. Das Geräusch, wenn die aufgehen, hat irgendwie was von einem Schutzzauber.«

»Was?« Ich muss kichern.

»Ist doch lustig, wie eilig es plötzlich alle haben, nur weil Wasser vom Himmel fällt. Als wäre nass werden das Schlimmste, was einem hier passieren kann.« Und dann macht er mit seinen Lippen einen ploppenden Laut, bevor sich seine gebündelten Finger vor meinen Augen spreizen wie ein aufgehender Regenschirm. Ich greife nach seiner Hand und führe sie über meinen Kopf. In der Spiegelung des Busfensters sehe ich, dass er die Finger über mir flattern lässt, und dann trommeln sie auf die Kapuze des Hoodies, wie herabfallender Regen.

Ich rutsche zur Seite, weil ich ihn ansehen will. Aber noch bevor ich einen Blick nach hinten werfen kann, packt Nave mich an den Hüften und presst die Stirn gegen meine Schulter. »Bitte halt still«, sagt er gequält, und ich erstarre zur Salzsäule. Weil ich weiß, warum er das jetzt zu mir gesagt hat. Weil ich es *spüre*.

»Sorry«, murmle ich schnell und versuche, die restliche Fahrt so still wie möglich zu halten, während Nave – wahrscheinlich, um sich abzulenken – dicht an meinem Ohr aufzählt, was er alles zu Hause im Kühlschrank hat, damit ich mir schon mal überlegen kann, auf was ich Lust habe.

Ich betrachte währenddessen seinen Siegelring, drehe ihn hin und her, zeichne mit dem Zeigefinger Kreise auf seinen Handrücken, über eine kleine Narbe, die er dort hat, und irgendwann zwischen Räuchertofu und Hummus fallen mir die Augen zu, bis Nave mich weckt, weil wir angekommen sind.

Kapitel 20

Nave

I stopped thinking.
Isn't that what young people do sometimes?

»Das ist unglaublich.« Ich stelle die Teller auf dem Esstisch im Wohnzimmer ab und schüttle den Kopf, weil Elvis wie eine Verräterin schnurrend um Birdie streicht, die auf der Couch sitzt und, seit wir reingekommen sind, nicht mehr mit mir, sondern bloß noch mit der Katze spricht.

»Hi, Elvis«, sagt sie immer wieder mit hoher Stimme und krault sie hinter den Ohren. »Ich liebe eure Wohnung.«

»Gehört den Eltern meines Mitbewohners. Ich hatte Glück.«

»Die Eltern deines Mitbewohners haben Geschmack. Meine Familie ist mehr so Team Gruselkabinett, was die Einrichtung angeht. Ein bisschen altmodisch mit einem Touch weirder Akzente. Wenn ich eine eigene Wohnung hätte, würde ich wahrscheinlich jede Wand bunt streichen, um den Stil meines Vaters zu kompensieren.« Birdie zählt gedankenverloren an den Fingern ein paar Farben auf und überlegt laut, wie viele streichbare Wände eine durchschnittliche Wohnung hat.

»Hast du Hunger?« Ich habe mittlerweile unseren halben Kühlschrankinhalt um die Teller drapiert und ziehe einen der Stühle hervor, aber Birdie beachtet mich nicht, weil Elvis gerade das Köpfchen in ihre Handfläche schmiegt.

»Wie süß kann man sein?« Birdie streicht sich die Haare hinters Ohr und blinzelt Elvis im Zeitlupentempo an. »Das heißt *ich mag dich* auf Katzensprache«, erklärt sie mir, ohne mich dabei anzusehen.

Ich schnaube belustigt, gehe zu den beiden rüber und hebe meine Katze hoch, sodass ich sie mir vors Gesicht halten kann. »Hör auf, mir Birdie zu stehlen.« Ich war kurz davor, *meine Freundin* zu sagen, konnte mich in letzter Sekunde aber noch davon abhalten. Das Wort liegt jedoch noch auf meiner Zunge, weshalb ich mich rasch räuspere.

Elvis windet sich wie ein nasser Fisch in meinem Griff, und ich lasse sie auf den Boden springen, wo sie sich zu putzen beginnt, als hätte ich ihr Fell mit meiner Berührung besudelt. Birdie lacht auf.

Sie hier zu haben, fühlt sich gut an. Sie glücklich zu sehen, noch besser. Elvis' Kratzer, den ihre Krallen wohl gerade an meinem Unterarm hinterlassen haben, hingegen brennt. »Äh, also ... Ich könnte jetzt sagen, dass sie mich normalerweise mag. Aber das wäre eine Lüge.«

»Katzen haben das so an sich. Dass sie widerspenstig und eigentümlich sind. Ich wette, dass sie dich trotzdem mag.«

»Nope«, kommt es von der offenen Haustüre. »Sie hasst uns wirklich.«

»Tom«, sage ich überrumpelt, weil ich nicht damit gerechnet habe, dass er heute noch mal nach Hause kommt. Und erst, als keiner mehr etwas sagt und ich zwischen meinem Mitbewohner und Birdie hin und her schaue, wird mir klar, dass irgendwas vor sich geht, das ich nicht verstehe.

Birdies Augen sind ungläubig aufgerissen, und Tom sieht genauso perplex aus. Aber er fängt sich als Erster, wirft die Tür zu, kickt sich die Sneaker von den Füßen und kommt zu uns ins Wohnzimmer. »Hi. Bernadette, richtig?« Er streckt ihr die Hand hin.

»Birdie«, sagt sie und erwidert die Begrüßung. Immer noch ein bisschen fassungslos.

»Du siehst großartig aus«, sagt Tom als Nächstes, und ich runzle die Stirn.

Birdie wird rot, und als sie meinen verwirrten Gesichtsausdruck bemerkt, zeigt sie zwischen sich und Tom hin und her. »Wir kennen uns«, erklärt sie das, was ich mir bereits gedacht habe.

»Aus dem AKH«, sagt er an mich gewandt, und ich merke an seinem Blick, dass er es gutheißt. Dass sie hier ist. Mit mir. Dass sie das Mädchen ist, von dem ich gesprochen habe.

Die Welt ist klein, denke ich und nehme Birdies Hand, damit sie die nicht weiter hinter ihrem Rücken knetend malträtiert. »Ich hab gedacht, du bist unterwegs?« Tom wollte doch eigentlich bei seinem Freund pennen. Zumindest hatte ich das im Kopf.

»Er musste noch mal was erledigen. Arbeit. Was weiß ich.«

Ich nicke. »Birdie schläft heute hier«, lasse ich ihn wissen.

Auf Toms Gesicht breitet sich ein diabolisches Grinsen aus. »Nave schnarcht. Ohropax findest du im Bad. Erste Schublade unter dem Waschbecken. Zahnbürsten ebenfalls. Und wenn du Elvira dazu bringen kannst, dass sie uns das Leben nicht mehr zur Hölle macht, darfst du gerne jeden Tag vorbeikommen.«

»Elvis«, verbessere ich ihn, als hätte er nicht mit Absicht versucht, Birdie den falschen Namen unterzujubeln.

»Sorry, Tom. Aber ich bin Team Nave. Er hat mich schon eingeweiht, dass du Elvis heimlich umtaufen willst.«

Tom sieht mich gequält an, aber ich lehne mich zufrieden zu Birdie und küsse sie auf den Mund. Eigentlich sollte es ein harmloser, kurzer Kuss sein, aber sie schlingt ihre Arme um meinen Hals und hängt sich an mich, sodass ich sie nicht loslassen will. Tom zieht sich diskret zum Tisch zurück, und ich manövriere uns ebenfalls dorthin, bevor ich noch einen dritten Teller aus der Küche hole, weil Tom sich meinen geschnappt hat.

»Sagt mal, ihr habt nicht zufällig Lust, zu Moms Sache zu gehen?« Aus der Hosentasche zieht Tom zwei Karten mit dem goldenen Schriftlogo des Kunsthistorischen Museums. Ich weiß, dass sie für ihn und mich sind, weil Hanna das immer so macht. Damit wir keinen Eintritt zahlen müssen. Aber hauptsächlich, damit sie uns neue Gemälde zeigen kann, für deren Restauration sie verantwortlich ist. In Toms Augen gibt es nichts Langweiligeres. Aber ich bin noch nie nicht hingegangen, wenn Hanna mich eingeladen hat.

»Wie cool«, sagt Birdie, aber verstummt, weil sie meine abwartende Haltung bemerkt, und greift eilig nach einer Cocktailtomate, die sie auf ihrem Teller in zwei Hälften schneidet.

»Wir können hingehen, wenn du willst«, sage ich schnell. Tatsächlich schaue ich lieber mit ihr dort vorbei. Tom würde ohnehin wieder auf einer der Sitzmöglichkeiten einpennen oder in seinem Handy versinken. »Dann kann ich Hanna auch gleich sagen, wie leid es dir tut, dass du's nicht einrichten konntest«, füge ich sarkastisch hinzu, und Tom blättert erleichtert die Karten auf den Tisch, als täte ich ihm den größten Gefallen aller Zeiten.

»Großartig. Super. Meine Mutter wird dich lieben, Birdie. Sie macht sich ohnehin ständig Sorgen um Nave, und jetzt ...«

Tom hält inne, sieht mich zögerlich an und bemerkt an meiner Haltung sofort, dass Birdie nichts weiß. Dass ich ihr nichts erzählt habe. Er sieht ganz offensichtlich die Panik in meinen Augen und dann die Fragezeichen in Birdies. Ich weiß nicht, was ich sagen soll.

Deshalb tut Tom es für mich und liefert ihr eine Ausrede. »Wie sich halt alle Eltern ständig Sorgen machen. Meine Mom ist da genauso.« Er lacht gekünstelt. »Und Nave gehört zur Familie. Deshalb. Ja. Deshalb.«

Birdie grinst ihn irritiert an. »Oookay«, sagt sie lang gezogen und lässt den Blick zwischen uns beiden wandern.

Mit Sicherheit wird sie mich nachher darauf ansprechen. Das sollte sie. Weil ich dann gezwungen wäre, sie wissen zu lassen, woran sie mit mir ist. Aber Birdie tut es nicht. Sie spricht mich nicht darauf an.

Nicht im Bad, als ich ihr, gegen den Wannenrand gelehnt, dabei zusehe, wie sie sich die Haare mit Toms Apfel-Shampoo wäscht, und ich dem Himmel dafür danke, dass es Schaum gibt, weil ich mich ansonsten auf keines ihrer Worte hätte konzentrieren können.

Nicht in meinem Zimmer, während sie zwischen meinen Beinen sitzt und ich ihre Finger um den Steg der Gitarre drapiere, sodass ich ihr ein paar einfache Akkorde zeigen kann.

Auch nicht, als wir irgendwann im Bett liegen und uns gegenseitig die Hand vor den Mund pressen, weil wir durch die Wand hören können, wie Tom Elvis seit ein paar Minuten immer wieder dazu auffordert, die Überschwemmung in der Küche mit ihrem Fell aufzuwischen. Es hilft nichts. Wir lachen beide laut los, und diesmal kommt ein »Haha, sehr witzig« durch die Wand, was mich hoffen lässt, dass Tom bald in seinem Zimmer verschwindet.

»Warum starrst du mich so an?« Birdie will mich spaßeshalber wegdrücken, aber ich wehre mich grummelnd dagegen und ziehe sie stattdessen noch näher.

»Weil du so verdammt schön bist«, erkläre ich und meine es auch so. Ihre eisblauen Augen, die, wenn sie traurig ist, grau wirken. Ihre wilden blonden Locken, die wie ein Heiligenschein um ihren Kopf auf dem Kissen liegen. Aber am allermeisten mag ich die vereinzelten Sommersprossen, die sie in letzter Zeit bekommen hat, von denen eine dunklere direkt über ihrer vollen Oberlippe ist und so heiß aussieht, dass ich mich wirklich auf gar nichts mehr konzentrieren kann. Ich will meine Zunge darübergleiten lassen, meine

Zähne in ihre Unterlippe graben, bis sie wimmert, und sie dann küssen, sodass ihre Laute in meinem Mund verstummen. Ich will ...

»Wenn *du* es sagst, fühle ich mich wirklich schön.«

Verlegen sieht sie mich an, und ich ziehe die Stoppbremse, weil meine Gedanken mich so hart werden lassen, dass es wehtut, und wir definitiv nicht da weitermachen, wo wir am Pool aufgehört haben. Ich will es langsam angehen lassen. Der vernünftige Teil von mir zumindest.

»Willst du etwas wirklich Geheimes wissen?«, fragt sie.

»Niemand würde darauf jetzt mit Nein antworten.« Ich ziehe eine Braue hoch. »Sag schon.«

Birdie lacht. »Okay. Also vor deinem Konzert, du weißt schon, dem, wo wir uns quasi kennengelernt haben?«

Um für ein paar Sekunden nicht auf ihren Mund zu starren, lege ich meinen Kopf auf ihre Brust und nicke. Ich höre ihren Herzschlag. Dann spüre ich ihre Finger durch mein Haar streichen und schließe die Augen, während sie weitererzählt.

»Eine Freundin hat ein Foto von dir in unsere WhatsApp-Gruppe geschickt. Weil sie dich alle *sooo* unfassbar heiß fanden.« Ich spüre, dass sie ein Kichern unterdrückt, weil ihr Brustkorb bebt. Und weil ich will, dass sie wirklich lacht, und auch ein bisschen, weil sie *mich* jetzt in Verlegenheit bringt, kralle ich meine Finger in das Shirt, das ich ihr geborgt habe, und kitzle sie, bis sie mir unabsichtlich das Kinn gegen den Kopf rammt und ich stöhnend von ihr rutsche.

»Tut mir leid! Tut mir so leid!«, keucht sie und tastet über die Stelle, als ob ihre Berührung es besser machen könnte. Kann sie tatsächlich. Ich spüre nämlich nur noch das Pochen meines Herzens.

Mit einem Grinsen blicke ich zu ihr hoch und tippe auf die einzelne Sommersprosse, die es mir angetan hat, weil ich das schon die ganze Zeit tun wollte. »Was war dann?«

»Dann«, sie wackelt mit den Augenbrauen und macht absichtlich eine Pause, um die Spannung zu steigern, »hab ich bis zum letzten Pixel rangezoomt, weil du der schönste Mann warst, den ich je gesehen habe.«

»Warst?«

»Ja.« Sie presst die Lippen aufeinander, und ich stemme mich hoch, sodass ich mich über sie schieben kann und ihren Kopf zwischen meinen Händen fixiere.

»Wieso ›warst‹?«

»Weil du in echt noch so viel attraktiver bist«, flüstert sie atemlos nur ein paar Zentimeter von meinem Gesicht entfernt. Ihre Wangen so rot wie die Cocktailtomaten von unserem Abendessen und ich lasse mir Zeit, bevor ich sie küsse, weil ich will, dass sie sich unter mir windet.

Wir küssen uns ewig. Bis wir irgendwann seitlich daliegen, uns wortlos betrachten und dagegen ankämpfen, die Augen vor Müdigkeit schließen zu müssen. Aber Birdie behauptet, dass sie jetzt noch nicht schlafen kann, und bittet mich, ihre Tasche zu holen.

Sie zieht eine kleine Packung raus und dreht sich von mir weg, als sie ein Pflaster auf ihrem rechten Oberschenkel platziert und eine Minute andrückt.

»Was ... Ist das so ein Verhütungsding?«

Birdie schmunzelt und schüttelt den Kopf, während sie das Abdeckpapier der Klebeflächen in ihrer Faust zu einer Kugel knüllt und dann in die fast volle Schachtel zurückstopft. »Das ist ein Schmerzmittel. Durch das Pflaster gehen die Wirkstoffe nach und nach in die Haut.«

Ich will fragen, warum sie das braucht, aber sie holt als Nächstes ihren Kindle aus der Tasche, und ich rutsche näher ran, weil ich sofort die Unterhaltung aus dem Sportzentrum im Kopf habe.

»Wann löst du endlich das Geheimnis um deine Bücher auf?« Ich versuche, einen Blick auf das Display zu erhaschen, aber sie lässt das flache Gerät rasch los, sodass es mit einem leisen Patsch und der Vorderseite nach unten auf die Decke über ihrer Brust fällt. Für die Decke bin ich mindestens genauso dankbar wie für den Schaum, weil sie außer meinem Shirt nur noch eine Boxershort trägt, die ich ihr ebenfalls geliehen habe.

»Niemals«, sagt sie hastig und grinst mich unschuldig an.

»Du weißt schon, dass ich mir irgendwelche Dinge in meinem Kopf zusammenreime, wenn du's mir nicht sagst?«

»Ach ja? Was denn?«

»Wenn ich richtigliege, nickst du dann?«

Sie schüttelt den Kopf, aber ich probiere es trotzdem. »Krass abartige Psychothriller?«

»Gott nein, da könnte ich nicht schlafen.«

»Biografien, die so langweilig sind, dass es dir peinlich ist?«

Birdie nickt. »Jap. Das.«

Sofort tippe ich ihr mit dem Zeigefinger auf die Nasenspitze, stütze mich auf den Ellenbogen und blicke ihr skeptisch in die Augen. »Lügnerin.«

Birdie schluckt. Und sie schluckt noch mal, als ich meinen Finger über die Rille unter ihrer Nase bis zu ihren Lippen streichen lasse, sanft auf den Spalt dazwischen drücke und noch fester dagegen presse, bis sie ihren Mund öffnet und blitzschnell mit ihren Zähnen über meine Fingerkuppe schabt, bevor sie daran saugt.

»Das ist es, was du liest. Hab ich recht?«

Wieder nickt sie. Aber diesmal nenne ich sie keine Lügnerin.

»Lies mir was vor.«

Birdie schnappt nach Luft. »Nein, nein, auf keinen Fall. Wirklich niemals.«

»Warum?«

»Weil da so Dinge wie *good girl* drinnen stehen, und ich allein beim Gedanken daran sterbe.«

»Du liest auf Englisch?«

»Jup. Auf Deutsch klingt Dirty Talk irgendwie ziemlich falsch und wirklich dirty. Wer möchte im Bett ein gutes Mädchen genannt werden?« Sie schüttelt sich und macht ein Geräusch, das ihren Grusel vor so einer Situation wiedergeben soll, aber so lustig klingt, dass ich lachen muss.

»Bist du das denn?« Ich unterdrücke ein Prusten.

»Tu das nicht«, bittet sie, als würde ich sie wieder kitzeln und sie um Gnade flehen. Und dann tue ich genau das. Ich strecke meine Finger nach ihr aus, und Birdie wehrt sich, bis wir plötzlich so ineinander verkeilt daliegen, dass sich ein Stöhnen in ihr Lachen mischt und ich innehalte. Auf ihr. Mit einem Bein zwischen ihren. Und als ich mich noch mal an ihrer Mitte bewege, flattert ihr Blick nach oben und ihre Augenlider fallen zu. Ich tupfe einen Kuss in ihren Mundwinkel und rolle mich sanft von ihr. Birdie presst kurz die Lippen aufeinander. Dann öffnet sie die Augen und dreht den Kopf auf dem Kissen, um mich anzusehen. »Warum hörst du auf?«

»Weil Tom zu Hause ist.«

»Aber der schläft doch.«

»Nicht mehr, wenn ich dich zum Schreien bringe.«

Birdies Pupillen weiten sich, und sie benetzt ihre Lippen.

»Was?«, frage ich herausfordernd. »Hat dich das angemacht, obwohl es deutsch war?«

Sie nickt stumm, und ich ziehe lachend die Decke über uns. »Ich hoffe, du träumst was Schönes.«

Keine fünf Minuten später schläft sie tatsächlich, und ich bin erleichtert. Weil ich ihr heute auf keinen Fall auch noch ein drittes Mal hätte widerstehen können.

Vorsichtig löse ich den Kindle aus ihrem schlaffen Griff, klappe die Hülle zu und lege ihn neben dem Bett auf den Boden.

Tja, und dann liege ich wach. Diesmal nicht wegen der üblichen Gedanken. Sondern, weil ich mich frage, ob ab jetzt vielleicht alles anders wird. Weil ich das Gefühl habe, riesiges Glück zu haben. Was, wenn sich das Blatt gewendet hat? Dieser Optimismus rauscht wie eine Droge durch meinen Körper, bis in jede letzte Faser. Es macht mir Angst, und gleichzeitig ist es auch das Einfachste, das ich je getan habe. Mich zu verlieben.

Ohne Birdie zu wecken, stehe ich noch mal auf, hole meinen Notizblock und halte ein paar Lyrics fest, die auf Dauerschleife durch meinen Kopf rasen:

I just wanna be with you
cause loving you feels right
I'm so scared to be wrong though
afraid to mess up anytime

»Tom?«

Mein Mitbewohner hält kurz beim Kauen inne und sieht mich an. An seinem Löwenzahn-Honig-Brot fehlt ein riesiges Stück, dessen Rand die Form seines Gebisses hat. Birdie hat bereits gefrühstückt und sich danach verabschiedet, weshalb wir wieder mit Elvis allein sind. Sie wäre aber am liebsten mit Birdie mitgegangen, hat sich in ihrem Jutebeutel versteckt und mich wieder mal angefaucht, als ich sie da rausgeholt habe.

»Ich hab eine Frage an dich. Aber du musst mir zuerst was versprechen.«

»Äh. Das klingt wie etwas, dem ich nicht zustimmen sollte.« Er sieht hilflos von links nach rechts, und ich lache.

»Es geht um Birdie«, erkläre ich.

Tom schluckt runter. »Okay? Was ist mit ihr?«

»Du musst mir zuerst versprechen, dass du ihr nicht von diesem Gespräch erzählst.«

»Um was geht's denn?« Er wird ungeduldig.

»Ich ...« Unschlüssig, wie ich meine nächsten Worte wählen soll, reibe ich mir über den Nacken. »Ich glaube, dass sie ... Ich ... also wir ...«

Er lacht. »Ich hab keinen Plan, was du mir sagen willst.«

»Ich hab mich gefragt, ob es etwas gibt, auf das ich achten sollte, falls ... also, wenn wir miteinander schlafen. Du weißt schon.«

Anstatt mich auszulachen, nickt Tom und überlegt kurz. »Ich darf dir nichts über sie sagen, an das ich mich aus den Akten erinnere. Aber im Grunde weißt du ja selbst, dass alles verheilt ist, oder?«

Ich nicke ebenfalls. »Schon, ja. Aber ich will nichts falsch machen, und es geht ja auch gar nicht darum, dass du mir irgendwas Spezielles über sie sagen sollst. Sondern allgemein. Also, ob es da allgemein was gibt.«

»Nein. Sie kann alles tun, was ihr gefällt. Und du bist kein Vollpfosten. Ihr macht das schon. Aber cool, dass du fragst.« Er klopft mir im Vorbeigehen auf die Schulter. »Ich schreibe das jetzt in meinen Lebenslauf.«

»Was?«

»Sexguru oder so.«

»Du kannst mich mal«, rufe ich ihm hinterher, aber bin dankbar, dass er es mir gesagt hat.

»Ich dich auch, Nave. Ich dich auch.«

Kapitel 21

Birdie

»Ich hab schon gefrühstückt«, gestehe ich, setze mich aber trotzdem zu meinem Vater an den Tisch, wo sich neben seinem pechschwarzen Kaffee die neuen Tageszeitungen türmen. Aber er beachtet sie nicht. Sieht stattdessen mich an und reibt sich mit dem Zeigefinger über die Oberlippe. »Irgendetwas ist anders«, sagt er.

Ich erstarre. Weiß er, dass ich nicht bei Marcella war? Ich habe ihr noch nicht geschrieben. Aber unsere Väter sind ebenfalls befreundet. Könnte gut sein, dass er etwas erfahren hat, das mich jetzt auffliegen lässt. Und dann müsste ich mir zu Recht anhören, dass ich mich nicht gerade verlässlich verhalte. Warum habe ich gelogen? Warum habe ich ihm nicht einfach gesagt, dass ich jemanden kennengelernt habe? Weil es so ... neu ist? Zu gut, um wahr zu sein? Nicht sicher?

Im Grunde weiß ich selbst noch gar nicht, wohin das führt, und ich bin nicht bereit, Details zu teilen.

Um mir nichts anmerken zu lassen, greife ich nach einem Croissant aus dem Brotkorb und beiße ab, obwohl mir etwas mulmig zumute ist.

»Du siehst so glücklich aus. Es tut dir gut. Dass du wieder Dinge unternimmst.« Die Stimme meines Vaters ist voller Dankbarkeit und Bewunderung, was sofort einen Kloß in meinem Hals anschwellen lässt.

Als er aufsteht und zu mir kommt, mich in die Arme nimmt, brennen meine Augen verdächtig.

»Du bist so wunderbar«, flüstert mein Vater und streicht mir beschwichtigend über den Rücken.

Ich traue mich nicht, irgendwas zu erwidern. Weil ich zwar wirklich glücklich bin, mich das schlechte Gewissen aber regelrecht von innen auffrisst.

Mein Vater scheint davon jedoch nichts mitzubekommen. Er zieht den Stuhl neben mir hervor, setzt sich, nimmt meine Hände und blickt auf unsere Finger, auf der Suche nach den nächsten Worten. »Ich glaube, dass es an der Zeit ist, dir Gedanken zu machen, wie es jetzt weitergeht. Vielleicht hast du dir schon etwas überlegt?«

Jetzt oder nie ...

»Das habe ich tatsächlich.« Ich hole tief Luft. »Ich möchte mir einen Job suchen. Erst mal habe ich nicht vor, im Herbst weiter zu studieren. Weil ich ... die Wahrheit ist, dass ich nicht weiß, was ich machen möchte. Ich weiß nur, was ich *nicht* möchte. Aber das heißt nicht, dass ich mir keine Gedanken mache. Ich mache ...«

»Das weiß ich. Das weiß ich doch«, unterbricht mein Vater mich rasch, und ich bin erstaunt, weil er so verständnisvoll klingt. »Lass dir Zeit. Aber versprich, dass du mir Bescheid gibst, wenn du meine Hilfe brauchst.«

Das ... war einfach. *Zu einfach*, ruft eine skeptische Stimme in meinem Kopf. Aber ich höre nicht darauf und verspreche ihm, dass ich das Gespräch suchen werde, sobald es etwas gibt, über das ich reden möchte.

Nach diesem zweiten Frühstück bin ich so motiviert, dass ich mich den restlichen Vormittag durch Internetseiten klicke und überlege, welchen Job ich als Übergang gerne machen möchte und könnte.

Irgendwann ruft mich Marcella zurück. Es ist ein Video-call, und nicht nur sie, sondern auch Flora und ihre kleine

Schwester sind im Bild. »Hi«, begrüße ich sie, und die Verbindung stockt kurz, sodass die Münder meiner Freundinnen ein paar Sekunden merkwürdig verzerrt bleiben, obwohl ihre Begrüßung durch den Lautsprecher bereits verklungen ist.

»Was gibt's?« Marcella ist jetzt allein zu sehen. Sie ist zu einem Fenster gegangen und hält das Handy auf der Suche nach Empfang so hoch, dass bloß noch ihre Stirn am unteren Rand im Bild ist.

»Es wird niemand fragen, aber könntest du eventuell sagen, dass ich gestern bei euch übernachtet habe, falls jemand – und damit meine ich meinen Vater – doch nachfragt?«

»Gott, das ist so bescheuert. Kannst du Eric bitte mal sagen, dass du alt genug bist, um zu wählen, Alkohol zu kaufen und keinen Babysit... warte!« Jetzt kommen auch ihre Augen ins Bild. »War da wieder was mit Vic?«

»Nein«, sage ich schnell.

»Wo warst du dann?«

»Bei ...«, ich überlege. »Jemandem«, antworte ich, und meine Stimme geht hoch. Eine ganze Oktave. Und ich kann mir ein Grinsen nicht verkneifen.

»Bernadette Marie. Beichte!«

»Das klingt jetzt verrückt. Aber kannst du dich noch an den Typen erinnern, der für *Bathtub Drowning* eröffnet hat?«

»Nave! Sicher. Was ist mit dem?«

»Er arbeitet im Sportzentrum. Dort, wo ich meine Physiotherapie mache, du weißt schon.«

»Ooookay?« Marcellas Gesicht ist jetzt so nahe, dass ich das Gefühl habe, sie springt jeden Augenblick durch das Display.

»Irgendwie sind wir uns in letzter Zeit nähergekommen, und da läuft was.«

»Wassssss?!« Ungläubig starrt sie mich an. Als Nächstes erscheinen die anderen beiden Mädels hinter ihr. Genauso sprachlos.

Ich kichere. »Jap«, sage ich. Im Grunde fehlen mir genauso die Worte.

»Du verarschst uns doch«, kommt es jetzt von Flora, und ihre Schwester beißt sich auf den Knöchel ihres angewinkelten Zeigefingers, verkneift sich sichtlich ein Lachen.

»Nein. Ich glaube, dass wir ... dass es was Ernstes ist.«

»Und du hast gestern bei ihm übernachtet?«, will Marcella wissen, aber ich sehe ihr an, dass sie mir nicht glaubt.

Ich nicke. »Ja, das war spontan, und ich habe es meinem Vater noch nicht gesagt.«

Wie aus dem Nichts, fangen plötzlich alle drei an, zu lachen, und kriegen sich gar nicht mehr ein. Und spätestens jetzt bin ich genervt. Schon klar, dass es abwegig ist. Nave und ich. Aber ich kann nicht verhindern, dass mir diese Reaktion gerade die Laune versaut. Weil mir das anscheinend anzusehen ist, rempelt Flora Marcella in die Seite, und einen Aua-das-tat-weh-verdammt-!-Aufschrei später pressen alle meine Freundinnen die Lippen aufeinander.

»Du meinst das wirklich«, sagt Floras kleine Schwester, und obwohl ich diesmal nicht mehr nicke und nichts mehr sage, ist es wohl in ihren Köpfen angekommen.

»Sorry, Birdie.« Marcella findet ihre Stimme wieder. »Das war nicht wegen ... ich ... wow! Echt verrückt.«

Flora sieht Marcella mit gerunzelter Stirn von der Seite an und nimmt ihr dann das Handy aus der Hand. »Birdie, wie sieht er in *real life* aus? Ich meine das Bild. War das gephotoshopped?«

Ich bin nicht wirklich in der Stimmung, jetzt noch irgendetwas zu sagen. Trotzdem lächle ich und nicke. »Noch besser«, sage ich, und sie seufzt theatralisch auf. Ein bisschen, als wäre es unfair, dass ich so jemanden abgekriegt habe. Aber vielleicht bilde ich mir das jetzt auch nur ein. »Hört mal, ich muss los. Wir sehen uns?«

»Ja«, sagen sie unisono, und ich lächle ein letztes Mal in

die Kamera, bevor ich auf den roten Knopf tippe und dann erleichtert und verletzt zugleich die Mundwinkel nach unten fallen lasse.

In einer Woche habe ich Geburtstag. Und wenn das mit den Wünschen tatsächlich funktioniert, will ich einfach nur, dass mich mehr Menschen – vor allem diejenigen, die ich eigentlich liebe – so selbstverständlich normal behandeln könnten, wie ich es verdient hätte.

Wenn ich nicht gerade erst von Nave kommen würde, würde ich ihn am liebsten anrufen und fragen, ob wir uns heute noch mal sehen können. Aber ich weiß, dass er arbeitet. Wenn er keine Schwimmstunden gibt, jobbt er als Fahrradkurier, bis es mit der Musik klappt. Und das wird es. Immerhin ist sein Album eines, das man auf Shuffle schalten und den ganzen Tag hören kann. Was ich auch tue, bis mein Vater und Helen mich abholen, um gemeinsam essen zu gehen. Die beiden sind ab morgen eine Woche unterwegs. Für eine Veranstaltung in London, und dann machen sie noch einen Abstecher nach Deutschland. Das hatte ich mir eigentlich im Kalender notiert. Aber ich habe schon lange nicht mehr vorgeblättert und die Reise deshalb völlig vergessen. Es ist mir allerdings ganz recht, dass sie eine Weile nicht in der Stadt sind, denn bereits während der Vorspeise schalte ich bei Helens Monolog über die Ungerechtigkeit, dass der Vertrag für die Wiener Fiaker verlängert wurde, auf Durchzug. Nicht, weil ich nicht auch der Meinung bin, dass Pferde keine faulen Touristen durch die Gegend ziehen müssen sollten, sondern weil sie mir damit durch die Blume sagen will, dass mein Vater das verhindert hätte, wenn er Bürgermeister geworden wäre. Und das wäre er natürlich, wenn meine Wenigkeit und mein Unfall nicht dazwischengekommen wären.

Als hätte ich das mit Absicht gemacht.

Mein Handy vibriert in meiner Hosentasche, und ich tupfe mir mit der Serviette den Mundwinkel, ehe ich eine kurze

Entschuldigung murmle und vorgebe, dass ich zur Toilette muss. Mein Vater mag es nicht, wenn ich beim Essen aufs Handy schaue. Und Helen glaubt, dass 5-G-Internet meine DNA verändert. Wenn sie sehen würde, dass ich das Handy am Körper trage, würde sie sich garantiert bekreuzigen und dann eine Grundsatzdiskussion starten, auf die ich jetzt genauso wenig Bock habe wie auf ihre aufgeladenen Edelsteine, die sie mir in einem Säckchen überreicht und extra betont hat, dass sie die davor für mich ins Mondlicht gelegt hat. Was genau ich damit machen soll, hat sie jedoch nicht gesagt. Aber vielleicht erhofft sie sich, dass mir dadurch zumindest der kleine Zeh nachwächst. Zuzutrauen wäre es ihr.

> Was machst du gerade?

Naves Nachricht lässt mich unweigerlich lächeln. Zuerst tippe ich »An dich denken«, aber ich bin nicht sicher, ob das zu ehrlich wäre, obwohl es stimmt. Stattdessen schreibe ich ihm, dass ich auf dem Weg zur Mariahilferstraße bin, weil ich noch eine Überraschung kaufen will.

> Für mich?

> Vielleicht.

> Ich will nicht, dass du mir etwas kaufst.

> Es ist auch nicht wirklich für dich.
> Aber du hast auch was davon.

> ???

Ich lache, und dann räuspere ich mich, weil er anruft. Ein junges Mädchen, das sich neben mir die Hände gewaschen hat, verlässt den Waschraum, und ich bin allein. Ich könnte abheben. Aber Nave und ich haben noch nie telefoniert, und obwohl es dämlich ist, macht es mich plötzlich nervös. Ich lasse mein Handy noch zwei weitere Male lautlos vibrieren, bis ich mich traue.

»Was wäre, wenn ich in der Nähe bin und für heute Schluss mache? Hättest du dann Zeit?«

Mein Herz schlägt augenblicklich schneller. Ich würde am liebsten jede Sekunde des Tages mit ihm verbringen. »Bist du das denn? In der Nähe?«

»Neubaugasse. Und du?«

»Burggasse«, antworte ich. »Ich könnte in einer halben Stunde fertig sein.«

»Okay«, sagt Nave, und ich höre ihn grinsen.

»Okay«, sage auch ich und sehe mein eigenes Grinsen im Spiegel.

Wir verabreden uns, und diesmal lüge ich meinen Vater nicht an. Ich sage ihm, dass ich noch ein bisschen in der Stadt bummeln will, und wahrscheinlich hat sich noch nie ein Vater derart darüber gefreut, seine Tochter mit einer Kreditkarte zum Shoppen zu schicken.

Je näher ich dem Treffpunkt komme, dort, wo Neubaugasse und Mariahilferstraße sich kreuzen, desto dichter drängen sich die Menschen in Richtung Einkaufsstraße. Und plötzlich wird mir bewusst, dass ich gar keine Angst mehr davor habe, angerempelt zu werden oder zu stolpern, weil ich mich mittlerweile erstaunlich sicher mit meiner Prothese fühle. Obwohl es noch nicht mal meine eigene ist. Die Definitivprothese, die ich in ein paar Wochen bekomme, soll auf den Millimeter passen, das Knie kann man mit einem Akku aufladen, und es ist mechanisch, sodass es mein Gehen noch flüssiger und müheloser macht. Verrückt, was es mittlerweile alles gibt. Vor ein paar Hundert Jahren hätte ich wahrscheinlich bloß ein Stück Holz bekommen, das irgendwie an mich geschnürt worden wäre. Und heute stehe ich da und kann sogar ungeduldig wippen. Ich kann fast alles. Und dann kann ich meine Freude nicht zurückhalten, als ich Nave sehe, der bei den Radständern sein Fahrrad absperrt, bevor er sich durch die Haare streicht und auf mich zukommt.

Kurz bin ich nicht sicher, wie ich ihn begrüßen soll, aber Nave scheint sich darüber keine Gedanken zu machen. Als er vor mir steht, beugt er den Kopf nach unten, küsst mich kurz, aber überlegt es sich anders, küsst mich länger, tiefer, zärtlicher, bis er die Hände an meine Wangen legt und so langsam mit den Daumen über meine Haut streicht, dass ich mich in seine Handflächen schmiege. Dann lacht er leise und löst sich von mir. »Ich hab dich vermisst«, sagt er und legt den Arm um meine Schulter. »Was machen wir?«

Ein kleiner Teil von mir wünscht sich, dass Marcella oder Flora zufällig unterwegs sind. Die WG ist sogar in der Nähe. Gar nicht so unwahrscheinlich, dass wir uns begegnen. Aber falls sie tatsächlich irgendwo sind, merke ich es nicht mal, weil ich damit beschäftigt bin, Nave von der Freundin meines Vaters zu erzählen, die mir außer den Steinen noch ein Büchlein mit motivierenden Sprüchen geschenkt hat, wovon der auf der ersten Seite *Egoismus ist einschränkend* lautet. Wir lachen beide, und dann ziehe ich Nave in den Eingang eines Einkaufszentrums, wo in der obersten Etage ein riesiger Elektromarkt ist.

Bei den Staubsaugern bleibe ich stehen und sehe mich um, weil ich nicht sicher bin, wo wir hinmüssen.

Nave runzelt die Stirn. »Du willst mir einen Roboterstaubsauger kaufen?«, mutmaßt er, als ich mich an einem Stapel Kartons festhalte, um kurz das Gewicht von meinem Prothesenbein zu nehmen.

»Nein.« Ich lache, als ich die Abbildung auf den Kartons

erblicke. »Ich sag's dir einfach, weil wir sie dann schneller finden.«

»Sie?«

»Ich wollte mir eine Polaroid-Kamera kaufen, damit du das nächste Bild haben kannst.«

Nave sagt nichts darauf, und kurz denke ich, dass es ein dummer Einfall war. Kindisch und ein bisschen übertrieben. Bestimmt glaubt er jetzt, dass ich davon ausgehe, dass wir zusammen sind, oder ich Fotos von ihm machen will. Warum musste ich ihm gestern auch unbedingt sagen, dass er der schönste Mann der Welt ist? Wer sagt so etwas? Warum sage *ich* so was?

»Ich hoffe, du weißt, dass das nicht mit ›eins du, eins ich‹ ablaufen wird, sondern ich um jedes einzelne Foto kämpfen werde?«

»Weil du selbstverliebt bist und alle Bilder, auf denen du drauf bist, haben willst?«

»Weil ich in *dich* verliebt bin und alle Bilder, auf denen du neben mir stehst, als Beweis brauche, dass es dich wirklich gibt«, sagt er, als wäre es normal, das zu sagen, was man denkt, ohne Angst zu haben, zurückgewiesen oder verletzt zu werden. »Du fängst jetzt nicht an, zu weinen, oder?« Nave sagt es belustigt, aber als ich nichts erwidere, gibt er ein amüsiertes Stöhnen von sich und zieht mich in seine Arme. Zwischen Staubsaugern und Kühlschränken stehen wir da, und er lässt mich erst los, als er über meinen Kopf hinweg die richtige Abteilung erblickt hat. »Ich glaube, die Kameras sind dort hinten.«

Ich spüre Naves Körper dicht hinter mir, während ich an einem Ausstellungsmodell herumdrücke. Es ist eigentlich nicht das, was ich will, weil es eine Version mit eingebautem

Bildschirm ist, sodass man die Fotos vorher digital überprüfen kann, bevor sie als Polaroid ausgespuckt werden. Aber
ich will sie mir trotzdem ansehen und ziehe die Kamera aus
der Halterung, an der auch ein Kabel befestigt ist. »Wo kann
man die einschal...« Ich erschrecke kurz, weil ich anscheinend auf den Auslöser gedrückt habe. Unsere Gesichter starren uns etwas perplex in einem Selfie entgegen, und dann
lachen wir. Nave streckt den Finger aus und drückt erneut auf
Auslösen. Wir beide von unten, mit Doppelkinn und Zähne-
lächeln. Und als ich aufsehe, sind diese beiden Bilder abwechselnd auf jedem der Monitore an der Wand vor uns. »O mein
Gott«, kreische ich und wische panisch auf dem Gerät, um die
Bilder zu löschen und sie so von den unzähligen Bildschirmen
zu bekommen. Wieso sind die überhaupt verbunden? Ist das
ein Witz? Mit dem Daumen am winzigen Controller klicke ich
zu unseren Fotos, aber Nave hält mich auf.

»Was, wenn wir es so lassen?«

»Aber das kann jeder sehen!« Ich gucke mich hastig um.
Außer uns scheint jedoch noch niemand bemerkt zu haben,
dass wir in mindestens dreißigfacher Ausführung von der
Foto- und Monitor-Abteilung in den Markt grinsen.

»Na und?« Nave zuckt mit den Schultern. »Wir verewigen
uns hier.«

»Bis die Lichter ausgehen«, stimme ich zu und hebe mein
Handy, um rasch ein Beweisfoto von diesem Moment zu schießen. Dann schnappe ich mir noch eine gewöhnliche Polaroid
und eine zusätzliche Packung Filme dafür und überlege mir
an der Kasse, was ich damit einfangen will. Nave an seiner
Gitarre. Unbedingt. Und Naves Augen. Auf jeden Fall.

Ich führe die Liste in Gedanken immer noch weiter, als
wir uns einen Kaffee holen, und weil wir in der Nähe sind und
Nave die Eintrittskarten von Toms Mutter dabeihat, machen
wir noch einen Abstecher ins Kunsthistorische Museum.

Ich bekomme einen kleinen Schock, als ich die vielen abgelaufenen Stufen im Foyer sehe. Sie sind aus altem, rutschigem, geschliffenem Stein, und das ist der Stoff, aus dem meine Albträume momentan bestehen. Aber Nave nimmt meine Hand, hakt sie unter seinen Arm und geht weiter, sodass ich unweigerlich mitkomme.

»Wir müssen ohnehin langsam raufgehen, damit du dir die Decke ansehen kannst.«

Wie auf Kommando lege ich den Kopf in den Nacken. Das Vestibül und die Prunkstiege sind über und über aus rotem, weißem und schwarzem Marmor, Stuckreliefs, Blattgold und Fresken.

Die Treppe führt uns an Hunderten Balustern vorbei nach oben in die Kuppelhalle, wo Licht wie aus einer verwunschenen Welt durch das Glas der gewölbten Decke fällt. In der Mitte ist ein Café mit roten Samtstühlen, und von hier kommt man auch in die einzelnen Gebäudeflügel und Ausstellungen. Nave scheint sich auszukennen und lotst mich an der Kunstkammer, der Ägyptisch-Orientalischen Sammlung und dem Münzkabinett vorbei zur Gemäldegalerie.

»Das Kunsthistorische Museum in Wien gehört zu den größten und bedeutendsten der Welt«, sagt er. »Die haben hier Objekte aus sieben Jahrtausenden.«

»Cool.« Ich weiß nicht, was ich darauf sagen soll. Im Gegensatz zu meinem Vater habe ich mich bisher nicht sonderlich für Kultur interessiert. Warum, weiß ich nicht so genau. Vielleicht, weil mir bis heute nur alte, etwas betrunkene Männer erklärt haben, was dieses und jenes Bild in ihren Wohnzimmern wert ist. Denn aus Naves Mund klingt sogar der Fakt, dass das Museum auf den ehemaligen Stadtmauern gebaut wurde, spannend.

»Woher weißt du das alles?«

»Ich bin mit sechzehn zu Toms Eltern gezogen.« Kurz huscht so etwas wie Reue über sein Gesicht, als hätte er mir etwas verraten, über das er nicht gerne spricht, aber dann erzählt er weiter. »Bevor das mit der Schule geklärt wurde, hat Hanna mich mitgenommen, wenn sie zur Arbeit musste. Ich glaube, dass man sich für viele Dinge oft erst interessiert, wenn sie einem nähergebracht werden. Man muss halt offen sein. Tom zum Beispiel war auch oft genug mit, um sich theoretisch für Kunst zu interessieren.« Nave lacht. »Aber an ihm ist der Kelch definitiv vorübergegangen.«

Wir biegen in den ersten Flügel ab. Dunkle Holzböden, riesige Räume, lichtdurchflutet wegen der verglasten Decke. Einzelne Sofas stehen herum, und ein paar Menschen in Anzügen und mit Headsets schlendern mit hinter dem Rücken verschränkten Armen umher.

Das Gute an Museen ist, dass man es meist nicht eilig hat. Ich kann so langsam gehen, wie ich will, oder ... muss. Und ich kann mich hinsetzen und behaupten, dass ich eines der Bilder genauer betrachten will. Obwohl ich mir sicher bin, dass ich sie nicht mit derselben Euphorie auf mich wirken lasse, wie Nave das kann.

»Es geht nicht unbedingt um das Bild oder was du darauf siehst«, sagt Nave plötzlich, setzt sich neben mich und schnappt sich meine Hand. Er drückt alle meine Finger bis auf den Zeigefinger zur Faust und macht, dass ich kurz auf das Gemälde gegenüber deute. »Es geht darum, dass ein Mensch sich dadurch ausgedrückt hat. Er oder sie hat damit etwas gesagt. Für die Ewigkeit. Und es sind die kleinen Dinge.« Jetzt krümmt er auch meinen Zeigefinger nach unten, führt meine Hand an seinen Mund und flüstert an meinen Knöcheln. »Ein Buch in die Hand nehmen, einen Film aussuchen, Musik hören.«

»Wie meinst du das?« Ich habe wirklich aufgepasst, aber ich verstehe nicht, was das mit den Bildern zu tun hat.

»Es gibt Länder auf dieser Welt, in denen Bücher und Filme verboten sind. In denen du ins Gefängnis kommst, wenn du singst oder Musik hörst. Weil es darum geht, dass

Menschen nicht sie selbst sein dürfen und sollen. Weil sich auszudrücken, Freiheit bedeutet. Und diese Freiheit ist nicht selbstverständlich. Das ist es, was ich an Kunst liebe. Dass man sein rohstes Selbst sein darf, egal, wie sich dieses Selbst gerade fühlt. Du musst nicht glücklich, an all deinen Zielen angekommen oder beliebt sein, um einen Song zu schreiben. Du musst nur genügend Gefühle haben, ein bisschen Mut. Und dann bist du frei.«

»Hmm.« Ich richte meinen Blick noch mal auf das Gemälde und betrachte es plötzlich tatsächlich mit anderen Augen. Ich sehe nicht das, was abgebildet ist, sondern die Farben, die verwendet wurden. Und ich frage mich, ob die Pinselstriche absichtlich wütend wirken. Irgendwann stand jemand vor dieser Leinwand, als sie noch leer war. Dann wurde sie mit Gefühlen gefüllt. Und jetzt sitze ich hier, fühle exakt das. Fühle den Ausdruck im Rahmen. Festgehalten durch Farben und Formen. Für Hunderte von Jahren. Vielleicht auch für die Ewigkeit.

»Stell dir vor, Menschen dürften sich nicht ausdrücken. Diese Box, in die sie dann gesteckt werden. Früher oder später zerbricht man daran. Und entweder man wird verrückt, oder man wird ein Roboter, tut das, was einem aufgetragen wird, ohne auch nur irgendwas davon zu hinterfragen. Ohne Kunst hätten wir Menschen kein Ventil, keine Zuflucht.«

Ich höre Nave zu, während wir weiterspazieren. Irgendwann kommen wir zu ein paar Statuen, deren Muskeln so überdeutlich in den Stein gemeißelt wurden, dass ihre Haut wahnsinnig echt und sogar fast weich wirkt. »Was ist mit Sport?«, frage ich. Das war lange Zeit mein Ventil.

»Ist doch auch eine Form von Kunst, oder?« Nave dreht sich zu mir. Dann greift er nach meinem Arm und drückt meinen mickrigen Bizeps. »Körper sind Kunst. Seinen Körper beherrschen zu können, auch.« Er lehnt sich näher, neigt den Kopf und bringt die Lippen dicht an mein Ohr, sodass allein sein Atem mich schon aus dem Konzept bringt. »Und dein Körper ist ohnehin ein Kunstwerk.«

Ich lache leise und denke an mein Roboterbein. Weil ich das automatisch tue. Aber diesmal finde ich, dass mein Körper ein verdammtes Wunder ist, dafür, was er alles überlebt hat. Und Sven hatte recht. Meine Prothese hat mich bisher überall hingebracht.

Mit unendlicher Dankbarkeit, dass ich tatsächlich an diesem Punkt angekommen bin, lehne ich mich an Naves Brust. Er schlingt den Arm um meine Schulter und presst mich noch näher an sich. Dann drückt er einen Kuss auf meinen Haaransatz und einen weiteren auf meine Stirn.

Bevor wir gehen, treffen wir Toms Mutter. Sie zeigt uns noch ein paar Werke, an denen sie gerade arbeitet, und führt uns dafür in ein Atelier, das für Besucher eigentlich nicht zugänglich ist. Hanna, so heißt sie, ist wahnsinnig nett und strahlt Nave regelrecht an, berührt ihn immer wieder nebenbei am Arm, an der Schulter und umarmt ihn beim Abschied zweimal.

In meinem Kopf reime ich mir zusammen, dass etwas in seiner Jugend passiert sein muss, wenn er bei ihr aufgewachsen ist. Ich frage nicht nach. Er wird es mir erzählen, wenn er will. Vielleicht interpretiere ich bloß unnötig herum. Nur drängt sich jetzt auch das Gespräch vor dem Sportzentrum in meine Erinnerung. Als er mir gesagt hat, dass er womöglich nicht mehr ewig vorhat, in Wien zu bleiben. Vielleicht meinte er damit, dass er seine richtige Familie besucht. Aber jetzt, wo wir ... *wir* sind, wird er es mir rechtzeitig sagen, falls er geht?

Kapitel 22

Nave

Tragedy follows me. Like ... what are the odds?

»Navid!«

Ich drehe mich in die Richtung, aus der eine kratzige Männerstimme meinen Namen gerufen hat. Mir ist sofort klar, dass ich gemeint bin. Weil ich bisher nicht viele Leute getroffen habe, die so heißen. Und weil es nicht viele Leute gibt, die mich nicht Nave nennen, stellen sich mir bereits die Nackenhaare auf, noch bevor ich ihn erblicke.

»Arthur.« Ich nicke ihm zu, als er seine Zigarette an der oberen Kante eines Ascherohrs ausdämpft und dann in die Öffnung des Mülleimers fallen lässt. Birdies Finger in meiner Hand bewegen sich, und ich lockere meinen Griff, weil ich unbewusst zugedrückt hatte.

»Dachte ich's mir doch, dass du es bist.« Arthur klopft mir auf die Schulter, und obwohl man ihm die Jahre ansieht und er von Mal zu Mal schmächtiger wird, ist seine Hand so schwer, dass ich den Schlag bis in meine Knie spüre. Vielleicht hat es aber auch bloß damit zu tun, was Arthur von mir will. Was er immer von mir will. Die Wahrheit. Und meinen Mut. Aber ich bin nicht gewillt, ihm auch nur eins von beidem zu geben. Weil ich nicht sicher bin, ob ... okay, doch, ich bin mir sicher, dass es das Dümmste ist, was ich tun könnte. Egal, wie oft er mich vom Gegenteil überzeugen möchte. Egal, wie dringend er mein Interview veröffentlichen will. *Ich* will das nicht.

Arthur blickt abwartend zwischen mir und Birdie hin und her. Sie steht etwas versetzt hinter mir und macht einen Schritt vorwärts. Ich sehe sie an, und dann wieder zu ihm.

»Das ist Arthur, so ein Typ, der mich verfolgt und auf meinen Untergang aus ist«, stelle ich ihn vor, und während der rau auflacht, schiebt Birdie zuerst skeptisch die Brauen zusammen, lächelt jedoch und löst dann ihre Hand aus meiner, um sie ihm zu reichen.

Ich hätte Arthur nicht so vorstellen sollen. Aber ich habe nicht nachgedacht. Wieder mal. Und jetzt ist es zu spät. Wahrscheinlich wird er ohnehin gleich irgendetwas Verdächtiges sagen, das mich erst recht in Erklärungsnot bringt.

»Bernadette«, stellt sie sich vor. Normalerweise will sie nicht so genannt werden. Ich schätze, sie macht es, um Distanz zu wahren. Arthur sieht zwielichtig aus. Das tut er wirklich. Aber ich sollte der Letzte sein, der solche Dinge aufgrund des Äußeren einer Person mutmaßt.

Ich sehe, wie Birdie ihren Arm zurückziehen will, was ihr nicht gelingt, weil Arthur sie nicht loslässt.

»Du kommst mir so bekannt vor.« Er mustert sie intensiv, und ihr Blick huscht kurz zu mir.

»Ich glaube nicht, dass wir uns kennen«, erwidert sie und runzelt die Stirn, als würde sie ihre eigenen Erinnerungen im Schnelldurchlauf durchforsten.

»Du ...« Arthur stockt, und seine Augen werden groß. »Gütiger«, sagt er, und dann ist es ein paar Sekunden still. Unangenehm still. Birdie nutzt die Zeit, um ihre Hand diesmal bestimmt zurückzuziehen.

»Du bist Rita Malers Tochter.«

»Anker«, verbessert Birdie Arthur.

Seine ungesunde Gesichtsfarbe wird noch blasser. »Anker. Stimmt. Rita Anker.«

»Sie haben meine Mutter gekannt?«

»Ich war über Jahre im selben Team. Kameramann bei ihren Reportagen. Eine großartige Journalistin.«

Birdie erwidert gar nichts.

Ich habe, ehrlich gesagt, keine Ahnung, wer ihre Mutter ist, aber ich habe sie noch nie von ihr erzählen hören. Was ich nicht sonderlich komisch fand, weil ich ihr auch nichts von meiner erzählt habe. Und ich habe gehofft, dass das noch eine Weile so bleibt. Dass wir einfach Birdie und Nave in diesem Moment sind. Weil jedes kleinste Detail aus der Vergangenheit und Zukunft das, was wir haben, zerstören könnte.

»Du erinnerst dich nicht an mich. Bestimmt nicht, warst ja noch ganz klein. Da hatte sie dich mal dabei. Aber heute. Du siehst ihr so ähnlich.« Arthur kratzt sich über die dunklen Bartstoppeln an seinem Kinn.

»Das höre ich öfter«, wispert Birdie.

»Ich bin froh, dass du nach ihr kommst.« Arthur öffnet noch mal den Mund, aber schließt ihn gleich wieder, verkneift sich offensichtlich den nächsten Satz.

»Äh, ja«, sage ich, ohne es zu wollen. Birdie und Arthur drehen sich beide zu mir, als wäre ich erst jetzt wieder Teil des Gesprächs, das gerade bloß zwischen ihnen beiden existiert, aber dann abrupt stillgestanden hatte. Während Birdie versucht, sich nichts anmerken zu lassen, wird Arthurs Ausdruck besorgt.

»Ich wollte euch nicht aufhalten«, sagt er schließlich rasch, und ich bin so erleichtert, dass ich am liebsten laut seufzen würde. Tue ich natürlich nicht, weil ich es nicht noch merkwürdiger machen will. Aber ich verabschiede mich so schnell von ihm, dass es fast unfreundlich wirkt, und bringe Birdie zur Straßenecke, wo sie auf ihren Vater wartet.

Ich bin immer noch nervös von Arthurs plötzlichem Auftauchen. Und ich habe mir noch nicht überlegt, was ich dazu sagen soll. Birdie schweigt ebenfalls, aber bemerkt meinen Blick auf den Eingang der Wiener Linien-Station. Die nächste U-Bahn fährt in einer Minute ein, kündigt eine Infotafel an. »Du kannst ruhig schon runter«, sagt sie, doch ich stelle mich vor sie und schüttle den Kopf. »Aber hier steht, dass die nächste verspätet kommt, weil da Gleisarbeiten ...«

»Birdie.« Ich senke den Kopf und sehe ihr kurz in die Augen. Eigentlich will ich ihr sagen, dass es bloß zwei Stationen bis zu meinem Rad sind und ich auch zu Fuß zurückgehen könnte. Dass ich sie jetzt nicht stehen lasse, sondern mit ihr warten kann. Der Grund, weshalb ich all das jedoch nicht sage und stattdessen nicke, ist, dass ihr Vater hier gleich auftaucht. Weil sie diese Straßenecke als Treffpunkt vereinbart haben. Und ich will ihn nicht an einer roten Ampel kennenlernen. Trotzdem habe ich das Bedürfnis, noch schnell etwas zu eben zu sagen.

»Sorry, das mit Arthur war komisch«, ist alles, was mir auf die Schnelle einfällt.

»Irgendwie schon«, bestätigt sie, aber krallt ihre Hände seitlich in den Stoff meines T-Shirts und zieht mich näher. »Themenwechsel. Mein Vater ist ab morgen für ein paar Tage nicht da.« Birdie lächelt zu mir hoch und benetzt ihre Lippen. Weil ich nichts darauf sage, zieht sie eine Schnute, und ich umfasse von unten ihren Kiefer, drücke ihren Fischmund noch weiter zusammen, bis sie prustet.

»Was willst du mir damit sagen, Bernadette Anker?« Ihr Name kommt mit dem Aufploppen eines Gedankens über meine Lippen, aber weil sie meine Hand von ihrem Gesicht abschüttelt und mir gegen die Schulter boxt, vergesse ich, was mir mein Verstand sagen wollte, und fokussiere stattdessen das Glitzern in ihren Augen.

»Willst du vielleicht bei mir übernachten?«

»Muss ich mir noch überlegen«, sage ich und kassiere einen weiteren Hieb. »War ein Witz. Ich komme, sobald du mich rufst. Alles, was du tun musst, ist, dein Haar aus dem Turm hängen zu lassen, und ich rette dich.«

Birdie lacht, und dann reißt sie die Augen auf. »Lauf«, ruft sie, weil man von hier oben hört, dass die U-Bahn einfährt. Ich küsse sie rasch und laufe nach unten.

Zwei Stationen später hole ich mein Rad und fahre nach Hause. Tom schreibt mir, dass er bei seinem Freund pennt, und ich bin kurz traurig, dass Birdie den Abend noch mit ihrem Vater verbringt.

»Nur du und ich heute«, sage ich zu Elvis. Als wüsste sie, dass ich gleich eine der schlimmsten Nachrichten erhalte, die man mir mitteilen kann, setzt sie sich zu mir aufs Bett und rollt sich auf meinem Schoß ein. Keine Minute später läutet mein Handy. Arthur.

Ich weiß, dass er am Nachmittag gelogen hat. Dass er nicht losmusste. Sondern sehr wohl noch etwas hinzufügen wollte, das er jedoch lieber unter vier Augen bespricht.

Fast will ich ihn wegdrücken. Weil ich es einfach im Gefühl habe, dass mir nicht gefallen wird, was er zu sagen hat. Aber wenn ich nicht rangehe, riskiere ich, dass er wieder persönlich auf der Matte steht.

»Was gibt's?« Ich klinge müde und angeschlagen. Dabei waren die letzten Tage und Wochen die besten meines Lebens. Es ist, als hätte meine Stimme sich schon darauf eingestellt, dass ab hier wieder alles den Bach runtergehen wird.

»Navid!«

»Yep.« Keine Ahnung, weshalb er meinen Namen sagen muss. Meinen richtigen. »Lass mich raten. Du willst mich wieder mal überreden, das Interview für die Reportage freizugeben? Hab ich dir nicht gesagt, dass du es löschen sollst?«

»Nein. Diesmal will ich, dass du mir sagst, warum zum absoluten Henker du mit Bernadette herumläufst, und ob du komplett bescheuert bist?«

Ich sage gar nichts. Was soll man auf so was antworten? Er ist nicht mein Vater. Was ist sein beschissenes Problem?

»Du weißt nicht, wer sie ist? Du weißt es nicht, stimmt's?«

»Ich verstehe nicht ...«

»Dann bist du dümmer, als ich angenommen habe.«

»Warum kannst du mich nicht endlich in Ruhe lassen?!«

Ich werde lauter. Arthur ist schon längst laut geworden. Ich kann mir nur zu gut vorstellen, wie die Adern an seiner Stirn hervortreten.

»Seit wann läuft das?«

»Länger.« Ich wüsste nicht, was ihn das angeht.

»Du Idiot! Dieses Mädchen ist dein Untergang. Hast du uns zugehört? Sie ist eine Anker!«

Anker ... ich erinnere mich, dass ich heute schon mal bei ihrem Namen diese leise Stimme in meinem Kopf gehört habe, die mich darauf hinweisen wollte, dass da was ist ...

Dass

da

was

ist ...

Shit! Shit! Verdammte ... Nein!

»Ich nehme an, dein Schweigen heißt, dass du endlich eins und eins zusammengezählt hast?«

»Sie ist Eric Ankers Tochter?«, frage ich nach und will die Antwort gar nicht hören.

»Wenn du dich weiterhin mit ihr triffst, egal, was das ist ... Mir auch egal, ob ihr das beide wollt und wie nett sie zu dir ist, Junge. Ihr Vater wird dich vernichten, wenn er Wind davon bekommt. Und das wird er. Also schalt einen Gang zurück.«

Er lacht verzweifelt auf. »Was sag ich, steig auf die Bremse! Und reiß dir gefälligst die rosarote Brille vom Schädel, weil dein Kopf sonst rollen wird!«

Arthur ist wahnsinnig aufgebracht.

Und mein Herz schlägt so fest, dass es wehtut. Vielleicht bricht es auch gerade. Weil ich weiß, dass er recht hat. Weil ich mich nicht mehr mit Birdie treffen kann.

Nie.

Wieder.

Kapitel 23

Birdie

»Herr Anker.« Marcella salutiert vor meinem Vater, der daraufhin lachend den Kopf schüttelt.

»Schön, dass du da bist. Richte deinen Eltern später meine Grüße aus.« Er kennt Marcella genauso lange wie ich. Sie war auch oft bei unseren Urlauben dabei oder umgekehrt. Und wenn ich mich nicht irre, ist es heute das erste Mal seit Ewigkeiten, dass sie zu uns nach Hause kommt.

Weil mein Vater bereits auf dem Sprung ist, legt er ihr die Hand an den Rücken und verabschiedet sich, indem er links und rechts einen Kuss auf ihre Wangen andeutet. Aber anstatt danach auf Abstand zu gehen, sieht er ihr bedeutungsvoll in die Augen. »Danke, dass du dich so gut um Bernadette kümmerst. Sie ist wie ausgewechselt die letzten Wochen.«

»Papa!« Ich stöhne auf, weil es richtig peinlich ist, wie er über mich spricht, als wäre ich gar nicht hier, aber Marcella lässt ihren Kaugummi zwischen den Backenzähnen verschwinden und grinst ihn strahlend an.

»Ich glaube, dass ich nicht die Einzige bin, die sich um Birdie kümmert«, sagt sie unschuldig, und ich reiße die Augen auf, signalisiere ihr mit einem Todesblick, dass sie sofort den Mund halten soll, und schiebe meinen Vater dann regelrecht zur Tür hinaus.

»Tschüss, viel Spaß und mach dir keine Sorgen, ich hab alles im Griff, hab dich lieb, gute Fahrt, guten Flug, schöne

Zeit«, sage ich in einem Redeschwall, ohne dazwischen Luft zu holen, und sehe zu, wie er zum Wagen geht. Helen sitzt bereits drin, und Konrad hält ihm die hintere Tür auf, nachdem er den kleinen Rollkoffer entgegengenommen hat.

Ich winke ihnen noch vom Hauseingang aus hinterher, und erst, als sie durch das Tor auf die Straße gefahren sind, drehe ich mich zu Marcella. »Bist du wahnsinnig?« Ich lache ungläubig. Aber sie zieht sich die Sonnenbrille aus dem Haar, schüttelt ihre Mähne und steckt das Schildpattgestell mit den riesigen abgedunkelten Gläsern in den Ausschnitt ihres gehäkelten Boho-Tops, unter dem ein schwarzer Bikini hervorblitzt. »Ich hab Gin dabei. Legen wir uns an den Pool?«

»Ich glaube, dass wir bloß Sprite zum Mixen haben. Ist das abartig oder geht das?«

Marcella folgt mir in die Küche, zieht eine volle Flasche Alkohol aus ihrem Shopper und wuchtet sie auf die Kochinsel. Ihre Flipflops schnalzen bei jedem Schritt, den sie zur Theke am Fenster geht, wo die Gemüsekiste steht, die wöchentlich geliefert wird.

»Das ist eine Zucchini«, sage ich, als sie sich umdreht und eine in der Hand hält.

»Keine Gurken?«

Ich sehe ebenfalls nach. »Nope. Aber wir haben Essiggurken«, sage ich mehr zum Spaß, werde aber sofort mit hochgezogener Augenbraue gemustert.

»Sag mir, dass du nicht schwanger bist!«

»Was? Nein! Nur erfinderisch.« Ich gieße den Fingerbreit Gin in unseren Gläsern mit Sprite auf, lasse jeweils ein Minzblatt hineinfallen und hole noch Eiswürfel aus dem Gefrierschrank.

Die Sonne knallt auf uns runter, und ich ziehe mein Top aus, weil ich ebenfalls ein Bikini-Oberteil darunter trage. Die Leinenhose lasse ich jedoch an. Sie ist zwar lang, aber luftig, weshalb sie nicht stört. Mein Pflaster soll nicht direkt in der Sonne sein, und ich will nicht, dass Marcella sich wegen meines Beins unwohl fühlt. Vielleicht rede ich mir das aber auch nur ein, weil ich nicht möchte, dass sie etwas dazu sagt oder mich komisch ansieht.

»Auf was stoßen wir an?« Marcella beäugt ihren *Grite*, wie wir das Getränk getauft haben, und streckt dann den Arm aus. Ich hebe mein Glas vom Terrassenboden und halte es ihr ebenfalls hin.

»Weiß nicht?«

»Dann darauf, dass mein creepy Chef mich hoffentlich die nächsten Wochen während des Praktikums nicht hinter den Kopierern betatscht.«

Mir bleibt der Mund offen stehen, aber Marcella tut, als wäre das ein Satz, den man einfach so sagen kann, stößt an und nimmt einen riesigen Schluck. Ich starre immer noch perplex, als sie mich – mit der Zunge leise Schmatzgeräusche machend – ansieht und mit den Wimpern klimpert.

»Schmeckt echt gut«, sagt sie ungerührt.

»Was ist das für ein Typ?«, hake ich nach, und Marcella angelt ihr Handy aus dem Shopper, den sie mit nach draußen gebracht hat. Sie tippt eine halbe Minute darauf herum, und als sich ihr Gesicht verzieht, weiß ich, dass sie gefunden hat, wonach sie suchen wollte. Sie hält mir ihr iPhone entgegen, um mir ein Foto zu zeigen. Allerdings spiegelt die Sonne auf dem Display so sehr, dass ich gar nichts erkennen kann.

»Gib mal her.« Ich rutsche an den Rand der Liege und strecke meinen Arm noch weiter rüber, wackle mit den Fingern, bis sie mir das Handy in die Hand drückt, und neige es, um die Sonne abzuschirmen. Dann verschlucke ich mich prompt an meiner eigenen Spucke. Einerseits, weil der Typ auf dem Foto dieser Mann ist, der Nave und mich letztens auf der Straße angehalten hat. Arthur. Ja, genau. Sein Name steht auch hier. Sogar sein Nachname. Volt. Wie passend, denn die Erkenntnis schlägt ein wie ein Stromschlag. Zumal ich das Logo erkenne, das in seinen aufgelisteten Referenzen erscheint. Es hat dieselbe Form wie das, was ich auf den Kassetten meiner Mutter immer für einen verblassten Fleck unter den unleserlichen Beschriftungen gehalten habe. Das Logo eines Nachrichtensenders, den es nicht mehr gibt, weil er 2005 eingestellt wurde. Das lese ich gerade. Und ich will noch weiterscrollen, aber der Schatten von Marcellas Körper legt sich über mich, als sie aufsteht, sich ihr Handy schnappt und es zurück in den Shopper wirft.

»Sieh ihn dir nicht zu genau an, sonst bekommst du noch Albträume«, sagt sie, lacht über ihren Witz und schlendert zum Pool, wo sie grazil mit dem Kopf voran hineinspringt, sodass kaum Wassertropfen hochspritzen.

Ich schnappe mir meinen Drink und kippe ihn runter. Weil ich Durst habe. Mich abkühlen muss. Mich ablenken. Davon, dass Arthur meine Mutter wohl wirklich kannte. Ich hatte nach seinen Worten nicht mehr darüber nachgedacht. Aber jetzt, wo ich weiß, wie der Sender hieß, könnte ich theoretisch nachfragen, ob es ein Archiv gibt. Und wenn ja, dann haben die womöglich noch weiteres Material, auf dem meine Mutter zu sehen ist.

»Sag mal, kann ich dich in den nächsten Tagen vielleicht in der Arbeit besuchen kommen? Ich würde uns was zu essen mitbringen. Für, äh ... also, sodass wir gemeinsam Mittagspause machen?«

Marcella schwimmt zum Rand, legt ihre Arme auf den Fliesen der Poolumrandung ab und strahlt mich an. »Jederzeit. Und Birdie?«

»Hmm?«

»Es tut mir leid, wenn ich dir in letzter Zeit das Gefühl gegeben habe, dass du nicht dazugehörst. Ich ...« Auf einmal klingt ihre Stimme weinerlich. »Ich bin wirklich nicht damit klargekommen. Es hat mir so unfassbar leidgetan. Was passiert ist. Und wie schlecht es dir ging. Ich wusste, ehrlich gesagt, nicht, wie ich dir helfen soll, und dann habe ich einfach ständig gemerkt, dass es das Falsche ist. Ich schätze, ich wollte diskret sein, aber ich wünschte, ich hätte dich einfach gefragt, was du brauchst. Bisher war unsere Welt einfach so verdammt heil, und ich hatte keine Ahnung, wie ich ...«

»Hey«, sage ich schnell. »Alles gut. Ich weiß, was du meinst. Irgendwie kommt es mir manchmal so vor, als wäre der Unfall für andere schlimmer als für mich. Weil ich damit beschäftigt bin, wieder auf die Beine zu kommen und an die Zukunft zu denken, während andere an der Vergangenheit hängen und einem halben Bein hinterhertrauern, obwohl der Rest von mir ja noch hier ist. Aber ich komme klar. Mir geht's gut. Ich brauche kein Mitleid. Nur ein bisschen Normalität.«

»Du bist mir nicht böse?«

»Ehrliche Antwort?«

Marcella nickt zögerlich.

»Ich war ein paarmal genervt, das schon. Aber du bist bei Weitem nicht die Einzige, die nicht weiß, wie sie mit mir umgehen soll. Diskretion hoch hundert. Dabei bin ich immer noch dieselbe. Es hat sich fast nichts geändert. Ich brauche wirklich kein Mitleid.«

»Richtig. Du brauchst nur Nave.« Seinen Namen singt sie, und ich verdrehe schmunzelnd die Augen.

»Willst du mir erzählen, was da läuft? Immerhin bin ich dein 24/7-Alibi.«

»Ich weiß auch nicht so recht. Es ist einfach ... besonders. Weil er mich *nach* dem Unfall kennengelernt hat, mich aber immer so behandelt hat, wie ihr alle es davor getan habt. Als wäre ich immer noch ich. Weißt du?«

»Aber du bist doch immer noch du!«

»Ja«, flüstere ich.

Nachdem Marcella sich nach dem dritten *Grite* und diesmal sogar einer Scheibe Zucchini drin – weil, warum nicht? – verabschiedet hat, schreibe ich Nave.

> Willst du heute noch vorbeikommen?

Ich habe zwar nur zwei Gläser getrunken, aber beim zweiten war mindestens doppelt so viel Gin drin, und ich fühle mich angenehm beduselt, wandere durch das leere Haus und finde mich irgendwann im zweiten Stock wieder, wo mein altes Zimmer ist, in dem sich kaum etwas verändert hat. Klar, meine Klamotten und die Sachen, die ich täglich benutze, sind alle unten. Aber ansonsten ist hier alles wie immer. Und ich liebe es. Weil es ein Stück Vergangenheit ist. Etwas, das trotz allem gleich geblieben ist.

Ich lasse mich auf die Couch fallen, streiche mit den Fingern über den Nagellackentferner-Fleck und schließe für einen Moment die Augen. Dann rapple ich mich hoch und beschließe, unten meine Sachen zu packen und offiziell umzuziehen. Ich kann Treppen steigen. Wieso sollte ich also nicht wieder in meinem Zimmer wohnen? Bis ich ausziehe zumindest. Hier habe ich viel mehr Privatsphäre, ein Bad mit Wanne, und es stinkt nicht nach Zigarren.

Ich bin fast schon lächerlich motiviert, mein Zeug zu packen, und verstaue alles, was ich nach oben schleppen will, in meiner Sporttasche, deren Riemen ich mir quer über die Brust hänge, sodass ich beim Raufgehen die Hände frei habe und mich am Treppengeländer festhalten kann. Bestimmt bin ich mittlerweile schon viermal rauf und runter, und bis ich wirklich alles erledigt habe, dauert es eine Weile. Zwischendurch checke ich mein Handy. Nave hat mir immer noch nicht geantwortet. Und ich weiß nicht, ob es dieses komische Gefühl in meinem Bauch ist, der Alkohol, die viele Sonne, die ich heute abbekommen habe, oder die Anstrengung meines spontanen Umzugs, aber ich rutsche weg. In letzter Sekunde bekomme ich den Handlauf zu fassen und sacke einfach auf der untersten Stufe zusammen.

Mir ist nichts passiert, aber mir ist so schwummrig vor Augen, dass ich den Kopf zwischen die Knie stecken und tief durchatmen muss, um mich nicht zu übergeben.

»Birdie?!«

Was für ein bescheuertes Timing. Ich brauche nicht aufzusehen, um zu wissen, dass es Vic ist, der gerade in unser Haus spaziert ist. Aber ich tue es trotzdem. Und da steht er. Den Türknauf noch in der Hand, wie erstarrt. Ich muss furchtbar aussehen, denn er kommt sofort auf mich zugestürzt, kniet sich vor mich auf den Boden, packt meine Schultern.

Ich sehe seinen Kopf doppelt und dreifach. Dabei habe ich doch gar nicht so viel getrunken. Ein bisschen was. Aber nicht ...

»Birdie!«, ruft er. Lauter diesmal. Sein Schütteln wird energischer, und dann ist da seine Hand, die gegen meine Wange klatscht.

Es kostet mich meine letzte Kraft, sein Handgelenk zu greifen, um ihn davon abzuhalten, mich weiter zu schlagen. Auch wenn es nicht fest war. Aber das dumpfe Geräusch, das dabei an meinem Ohr entstand, hat sich angefühlt, als würde jemand mit einem Monstertruck gegen einen Gong fahren.

»Mir geht's gut«, sage ich, höre jedoch selbst, dass ich nicht überzeugend klinge.

»Ja, das sehe ich«, erwidert Vic sarkastisch, aber da ist zusätzlich Sorge in seiner Stimme. Er steht auf, fährt sich durchs Haar, übers Gesicht, stemmt die Hände in die Hüften und geht dann doch wieder in die Hocke. »Was ist passiert?«

»Gar nichts. Mir ist nur ein bisschen ...«

Ich würge. Vic springt sofort zur Seite, und ich sehe ihn genervt an. Weil ich mich nicht übergeben habe. Es war nur ein Reflex. Weil mir wirklich, wirklich, wirklich übel ist.

»Okay, das war's. Ich rufe den Notarzt.« Er zieht bereits sein Handy aus der Hosentasche, und diese Drohung bewirkt, dass ich mich für einen Moment wieder konzentrieren kann. Darauf, dass er das auf keinen Fall tun kann. Weil ich wahrscheinlich bloß einen Sonnenstich habe. Und ich nicht will, dass mein Vater zurückkommt. Wegen mir. Noch bevor er richtig weg ist. Ich wollte diese paar Tage Selbstständigkeit. Ich wollte, dass Nave vorbeikommt. Ich wollte mich einfach mal nicht täglich beweisen müssen. Beziehungsweise wollte ich das doch. Beweisen, dass ich klarkomme. Aber das wäre dann wohl kolossal schiefgegangen, wenn ich nach ein paar Stunden allein zu Hause bereits Hilfe brauche. Ich weiß ja auch nicht, was los ist. Aber es ist nichts Schlimmes.

»Mir geht's gleich wieder …« Ich atme tief ein und aus. »… besser«, schiebe ich hinterher.

»Birdie.«

Zugegeben, Vic wirkt plötzlich um einiges verständnisvoller, aber ich hasse ihn trotzdem, und er soll mich einfach in Ruhe lassen.

»Ich wollte ein paar Unterlagen aus der Parteizentrale vorbeibringen und finde dich so vor. Was soll ich denn tun? Die Ordner einfach auf Erics Schreibtisch legen und wieder gehen, obwohl ich weiß, dass es dir beschissen geht?«

»Wäre ja nichts Neues«, zische ich leise, aber er hat meine Worte trotzdem gehört, weil er die Augen verdreht und schnaubt.

»Ja«, sagt er. »Ich hab's echt nicht anders verdient, oder?« Er wird laut. Das wird er immer, wenn er aufgebracht ist.

Mein Kopf dröhnt, und ich will ihm sagen, dass er leiser reden soll. Ich ihn auch so höre. Aber ich bin mit Schlucken beschäftigt, muss mich konzentrieren, um nicht vor Vics Füße zu kotzen.

»Denkst du, dass das für mich super ist? Ich will auf deiner Seite sein. Aber dein Vater vertraut mir. Und ich bin bei dir sowieso untendurch. Du würdest mir ja nicht mal mehr in die Augen schauen, wenn ich dir alles erklären könnte, du …«

Ich halte die Handfläche hoch, um ihn zum Schweigen zu bringen, und wider Erwarten hält er den Mund. Aber nur kurz.

»Wir fahren zur Ambulanz. Du lässt dich durchchecken. Dein Vater erfährt nichts von mir. Sofern alles in Ordnung ist. Deal?«

Ja genau. »Weil Dr. Wrenn nicht meinen Vater anruft, sobald er mich dort sieht.« Für wie dumm hält Vic mich?

»Ich rufe einen Freund an.« Wie zum Beweis hält er wieder sein Handy hoch. »Der hat heute Dienst. Bitte, Birdie. Einfach nur zur Sicherheit. Was, wenn ich jetzt gehe und doch was ist?«

»Klar«, sage ich abgebrüht. »Lass uns fahren. Ich will schließlich nicht der Grund für *dein* schlechtes Gewissen sein.«

Vic wirft mir einen Blick zu, den ich nicht deuten kann, aber wir einigen uns nonverbal auf Waffenstillstand, und ich hole meine Tasche, während er den Anruf macht. Als ich zurück ins Foyer komme, hat er bereits aufgelegt. Und dann fahren wir schweigend ins AKH, gehen nebeneinander zur Ambulanz, und ich wimmle mehrere Male seine Hand ab, mit der er mich stützen will, obwohl ich ihn nicht darum gebeten habe.

»Birdie.« Tom kommt bereits im Gang auf uns zu. Er und Vic sehen sich komisch an und nicken beide. Ich bin so froh, Tom zu sehen. Und noch erleichterter, als Vic mit einem noch komischeren Nicken und einem »Ich warte im Auto« verschwindet.

»Es tut mir so leid, dass ich hier einfach auftauche«, sage ich. »Ich wollte nicht kommen, aber ...«

»Doch, doch. Es ist gut, dass du da bist. Warte kurz.« Tom öffnet ein paar Meter weiter die Tür zu einem Zimmer und lotst mich auf einen der Stühle. Ich lasse mich darauf sinken und lehne den Kopf nach hinten gegen die kühle Wand. Tom drückt mir einen Plastikbecher mit Wasser in die Hand, und nachdem ich ein paar Schlucke getrunken habe, leuchtet er mir mit dem hinteren Ende seines Kugelschreibers, den er aus der Brusttasche gezogen hat, in die Augen.

»Was ist das für ein Geheimagenten-Teil?«, witzele ich, und Tom grinst.

»Hast du was getrunken?«, fragt er.

»Nicht viel«, gebe ich zu, und er nickt, misst meinen Blutdruck und sieht auf die Uhr an seinem Handgelenk.

»Es ist bloß mein Kreislauf. Wirklich. Vic übertreibt. Ich war zu lange in der Sonne und habe mich einfach überanstrengt.«

»Wie viel hast du getrunken?«

»Zwei.«

»Zwei was?«

»Gin mit Sprite.«

Tom verzieht das Gesicht. »Das klingt eklig, Birdie.« Er lacht, und ich muss ebenfalls schmunzeln, weil Tom sich nicht so autoritär wie Vic aufführt und mir deshalb auch nicht das Gefühl gibt, als wäre ich ein Kind, das etwas Verbotenes getan hat.

»Kann es sein, dass du schon lange keinen Alkohol mehr hattest?«

»Ich habe seit fast einem Jahr nichts getrunken. Es war heute das ...«

»Dann haben wir unseren Grund. Tu mir einen Gefallen, und geh die nächsten Tage langsamer an. Trink genug Wasser, geh nicht in die pralle Sonne. Und wenn du Alkohol trinkst, dann nicht, wenn du allein bist, und so langsam, dass du rechtzeitig die Wirkung abschätzen kannst.«

Ich grinse schief.

»Was?«, fragt Tom.

»Nichts. Ich finde es nur lustig, dich gerade mit derselben Person in Einklang zu bringen, die eine halbe Stunde lang versucht, eine Katze zu überzeugen, den Boden mit ihrem Fell zu wischen.«

Tom schnaubt belustigt. »Wie ich sehe, geht's dir bereits besser.«

»Viel besser. Kann ... kann ich gehen?«

»Ich sehe mir noch kurz die Narbe an, nur um sicherzugehen, dass dort alles in Ordnung ist. Wegen deiner Vorgeschichte. Geht ganz schnell. Ja?«

Die Stimmung schlägt um. Zumindest in mir. Ich will ihn fragen, ob das sein muss, aber da zeigt er bereits zum Paravent. Ich will immer noch fragen, ob das sein muss, aber als würde ein Teil von mir wollen, dass Tom bemerkt, was ich seit Monaten tue, richte ich mich langsam auf und gehe dahinter.

Er wird *es* sehen. Er wird wissen, dass das falsch ist. Er wird ... o Gott. Er sagt das bestimmt Nave!

Mit einem Stoßgebet auf den Lippen nestle ich an der Masche meiner Leinenhose und ziehe sie aus. Dann gehe ich zur Liege und löse, als ich sitze, die Prothese. Tom lässt mich machen und sieht mich erst an, als ich ihn mit einem »Mhm« darauf hinweise, dass ich fertig bin.

Ich merke sofort, dass Tom auf meinen Oberschenkel starrt. Nicht den linken. Sondern den rechten. Den mit dem Pflaster, das mich über den Tag verteilt mit einem Opioid versorgt, das so stark ist, dass ich die Klebefläche beim Anbringen nicht mit den Fingern berühren darf und es nach der Tragezeit getrennt entsorgen muss, weil es beispielsweise in den Händen von kleinen Kindern tödlich sein kann.

»Birdie?« Tom sitzt auf einem rollenden Hocker vor mir und manövriert sich mit den Füßen ein Stück zurück, dann doch wieder näher. Wir sehen uns in die Augen, und ich weiß, dass er es anspricht. Jetzt. Höre die Sekunden ticken und mein Herz schlagen. Meinen Kopf dröhnen.

»Geht's dir ...« Tom räuspert sich, und ich kralle meine Hände in das raschelnde Papier auf der Sitzfläche. »Bist du sicher, dass es dir gut geht?«

»Klar.« Das »Warum nicht?« spare ich mir. Weil ich selbst weiß, dass ich eigentlich nicht mehr so starke Schmerzmittel nehmen sollte. Aber sie wirken kaum noch. Weil ich *alles* spüre. Wenn ich meine Tage habe. Die Phantomschmerzen. Meine Muskeln. Meine immer müden Muskeln und die schwindende Kraft, die ebenfalls wehtut. Weil ich alle Mühe habe, manchmal nicht das Gleichgewicht zu verlieren, sobald mir übel oder schwindlig wird. Meistens abends, wenn mir bewusst wird, dass ich zu sehr damit beschäftigt war, tagsüber den Schein zu wahren.

Tom reibt seine Lippen aufeinander und löst sie dann, begleitet von einem Nicken. »Warum benutzt du die Fentanyl-Pflaster noch?« Er sagt es sachlich, aber seine Stimme ist leise.

»Du bist nicht mein Arzt«, flüstere ich durch zusammengebissene Zähne, aber als er die Brauen zusammenschiebt, weiß ich, dass das die falsche Antwort war. Der Freund meines Vaters, Dr. Wrenn, verschreibt sie mir per Mail. Ich bekomme jeden Monat ein neues Rezept. Er stellt keine Fragen, tut es einfach.

»Sorry, wenn das übergriffig ist«, fängt Tom noch mal an, und ich verschränke die Arme vor der Brust.

Ich weiß auch nicht, warum ich das tue. Plötzlich habe ich das Gefühl, mich rechtfertigen zu müssen. Ich wüsste nur nicht ... wie? »Ist es«, lasse ich ihn deshalb wissen, aber das ignoriert er geflissentlich.

»Ich bin schon so was wie dein Arzt. Jedenfalls weiß ich, dass das nicht richtig ist. Du solltest nicht mehr so starke Schmerzen haben, dass die notwendig sind. Außer ...«

Außer was? Sag es! Bitte sag es einfach.

»Außer«, nimmt er den Faden wieder auf, »du hast sie doch und sagst niemandem was?« Ein nicht ausgesprochenes *Oder* hängt hinter dieser Frage.

Ich schüttle den Kopf. Aber nicht, um Nein zu sagen. Sondern mehr, um ihn herauszufordern, das hinzuzufügen, was er sich noch denkt.

»Oder du bist abhängig und brauchst sie deshalb?«

Ich kann ihm diese Fragen, ehrlich gesagt, nicht beantworten. Weil ich nicht weiß, welche von beiden Versionen zutrifft. Oder eher: welche von beiden mehr zutrifft. Weil ich das auch glaube. Und tief in mir sogar weiß. Aber ich will nicht schwach sein. Nicht, indem ich ständig über Schmerzen jammere, und noch weniger, indem ich zugebe, dass etwas schon wieder meiner Kontrolle entgleitet.

»Birdie.« Er sagt es weder wie einen Vorwurf noch wie eine Drohung. Es ist einfach mein Name, mit dem er mich zurückholen will aus meinen Gedanken, die sich überschlagen, weil ich mich ertappt fühle.

Verzweifelt atme ich aus. Stockend. »Ich weiß es nicht«, gebe ich so leise zu, dass ich nicht sicher bin, ob er mich verstanden hat, aber er nickt.

»Die gute Nachricht: Wir wissen jetzt genau, was heute passiert ist. Starke Schmerzmittel vertragen sich nicht mit Alkohol. Aber deine Narbe sieht gut aus, und du hast ja nicht viel getrunken.« Tom reicht mir nacheinander den Liner und dann die Prothese, während er weiterspricht. »Wenn so etwas vorkommt, heißt das nicht, dass man schwach ist, sondern dass man lange genug zu stark sein wollte. Du hättest das nicht tun müssen. Niemand verlangt von dir, dass du in Rekordzeit wieder alles machst, als wären deine OPs nie passiert. Du hast ordentlich was in deiner Akte stehen. Von so was erholt man sich eben nicht mit einem Fingerschnippen. Wieso hast du dir nicht die Zeit gegeben, die du brauchst?«

»Weil du falschliegst. Von mir wird nämlich sehr wohl verlangt, dass ich funktioniere, und ich ertrage es keine Sekunde länger, ein Leben auf Probe zu führen, wo mein Vater jeden meiner Schritte beobachtet und mich beim kleinsten Stolpern ansieht, als würde ich nichts auf die Reihe bekommen.«

»Kann es sein, dass du dir das einbildest? Kein Vater würde das tun. Es sind *deine* Erwartungen. An dich.«

Ich schüttle den Kopf. Tom hält mir ein Taschentuch hin.

»Nein. Du kennst eindeutig meinen Vater nicht. In seinen Augen ist man jemand, wenn man funktioniert. Ohne Stolpern. Jemand, der stark ist und sich nichts anmerken lässt. Und ... das habe ich versucht, ich hab es ... versucht«, wispere ich heiser und müde. Unendlich müde.

»Birdie. Shit. Das ... So ist das nicht. Stark ist, wer auch mal schwach sein kann. Sich eingestehen kann, dass man nach jedem Schritt vorwärts hin und wieder auch zwei zurück macht. Rede mit deinem Physio drüber. Mach eine Spiegeltherapie für die Nervenschmerzen. Da gibt es viele Möglichkeiten und Alternativen. Du solltest nicht mit Phantomschmerzen leben, die dich um den Schlaf und deinen Verstand bringen. Und du solltest definitiv nicht so leben müssen, dass du von etwas abhängig wirst, nur um anderen einen Gefallen zu tun und dein Gesicht zu wahren.«

»Wenn du es sagst, klingt es so einfach.« Ich knülle das feuchte Taschentuch in meiner Faust zusammen.

»Nein. Ich weiß, dass das schwer ist. Aber du kannst das nicht weiterhin so machen. Schwindelanfälle? Übelkeit? Das sind Nebenwirkungen. Du kannst mir doch nicht erzählen, dass du das möchtest? Dass es dir ständig dreckig geht? Das nimmt man doch nicht in Kauf, nur um tagsüber die paar Schritte mehr machen zu können, anstatt sich hinzusetzen und durchzuatmen.«

Ich will etwas sagen, aber alles, was ich zustande bringe, ist nicken.

»Versprich mir, dass du deinem Physio davon erzählst. Er wird wissen, was zu tun ist. Und ich verstehe es, wenn du das nicht an die große Glocke hängen willst. Du kannst auch zu mir kommen. Verlängere die Abstände, in denen du dir die Pflaster aufklebst. Benutz die mit weniger Wirkstoff. Komm ja nicht auf die Idee, sie sofort abzusetzen. Mach zumindest hier langsam und hör auf das, was dir dein Körper sagt. Versprich mir das.«

Wieder nicke ich, und dann nimmt Tom mich in den Arm, als wäre er mein großer Bruder, und es fühlt sich so gut an, dass es endlich jemand bemerkt hat.

»Ich weiß, dass du das nicht mit Absicht gemacht hast. Du hast es so weit geschafft. Und das, was dir gerade passiert ... so geht es vielen. Glaub ja nicht, dass du versagt hast.«

»Danke«, murmle ich, und Tom verbeugt sich wie ein Zauberer am Ende der Vorstellung. Es sieht lächerlich aus und bringt mich tatsächlich dazu, zumindest zaghaft zu grinsen. Er will eindeutig, dass die Stimmung wieder eine bessere wird und ich mich nicht unwohl fühlen muss.

»Hast du für heute jemanden, der bei dir bleibt? Nur so zur Sicherheit?«

Ich denke an Nave und daran, dass er mir immer noch nicht geantwortet hat, weshalb ich den Kopf schüttle. »Mein Vater ist nicht da. Ich bin allein zu Hause, aber mir geht's wirklich gut.«

»Was dagegen, wenn ich Nave anrufe?« Tom wartet zwar kurz ab, wertet mein überrumpeltes Schweigen jedoch nicht richtig und wischt mit den Fingern bereits über sein Handy, obwohl ich ihm eigentlich noch sagen will, dass sein Mitbewohner bestimmt nicht rangehen wird, weil er mir nicht geantwortet hat und wohl unterwegs ist oder keinen Akku hat. Aber bereits nach dem ersten Piepton höre ich Naves Stimme. Weil er nämlich doch abhebt.

Das hat nichts zu bedeuten, sage ich mir. Aber ich muss trotzdem tief Luft holen, weil meine Schlüsselbeine sich eklig schwach anfühlen und ich plötzlich wieder diese unwirkliche Angst davor habe, dass mein Brustkorb einstürzen könnte. Ich konzentriere mich auf meine Atmung. Bis ich höre, was Tom sagt.

Kapitel 24

Nave

Clouds that thunder seldom rain.
At least I hope that's true.

Ein Sommergewitter. Direkt nach Arthurs Anruf ist mit dem Krachen des Donners die Welt untergegangen. Meine zumindest. Weil ich nicht mehr weiß, was zur Hölle ich jetzt tun soll. Weil das Richtige sich so verdammt falsch angefühlt hätte. Mich von Birdie fernzuhalten, nur, damit ich vielleicht in keine Schussbahn gerate? Es ist tatsächlich zum Lachen, weil ich nämlich auch ohne sie und ihren Vater eine verdammte Zielscheibe bin. Das war von Anfang an so und hat sich durch keinen einzigen Bescheid je geändert.

Trotzdem antworte ich ihr am nächsten Tag nach einer grottigen, schlaflosen Nacht nicht, als sie mir schreibt. Mich fragt, ob ich vorbeikommen will. Weil ich plötzlich nicht mehr sicher bin, was ich von *ihr* halten soll. Und dafür hasse ich mich. Aber sie ist nun mal die Tochter ihres Vaters und ihr Vater ...*fuck!*

Wieso musste Arthur es mir sagen? Und wofür habe ich ein Herz, wenn ich nicht selbst entscheiden darf, für was oder wen es schlägt?

Immer wieder starre ich auf das Bild in meinen Handyfotos. Das aus dem Automaten. Ich habe ihr das Original überlassen und deshalb nur eine verwackelte Erinnerung, aber wenn ich uns darauf betrachte, sehe ich nichts, das ich hätte ändern wollen. Nichts, das ich zurücknehmen will. Nichts, von dem ich nicht wünschte, dass es genauso passiert wäre. Wenn ich ehrlich bin, hat Birdie vom ersten Moment an etwas mit mir gemacht, das ich nicht erklären kann. Und ich hatte mich bereits in sie verliebt, als sie noch konzentriert auf die Sohle ihrer Chucks gestarrt und über zu saubere Schuhe geredet hat. Sie ist immer noch dasselbe Mädchen. Wieso sollte es jetzt anders sein? Ich kenne sie doch. Ich weiß, wie sie denkt. Ich weiß, dass es nichts ändern sollte. Weil es eigentlich sogar egal ist. Weil ihr Vater nicht der Grund sein wird, dass mir die Zeit davonläuft. Das tut sie ohnehin schon. Ich höre das Ticken regelrecht, merke, wie die Tage mit den Jahreszeiten an mir vorbeiziehen, und sehe jeden Morgen, dass kein verdammter Brief ankommt. Mittlerweile warte ich auch gar nicht mehr darauf. Ich weiß, dass mein Aufschub nicht verlängert wird. Deshalb kann ich ihr genauso gut antworten und die letzten Wochen *mit* ihr verbringen. Weil ich einmal egoistisch sein will. Zumindest kurz glücklich, bevor alles vorbei ist. Und dann hoffen, dass sie mir verzeiht.

Als mein Handy klingelt, bin ich kurz unentschlossen, weiß nicht, ob ich abheben soll. Doch dann sehe ich Toms Namen aufleuchten und gehe ran. »Ja?«

»Hey, du hast nicht zufällig Lust, eine schwindsüchtige Jungfrau in Nöten aus der Ambulanz zu retten?«

»O mein Gott, Tom!«, kreischt eine Frauenstimme aus dem Hintergrund, und ich schieße sofort von meinem Platz auf dem Teppich vor meinem Bett hoch, wo ich mir die letzten Stunden die Haare gerauft und den Kopf zermartert habe.

»War das Birdie?« Noch bevor Tom mit einem lachenden »Ja« antwortet und es so klingt, als würde er Birdies Schläge und Flüche abwehren, greife ich meine Sachen und werfe alles lose in den Rucksack. »Gib mir zwanzig Minuten«, sage ich, lege auf und rase die Treppen nach unten, um mein Fahrrad zu holen.

Erst, als ich sehe, wie meine Finger am Schloss der Absperrkette zittern, merke ich, wie nervös ich bin. Nicht wegen der letzten vierundzwanzig Stunden und dem, was sie ans Tageslicht befördert haben. Sondern, weil ich mir Sorgen um Birdie mache und vor lauter Hektik nicht mal nachgefragt habe, was passiert ist.

Während ich wie ein Wahnsinniger zum AKH radle, rede ich mir jedoch ein, dass es nichts Schlimmes sein kann, wenn Tom gelacht und Birdie randaliert und protestiert hat. Trotzdem fahre ich, so schnell ich kann, lasse mein Bike zwischen all den anderen Fahrrädern vor dem Krankenhaus stehen, verschwende keine Zeit darauf, es abzuschließen, und laufe durch die vertrauten Gänge, ohne stehen zu bleiben.

»Unser Ritter ist da«, kündigt Tom meine Ankunft an, weil er mich als Erster bemerkt. Birdie sitzt neben ihm auf einem der Stühle in der Nische vor der eigentlichen Wartehalle der Ambulanz und kaut an einem Müsliriegel. Neben ihr steht ein halb leerer Smoothie, den Tom ihr überlassen haben muss, weil ich niemanden kenne, der freiwillig Gerstengras für sechs Euro die Flasche trinkt.

»Was. Ist. Passiert?«, frage ich abgehackt, weil ich außer Atem bin. Mein Blick bleibt sofort an Birdie hängen. Ich lasse ihn an ihr rauf- und wieder runterwandern. Sie sieht aus wie immer. Ein bisschen blasser vielleicht. Und ein wenig unsicher, wenn ich ihr verlegenes Lächeln richtig interpretiere.

Ich habe ihr nicht geantwortet. Auf die Nachricht. Shit!

Anstatt mir auch nur irgendwas zu erklären, steht Tom auf und trommelt mit beiden Zeigefingern gegen meinen Oberarm, als wäre ich Teil eines Schlagzeugs, das man mit Drumsticks bearbeiten kann. »Die Nachtschicht ruft. Ich übergebe die Patientin in deine Obhut.«

»Tom«, kreischt Birdie, der seine Wortwahl anscheinend peinlich ist, aber sie hüpft dann von ihrem Platz auf und nimmt meinen Mitbewohner kurz in den Arm. »Danke«, flüstert sie.

Erst als er um die Ecke verschwunden ist, dreht sie sich zu mir. »Hi ... Nave«, sagt sie etwas zurückhaltend und sieht mich mit ihren großen Augen an, deren Farbe heute wieder Eisgrau statt Blau zu sein scheint.

Ich lasse meine angespannten Schultern nach unten sacken, mache einen Schritt nach vorn und nehme sie in den Arm. »Was ist passiert?«, wiederhole ich, in ihr Haar murmelnd. Birdie räuspert sich. Erst jetzt schlingt auch sie ihre Arme um mich, und ich weiß nicht, wie ich je glauben konnte, dass mich von ihr fernzuhalten das Richtige wäre. »Es tut mir leid, dass ich dir noch nicht geantwortet habe. Aber was war los?«

»Ach, nein. Das ist ...« Sie macht Anstalten, sich von mir lösen zu wollen. Ich lasse sie nicht, lehne stattdessen meinen Kopf zurück und schaue zu ihr nach unten, wo sie ihre Nase in meinem Shirt vergräbt, aber dann doch hochguckt, und irgendwie sieht es so aus, als hätte sie mindestens zwanzig neue Sommersprossen. »Ich vertrage anscheinend keinen Alkohol mehr, und ich war den ganzen Tag in der Sonne.« Sie zuckt mit den Schultern, was nur so halb funktioniert, weil ich meine Umarmung immer noch um ihren Oberkörper gespannt habe. »Mein Kreislauf«, sagt sie schließlich, und ich schiebe die Brauen zusammen.

»Aber wieso musstest du ins Krankenhaus?«

»Weil ein Mitarbeiter meines Vaters mich zusammengekauert auf den Stufen gefunden hat. Das klingt jetzt schlimmer, als es ist. Mir war bloß übel, und er hat ein Riesendrama drum gemacht. Gemeint, dass er nicht fährt, bevor ich nicht durchgecheckt werde. Blabla.«

»Und?«

»Und was?« Sie kräuselt die Nase, und ich lasse meine Hände über ihren Rücken wandern, grabe meine Finger in ihr Haar, bis sie ihre Augen schließt und selig lächelt.

»Und, hast du dich durchchecken lassen?«

»Jaa«, sagt sie etwas genervt, aber als ich daraufhin an einer ihrer Locken ziehe, lacht sie und macht die Augen auf.

»Mit mir ist alles okay«, versichert sie, und dann rufe ich uns ein Taxi, um sie nach Hause zu bringen.

Zu sich. Nach Hause.

Ein Ort, an dem ich nicht sein sollte.

Aber gleichzeitig sollte ich überall sein, wo sie ist.

Weil das der einzige Ort ist, an dem ich sein will.

Ein fucking Paradoxon.

Mit einem ziemlich hohen Risiko auf Schachmatt.

Ich setze mich mit ihr auf die Rückbank des Taxis und schreibe Tom, dass er in seiner nächsten Smoothie-Pause mein Rad absperren soll, während Birdie dem Mitarbeiter ihres Vaters per Nachricht mitteilt, dass sie bereits abgeholt wurde.

Ich wünschte, wir wären Arthur gestern nie über den Weg gelaufen und ich könnte weiterhin naiv und ahnungslos sein. Weil ich dann jetzt nicht meine Nervosität verstecken müsste, je näher wir dem 18. Bezirk und all den riesigen Herrenhäusern kommen, für die das Viertel weit über die gestutzten Rosenbüsche hinaus bekannt ist. Aber ihr Vater ist nicht da. Birdie ist allgemein ständig allein in diesem Haus, das sie in einer ihrer Erzählungen sogar mal als Gruselkabinett bezeichnet hat. Als ich daraufhin gemeint habe, dass sie die Zustimmung ihres Vaters nicht braucht, um auszuziehen, hat sie mich mit schräger Miene angesehen und gesagt: »Ich bin eines dieser verwöhnten Kids, die auf der Tasche ihrer Eltern sitzen. Und selbst wenn ich mir jetzt einen Job suchen würde, was gerade noch gar nicht so einfach ist, weiß ich nicht, ob ich es mir zutrauen würde, etwas gegen den Willen meines Vaters zu tun.«

Ich habe daraufhin meinen Mund gehalten. Gott sei Dank habe ich das. Weil ich mittlerweile weiß, dass es gefährliches Eis ist, derjenige zu sein, der sie gegen ihren Vater aufhetzt. Wobei ich das ja nicht tue. Ich sage ihr bloß, was ich denke. Sie sieht zu ihm auf, obwohl sie überhaupt nicht ist wie er. Wenn sie das wäre, würde ich sie nicht ... so sehr mögen. Birdie muss tatsächlich nach ihrer Mutter kommen.

Ich habe sie gestern noch gegoogelt und einiges über eine Rita Maler gefunden. Über eine Rita Anker gibt es nicht viel. Da hat sie nur noch für regionale Sender berichtet. Aber davor war Birdies Mutter Auslandsreporterin in Krisengebieten. Eine mutige Frau, die vor nichts zurückgeschreckt ist. Ich frage mich, wie sie sich auf jemanden wie Eric Anker einlassen konnte. Aber ich bin mir sicher, dass er es war, der sie ihre Karriere aufgeben hat lassen. Und dann war das Schicksal einfach nur grotesk. Sie war in Kriegsgebieten, hat in Schutzausrüstung vom Kugelhagel im Nahen Osten berichtet. Und dann starb sie, als sie eine Sendung über ein Berggebiet in Österreich gemacht hat, weil die Gondel, in der sie saß, abgestürzt ist. Ich hatte keine Ahnung, dass sich Arthur und Birdies Mutter derart nahestanden. Aber er dürfte ihr Kameramann auf all den Auslandsreisen gewesen sein. Ich habe einen Kommentar von Arthur gelesen, in einem Nachruf auf sie. Er schrieb darin etwas aufgebracht, dass er immer vorausgesagt hatte, es würde ihr Untergang sein, nicht zu tun, wofür sie geboren wurde. »Rita war einzigartig. Sie war dazu bestimmt, überallhin zu gehören, wo eine starke Stimme fehlte. Die viel größere Tragödie ist deshalb nicht ihr zu früher Abschied, sondern dass sie bereits lange vor ihrem Tod zum Verstummen gebracht wurde. Ich kann nur beten, dass

Rita jetzt frei ist und wieder das tut, was sie am meisten liebte. Mit ihren Augen auf die Welt zu blicken.«

Unweigerlich frage ich mich, ob das vielleicht auch auf Birdie zutrifft. Dass sie gar nicht weiß, wer sie überhaupt ist, wenn ihr Vater nicht alles für sie bestimmt, als wäre sie ... eine Schachfigur.

»Hier können Sie uns rauslassen«, weist Birdie den Taxifahrer an, und ich blicke aus dem Fenster. Die Häuser sind Villen aus vorherigen Jahrhunderten, mit weitläufigen Grundstücken und Warnschildern an den Zäunen, dass es Sicherheitssysteme gibt.

Nachdem sie den Zugangscode am gusseisernen Tor eingegeben hat, will ich sie kurz küssen. Flüchtig. Um dem letzten Zweifel in meinem Kopf zu signalisieren, dass es immer noch dasselbe Gefühl ist, wenn ihre und meine Welt aufeinandertreffen. Paradoxe Perfektion. Aber sie dreht den Kopf weg und blinzelt diskret nach rechts oben. »Kameras«, flüstert sie und lacht. Aber mir bleibt jeglicher Laut im Hals stecken. Ohne in die Richtung zu sehen, in der sie gerade die Kamera angedeutet hat, folge ich ihr. Die Hände tief in den Hosentaschen, weil ich mich nicht mal traue, ihre Hand zu nehmen.

Der Weg zur Villa ist mit weißem Kies geschottert. Und selbst die Sträucher dürfen nicht so wachsen, wie sie wollen; sind stattdessen in komische geometrische Formen, Kugeln und Kegel getrimmt. Die beiden Bäumchen neben dem Eingang sehen aus wie zwei riesige Penisse. Ich verkneife mir einen Kommentar. Aber dann schließt Birdie die Haustür auf, und mich trifft der Schlag!

Kapitel 25

Birdie

»Was zur …!« Nave steht wie angewurzelt im Foyer.

Ich drehe mich zu ihm um, das unschuldigste Grinsen auf den Lippen, die Hände beschwichtigend, weil das jeder komisch findet, der zum ersten Mal bei uns zu Hause ist. »Äh, also«, beeile ich mich zu sagen. »Ich hätte dich vorwarnen sollen. Das …« Ich mache eine Bewegung, die den großen Vorraum mit der Treppe und dem offenen Durchgang zum Wohnbereich sowie der gepolsterten Tür des ehemaligen Büros umfasst, in dem ich bis heute noch jede Nacht zwischen Berliner Bankerlampen und meiner rosa gepunkteten Bettwäsche geschlafen habe. »Das habe ich mit Gruselkabinett gemeint.«

Nave sieht sich mit gerunzelter Stirn um, und ich folge seinem Blick zum dunklen, schweren Holz der Treppe. Den vielen mannshohen Porträts der Vorfahren meiner Familie an der Wand. Den gekreuzten Degen, jeweils neben dem Gemälde, auf denen der ehemalige Träger abgebildet ist. Und dann wären da noch die vielen Geweihe, Tierschädel und ausgestopften Trophäen, die über dem bogenförmigen Durchgang zum Wohnzimmer mit kleinen Messingplaketten angeordnet sind, an denen man theoretisch ablesen kann, wer sie wann geschossen hat. Direkt über dem Kamin hängt das Haupt eines Bisons, dessen Taxidermie-Glasaugen so täuschend echt aussehen, dass sie uns bis hierher anfunkeln.

Und obwohl der Rest der Einrichtung klassisch und zeit-los schlicht ist, reichen diese Details, um definitiv einen ... gewöhnungsbedürftigen Eindruck zu hinterlassen.

Ich nehme Naves Hand, weil er immer noch einfach bloß dasteht und alles auf sich wirken lässt. »Ich bin, seit ich elf war und mein Vater von mir verlangt hat, mein erstes Reh zu schießen, Vegetarierin«, sage ich, als wollte ich ihn unbedingt wissen lassen, dass ich diese Art von Dekoration auch nicht gut finde. Nave sieht mich an und grinst schief.

»Du kannst schießen?«, fragt er sichtlich zwiegespalten.

»Ja, aber ich mag es nicht. Und Golf hasse ich genauso wie Tennis und Fechten.«

»Gut zu wissen«, sagt er, und ich muss lachen, weil er so eingeschüchtert klingt.

Obwohl ich glaube, dass Nave ein bisschen der Appetit ver-gangen ist, behauptet er, auch Hunger zu haben. Wahrschein-lich will er bloß sichergehen, dass ich noch etwas esse. Und Kristin hat vorgekocht. Ich kann ihn also zumindest nicht noch mehr schockieren, indem ich mich mit meinen nicht vorhandenen Kochkünsten blamiere. Wie ein Profi stelle ich die Auflaufform vom Kühlschrank in die Mikrowelle. Nave deutet auf eine Schublade, und als ich nicke, holt er das Besteck heraus. Wir setzen uns, die Teller auf dem niedrigen Kaffeetischchen, ins Wohnzimmer auf den Boden, mit dem Rücken zum Bison, das Nave beim Vorbeigehen noch mal beäugt und dann leise etwas zu ihm gesagt hat, das ich nicht verstanden habe.

»Was war das?«, komme ich darauf zurück, weil ich es doch wissen will.

Naves Gabel hält auf dem Weg zu seinem Mund inne. »Hm?«

»Du und der Bisonkopf. Was habt ihr vorhin besprochen?«

Er zuckt mit den Schultern. »Ich hab ihn nur gefragt, wie es da so ist. An der Wand. Dein Vater kommt heute ganz sicher nicht mehr?«

Ich stelle meinen Teller ab, den ich mit der Hand vor meiner Brust balanciert habe, und rutsche näher zu Nave. »Mein Vater würde dich mögen.«

Nave lacht. Ich weiß nicht ganz, was es bedeuten soll, aber ich schätze, dass es wohl immer etwas unangenehm ist, die Eltern von jemandem zu treffen. Vor allem, wenn es Eltern mit Tierköpfen an den Wänden sind. Jedenfalls wechselt Nave rasch das Thema, als er den hölzernen Schachtisch im Fenstererker erblickt.

»Hey! Wieso hast du mir den nicht gleich gezeigt?« Er sieht mich an. Hochgezogene Augenbraue. Grünste Augen. Ein Blitzen darin. Grübchen und Schmunzeln. Ich schmelze ein bisschen.

»Lass dich nicht täuschen«, erwidere ich, aber nehme seine Hände, als er mich hochziehen will. »Der gehört zum Inventar des Gruselkabinetts. Die Figuren sind nicht aus Radiergummi, sondern aus Elfenbein. Aber es ist steinalt. So was würde man heute nicht mehr kaufen. Mein Vater ist ein Tierliebhaber, und ich weiß nicht, warum ich dir das gerade erzähle. Schätze, ich will bloß nicht, dass du denkst, dass wir die Addams Family sind, oder so.«

Nave setzt sich hin und zieht sein Handy raus. »Mir kommt es eher so vor, als würdest du um den heißen Brei reden, weil du Angst davor hast, dass ich dich gleich schachmatt setze.«

Als mir klar wird, dass er unsere abfotografierte Konstellation nachbauen will, ziehe ich ebenfalls mein Handy raus. »Der hier stimmt nicht«, beanstande ich. »Und mein Turm war noch gar nicht draußen!« Ich stelle ihn wieder rein, und es dauert eine Weile, bis wir beide einverstanden sind und loslegen können.

»Wenn du dich konzentrierst, ziehst du eine Schnute«, sagt Nave irgendwann, und ich lasse den Mund locker, strecke ihm die Zunge raus.

»Du willst mich bloß ablenken.«

»Fakt«, sagt er. »Das will ich immer.« Und dann zieht er sich seinen Pulli über den Kopf, aber so, dass ihm das Shirt darunter bis zur Brust hochrutscht und ich jeden einzelnen angespannten Muskel an seinem Bauch sehen kann. Jeden. Einzelnen. Nachdem sein Gesicht vom Stoff befreit ist und er bemerkt, dass ich ihn beobachtet habe, zwinkert er und stellt blitzschnell eine Figur auf dem Brett um. Ich weiß nicht, welche es war, weil er es so schnell gemacht hat, aber ich schlage empört seine Hand weg.

»Nave!«

Er lacht. Ich lache ebenfalls. Und obwohl wir uns eine Weile konzentrieren, beenden wir auch diesmal unsere Partie nicht. Aber ich beschließe, dass dieses ewige Spiel unser erstes Polaroid-Foto werden soll.

»Ich vertraue dir, dass du nichts umstellst, während ich sie hole.«

Nave hebt zwar die flache Hand zum Eid hoch. »Beeil dich«, flüstert er allerdings herausfordernd, und ich tue es. Hüpfe hoch und sprinte los.

Als ich zurückkomme, hat Nave die Teller bereits in die Küche getragen und im Geschirrspüler verstaut. So lange brauche ich also, um zwei Stockwerke rauf- und wieder runterzugehen. Ich seufze, aber ärgere mich sogleich, weil ich nach allem, was heute war, eigentlich nicht mehr so sein sollte. So gemein zu mir selbst. Und ungeduldig. Das Gespräch mit Tom rückt wieder in den Vordergrund, und nachdem ich das Schachbrett abfotografiert habe und Nave sich über das Polaroid beugt, darauf wartet, dass ein Bild erscheint, nehme ich den schwarzen König in die Hand und drehe ihn zwischen meinen Handflächen. »Ich würde dir gerne etwas erzählen.«

Nave sieht auf, grinst und blickt dann wieder auf das entstehende Foto. »Klar. Alles.«

»Ich dachte nur, dass ich es dir vielleicht sagen sollte. Weil Tom es auch weiß und ich nicht will, dass ihr Geheimnisse voreinander haben müsst. Wegen mir. Oder so. Ich weiß auch nicht. Vielleicht will ich es dir einfach sagen. Aber ich hab ein bisschen ... irgendwie Angst. Es ...« Ich zucke mit den Achseln. »Es lässt mich nicht besonders gut dastehen.«

Jetzt sind Naves Augen wieder auf mir. Mustern mich. Er grinst nicht mehr. »Was ist passiert?«

Ich beiße mir auf die Zunge und schabe mit den Zähnen darüber, während ich meine Lippen aufeinanderpresse. Er wird mich für so dämlich halten. Natürlich musste Tom sagen, dass es nicht meine Schuld ist. Aber ich bin diejenige, die sich jeden dritten Tag diese Dinger aufgeklebt hat, obwohl ich wusste, dass ich sie nur in Schmerzphasen nehmen sollte. Nur war eben jeder Tag eine Schmerzphase. Glaube ich. Ich weiß es nicht. Ich weiß nicht mehr, warum ich das so gemacht habe.

»Birdie?« Nave streckt die Hand über den Schachtisch aus. Ich lege meine Finger in seine, und er drückt sofort zu, streicht mit dem Daumen über meinen Handrücken. »Sag's doch einfach. Ich verspreche, dass es nichts gibt, das mich dich nicht mögen lässt. Nichts. Ich kenne dich.«

Meine Mundwinkel zittern, und ich nicke kurz. Um mir selbst zu bestätigen, dass ich es Nave anvertrauen kann. »Eine Freundin war heute hier. Ich habe zum ersten Mal seit meinem Unfall etwas getrunken. Das ist eigentlich kein Problem. Außer wenn ... außer wenn man starke Schmerzmittel nimmt. Letztens. Das Pflaster. Du erinnerst dich?«

Nave presst seine Lippen aufeinander.

»Ich sollte sie nicht mehr nehmen müssen. Aber ich tue es. Weil, also ... Tom glaubt, dass ich sie brauche.«

»Du meinst ...« Er legt das Foto weg und streckt auch die zweite Hand nach mir aus.

»Ich meine, dass ich abhängig davon geworden bin. Und ich würde gerne sagen, dass ich es nicht bemerkt habe. Aber im Grunde wusste ich das. Ich wollte sie nicht absetzen. Ich wollte stark sein, und das klingt so unfassbar dumm.« Ich schließe die Augen, bis Nave sanft an meinen Händen rüttelt und ich mich zwinge, sie wieder zu öffnen.

»Ich bin stolz auf dich«, sagt er plötzlich, und ich schüttle den Kopf.

»Du musst jetzt nichts Nettes sagen. Ich bin eine Idiotin. Das weiß ich selbst.«

»Du bist vielleicht nicht die beste Schachspielerin der Welt«, sagt er schmunzelnd und zieht noch einmal sanft an meinen Händen, weil ich es nur zögerlich erwidere. »Aber du bist keine Idiotin. Das klingt nach etwas, das sehr schnell und unbemerkt passiert. Ich bin froh, dass du es Tom erzählt hast. Er gibt ziemlich gute Ratschläge für jemanden, der ganz oben auf Elvis' Abschussliste steht.«

Jetzt muss ich doch lachen, und Nave steht auf, stellt sich vor mich und zieht mich hoch in seine Arme.

»Ich will dir immer helfen. Bei allem. Aber ich weiß, dass du stark bist. Ich zweifle keine Sekunde daran, dass du auch das hinbekommst.«

Meine Finger wandern unter Naves Shirt, weil ich seine warme Haut spüren will. Sein Körper wirkt so beruhigend auf mich, und ich bin unendlich erleichtert. Eigentlich hätte ich wissen müssen, dass Nave mich nicht als rücksichtslos und leichtsinnig bezeichnen würde. Das haben die kleinen, fiesen Stimmen in meinem Kopf bereits erledigt.

»Ich weiß einfach nicht, warum ich die ganzen Nebenwirkungen ständig ignoriert habe. Den Schwindel und die Übelkeit. Ich habe heute doppelt und dreifach gesehen, und trotzdem wollte ich nicht ins Krankenhaus, weil ich nicht wollte, dass mein Vater es erfährt.«

»Birdie, können wir ... dein Vater ist heute nicht da. Kannst du einen Abend mal aufatmen und du selbst sein?«

Ich nicke, und Naves Hand legt sich an meinen Hinterkopf.

Ich spüre die Wärme durch die Dichte meiner Locken hindurch. Nave ist immer warm. Er fühlt sich immer gut an. Er schafft es immer, dass *ich* mich gut fühle.

»Wie geht's dir jetzt?«

»Gut. Mir geht's gut. Mir ging es bereits im Krankenhaus wieder gut.«

»Sicher?«

Erst als ich mit »Ganz sicher« antworte, gehen wir nach oben, und ich verspreche ihm auf der Treppe, dass es in meinem Zimmer nichts an den Wänden gibt. »Nicht mal peinliche Poster. Lediglich Lichterketten«, witzele ich, als wir das letzte Paar gekreuzter Degen passiert haben und im Dachgeschoss sind. In meinem neuen alten Zimmer. »Wi... willst du heute vielleicht hierbleiben?«, frage ich und bezweifle kurz, dass er zustimmt. Vielleicht ist er nur deshalb hier, weil Tom ihn angerufen hat.

Aber Nave schließt die Tür hinter sich, packt mich unter meinen Oberschenkeln und hebt mich hoch. »Klar bleibe ich«, murmelt er an meinem Hals und trägt mich zum Bett, wo er mich absetzt und dann vor mir stehen bleibt, auf mich herabgrinst und meinen Kopf zwischen seine Hände nimmt. »Du bist allein zu Hause?«, fragt er noch mal, und ich nicke.

»Ganz allein«, sage ich und sehe ihn herausfordernd an, aber er streicht mir bloß die Haare hinters Ohr.

»Gut, dann ab ins Bett. Tom hat gesagt, du sollst dich ausruhen.«

»Und du?«

»Ich könnte auch ein bisschen Schlaf gebrauchen.« Nave kickt sich die Schuhe von den Füßen, geht vor mir in die Hocke und löst die Schleifen meiner Converse, bevor er mir erst den rechten von meinem Fuß und dann den linken von meiner Prothese zieht. »Kann ich sie dir abnehmen?« Er fasst mich nicht an und greift nicht hin, aber er meint die Prothese, und ich schlafe natürlich nicht damit, lege sie daheim manchmal schon nachmittags ab und benutze dann die Krücken.

Zögerlich kremple ich die Leinenhose hoch. »Okay«, sage ich, und dann macht Nave das, wobei er mich damals im Schwimmbad beobachtet hat. Er dreht an dem Ventil, das an der Seite über dem Kniegelenk an der Carbonfassung angebracht ist, und nachdem sich der Unterdruck gelöst hat, zieht er die Hülle vorsichtig von mir. Ich trage darunter noch meinen Silikon-Liner, der blickdicht ist, deshalb stört es mich nicht sonderlich, aber nachdem Nave die Prothese zur Seite gelegt hat, sind seine Hände wieder auf mir. An dem Stückchen Haut zwischen dem zusammengeschobenen Stoff meiner Hose und dem Saum des Liners. Er sieht mir in die Augen, und ich? Sehe nicht weg. Obwohl ich gerne würde. Kurz denke ich, dass ich das nicht kann und Nein sagen werde. Aber kein Laut verlässt meine Lippen, und dann, ganz langsam, rollt Nave den Liner nach unten, entblößt immer mehr von meiner Haut und schließlich diese hässliche x-förmige dicke Narbe. Ich traue mich nicht, zu atmen.

Wir sind es gewöhnt, dass es *ein* Schönheitsideal gibt und alle Menschen danach streben, so auszusehen. Das macht es einfach merkwürdig, jemanden mit einem halben Bein zu sehen. Ich finde es ja selbst manchmal noch befremdlich. Aber Nave legt seine warmen, rauen, großen Hände an meinen Oberschenkel, beugt sich nach vorn und gibt mir einen Kuss auf den Ansatz der Narbe, was mich nach Luft ringen lässt. Ich schlucke.

»Ich bin so froh, dass du nicht gestorben bist. Wegen einer Scherbe«, sagt er, lässt sich neben mich aufs Bett fallen und zieht mich in seine Arme.

»Ich auch«, sage ich und füge dann nach kurzem Zögern noch ein leises »Nave?« hinzu. Weil ich mich immer zurückhalte, wenn es um andere geht. Nicht, weil ich mich nicht für andere interessiere oder nicht empathisch bin. Sondern weil ich in einem Umfeld aufgewachsen bin, in dem Diskretion großgeschrieben wird. Wie Marcella es genannt hat. Lieber keine Themen ansprechen, die unter der Oberfläche schlummern. Keine schlafenden Problemmonster wecken. Aber ist es nicht schlimmer, etwas einfach zu ignorieren, nur weil eine Auseinandersetzung damit ungemütlich oder traurig sein könnte? Zu welchem Preis tue ich so, als wäre nichts? Wenn ich doch weiß, dass *irgendetwas* ist.

Nave hat bereits die Augen zu. Er drängt seinen Kopf noch näher an meine Halsbeuge, sodass seine Nase mich mit seinem Atem an der empfindlichen Stelle hinter dem Ohr kitzelt.

»Wenn es etwas gibt. Bei dir. Etwas, das du mir erzählen willst oder so ... ich höre dir immer gerne zu.« Ein paar Sekunden spüre ich, wie sich die Muskeln seiner Arme anspannen, bevor er sie bewusst wieder lockert.

»Wieso sagst du das jetzt?«

Ich drehe mich zur Seite, lege meine Hand an seine Wange und betrachte seine geschlossenen Augenlider. »Nur so.« Er sieht wirklich müde aus. Direkt unter seinen dichten, langen Wimpern liegt ein dunkler Schatten, und obwohl man sie nicht so richtig sieht, nur den Anflug davon, spüre ich an meiner Handfläche das raue Kratzen von Bartstoppeln.

Ein paar Herzschläge später ist er eingeschlafen, und ich löse behutsam meine Hand von seinem Gesicht, damit ich ihn nicht wecke.

Vorsichtig rutsche ich zur Bettkante, greife nach meinen Krücken und gehe ins Bad, um mir noch die Zähne zu putzen. Ich kämme mir die Haare, was meine Locken so wirr aussehen lässt, dass ich sie mir unter dem Wasserhahn anfeuchte, und dann schraube ich einen Cremetiegel nach dem anderen auf. Ich habe dieses Skin-Care-Arsenal vor Ewigkeiten als Goodie für ein Shooting geschenkt bekommen und es nie nach unten mitgenommen. Wahrscheinlich ist es bereits abgelaufen, und die Tatsache, dass ich fast ein Jahr ohne das

Zeug ausgekommen bin, zeigt mir, dass ich es eigentlich nicht brauche. Trotzdem creme ich mir mein Gesicht ein, und das blasse Rot auf meinem Nasenrücken und den Wangen ist gar nicht mehr so sichtbar, eigentlich mehr braun als Sonnenbrand.

Ich betrachte mich im Spiegel, starre mich an und beschwöre mich, so lange nicht zu blinzeln, wie ich es aushalte. Als ich es doch tue, lasse ich die Augen geschlossen und kralle meine Hände in den kühlen Marmor des Waschbeckenrands. Was für ein Tag ...

»Hey.«

Ich drehe den Kopf, und Nave steht mit zerzaustem Haar im Türrahmen. Er hat sich sein Shirt ausgezogen, was mich unweigerlich den Blick über seine Brustmuskeln und die kleinen Flächen der sichtbaren Bauchmuskeln darunter gleiten lässt, die allesamt das viele Schwimmtraining widerspiegeln.

»Du kannst eine Zahnbürste haben«, sage ich nahezu tonlos und krame bereits in der Schublade, ohne wirklich hinzusehen, wo meine Hand nach einer noch verpackten Zahnbürste tastet. Nave kommt näher und lacht leise. Ich werde endlich fündig und halte sie ihm hin, aber anstatt loszulassen, als er danach greift, halte ich sie weiterhin in meiner Faust.

»Muss ich zuerst ein Zauberwort sagen?«

»Nein.« Ich räuspere mich. »Nein, hier. Bitte.« Ich lächle.

»Du riechst wie ein Blumenladen«, sagt er und greift nach der Zahnpastatube.

»Das ist mein Nachtserum. Frag mich nicht, was es bewirkt, ich hab keine Ahnung.«

Nave steckt sich die Zahnbürste in den Mund und greift mit der freien Hand nach einem Flakon, auf dem sogar eine kleine Blüte abgebildet ist, die wie das Gänseblümchen von unserem Tag auf der Donauinsel aussieht. Das Blümchen, das ich im Haar hatte, als er mich zum ersten Mal geküsst hat.

»Ich will das auch«, erklärt Nave, nachdem er seinen Mund mit Wasser ausgespült hat, und ich reiche ihm kichernd ein Handtuch.

»Du willst was?«

»Das Blumenzeug«, sagt er und beäugt meine Tiegel und Tuben, die in Reih und Glied unter dem Spiegel drapiert stehen.

»Bedien dich.«

»Nein, du sollst«, sagt er, setzt sich auf den Rand der Badewanne und streckt mir das Gesicht entgegen.

Ich stelle ein paar der Sachen an die äußerste Kante der Waschbecken-Kommode, sodass ich rankomme, wenn ich vor Nave stehe. Dann schnappe ich mir die Krücken, die ich neben mich gelehnt hatte.

Zwischen Naves Beinen angekommen, nimmt er sie mir ab und legt sie links und rechts neben sich gegen die Wanne. Er packt mich an der Hüfte, aber ich kann auch so das Gleichgewicht halten. Ich würde sogar so weit gehen, zu sagen, dass mein Gleichgewichtssinn nie besser war. Manche Dinge spüre ich mittlerweile anders als früher. Ein paar davon sogar intensiver. Zum Beispiel, welche Muskeln sich überall in mir anspannen, wenn ich bloß stehe. Niemals hätte ich gedacht, dass es so viel Kraft und Zusammenspiel braucht, um aufrecht zu sein. Und so viel Feingefühl.

»Mach die Augen zu«, flüstere ich, und Nave tut es. Einen Moment betrachte ich sein Gesicht, streiche ihm die dunklen Haare aus der Stirn. Mehrmals, weil sie ihm gleich wieder reinfallen. Seine Wellen fühlen sich so weich an, und sie riechen nach Toms Apfel-Shampoo, was mich schmunzeln lässt. »Das hier ist anscheinend gegen Falten«, sage ich und halte beim Verstreichen der Creme über seiner Narbe inne. Sie ist so fein, dass sie bloß im Licht silbrig glänzt. Aber sie sieht besonders aus, weil sie aus zwei versetzten Strichen besteht. Ich frage mich, wie er sich die zugezogen hat, aber spreche es nicht aus. Dann pumpe ich etwas aus dem Augen-serum-Fläschchen auf meinen Zeigefinger und tupfe das Gel über seinen Jochbeinen in die Haut. Mit den Fingerspitzen mime ich den herabprasselnden Regen nach, den er im Bus auf dem Weg in seine Wohnung auf meinen Kopf hat fallen lassen, und Nave merkt, was ich tue, greift, ohne die Augen zu öffnen, nach meinen Händen und küsst erst die eine, dann die andere Handfläche, bevor er mich ansieht.

»Ich bin wie Regen«, sagt er heiser. Ich spüre seine Stimme an meinen Fingern, die er immer noch vor seine Lippen hält und noch mal küsst.

»Wie meinst du das?« Lächelnd lege ich den Kopf schief.

»Ich falle für dich. Jedes Mal, wenn ich dich sehe, weiß ich nicht mehr, wo oben und unten ist. Und ich glaube, *du* weißt gar nicht, wie unglaublich du bist.«

Ich weiß nicht, was ich darauf antworten soll, aber ein emotionaler Laut, ein wirklich unendlich erleichtertes Seuf-zen, hängt plötzlich in der Luft zwischen uns. Mein Herz ist so voll, dass es meinen Brustkorb von innen stützt. Ich fühle mich sicher. *Ich fühle alles.*

»Ich mag dich, Birdie«, sagt er und steht auf, sodass ich jetzt diejenige bin, die den Kopf in den Nacken legen muss, damit wir uns weiterhin so tief in die Augen sehen können, um in den jeweils anderen hineinzufallen und uns in unseren Gedanken zu verlieren. Weil wir dieselben haben.

»Ich ... mag dich auch«, sage ich und muss plötzlich lachen, weil ich so glücklich bin. Nave grinst ebenfalls, und dann senkt er den Kopf, verschließt meine Lippen mit sei-nen, und ich schmecke die Minze, schmecke ihn, spüre ihn, spüre den elektrischen Impuls, der mich durchzuckt und sich rasend schnell in jedem Millimeter meines Körpers aus-breitet. Ich stöhne leise, verschränke meine Hände in seinem Nacken, und Nave packt meine Hüften, presst mich gegen sich, umfasst mit einer Hand meinen Hinterkopf, küsst mich noch tiefer, noch verzweifelter, bis er mich zurück in Richtung Bett trägt.

»Bist du müde?«, frage ich etwas atemlos.

»Nicht mehr. Du?«

»Nein. Und bevor du fragst. Mir geht's gut. Ich bin nicht aus Glas, und ich bin keine schwindsüchtige Jungfrau in Nöten.«

Kapitel 26

Nave

She put a spell on me.

»Nicht in Nöten?«, wiederhole ich und muss grinsen. »So gar nicht?«

Birdie lacht. »Dirty Talk, aber aus dem Mittelalter. Ich bin beeindruckt.«

Ich würde gerne noch mehr Witze machen, weil sie heute viel zu wenig gelacht hat. Aber ich kann mich nicht mehr konzentrieren.

Noch bevor ich sie richtig auf dem Bett ablege, bin ich schon über ihr, dränge mich zwischen ihre Beine. »Spürst du das?« Ich stütze mich mit den Unterarmen ab, aber meine Erektion presst fest gegen meine Jeans und ihre Mitte. Ich kann die Hitze fühlen, die von unseren Körpern ausgeht, weil wir in Flammen stehen.

Birdies Augen flattern zu, sie streckt den Kopf nach hinten, entblößt ihren Hals, und ich kann trotz des schwachen Lichts das Beben ihres Pulses sehen. »Du machst das mit mir«, sage ich und erkenne meine eigene Stimme kaum, weil mein Herzschlag mir bis in die Ohren pocht. Alles wie durch Watte und gleichzeitig so intensiv.

Da ist unser aufgeregter Atem. Da ist Birdies Wimmern, als ich mein Becken noch mal gegen ihres dränge, und es ist die Knopfleiste meiner Jeans, die exakt dort ist, wo sie mich

251

braucht, aber ich will mehr, richte mich auf und ignoriere ihren Protest, die Hände, die sie nach mir ausstreckt und dann neben sich aufs Bett fallen lässt, als sie mich nicht erreichen kann.

In einer fließenden Bewegung stehe ich auf, zerre an den Knöpfen und dem Reißverschluss, streife die Hose nach unten.»Zieh dich aus«, sage ich, und Birdie versteckt ihr Lächeln hinter ihren Zähnen, mit denen sie sich in die volle Unterlippe beißt. Aber sie richtet sich auf und fasst den Saum ihres Shirts, das sie sich über den Kopf zieht. Ohne den Blick von mir zu lösen, öffnet sie die Häkchen ihres BHs und hält ihn vorne mit dem Unterarm noch an Ort und Stelle, während sie zuerst langsam den einen und danach den anderen Träger über ihre Schultern nach unten fallen lässt. Sie weiß genau, wie wahnsinnig sie mich gerade macht. Und als sie den Stoff endlich fallen lässt, ist da immer noch ihr Arm, mit dem sie sich bedeckt. Ich hebe eine Augenbraue. Birdie tut dasselbe.

»Gibt es *diesmal* ein Zauberwort?« Ich ziehe einen Mundwinkel hoch, und sie sieht mich selbstgefällig an, weshalb ich ein leises Lachen schnaube und zurück zu ihr ins Bett komme.

Die Matratze gibt unter meinem Gewicht nach, und je weiter ich mich über sie schiebe, desto weiter weicht sie zurück in die Kissen, bis sie flach daliegt.

»Wenn du willst, dass ich *Bitte* sage, habe ich einen Vorschlag.« Ich küsse den Handrücken, mit dem sie sich bedeckt, und lehne mich noch näher, sodass mein Brustkorb ihren streift, der sich schnell und schneller hebt und wieder senkt. Ihr Atem kommt abgehackt. Stoßweise. Und ich muss mich selbst dazu beschwören, ruhig zu bleiben. »Wie wär's, wenn ich anfange ...«

»Was?« Birdie lacht nervös und atemlos. Ihre Lippen sind leicht geöffnet. Ich blicke ihr in die Augen, ihre Pupillen weiten sich, als ich betont »Bitte« sage, ihr Handgelenk greife und den Arm wegziehe, weil ich sie sehen will.

»So. Schön.« Diesmal küsse ich die Stelle, wo ihr Kiefer in ihren Hals mündet, ziehe eine feuchte Spur über ihre Haut zu ihrer Schulter, bis sie sich unter mir windet und seufzt. »Sollen wir wetten, dass *du* dafür diejenige bist, die am Ende bettelt?«

Birdie schnappt nach Luft, und ich beiße sacht in ihren Hals.

»O Gott«, stöhnt sie. Ihre Nase kräuselt sich, als sie versucht, nicht zu grinsen – und scheitert. Und obwohl sie die Situation auch ein bisschen lustig findet, merke ich genau, wie heiß sie meine Worte machen. »Du bist ...« Birdie beendet den Satz nicht, sondern seufzt wieder und vergisst, dass sie überhaupt etwas sagen wollte, während ich meine Finger seitlich über ihre Rippen wandern lasse.

Ich habe mir schon gedacht, dass sie darauf steht, wenn ich solche Dinge zu ihr sage. Aber während ich ein tiefes Grollen aus meiner Kehle unterdrücke, stelle ich fest, wie sehr es mir selbst gefällt.

Ich lächle in mich hinein und spüre jeden Millimeter ihrer sanften Gänsehaut, werde noch härter, weil es mich so unfassbar anmacht, dass ich dafür verantwortlich bin.

Ich küsse sie erneut, streife mit dem Daumen über ihre Brustwarze, die so steif ist, dass ich sie wieder berühre, und noch mal, und dann zwischen Zeigefinger und Daumen rolle, bis sich ihr Oberkörper gegen meine Handfläche bäumt, mit der ich ihre Brust umfasse und schließlich in den Mund nehme, daran sauge und mich dann doch dazu zwinge, aufzuhören. Damit ich hochsehen kann. In ihr Gesicht. Während ich mit den Fingern weiter abwärts zum Bund ihrer Hose wandere und daran entlangstreiche. »Kann ich?«

Ihre Augen flackern. Diese dichten, dunklen Wimpern. Alles, was ich mir gerade vorstellen kann, ist, wie sie unter mir aussehen wird, während ich sie dorthin bringe, wo wir beide hinwollen. Immer höher, damit wir ewig fallen.

Mit der Zungenspitze benetzt Birdie ihre Unterlippe, bevor sie mir ein winziges Nicken und ihre Erlaubnis gibt. Ihr Blick ist genauso fiebrig, wie ich mich fühle, und ich warte keine Sekunde länger, ziehe ihr hastig die Leinenhose vom Körper. Werfe sie achtlos neben das Bett, wo unsere Klamotten vom Boden verschluckt werden. Sie trägt nur noch einen schwarzen Slip, und ich meine Boxershorts.

Birdie umfasst über dem Stoff meine Erektion, und ich muss die Augen schließen. Die Muskeln meines Kiefers sind zum Zerbersten angespannt. Ich spüre, wie sich meine Lunge mit dem nächsten Atemzug mit so viel Luft füllt, dass mein Ausatmen zu einem unkontrollierten Ruck wird. Birdie bewegt ihre Handfläche, reibt sie an mir, und ich lege meine Hand über ihre, halte sie auf, lasse sie weitermachen, überlege es mir wieder anders und reiße diesmal ihre Hand weg, bin wieder über ihr und umfasse von unten ihren Kiefer, streiche mit dem Daumen über ihre Lippen. Sie stehen ein Stück weit offen. Ihr Atem ist heiß. Sie ist heiß. Die Luft prickelt, und ich drücke die Kuppe meines Daumens in ihren Mund, aber ihre Zunge ist noch heißer, als sie damit darübergleitet und mich mit dem nächsten Augenaufschlag so flehend ansieht, dass ich, ohne unseren Blickkontakt zu unterbrechen, ihren Slip runterziehe und mich selbst von dem letzten Kleidungsstück befreie, das noch zwischen uns ist.

Ich glaube, dass ich noch nie in meinem Leben diese Art von Verlangen gespürt habe. Nein, ich weiß es.

»Birdie, du bist so verdammt unglaublich.«

Und weil sie rot wird und die Augen verdreht, greife ich nach ihren Händen, pinne sie links und rechts neben ihrem Kopf aufs Bett. »Ich will dich. Ich will das.« Sie befreit eine Hand aus meinem Griff und bedeckt damit meinen Mund. Ich stupse mit der Zunge dagegen. Lecke über ihre Handfläche, küsse sie, und dann lässt sie sie wieder fallen.

»Dann tu's«, erwidert sie, aber als ich meine Hand auf

ihren nackten Bauch lege, spüre ich, wie sie bei meiner Berührung zittert.

»Du bist nervös.« Es ist keine Frage. Ich weiß, dass sie es ist.

Langsam lasse ich meine Lippen über ihre Wangen gleiten. »Ich werde dir nicht wehtun«, wispere ich an ihrem Ohr. »Sag, dass du mir vertraust.« Ich hebe den Kopf, um sie anzusehen, aber diesmal ziehen Birdies Hände mich noch näher. Sie küsst meine Mundwinkel. Abwechselnd. Ich schlinge einen Arm um ihre Taille, küsse sie zurück. »Sag es«, wiederhole ich. »Ich will, dass du dich gut fühlst. So verdammt gut.«

Kapitel 27

Birdie

Mein Körper schmilzt unter Naves Berührungen, die so selbstverständlich sind, dass die Stimmen in meinem Kopf immer leiser werden. Aber es ist so lange her. So lange! *So lange*, dass ich erstarre. Obwohl innerlich jede Stelle in und an mir ohne Ende kribbelt. Wie Gänsehaut *in motion*. Als wäre statt Blut irgendeine prickelnde Flüssigkeit das, was durch mich hindurchrauscht und mich bis in die Fingerspitzen kitzelt.

Naves raue Handfläche streicht über meinen Bauch, bedeckt meine Brust, streichelt sie, bevor sich seine Finger sanft um meinen Hals legen. Nur für einen Moment, als wollte er mein hartes Schlucken spüren. In der nächsten Sekunde nimmt er mein Gesicht in seine Hände, küsst – wie ich vorhin seine – meine Mundwinkel, das Herz an meiner Oberlippe, eine Stelle über meinem Mund. Mehrmals, als wäre sie bedeutungsvoll.

Ich bin so unglaublich erregt, dass ich nach den richtigen Worten in meinem Kopf suchen muss, weil es dort wie leer gefegt ist. »Fass mich an«, flüstere ich. »Bitte, Nave.«

Er lehnt sich auf einen Unterarm, wandert mit den Fingern wieder meinen Körper nach unten. Aber seine Berührung ist diesmal nur ein Hauch von Nichts. Geistert über der Stelle, an der ich ihn am meisten haben will. Brauche. Streicht so sanft, dass ich frustriert die Augen schließe.

»Sieh mich an.«

Ich stöhne, kneife meine Augen noch fester zu. Konzentriere mich auf seinen Daumen, der über meine Mitte kreist. Viel zu leicht. Viel zu ...

»Sieh mich an, wenn ich es tue«, wiederholt er, und als ich die Augen aufschlage, verstärkt er den Druck. Unsere Blicke verlieren sich ineinander. Ich kann nicht wegsehen. Wie er mich dabei beobachtet. Was er mit mir tut. Und wie ich darauf reagiere. Weil es sich noch besser anfühlt, als er versprochen hat, und ich vertraue ihm.

Naves Daumen streicht weiter nach unten. Als er spürt, wie feucht ich für ihn bin, schließt er selbst kurz die Augen. Der Laut aus seiner Kehle ist irgendwas zwischen einem Knurren, das zu einem Stöhnen wird und nahtlos in ein »Fuck, Birdie« übergeht. Wieder kreist er um und über diese eine Stelle, an der alle meine Nerven aufeinandertreffen und mich jetzt schon immer höher treiben, immer weiter. Es ist perfekt.

»Nave«, flehe ich, und meine Lippen öffnen sich zu einem lautlosen Stöhnen, als er einen Finger in mich führt, ihn langsam krümmt und mich von innen massiert.

Sex hat sich noch nie so angefühlt. Nave weiß, was er tut, und ich will mehr. Will ihn in mir. Brauche ihn in mir.

Ich wimmere. Wimmere noch mal seinen Namen, der mein Flehen ersetzt, aber genauso bittend klingt, und er versteht, nimmt einen zweiten Finger und bewegt sie vor und zurück, rein und raus, während sein Daumen mich weiterhin von außen reizt, bis ich meinen Kopf ins Kissen presse, meine Muskeln sich anspannen und Hitze sich in meinem Bauch sammelt, die jede Sekunde explodiert. Ich packe Naves Arm, kralle meine Finger in seine Haut, als müsste ich mich festhalten, um nicht zu fallen, aber es ist zu spät, denn ich tue es, ich falle, falle und falle weiter. Die Fingernägel in den Flügeln des Schmetterlings an seinem Ellenbogen. Ich fühle so viel, als wäre mein Körper zu klein, so viel, ich kann nicht. »Hör nicht auf«, flehe ich, obwohl ich nicht sicher bin, ob ich das noch ertrage, weil ich immer noch komme, oder immer noch nicht. Es ist ... Dieses warme Kribbeln, die heißen Schauer, alles steigert sich immer weiter, hört nicht auf. Ich kralle meine andere Hand ins Laken, ins Kissen, beiße in meinen eigenen Handrücken, um mein Stöhnen zu dämpfen, aber es bringt nichts. Ein erlösender Schrei bricht aus mir, und ich komme so hart, dass ich keuche. Ich kann meine Augen nicht mehr offen halten. Ich kann nicht mehr still liegen bleiben. Mein Oberkörper bäumt sich auf. Meine Beine zittern. In meinen Ohren hallt Naves schwerer Atem, mein abgehacktes Nach-Luft-Ringen und das Summen meines Orgasmus. Aber Nave hört nicht auf, bewegt seine Hand weiter, bis ich den letzten Moment meines Höhepunktes erlebt habe und wie von einem Höhenflug zurück in diesem Bett, zurück im Hier und Jetzt lande. »O Gott«, flüstere ich heiser und leise und glücklich und erschöpft. »Das war ...«

»Alles«, sagt er, als ich meinen Satz auch ein paar Herz-schläge später nicht beende. Weil ich nicht fähig bin. Und dann spüre ich wieder seine Lippen, die mein zufriedenes Lächeln küssen. »Brauchst du eine Pause?«

Ich lache, die Augen immer noch geschlossen. Unfähig, Worte zu formen, schüttle ich den Kopf.

Nave stupst mich mit der Nase an die Wange, aber im nächsten Moment spüre ich wieder seine Zähne, die über mei-nen Kiefer gleiten, weil er mich nie einfach bloß küsst. Weil es immer intensiv ist. Wie er an mir saugt, mich reizt, immer nur so viel, dass er keine Spuren hinterlässt, aber fest genug, um mich augenblicklich wieder diese Aufregung spüren zu lassen. Weil ich es noch mal will. Weil ich exakt dieses Gefühl noch einmal will. Ich habe kaum meinen Atem wieder ge-funden, nichts in mir hat sich beruhigt, aber ich will nicht warten.

»Wie ist es am besten für dich?«

Mein Bauch füllt sich mit ziehender Vorfreude, aber immer wieder übernimmt meine Nervosität das Ruder.

»Hey.« Nave dreht meinen Kopf in seine Richtung. »Soll ich aufhören?«

Ich habe noch nie zuvor so rasch meinen Kopf geschüttelt. »Nachtschrank«, sage ich, und Nave lehnt sich über mich, öffnet die Schublade und sieht mich dann über die Schulter an. »Ganz hinten«, sage ich, und er lehnt sich noch ein Stück weiter nach vorne, wird fündig und zieht eine Packung Kondome hervor, von denen er eins rausnimmt, mit den Zähnen aufreißt und sich in einer gekonnten Bewegung überrollt. Ich beobachte ihn dabei und kann die Augen nicht von ihm lösen. Er ist groß. Alles an Nave ist groß und stark, und ich fühle mich winzig, aber dann nimmt er mich in die Arme, und ich fühle mich stattdessen geborgen. Ich vertraue ihm, hole tief Luft, und dann ist er über mir, zwischen meinen Beinen.

Mit zitternden Fingern streiche ich ihm die dunklen Locken aus der Stirn. Mit rauen Fingern streicht er mir meine hellen Locken aus der Stirn. Und dann sehen wir uns an, ich schlucke, Nave schluckt. Langsam dringt er in mich ein, und ich glaube, wir können uns beide kaum beherrschen. Naves Kiefer pocht. Meine Mitte pocht. Mein Herz explodiert. Meine Lippen beben. Meine Beine zittern. Nave richtet sich auf. Streicht über meinen rechten Oberschenkel. Umfasst meinen Knöchel. Streicht über meinen anderen Oberschenkel, und ich lasse ihn. Niemand hat mich dort in den letzten Monaten auf diese Art berührt. Nicht mal ich selbst. Und die Haut an dieser Stelle erwacht zum Leben. Ich denke nicht weiter nach, wie es aussieht, weil ich weiß, dass Nave mich schön findet. Weil ich mich selbst schön finde und weil ich diesmal wirklich den Verstand verliere, als er sich immer weiter in mich schiebt.

Ich stöhne. Er hält inne. Streichelt mich. Macht weiter und wartet, bis ich mich an ihn gewöhnt habe, bis ich ihn aufnehmen und er sich bewegen kann. Aber selbst jetzt ist er langsam, vorsichtig, und ich weiß nicht, wie ich ihm entgegenkommen soll, wie ich seine Stöße beschleunigen kann, ohne das zu tun, was er vorausgesagt hat. Nämlich, dass ich ein flehendes, wimmerndes, einziges Chaos unter ihm sein würde. Aber ich bin kurz davor.

»Fuck, Birdie.« Nave klingt so aufgewühlt, wie ich mich fühle. »Du bist ... das ist ... so gut, *zu gut*.« Seine Stirn lehnt an meiner. Unser Atem vermengt sich. Seine Stöße sind tief und fest, seine Hände packend, sein Blick herausfordernd. Und ich gebe auf.

»Bitte«, flehe ich und grinse unweigerlich, weil er es auch tut.

»Bitte was?«, fordert er weiter.

»Bitte, mach schneller, ich will ...«

»Du willst was?«

»Dich.«

Naves Lippen stürzen sich auf meine, küssen mich, seine Zunge dringt forsch in meinen Mund, ich winde meine um seine und erwidere seine Berührungen mit meinen. Kralle meine Finger in seinen Rücken, halte mich fest, weil er immer schneller in mich stößt.

»Soll ich dir sagen, was *ich* will?«

Gott, wie kann er immer noch reden? Ich weiß nicht, wo er diese Beherrschung hernimmt. Erst nach fünf weiteren Stößen nicke ich.

»Ich will, dass du dich diesmal nicht zurückhältst. Ich will hören, dass es dir gefällt.«

Und dann packt Nave meine Schultern, hält mich unter sich, damit ich nicht wegrutsche, weil seine Stöße so fest sind, dass selbst die Bettpfosten laut sind, während sie über den Boden poltern.

»O Gott.« Ich strecke die Hände über den Kopf, stütze mich an der Wand ab, um seinen Bewegungen entgegenzuhalten. Nave packt meine Schulter fester. Mit der zweiten Hand wandert er zwischen uns, und im Einklang mit seinem steten Rhythmus streichelt er mich unnachgiebig, bis meine Muskeln sich ergeben, bis ich zucke, bis erstickte Laute über meine geöffneten Lippen fallen, ich stöhne und schreie, seinen Namen, meine Lust. Laut.

Nave keucht. Er stöhnt auch. Er presst meinen Namen hervor, seine Augen zu und sein Becken ein letztes Mal gegen meines, bevor er sich auf seine Unterarme stützt, seinen Körper auf meinen legt und sich nicht mehr rührt. Da ist nur noch das sanfte Nachbeben in mir. In ihm. Das sich vermengt. Da ist nur noch das Streicheln seiner Daumen an meinem Gesicht. Da ist sein träges Küssen, wo sein Mund meinen Hals berührt, meine Schlüsselbeine, mein Gesicht. Da ist dieses Zucken in mir, das auch ihn zucken lässt. Da ist ein erschöpftes Lächeln auf unseren Lippen und das lautlose *Fuck, Birdie* in seinen geweiteten Pupillen, während ich bereits meine Augen schließe, weil mich die Müdigkeit packt und mit sich reißt.

Ich bewege mich nicht, als Nave sich vorsichtig zurückzieht. Er geht ins Bad, aber ich tue es nicht. Ich erschaudere lediglich kurz, als ich ein feuchtes Handtuch spüre, das Nave mitgenommen hat. Aber mehr als ein müdes Lächeln bringe ich nicht mehr zustande, und ich lasse ihn machen. Lasse ihn mich zudecken. Spüre, wie er sich hinter mich legt, mich an sich zieht und mir immer wieder ins Ohr flüstert, wie sehr er mich mag, bis wir einschlafen.

Marcella hätte eigentlich eine Stunde Mittagspause. Aber bereits nach dreißig Minuten ruft sie jemand an, und wir müssen unseren Lunch auf der Dachterrasse des Senders unterbrechen.

»Es tut mir so leid«, sagt sie mit zerknirschtem Gesichtsausdruck und klipst die Abdeckung auf den Glasbehälter, mit dem ich Kristins Essen durch die halbe Stadt befördert habe.

»Soll ich warten?«

»Lieber nicht. Ich weiß nicht, wie lange es dauert, und ...«

»Kein Problem. Dann holen wir das einfach wann anders nach.«

»Bist du böse?«

»Deswegen? Bitte.« Insgeheim freue ich mich sogar, weil ich, schon seit ich das Sendergebäude betreten habe, hibbelig darauf warte, unten am Empfang zu fragen, ob und wie ich das Archiv besichtigen kann.

»Gar nicht«, lässt mich die Mitarbeiterin dort jedoch eine Aufzugfahrt nach unten später wissen.

»Gibt es überhaupt keine Möglichkeit? Dass ich mich anmelde, oder einen Mitarbeiter, der dafür verantwortlich ist, mit dem ich sprechen könnte?«

»Nein. Tut mir leid. Hausfremden Personen ist der Zugang zu den Archiven nicht gestattet. *Vor allem* der Zugang zu den Archiven. Dort gibt es unzählige sensible Dokumente. Wo kämen wir da hin, wenn die Leute ein und aus gehen.«

»Oh, okay. Ja. Klingt logisch. Aber gibt es denn jemanden, dem ich zumindest ein paar Fragen stellen könnte?«

»Fragen zu ...?«

»Einer Sendung, die 2005 eingestellt wurde und ...«

»Hören Sie, Sie können gerne eine Mail an diese Infoadresse verfassen.« Die Dame schnappt sich einen gelben Post-it-Block, kritzelt etwas darauf, zieht den obersten Zettel schwungvoll ab und reicht ihn mir dann. »Aber für gewöhnlich werden solche Aufnahmen nicht einfach so rausgesucht. Wenn Sie das Material also nicht gerade für Ihr Studium oder einen Arbeitgeber benötigen und dafür eine schriftliche Erklärung beilegen können, dann ...« Sie presst die Lippen

aufeinander und hebt entschuldigend die Brauen. »Der Großteil der alten Daten ist zudem noch nicht digitalisiert, und wir
haben niemanden, der sich einen oder sogar mehrere Tage
Zeit nehmen kann, um VHS-Kassetten durchzugehen, für
etwas, das fast zwanzig Jahre alt und nicht für Forschungs-
zwecke oder den allgemeinen Nutzen rausgefischt werden
muss. Wenn wir das tun würden, bräuchten wir eine ganze
Abteilung an Mitarbeitern allein dafür. Das ist logistisch und
strategisch nicht möglich.«

»Haben Sie hausfremde Personen gesagt?«

»... Ja?«

»Was ist mit Praktikanten?« Ich wollte eigentlich darauf
hinaus, dass ich Marcella fragen könnte.

»Nein. Die auch nicht. Aber wenn Sie sich um einen Job
bewerben wollen«, sie deutet mit dem Kugelschreiber in ihrer
Hand nach rechts, »die Aushänge finden Sie am Schwarzen
Brett, online und in den Aufzügen.«

Ich atme schwer aus. Weil ich verstehe, dass für mich nach
keiner Nadel im Heuhaufen gesucht wird. Weil es ja auch nur
eine mini regionale Sendung war, die – so viel konnte ich im
Internet dazu herausfinden – nur kurz bestand und direkt
nach dem Tod meiner Mutter eingestampft wurde. Als hätte
der Sender das Format lediglich für sie gemacht. Vielleicht
haben sie das sogar. Aber da es den Sender nicht mehr gibt,
oder zumindest den damaligen Zweig davon, kann ich natürlich auch niemanden kontaktieren, und ich kenne auch sonst
niemanden ... Moment! Was ist mit *Arthur?*

»Entschuldigen Sie. Eine Frage noch. Das ist die letzte, versprochen. Herr Volt. Der arbeitet doch hier?«

»Der arbeitet hier«, bestätigt sie etwas irritiert.

»Könnte ich ihn vielleicht sprechen? Ginge das?«

Die Sekretärin gibt ihr Bestes, mir nicht zu zeigen, dass
ich sie nerve, aber es ist nicht zu übersehen, dass sie mich am
liebsten abwimmeln würde. Und ich glaube, dass das auch der

einzige Grund ist, weshalb sie tatsächlich zum Hörer greift und eine Durchwahl eintippt. Hoffnung steigt in mir auf, aber vermischt sich sofort mit dem unguten Gefühl, das ich hatte, als ich Arthur damals mit Nave getroffen habe. Ich hatte den Eindruck, dass Nave deshalb total gestresst war. Und ich war es auch. Weil Arthur diese Ausstrahlung hat. Nicht unbedingt die, wie Marcella es mit ihrer übertriebenen Art zusammengefasst hat. Ein bisschen gruselig war er allerdings wirklich. Vielleicht ist es doch keine gute Idee? Aber ich bin hier, und jetzt einfach zu gehen, ohne alles probiert zu haben ... das will ich auch nicht.

»Es geht keiner ran. Aber Sie können es im sechsten Stock versuchen. Büro 609, den rechten Gang bis ganz nach hinten. Letzte Tür.«

»Sechster Stock. 609. Letzte Tür«, wiederhole ich, um es mir zu merken, und kralle meine Finger fester um den Riemen meines Jutebeutels. »Tausend Dank! Wirklich«, stammle ich, bereits im Weggehen, und steuere die Aufzüge im hinteren Bereich der Empfangshalle an.

Mit mir steigen vier weitere Personen ein, und natürlich hält der Lift in jedem einzelnen Stockwerk bis zum sechsten. Was mir Zeit verschafft, mich erstens: zumindest darauf vorzubereiten, was zur Hölle ich sagen soll, wenn ich Arthur tatsächlich finde, und zweitens: die Aushänge durchzulesen. Weil ich ja wirklich nach einem Job suche. Aber keiner davon käme für mich infrage. Für keinen bringe ich die nötigen Voraussetzungen mit. Was meinem Tatendrang gleich mal einen Dämpfer gibt. Ob das bei jeder Ausschreibung so sein wird? Wenn ich nicht immer noch Probleme damit hätte, längere Zeit zu stehen, würde ich mich am liebsten in Cafés bewerben, um eine Weile zu kellnern. Aber die Vorstellung, ein volles Tablett zu halten, während ich mich zwischen engen Tischen durchschlängle und dann vielleicht noch doof angemacht werde, weil ich nicht schnell genug bin, hat mich diese

Idee wieder verwerfen lassen. Ganz kurz habe ich sogar nachgedacht, meinen Vater zu fragen, ob ich in der Parteizentrale ein Praktikum machen könnte. Aber dann tauchte Vic in meinen Gedanken auf. Dort war er schon länger nicht mehr vertreten. Trotzdem habe ich keine Lust, mit ihm zu arbeiten, und im Grunde will ich ja ausziehen, um etwas Abstand zwischen mich und meinen Vater zu bringen. Da wäre es kontraproduktiv, wenn ich ihn dann erst recht täglich sehe, weil ich für ihn arbeite. Außerdem möchte ich selbst etwas schaffen und Möglichkeiten nicht nur wegen seinem weitreichenden Vitamin B in den Schoß gelegt bekommen.

Das leise Ping des Fahrstuhls holt mich zurück. Ich war derart versunken, dass ich einen Moment verwirrt bin. Aber das Schild mit der großen Sechs sagt mir, dass ich hier rausmuss. Ich straffe die Schultern, steige aus und finde – leider – sofort das richtige Büro, traue mich jedoch nicht, zu klopfen. Die Tür ist geschlossen, und es wäre mir lieber gewesen, wenn ich noch ein paar Minuten mehr Zeit gehabt hätte. Mich vielleicht einmal verlaufen hätte. Jemanden kurz nach dem Weg fragen müsste und deren Mimik lesen könnte, während ich den Namen *Arthur Volt* sage. Weil es mich plötzlich interessiert, was andere Menschen hier von ihm halten. Menschen, die ihn kennen. Und nicht bloß aufgrund eines eigenartigen Aufeinandertreffens oder der kryptischen Verschwörungstheorien von Marcella einschätzen. Aber niemand läuft mir hier über den Weg. Es ist ein Trakt mit ausschließlich verschlossenen Bürotüren. Und vielleicht bilde ich mir das jetzt nur ein, aber das Holz an Arthurs Tür erscheint mir einen Tick dunkler, das Schild neben seinem Büro eine Spur vergilbter. Als hinge seines von allen am längsten hier.

Klopf jetzt!, sage ich mir innerlich vor, tue es und beschließe, dass ich mich nicht einschüchtern lassen werde. Komme, was wolle.

Ich schlucke die Ansammlung an halb fertigen Sätzen und Gedankenfetzen runter und warte auf eine Antwort, aber es kommt keine.

Nein, nein, nein. Enttäuschung verdrängt meine Aufregung. Er ist nicht da?

Ich will es nicht wahrhaben und klopfe noch mal. Drängender. Was lächerlich ist. Weil er mich auch beim ersten Mal gehört hätte, wenn er hinter der Tür wäre.

Meine Hoffnungen waren so groß, dass ich mir mit den Händen durchs Haar fahre und dann an die Decke blinzle. Da ist natürlich kein Himmel. Trotzdem murmle ich ein ernüchtertes »Warum kann nicht *einmal* etwas gut laufen«, als könnte mich das Universum hören.

»Das frage ich mich auch jeden Tag«, ertönt eine rauchige, tiefe Stimme hinter mir. Ich fahre herum, und noch bevor ich Arthur sehe, rieche ich ihn. Leder und Zigaretten. Kein Geruch, den ich als angenehm beschreiben würde. Aber er lächelt mich an. So, als würde er sich tatsächlich freuen, mich zu sehen. Er macht zumindest nicht den Eindruck, als wäre er üblicherweise ein Lächler, und es beruhigt mich, dass ich zumindest nicht dabei bin, die nächste Person in diesem Haus zu nerven.

Vielleicht hilft er mir ja wirklich! Immerhin kannte er meine Mutter. Und wer, wenn nicht er, weiß, wo im Archiv sich diese Aufnahmen befinden könnten?

»Nach dir.« Arthur hält mir die Tür auf, gegen die ich eben noch so vehement geklopft habe, und matte Dunkelheit hüllt mich ein, obwohl draußen helllichter Tag ist. Nur sind hier alle Jalousien unten. Zumindest vermute ich hinter den geschlossenen Aluminiumlamellen Fenster. Es stehen auch allerhand Kartons auf dem Boden, soweit ich das mit dem kargen Licht des Flurs ausmachen kann, weshalb ich sicherheitshalber stehen bleibe und mich keinen Millimeter mehr bewege. Damit ich nirgends drüber stolpere. Es ist ... wahrscheinlich auch sicherer, wenn ich nahe am Ausgang stehe. Nur für den Fall, also, ich will wirklich nicht zu Marcellas Vorurteilen beitragen, aber ich finde es gerade auch dezent beunruhigend hier.

Anstatt die Jalousien hochzuziehen, macht Arthur die Deckenlampe an, die alles in einen altertümlich orangefarbenen Schein tunkt. Als hätte man hier drin die Zeit mal eben dreißig Jahre zurückgespult. Die meisten Ordner sehen auch tatsächlich alt aus. Sein Computer ebenso. Wobei ich einen modernen Laptop am Schreibtisch entdecke und er den kastenartigen Bildschirm vielleicht nur aus nostalgischen Gründen behalten hat. Was weiß ich. Arthur würde ich es zutrauen.

»Der Junge hat es dir also gesagt?« Arthur lässt sich auf die Couch fallen, und erst jetzt bemerke ich die kleine Kaffeeecke. Seine Hand weist auf die einzelne Sitzgelegenheit gegenüber vom gläsernen Beistelltisch, dessen glatte Oberfläche von einem sichtbaren Staubfilm überzogen ist, aber ich zögere. Weil ich nicht verstehe.

»Er hat es dir nicht gesagt«, mutmaßt Arthur weiter, lässt den Kopf hängen und schüttelt ihn.

»Reden wir von Nave?«

Arthur hebt den Kopf wieder und sieht mir in die Augen. Es ist unangenehm, aber ich unterbreche den Blickkontakt nicht.

»Weshalb bist du sonst hier?«

»Ich ... es ...« Ich merke rasch, dass ich das nicht in einem Satz erklären kann, setze mich nun doch, und weil ich mich dabei abstütze und langsam in das Polster sinken lasse, verengt Arthur irritiert die Augen, fixiert dann mein Bein, und als ich sitze, rutscht die Hose an den Knöcheln ein Stück hoch. Ich weiß, dass man jetzt das Verbindungsrohr der Prothese sehen kann.

Arthurs Brauen heben sich für eine Sekunde. Überrascht. Es wundert mich, ehrlich gesagt, dass er das nicht von mir wusste. Weil nach der Spendengala in allen dämlichen Gratis-Tageszeitungen mit ein, zwei melodramatischen Absätzen darüber berichtet wurde.

So kämpfen die Ankers.

Anker-Tochter: So schön ist sie trotz Horror-Unfall

Kotz, würg etc.

Aber wenn ich es mir überlege, macht Arthur dann doch nicht den Eindruck, als würde er so etwas lesen. Er sieht mehr nach Qualitätszeitung und wichtigen Themen aus. Und als hätte er in seinem Leben bereits Dinge gesehen, die tausendmal schlimmer sind als ein fehlendes Stück Bein. Denn er spricht mich nicht darauf an, sieht mir wieder ins Gesicht, und ich hole zögerlich Luft. »Es gab da diese Sendung. Meine Mutter war als Regionalreporterin unterwegs. Ich habe sieben Kassetten gefunden. Mein Vater ...« Ich breche ab, weil ich ihm dieses Detail lieber nicht erzählen möchte. »Es funktionieren nur noch sechs der Kassetten, und ich habe mich gefragt, ob es womöglich noch mehr Aufnahmen gibt?« Ich blinzle, weil mir jetzt doch die Tränen kommen. Dabei erinnere ich mich nicht mal an meine Mutter. Ich habe sie nie als eine reale Person vermisst, die ich persönlich gekannt habe und die mir plötzlich vom Schicksal weggenommen wurde. Aber sie war dennoch stets jemand, der gefehlt hat. Und ich habe mich immer gefragt, wer ich wohl geworden wäre, wenn es sie noch gäbe. Wenn ich sie als Vorbild hätte. Oder ob sie dieselben Dinge von mir verlangen würde wie mein Vater. Meine Intuition sagt mir, dass sie anders war.

Aber Arthur schüttelt erneut den Kopf, als wäre er von mir enttäuscht. »Ich weiß nicht, was ich erstaunlicher finden soll.«

»Wie bitte?«

»Dass du wegen dir hier bist oder dass du denkst, diese beschissene Sendung wäre auch nur ansatzweise etwas, das die Erinnerung an Rita einfängt.«

»Ich wollte ...«

»Richtig, Bernadette. *Du* wolltest. Und weißt du was?« Ich presse die Lippen aufeinander.

»Ich kann dir die Kassetten tatsächlich beschaffen.«

»Wirklich?«, platzt es aus mir heraus, aber ich räuspere mich rasch und halte mich wieder zurück. Nicht nur meine Freude. Weil ich mich nämlich nicht mehr freue. Weil ich mich schlecht fühle. Weil Arthur mir vermittelt, dass ich mich schlecht fühlen sollte.

»Wirklich«, wiederholt er betont, als wäre das für ihn ein lächerlicher Klacks. »Und ich bin sogar in der Stimmung, dir noch mehr als das zu geben. Nämlich ein paar Aufnahmen, wo du sehen kannst, wer deine Mutter war, bevor sie beschlossen hat, alles aufzugeben, für jemanden, der ... nein, weißt du was? Lass uns nicht diese dunkle Straße entlanggehen. Lass uns beim Thema bleiben.«

»Ich habe das Gefühl, dass du schon lange vom Thema abgewichen bist«, lasse ich ihn wissen und will ihm zeigen, dass ich es nicht in Ordnung finde, wie respektlos er mit mir spricht.

Arthur lacht. »Was bekomme ich im Gegenzug?«

Was zur? Das meint er doch nicht ... »Äh?«

»Diese Aufnahmen zu suchen, kostet mich Zeit. Die habe ich eigentlich nicht. Mein Projekt ist wichtig. Dir sind die Kassetten wichtig. Ich schlage einen Deal vor. Du hilfst mir. Ich helfe dir.«

»Und inwiefern soll ich ... helfen?« Das letzte Wort sage ich skeptisch.

»Triffst du dich noch mit Nave?«

»Ich wüsste nicht, was Sie das anginge.«

»Seit wann waren wir beim Sie?«

»Seit Sie mir nicht geheuer sind und ich mich unwohl fühle.«

Arthur lehnt sich auf der Couch zurück. Nicht unbedingt gönnerhaft, sondern mehr, um Abstand zwischen uns zu bringen. »Dort ist die Tür«, deutet er mit der Hand. »Es steht dir jederzeit frei, zu gehen.«

Ich rühre mich nicht vom Fleck. »Was müsste ich denn tun?«

»Triffst du dich noch mit dem Jungen, ja oder nein?«

Ich nicke.

Arthur schüttelt den Kopf. »Dummer, verdammter ...«, nuschelt er in seinen Bart, aber das war nicht an mich gerichtet. Trotzdem runzle ich die Stirn. Arthur atmet geräuschvoll durch den Mund ein und aus. »Überzeug ihn davon, sein Interview für die Reportage freizugeben.«

»Welches Interview?«

»Das kann er dir selbst erklären. Ich will nur, dass er zustimmt.«

»Nein.« Ich verschränke die Arme vor der Brust.

»Nein?«

»Nein«, wiederhole ich vehementer. »Wenn Nave etwas nicht tun will, werde ich ihn nicht dazu überreden. Falls das die Voraussetzung dafür ist, dass ich die Kassetten bekomme, lehne ich ab. Nave ist keine Schachfigur, und ich bin es auch nicht.« Ich richte mich auf.

Arthur sagt erst etwas darauf, als ich bereits an der Tür bin, den zerkratzten Messingknauf in meiner verschwitzten Handfläche.

»Du bist wirklich die Tochter deiner Mutter«, sagt er, und diesmal sieht er mich anders an. Aber ich habe die Nase voll, und noch bevor er etwas hinzufügen kann, gehe ich hinaus und ziehe die Tür hinter mir zu.

Kapitel 28

Nave

I don't know when I was born.
But you make me feel alive.

»Ich bin wirklich froh, wenn ich nie unter deinem Messer lande.« Argwöhnisch sehe ich Tom dabei zu, wie er zum wiederholten Mal zu viel Mehl in die Teigschüssel kippt und dann ziemlich unkoordiniert die Hälfte vom Löffel fallen lässt, als er den Großteil davon wieder zurück in die Packung befördern will. »Gehört Präzision nicht irgendwie zu ... deinem Job?«

»Ach, sei still. Du bist derjenige, der keinen Kuchen backen kann und mich um Hilfe gebeten hat.« Seine Zungenspitze klebt an seiner Oberlippe, so viel Konzentration kostet ihn das Löffelbalancieren und gleichzeitige Reden.

»Blödsinn.« Ich greife nach dem Zucker, um ihn selbst reinzuleeren, damit der nicht auch noch überall auf dem Tisch landet. »Du wolltest mitmachen, damit du Birdie sagen kannst, dass er von uns beiden ist.«

»Ja, weil du gemeint hast, dass ich das nur behaupten darf, wenn ich wirklich helfe.«

»Äh, ja? Weil ich meine Freundin nicht anlüge!« *Freundin?* Ist sie das? *Anlügen?* Tue ich das? Ich ... Natürlich tue ich das. Wem mache ich hier etwas vor?

Tom hebt ebenfalls den Kopf und sieht mich an, als würde er an exakt dasselbe denken. »Du musst es ihr sagen.«

»Ich weiß.«

»Warum hast du es noch nicht getan? Ihr redet doch sonst über alles?«

»Dein Ernst? Wie würdest du denn so ein verficktes Gespräch anfangen?«

»Von vorne.«

»Es gab noch keinen richtigen Moment.«

»Nave«, sagt Tom verständnisvoller. »Den wird es nie geben.«

»Ich weiß.«

»Und sie wird pissed sein, wenn sie es nicht von dir erfährt.«

»Ich weiß.

»Zu Recht.«

»Ich weiß!« Diesmal knurre ich ihn fast schon an, aber Tom zuckt nicht mit der Wimper.

»Und sie hat gesagt, dass sie nur Sojamilch trinkt?« Mit gerümpfter Nase riecht er am offenen Karton. Ich bin froh, dass er es sein lässt.

»Nur Pflanzenmilch. Aber die hier trinkt sie auch im Kaffee, deshalb habe ich sie gekauft.«

»Beeindruckend! Du servierst mir seit Jahren Kaffee mit heißem Wasser, ohne mich je zu fragen, ob ich den so will, und sie bekommt sogar die Spezialmilch.«

»Ich hab gedacht, du trinkst ihn genauso wie ich?«

»Ich trinke erst Kaffee, seit du welchen machst. Ich hasse die Brühe eigentlich. Wer will schon Sklave einer Bohne sein?«

Ich lache. »Du würdest keinen Lerntag ohne Kaffee überstehen. Ich weiß genau, dass du an der Uni auch welchen trinkst.«

»Weil du mich abhängig gemacht hast!«

Ich zeige mich unbeeindruckt. »Du bist Herr deiner Taten. Schieb's nicht auf mich.«

»Aber es ist so viel einfacher, meine Verfehlungen auf dich zu schieben.«

Mit dem Daumen deute ich hinter mich. »Stell dich hinten an. Vor dir warten zig Leute darauf, dasselbe zu tun.« Tom stöhnt genervt auf. »Ach komm, Nave. Kein Pessimismus, das schmeckt man dann im Kuchen, und ich würde Birdie sagen, dass es deine Schuld ist, wenn er kacke wird.« Ich greife mir eine Handvoll Mehl und staube es Tom aufs schwarze T-Shirt. Er tut das Gleiche und klatscht über meinem Kopf, sodass es sich wie eine Pulverwolke über mir ausbreitet.

Wir haben uns noch nicht wieder zurechtgemacht, als es gleichzeitig vom Ofen-Timer und der Haustür klingelt. Hastig fahre ich mir durch die Haare, mache die Hände unter der Spüle nass und rubble noch mal über meine Locken, um das grauweiße Mehlpulver loszuwerden.

»Ich erledige das hier«, scheucht Tom mich aus der Küche, sodass ich Birdie aufmachen kann, und ich rutsche mit den Socken über den Parkettboden im Flur, bevor ich, am Ende angekommen, die Eingangstür aufreiße.

»Hi«, sagt Birdie ein klein wenig erschrocken, lacht dann aber und stellt sich rechts auf die Zehenspitzen.

»Hi«, antworte ich und muss mich trotzdem runterbeugen, um ihren Kuss zu erwidern. Ich mag es, dass ich so viel größer bin. Gibt mir das Gefühl, sie beschützen zu können.

»Happy Birthday«, flüstere ich an ihren Lippen, die sich kaum küssen lassen, weil sie lächelt und grinst. Wie lange sie mich wohl noch auf diese Weise ansehen wird? Ich muss es ihr echt sagen. Aber heute ist dafür zur Abwechslung mal wirklich nicht der richtige Tag.

»Sieh mal.« Birdie greift den kurzen Rock ihres luftigen Kleides und lässt den schwarzen Stoff mit der Hand einmal hin und her flattern wie eine Flamenco-Tänzerin. Dazu trägt sie Docs und ihre nackte Prothese. Ich glaube, dass es das erste Mal ist, dass sie die in der Öffentlichkeit nicht versteckt.

»Okay, warte.« Ich wirble meinen Zeigefinger in der Luft. »Ich brauche hier einen 360. Dreh dich«, weise ich sie an und küsse sie noch mal, nachdem sie ihre Pirouette beendet hat. »Steht dir«, flüstere ich, lasse meine Hände über ihren Rücken weiter hinab und unter den Stoff wandern, bevor ich kurz ihren Hintern packe. »Keine Hosen mehr. Nie wieder«, sage ich begeistert, und Birdie schiebt mich lachend von sich.

Ich ziehe einen Mundwinkel hoch und strecke die Hand aus. »Nach dir.«

Sie lässt ihre kleine Umhängetasche auf den Boden gleiten, greift nach meiner Hand und zieht mich hinter sich her.

»Was habt ihr denn gemacht?«, fragt sie, nachdem sie in die Küche spaziert ist, wo Tom seinen Daumenballen unters fließende Wasser am Waschbecken hält und verschmitzt mit der anderen Hand winkt.

»Alles gut und alles Gute«, sagt er, trocknet sich ab und umarmt sie. »Ich hab mir für dich die Finger verbrannt. Wir haben unsere Küche unbewohnbar gemacht, und Elvis ist mit einer halb leeren Packung Butter abgehauen. Keine Ahnung, wo sie sich damit versteckt hat, aber ich bete inständig, dass sie das aufisst und wir nicht nächste Woche irgendwelche Käfer haben, die aus allen Ritzen kriechen.«

»Okay. Wow.« Birdie sieht mich amüsiert an und begutachtet dann den Kuchen, den Tom anscheinend aus der Form auf einen Teller gestürzt hat. Leider sieht er auch genauso aus. *Gestürzt.*

»Tom«, rufe ich und verpasse ihm einen Schlag gegen den Hinterkopf. »Was ist das? Wo ist bitte wirklich dein Feingefühl? Der ist total zerbrochen!«

»Das liegt aber daran, dass wir extra keine Eier verwendet haben«, merkt er an und entwirrt eine seiner blond-braunen Strähnen, in der Teigreste kleben.

»Ich finde«, mischt Birdie sich dazwischen, »dass das der schönste Krümelkuchen aller Zeiten ist.«

Tom nimmt eine einzelne pinke Geburtstagskerze aus der vollen Packung und rammt sie einfach oben in den Schokoladenberg, bevor er in der Küchenschublade nach einem Feuerzeug sucht.

»Das war so viel schöner geplant«, lasse ich Birdie wissen, als die kleine Flamme um ihr Überleben flackert, aber sie strahlt mich an.

»Authentisch. Mag ich«, sagt sie, zuckt mit den Schultern, hält sich die offenen Haare im Nacken zusammen und lehnt sich vor. Dann spitzt sie die Lippen, wartet aber einen Moment, bis sie sich scheinbar entschieden hat. »Ich wünsche mir, dass alles genauso bleibt, wie es jetzt ist«, flüstert sie, pustet die Kerze aus und grinst uns an.

»Alter, Birdie. Wünsche darf man nicht verraten«, ruft Tom, während ich eigentlich *Happy Birthday* anstimmen wollte.

»Warum nicht?«, fragt Birdie mit zuckenden Mundwinkeln, und auch mein zweiter Versuch, ein Geburtstagslied zu singen, geht unter.

»Weil sie dann nicht in Erfüllung gehen«, meint Tom, und diesmal versuche ich gar nicht mehr, meine Nummer durchzuziehen.

Birdie sieht ihn selbstgefällig an und macht eine raumumfassende Bewegung mit dem ausgestreckten Arm. »Alle meine Wünsche sind bereits in Erfüllung gegangen.« Sie lächelt mich beinahe schüchtern an.

Ich mag es, wenn sie und Tom so ungehemmt miteinander herumwitzeln. Weil die beiden zu den wichtigsten Menschen in meinem Leben gehören.

Tom klopft auf Holz. Ich klopfe auf seinen Sturschädel, und Birdie bricht sich kopfschüttelnd ein Stück des Kuchenhaufens ab. Nachdem sie es sich in den Mund gesteckt hat, schleckt sie ihren Daumen ab, an dem noch ein Tupfer geschmolzene Schokolade klebt. Ich weiß nicht mehr, was ich eben noch tun oder sagen wollte, weil ich nur noch auf ihre Zunge starre. Birdie merkt es und zwinkert. Tom merkt es auch und revanchiert sich, indem er mir ebenfalls mit der flachen Hand einen halbfesten Schlag auf den Hinterkopf verpasst.

»Musstest du nicht noch mal wohin?«, frage ich ihn, und er bricht sich ein Stück vom Kuchen ab.

»Yep. Bin auch schon weg. Aber bitte geht in dein Zimmer und verschont die Couch. Die steht direkt im Sichtkorridor der Eingangstür, und ich bin nicht lange weg.«

Birdie hält sich die Hand ans Gesicht. »O Gott«, murmelt sie peinlich berührt, und ich schnappe Tom von hinten an den Schultern und schiebe ihn aus der Küche.

»Danke fürs Helfen, bis später«, verabschiede ich ihn und ignoriere sein Lachen.

»Ihr seid lustig«, sagt Birdie und hält mir ebenfalls ein Stück hin.

Ich koste und bin froh, dass, nachdem ich hinuntergeschluckt habe, der Geschmack von meiner Zunge verschwindet. »Der ist verbrannt.« Seufzend lege ich den Kopf in den Nacken und kapituliere. Aber Birdies Hände an meinen Wangen kippen mein Gesicht wieder zu ihrem.

»Ein bisschen«, gibt sie zu und schmunzelt. »Aber ich freue mich trotzdem. Und ich hab dir doch gesagt, dass ich nichts will.«

»Ach ja? Dann behalte ich die Karte für heute Abend also auch für mich?«

»Nein!« Sie funkelt mich an. »Die will ich.«

»Die willst du?«

»Mhmm«, summt sie und streicht mit den flachen Händen über meine Brust.

»Was willst du noch?«

Sie blickt kurz nach oben und zur Seite, als müsste sie überlegen. »Tausend Küsse.«

»Wohin?« Ich ziehe eine Braue hoch, und Birdie wird rot. Ich rechne nicht damit, aber sie nimmt meine Hand, führt sie zwischen uns, ihren Bauch abwärts. »Hier«, flüstert sie, und ich lehne mich nach hinten, um in den Flur zu spähen, ob Tom auch wirklich schon weg ist. Dann hebe ich sie hoch und verschwinde mit ihr in mein Zimmer.

Wir finden eine leere Packung Butter und unzählige Fetttapser zwischen meinen Laken, weshalb ich uns kurzfristig in das dritte Schlafzimmer manövriere, das wir nie benutzen. Aber es steht ein sauberes Bett drin, und das ist alles, was ich gerade brauche, um schmutzige Dinge zu tun. Den Vergleich habe ich laut ausgesprochen, und Birdie kriegt sich nicht ein vor Lachen, verstummt jedoch, als ich mich sofort an ihren Klamotten zu schaffen mache, das Kleid nach oben raffe, vor ihr in die Knie gehe und ihren Slip mitziehe. Vielleicht war es sogar die beste Idee, hierherzukommen, weil das Geländer am Fuß des Bettes so hohe Pfosten und Querstreben hat, dass Birdie sich stehend dagegenlehnen kann.

Und dann küsse ich sie. Mindestens tausendmal, bis sie meinen Kopf wegschiebt, mich mit verschleiertem Blick ansieht und Worte murmelt, die in dieser Reihenfolge keinen Sinn ergeben. Mit einem zufriedenen Grinsen richte ich mich auf, nachdem ich ihre Unterwäsche an Ort und Stelle gebracht habe, und hebe sie ins Bett, wo ich mich neben sie lege, bis ihr Atem sich wieder normalisiert hat.

»Das war das beste Geschenk bis jetzt«, flüstert sie.

»Ach ja?«

»Mhm.« Sie rollt sich auf die Seite und zeichnet Kreise über die nackte Haut meiner Arme, bis sie irgendwann nur noch die Linien meines Schmetterlings nachfährt. »Ich war heute bei Sven.«

»Und?«

»Es lief gut. Wirklich gut. Er hat mir nicht den Kopf abgerissen. Aber vielleicht auch nur, weil ich heute Geburtstag habe.«

»Sven reißt einem nur den Kopf ab, wenn man ihn zum Skifahren zwingt«, sage ich und frage mich, ob ich nächsten Winter noch hier sein werde. Ganz kurz denke ich, dass ich es ihr jetzt sage. Aber ich will nicht egoistisch sein. Weil ich es nur tun würde, um mich besser zu fühlen. Ihr würde es den Tag versauen, weshalb ich all die ungesagten Worte runterschlucke. Ich versuche es zumindest. Als das nicht funktionieren will, schlucke ich noch mal. Und weil das auch nichts bringt, blinzle ich an die Decke und taste nach ihrer Hand.

»Versprich mir, dass du mir nie den Kopf abreißen wirst.«

Birdie kichert. »Wieso sollte ich? Dein Kopf kann ziemlich gute Dinge tun. Und die hier«, sie tippt an meine Lippen, »sagen die besten Sachen.«

»Du hast mein Herz und meine Seele, Birdie.«

»Ich kann nicht glauben, dass es dich wirklich gibt«, wispert sie andächtig, kichert dann, und ich wünschte, man könnte Geräusche innerlich abspeichern, um sie irgendwann in der Zukunft erneut abzuspielen.

Wir bleiben noch eine Weile liegen. Birdie erzählt mir von ihren Plänen mit Sven und klingt so zuversichtlich, dass ich es auch bin.

Dann machen wir uns auf die Suche nach Elvis und finden sie schlafend mit fettigen Barthaaren in der Badewanne. Birdie stupst sie an, um zu überprüfen, ob sie noch lebt, weil sie so reglos ist. Ich warne sie natürlich, weil Elvis es nicht mag, geweckt zu werden, aber als diese verräterische Katze merkt, dass es nicht Tom oder ich sind, ändert sich ihr Ausdruck von Furie zu liebenswürdigem Kuscheltier. Sie schnurrt und folgt uns ins Wohnzimmer, wo Birdie ihre Polaroid aus der Tasche holt und ein paar Fotos schießt. Hauptsächlich von Elvis, weshalb ich meine Gitarre schnappe und ein bisschen daran herumzupfe, bis Birdie beschließt, wieder mit mir zu spielen.

»Bleib so«, sagt sie plötzlich, und ich bleibe nicht so, sehe sie an, was sie den Kopf schief legen lässt, bevor sie auf den Auslöser drückt. »Singst du mir was vor?«

»Du hörst mich heute Abend.«

Birdie schmollt. »Was Kurzes nur.«

Ich stimme die A-Saite nach, streiche danach einmal mit dem Daumen über alle sechs, um sicherzustellen, dass sie harmonieren, und überlege kurz. »Okay«, gebe ich schließlich nach, und Birdie setzt sich mit Elvis auf die Couch, während ich quer im Lesesessel hänge. Noch bevor ich mir einen Text zurechtgelegt habe, macht sie erneut ein Foto. Ich runzle die Stirn. »Du vertust deinen ganzen Film.«

»Aber deine Musikerhände sehen so sexy aus, wenn du Akkorde greifst.«

Grinsend löse ich die Hand vom Steg und wackle mit den Fingern. Birdie macht noch ein Foto. »Schluss jetzt. Kamera weg.«

Sie legt die Polaroid, deren Film jetzt mit Sicherheit aufgebraucht ist, zur Seite und rollt sich auf den Bauch, stützt das Kinn in ihre Handfläche und betrachtet mich abwartend.

»Auf Englisch oder Deutsch?« Ich ziehe einen Mundwinkel hoch, und Birdie verdreht die Augen.

»Englisch«, sagt sie.

»Du hast es nicht anders gewollt«, warne ich und positioniere meine Finger.

Kapitel 29

Birdie

Ich könnte ihm ewig zusehen, wenn er seine Gitarre hält und darauf spielt. Dachte ich zumindest, aber schon, als die ersten Worte der Strophe erklingen, halte ich mir die Hände vors Gesicht und spähe nur noch durch meine gespreizten Finger.

she wants me to call her a good girl
I'd do it without batting an eye
if I could I'd give her the whole world
instead I only had a burnt piece of pie.

»Nave!«, kreische ich lachend, aber er hört nicht auf. Dass der Kuchen verbrannt schmeckt, haben wir vorhin erst bemerkt. Wann hat er sich das ausgedacht?

wanted to kiss her when I picked the daisy
but got scared and messed up my chance
God, I swear this girl makes me turn crazy
glad she doesn't like to shoot though or fence

cause I don't need no bullet
her freckles make me die somehow
and I don't need no sword
Cupid's stabbed me in my chest by now

I fall like rain whenever she's close
guess after these lines that's something she knows
Aber das war's.
can we go back to bed, get naked and play?
wanna fuck you some more, Birdie girl, whatcha say?

Der letzte Satz lässt mich nach Luft schnappen, und ich werfe ein Sofakissen in Naves Richtung. Aber der hat das natürlich vorausgesehen und sich rechtzeitig geduckt, weshalb es über den Boden schlittert und stattdessen vor Toms Füßen landet, der uns schockiert ansieht und dann ein lautes und theatralisches Würgegeräusch von sich gibt.

Nave grinst bloß, als wäre ihm überhaupt nichts peinlich, und ich muss nur noch mehr lachen. Diesmal kullern bereits Tränen aus meinen Augenwinkeln.

»Was hast du mit meinem Mitbewohner gemacht, Birdie? Ich erkenne ihn nicht wieder.«

»Ich habe ihn mit Süßigkeit angesteckt«, erkläre ich, so ernst ich kann.

Tom nickt und zieht ein Stethoskop aus dem offenen Teil seines Rucksacks. Er versucht, es sich mit einer Hand anzulegen, aber es hängt schief und nicht wirklich in seinen Ohren. »Sieht so aus, als müsste ich euch beide heilen. Ihr seid ja ekliger als verrotzte Kinder, die ihre Popel überall hinschmieren.«

»Das ist ein ziemlich gemeiner Vergleich dafür, dass das an deinem Hals ein Knutschfleck ist und du anscheinend dieselbe Krankheit hast wie wir«, kommentiert Nave nüchtern.

Ich reiße die Augen auf. »Tom! Wo warst du?«

Er wackelt bloß vielsagend mit den Brauen und holt sich einen Teller mit Kuchenbröseln, den er jedoch mit in sein Zimmer nimmt, weil er später noch mit zu dem Konzert von Nave und *Bathtub Drowning* kommt und es – Zitat – nicht erträgt, davor noch eine weitere Sekunde Minnesang über sich ergehen zu lassen.

»Das spielst du aber heute nicht vor allen, oder?«, frage jetzt auch ich.

Nave legt die Gitarre weg und lässt sich neben mich auf die Couch fallen. »Nein, das hab ich gerade erfunden, und wenn ich's nicht sofort aufschreibe, vergesse ich es gleich wieder.« Schnell fummle ich mein Handy aus meiner Tasche und mache die Notizen-App auf. »Wie ging der Anfang?«

Nave schielt auf mein Display und lacht. »Ich weiß es nicht mehr. Irgendwas mit *gutes Mädchen*.« Er zieht mir das Handy aus der Hand und dreht mich auf den Rücken. »Und jetzt mach deinem Titel alle Ehre. Keine Handys, keine Kameras, keine Elvis. Nur du und ich. Für fünf Minuten.«

»Was willst du tun?«

Nave vergräbt seinen Kopf zwischen meinen Brüsten. Ich bezweifle, dass er noch Luft bekommt, aber er bewegt sich nicht weg. »Daliegen«, nuschelt er.

Ich schlinge die Arme um ihn, und dann schlafen wir beide ein, bis Tom uns weckt, weil wir losmüssen.

Ich merke, dass mein Mund ein Stück weit offen steht, und schließe ihn in ein Lächeln. Wer hätte gedacht, dass Nave noch heißer ist, wenn er auf einer Bühne steht? Seine großen Hände, die das Mikro so locker umfassen, als wäre er gar nicht nervös. Und ich glaube, er ist es auch nicht. Genau genommen habe ich ihn selten so gedankenverloren gesehen. In seinem Element.

Meine Kamera habe ich tatsächlich fast leer gemacht. Es waren nur noch zwei Fotos drin. Und das letzte habe ich eben geschossen. Weil es dunkel ist, warte ich nicht, bis es entwickelt ist, sondern stecke es mit der Kamera zurück in die

Tasche und forme die Hände zu einem Trichter, um wie ein Groupie seinen Namen zu rufen. Tom tut dasselbe, aber ruft zusätzlich, dass er ein Kind von Nave will. Ich habe selten so viel gelacht wie heute. Und es ist mir egal, als sich ein paar Leute zu uns umdrehen, weil wir so laut sind.

Ich trage ein kurzes Kleid, offene Locken und schamlos meine Prothese. Aber auch die Blicke, die ich *deshalb* bekomme, sind mir egal. Ein bisschen liebe ich sie sogar. Weil mich all diese Menschen sehen. Mich. Eine unendlich glückliche Version von mir, mit einer Zukunft und einem Herzen, das selbstbewusst voller Zuversicht schlägt.

Die Lautsprecher knistern. Naves Stimme vibriert derart klangvoll durch die Halle des *Flux*, dass sie bis in meinen Bauch nachhallt. Ich grinse so breit, dass ich mir auf die Lippe beißen muss, um nichts Peinliches zu Tom zu sagen, aber dann spricht Nave meinen Namen aus, und ich schlage mir die Hand vor den Mund.

»Irgendwo hier ist meine Freundin. Und es gibt da etwas, das ich ihr nie gesagt habe. Den Witz versteht jetzt leider keiner von euch, aber ich hoffe, ich darf kurz ... ähm, nennen wir es *kitschig* ... Ich muss das kurz sein. Okay. Birdie? Hör gut zu. Du glaubst, dass du ein gutes Mädchen bist.«

Den Bronzer hätte ich mir sparen können. Mein Gesicht hat jetzt definitiv genug Farbe.

»Aber das stimmt nicht. Du ...« Nave ist außer Atem, und mein eigener zwängt sich zwischen meinen Fingern hindurch, die ich immer noch gegen meinen Mund presse, mir fast auf die Knöchel beiße und nicht mehr weiß, ob ich lachen oder im Erdboden versinken soll. »Du bist das beste. Happy Birthday, Birdie«, ruft er, und obwohl niemand weiß, dass ich gemeint bin, explodiere ich vor Hitze. Es ist wirklich das Kitschigste, das jemals jemand für mich gemacht hat. So etwas gibt es sonst nur in Filmen.

»Du bist verrückt«, flüstere ich, auch wenn Nave das nicht

hören kann. Meine Wangen schmerzen, weil ich nicht mehr aufhören kann, zu lächeln, und Tom packt mich, hält mich wie einen menschlichen Schild vor sich, damit er nichts von Naves Geschleime abbekommt. Seine Worte, nicht meine. Ich lache und lache und lache, und dann weine ich ein kleines bisschen, weil die Lichter immer dunkler werden, alle ihre Handys rauskramen, die Taschenlampen anmachen und Nave *Can't Help Falling in Love* von Elvis covert. Er macht daraus eine eigene Version, und seine Stimme ist nicht von dieser Welt. Einzig er und die Gitarre sind live. Die restlichen elektronischen Beats und der Part aus dem Synthesizer kommen vom DJ. Diese Interpretation ist schneller als das Original und macht aus dem Klassiker eine Upbeat-Nummer, die tatsächlich zur Location passt. Denn das *Flux* ist immerhin ein Nachtclub. Auch wenn die riesige Außenterrasse wie ein Abenteuerspielplatz für Erwachsene aussieht, mit den vielen bunten Lichterketten und dem riesigen Baum mittendrin, auf dessen glatte Rinde Nave vor seinem Auftritt heimlich unsere Initialen mit meinem Lippenstift gemalt hat. Tom hätte ihm einen alten Radschlüssel an seinem Schlüsselbund dafür gegeben, aber Nave wollte den Baum nicht kaputt machen, was Tom wortlos den Rest seines Bieres runterkippen ließ. Das mattrote Herz und unsere Buchstaben darin werden natürlich nicht so lange halten wie eingeritzt. Tom meinte, bis der Erste dagegenpinkelt. Aber ich hatte meine Polaroid dabei und habe ein Foto gemacht.

Der sich aufschaukelnde Beat droppt, und bunte Scheinwerfer streichen von der Decke über die Menge. Neben mir höre ich ein paar junge Frauen, die Nave ebenfalls ziemlich gerührt ansehen. Wortfetzen wie »Wenn ich diese Birdie wäre, würde ich den nie wieder gehen lassen« und »O Mann, wie süß kann man sein. Das ist nicht echt, der Typ ist nicht echt, wie kann man *so* gut sein?« dringen an meine Ohren.

Ich grinse in mich hinein und frage mich dasselbe. Wie kann man so verdammt gut sein?

Nach dem Opening Act holt ein Türsteher Tom und mich weiter nach vorne in einen abgesperrten Bereich, wo Nave auf uns wartet, und ich tanze fast die Hälfte des *Bathtub Drowning*-Konzerts durch, bis ich müde werde und mich an Nave lehne, der von hinten seine Arme um mich schlingt und sein Kinn auf meinem Kopf ablegt. Es ist der schönste Geburtstag, an den ich mich erinnern kann, aber Nave und ich verschwinden noch vor dem letzten Song, weil ich frische Luft brauche. Wir spazieren langsam den verlassenen Donaukanal entlang. Die Lichter der Straßenlaternen spiegeln sich im schwarzen Wasser des Flusses. Der Asphalt strahlt von unten noch die Wärme des Tages aus, und wir teilen uns eine Box mit Falafeln.

Ich bin immer noch wie auf Wolken und so gut gelaunt, als ich eine Stunde später mit dem Taxi nach Hause fahre, da ich meinem Vater versprochen habe, dass wir gemeinsam mit Helen und ihrem Neffen frühstücken.

Es ist schon nach Mitternacht, als ich zu Hause ankomme, und ich bin ich extra leise, während ich die Tür aufsperre. Mit dem Schlüssel in der Hand halte ich inne, weil ich nicht damit rechne, dass noch jemand wach ist. Aber mein Vater sitzt im halbdunklen Wohnzimmer, einen vollen Tumbler und eine fast leere Flasche Scotch vor ihm. Die ersten beiden Knöpfe seines Hemdes sind offen, und die Krawatte hängt bloß noch locker um seinen Hals.

Heute Nachmittag habe ich mich nach dem Geburtstagsessen im Restaurant verabschiedet. Da war noch alles okay.

»Papa?«, frage ich vorsichtig, und erst jetzt sieht er auf, mustert mein Kleid, das er nicht gesehen hat, weil ich mich zu Hause noch mal umgezogen habe, bevor ich zu Nave gefahren bin, und runzelt die Stirn. »Was ist los?« Ich gehe zögerlich zu ihm ins Wohnzimmer, bleibe aber ein paar Meter vor ihm stehen. Er hat den schwarzen König in der Hand. Die restlichen Schachfiguren sind umgekippt, ein paar sogar auf den Boden gefallen.

Mein Vater lacht lustlos und stellt den König unsanft auf dem Schachtisch ab. »Victor hat gekündigt.«

»Was? Wieso das?«

»Das habe ich mich auch gefragt.«

»Hast du *ihn* denn gefragt?« Ich finde es zwar eigenartig, dass Vic gekündigt hat, weil er immer ein bisschen so etwas wie der Sohn war, den mein Vater nie hatte, und ich dachte, dass die Beziehung zwischen den beiden teilweise inniger ist als die, die ich mit meinem Vater habe. Aber was ich noch eigenartiger finde, ist die Reaktion meines Vaters. Ist doch kein Weltuntergang, dass Vic auch noch andere Jobs ausprobieren möchte. Mein Gott, er ist jung. Vielleicht will er reisen. Wahrscheinlich kehrt er danach wieder zurück und übernimmt trotzdem irgendwann den Posten meines Vaters in der Partei. Denn das wollte er doch. Das war Vics Plan. Und auch der Plan meines Vaters.

»Das habe ich, aber ich glaube, die Antwort erspare ich dir. Es reicht, wenn *ich* mich in ihm getäuscht habe. Geh schlafen, Bernadette.«

»Aber ...«

»Bitte! Geh auf dein Zimmer. Ich brauche ein paar Minuten, um das zu verdauen.«

Ich nicke wortlos. Verkneife mir einen Kommentar, dass er dem Anschein der Flasche nach schon länger als bloß ein paar Minuten hier sitzt und ich immer noch nicht verstehe, was Vic getan haben könnte, um diese Reaktion zu verursachen.

»Gute Nacht«, murmle ich, komme jetzt doch näher und gebe meinem Vater einen Kuss auf die Wange, bevor ich nach oben gehe.

Das war merkwürdig. Aber mit jeder Stufe, die ich nach oben zu meinem Zimmer steige, lasse ich dieses Gespräch weiter hinter mir. Zwar habe ich nicht mehr Geburtstag, aber ich will mir diese glückliche Blase, in der ich mich momentan bewege, nicht zerstören lassen. Schon gar nicht von Vic. Gott, dass er es immer wieder schafft, zu den ungünstigsten Momenten aufzutauchen. Und sei es bloß sein Name, der ständig herumgeistert. Funfact: Als wir noch Kinder waren, habe ich ihn manchmal Victor Geist genannt. Wie den gespenstischen Organisten aus der Geistervilla. Weil Vic, als wir diesen Film zu Halloween gemeinsam gesehen haben, gewitzelt hat, dass unser Haus auch so gruselig aussieht wie dieses Horrorschloss, und ich gesagt habe, dass er dafür so verrückt aussieht wie Victor Geist.

Diese Erinnerung lässt mich zum Handy greifen. Warum musste die Freundschaft zwischen uns nur dermaßen kaputtgehen?

Alles okay?

Ich blende die Nachrichten darüber aus, weil sie aus einer Zeit stammen, in der ich noch ganz andere Gefühle für Vic hatte und er auf genau diesen herumgetrampelt ist. Ein paar Sekunden warte ich darauf, dass er online geht und mir erzählt, was los ist. Aber es ist spät. Wahrscheinlich schläft er bereits. Wer weiß, ob er mir überhaupt antwortet.

Ich mache mich im Bad fertig, und weil dort noch vom heutigen Schminkmarathon mein Laptop steht, auf dem ich mir nebenbei Serien angesehen habe, klappe ich ihn auf, um Naves Album auf Spotify abzuspielen. Aber sobald sich mein Mac mit dem WLAN verbindet, erscheint rechts oben die Info, dass ich eine neue Mail bekommen habe. Um eine Minute vor Mitternacht. Von ... Arthur?

Ohne den Blick vom Bildschirm zu nehmen, gehe ich mit dem Laptop zum Schreibtisch, stelle ihn ab und setze mich hin.

Betreff: Happy Birthday
Liebe Bernadette,
ich habe bis zur letzten Minute gehadert.
Hier ist mein Geschenk an dich. Die letzte Datei
ist vielleicht ein Fehler. Aber bedenke,
dass ich lediglich das Beste für euch will.
A.

»Was ist das denn?«, murmle ich laut vor mich hin, weil diese Nacht immer seltsamer wird.

Unter dem Buchstaben seines Vornamens ist eine pompöse Mailsignatur, mit allen möglichen Positionen und Links. Aber darunter sind zwei kleine Kästchen.

Rita.mp4
N_Noor.mp4

Ich klicke die erste Videodatei an, und sie ist so groß, dass es ein paar Sekunden dauert, bis sie runtergeladen ist und sich endlich öffnet. Keine Ahnung wieso, aber ich bin derart nervös, dass meine Finger wie von selbst auf die Schreibtischplatte trommeln. Mit den Zähnen beiße ich einen winzigen Hautfetzen von meiner Unterlippe und schmecke den metallischen Hauch von Blut, als sich das schwarze Rechteck öffnet und ich endlich auf Play drücken kann.

Blonde Locken. Kürzer als meine. Eisblaue Augen, die gleichzeitig Wärme ausstrahlen.

»Mein Name ist Rita Maler, und ich berichte live aus ...«
Eine Bombe schlägt hinter meiner Mutter ein. Die Fransen des hellen Schals, den sie um ihren Hals trägt, bewegen sich, als würde ein sanfter Wind sie flattern lassen, aber es ist die Druckwelle, die nur ein paar Hundert Meter hinter ihr auch eine Menge Staub hochwirbelt, Fenster von Gebäuden und Autos zerspringen lässt und Tumult auslöst.

Im nächsten Augenblick ist meine Mutter aus dem Bild verschwunden. Ich sehe nur noch sandfarbenen Boden und immer wieder Füße. Schwarze Schuhe. Alles wackelt, weil der- oder diejenige mit der Kamera in der Hand läuft. »Rita?«, höre ich eine männliche Stimme. Ich glaube, dass es Arthur ist.

»Ich bin hier«, erwidert meine Mutter erstaunlich ruhig, und dann sehe ich sie wieder, wie sie sich hinter einer Barriere aus Sandsäcken duckt und kurz darüberspäht, bevor sie einfach weiter in die Kamera spricht und berichtet, als würde um sie herum nicht gerade die Welt untergehen, weil Krieg ist.

Warum weiß ich das nicht?

Meine Augen sind glasig. Mir ist klar, dass sie nicht so gestorben ist. Trotzdem habe ich plötzlich Angst, weil dieses Video immer gefährlicher wird. Meine Mutter scheint jedoch keine Angst zu haben. Sie spricht in einer Sprache, die ich nicht kenne, mit Menschen, deren Blick leer ist. Sie hört sich Geschichten an, die von Tränen erzählt werden, übersetzt sie, und obwohl sie so neutral und professionell berichtet, merkt man, wie unheimlich emphatisch sie ist. Wie sie ihr Leben riskiert, nur um diesen Geschichten Gehör zu verschaffen.

Warum weiß ich das nicht?!

Arthur taucht neben ihr auf. Er hält die Kamera mit ausgestreckten Armen von sich weg, während er erzählt, dass sie seit drei Tagen nicht aus der Stadt können, weil diese umzingelt ist. Es gibt kaum noch Lebensmittel, kein frisches Trinkwasser. Kinder schreien im Hintergrund, und ich sehe ein kaputtes Spielzeug neben Trümmern. Ein Miniatur-Lastwagen, dessen vordere Achse herausgerissen ist und im rechten Winkel absteht. An der Ladefläche fehlt ein riesiges Plastikstück, und die Legofigur im Führerhäuschen ist verkohlt.

Meine Mutter bückt sich und hebt das Spielzeugauto hoch. Ich glaube, dass sie gerade nicht merkt, dass die Kamera noch läuft. Sie schluckt so fest, dass ich es in meinem eigenen Hals spüre, und in der nächsten Sekunde lässt sie das Auto fallen und ruft wieder in dieser fremden Sprache. Eine Gruppe Männer eilt heran, versammelt sich um den Trümmerhaufen, und noch bevor das Video abbricht, sieht man am Boden im Staub eine winzige Hand.

Rita Maler, Arthur Volt. 1994 flackert im Abspann. Dann verschwimmt meine Sicht hinter Tränen.

Warum weiß ich das nicht?!!

Ich brauche eine gefühlte Ewigkeit, bis ich das verdaut habe.

Wie kann es sein, dass mein Vater mir nie etwas davon erzählt hat? Wieso habe ich nie etwas davon gehört oder gesucht oder gefunden? War ich der Grund, weshalb meine Mutter diesen Job nicht mehr gemacht hat? Weil es mich gab und ihre Arbeit zu gefährlich gewesen wäre?

Tausende Fragen fressen mich auf, aber ich bin mir sicher, dass ich jetzt nicht wieder nach unten gehen kann, um sie zu stellen. Ich bin mir sogar sehr sicher. Weil es kein Zufall sein kann, dass ich bis heute keine Ahnung hatte. Mein Vater wollte nicht, dass ich davon erfahre. *Aber warum?*

In der Hoffnung, eine Erklärung zu finden, klicke ich das zweite Video an, und dann fällt meine Hand schlaff auf den Tisch. Es tut weh und ich atme scharf ein. Aber nicht wegen dem Schmerz, sondern weil Nave da ist. In dieser Aufnahme. Hinter ihm ein steriler Raum, vor ihm ein Mikro, und in seinen Augen die heftigsten Zweifel, die ich je darin gesehen habe.

Zehn Minuten, zweiundvierzig Sekunden. Exakt so lange dauert es.

Ich kann mir nicht erklären, wie ich sitzen bleiben konnte, aber als das Video zu Ende ist, springe ich auf, halte mich am Tisch fest, um nicht zu fallen, und stolpere dann erst recht ins Bad, um mich zu übergeben.

Um fünf Uhr morgens sitze ich immer noch auf den Fliesen. Immer noch in dem Kleid. Und ohne Plan, was ich jetzt tun soll.

Mein Vater ist irgendwann zwischen meinem endlosen Würgen ins Bett gegangen. Ich habe die Tür ein Stockwerk unter mir zuschlagen hören. Und seither ist es unwirklich still, obwohl in mir alles schreit.

Das kann nicht sein ...
Das kann nicht sein.
Das kann nicht sein!
Wie *kann das sein?*
Und was *bedeutet das?*

Fünf Uhr zehn. Ich rechne nicht damit, dass Nave rangeht. Aber ich rufe ihn an, und er drückt mich weg. Nur eine Minute später schreibt er mir jedoch, ob alles in Ordnung ist, und dass er gerade Toms Eltern mit deren Auto zum Flughafen gebracht hat, weil die in den Urlaub fliegen und Tom nach dem Konzert zu seinem ominösen Freund gefahren und seither nicht erreichbar ist.

Ich antworte und muss die Buchstaben dreimal neu tippen, bis meine bebenden Finger endlich die richtigen Tasten treffen.

Kannst du mich abholen?

Kapitel 30

Nave

The luck that I had can make a good man seem bad.

Wenn nicht Sonntag wäre, müsste ich mich jetzt durch den Morgenverkehr kämpfen. Aber die Straßen sind leer, und es ist kurz vor sechs, als ich ein paar Meter von Birdies Haus entfernt stehen bleibe.

Ich schreibe ihr, dass ich da bin, aber noch bevor ich die Nachricht abschicken kann, öffnet sich das hohe Tor einen Spalt, und sie zwängt sich hindurch, sieht über ihre Schulter, sieht mich an, und ich fasse sofort an den Knopf des Gurtschlosses, um auszusteigen, aber sie schüttelt knapp den Kopf, und meine Bewegung gefriert.

Birdies Augen sind rot unterlaufen. Ihr Gesicht fleckig. Sie trägt immer noch dieselben Klamotten vom Vorabend. Auf dem Weg zur Beifahrerseite streicht sie sich unentwegt die Haare hinters Ohr, als würde sie das gar nicht mitbekommen. Ihre Schritte sind hinkend, weil sie die Prothese wahrscheinlich seit fast vierundzwanzig Stunden trägt. Ich weiß nicht, wie ich reagieren soll.

Sie steigt ein, zieht die Tür leise zu und schnallt sich an. Ihre Finger krallen sich in den Stoff, der sich in ihrem Schoß bauscht. Die Haut um ihren Daumen ist aufgeknibbelt und blutig. Birdie bemerkt es gar nicht und wetzt immer wieder mit dem Nagel des Zeigefingers über dieselbe Wunde.

»Birdie?«

»Fahr bitte los«, flüstert sie kratzig, heiser, müde.
Ich gebe den Gang rein und fahre los. »Wohin?«

Keine Antwort.

»Birdie, wohin?« Ich sehe kurz zu ihr rüber.

Keine Antwort.

Ich sehe wieder zu ihr rüber, während ich uns ziellos weiter durch die leeren Straßen lenke. Immer wieder. Eigentlich müsste ich jetzt sagen, dass ich gleich durchdrehe, wenn sie mir nicht endlich erzählt, was passiert ist. Weil ich mir die verficktesten Sorgen um sie mache. Aber ich sage nichts mehr. Weil ich ahne, was los ist.

Sie. Weiß. Es.

Die Ampel vor uns blinkt grün, aber ich fahre langsamer und bleibe schon bei Gelb stehen, weil ich keinen Plan habe, wohin das jetzt führt. Zu mir? Einfach weiter durch die Stadt? Ich bringe es nicht über mich, noch mal zu ihr zu sehen. Ich bringe es nicht über mich, etwas zu sagen.

»Ich habe dir vertraut«, wispert sie schließlich, so abgeschlagen, dass jedes einzelne Wort um ihre Stimme kämpft. »Warum ...«, sie weint. »Warum hast du mir nicht vertraut?«

Ich frage nicht, woher sie es weiß. »Weil das nichts ist, über das ich einfach so reden kann. Wann hätte ich es dir sagen sollen? Ich weiß selbst nichts. Ich habe keine Ahnung, wie viel Zeit mir noch bleibt. Ich wollte dich nie anlüg...«

»Du hast mir verschwiegen, wer du bist!«, ruft sie, und ich schlucke. Am liebsten würde ich aussteigen, weil ich frische Luft brauche. Aber hinter uns ist ein Wagen, und vor mir wird es grün. Ich packe den Schaltknüppel, dann das Lenkrad, setze den Blinker, biege ab.

»Ich hab nicht damit gerechnet, okay? Mit dir. Zuerst ging es dich nichts an. Dann wollte ich nicht, dass du dir Sorgen machst. Fuck, Birdie, ich ... keine Ahnung.« Ich tappe mehrmals mit dem Handballen aufs Lenkrad, weil ich so unfähig bin, sogar jetzt, *so unfähig*, das Richtige zu sagen.

Sie presst die Augen zu. »Arthur ...« Diesmal spricht sie nicht weiter, weil bebende Schluchzer sie daran hindern.

Ich will rechts ranfahren. Ich will sie in den Arm nehmen. Will ihr alles erklären. Ich muss es ihr mit meinen Worten sagen. Ich will, dass sie meine Geschichte hört. Aber ein Kratzer von Elvis zieht sich quer über mein 777-Tattoo, und jegliches Glück ist wie ausradiert, denn Blaulicht schimmert hinter uns durchs Wageninnere. Neben uns. Vor uns.

Fuck. Das kann doch jetzt nicht wahr sein.

Ich blicke zu Birdie. Ihr Gesicht ist nass. Voller Tränen. Die Haare um ihre Stirn und Wangen sind ebenfalls nass. Sie hat das Blut von ihrem Finger unter ihren Augen verteilt, während sie immer wieder versucht, die nachkommenden Tränen wegzuwischen. Sie sieht aus wie das reinste Nervenwrack. Sie sieht aus, als wäre ich dafür verantwortlich. Was ich auch bin. Aber nicht auf die Weise, wie man es auf den ersten Blick als Außenstehender annehmen würde. Scheiße, sie sieht aus, als hätte ich was weiß ich mit ihr angestellt.

»Birdie«, sage ich. Meine Stimme bebt jetzt auch. »Du musst dich beruhigen. Bitte. Du musst, bitte ...«

Ich sehe die rote Warnkelle. Ich bin so nah, dass ich sogar die weißen Buchstaben über dem grellen Licht sehen kann.

STOP!

Und ich sehe den Arm des Polizisten, den festen Griff um die Kelle, sogar den goldenen Ehering, und den überraschten, dann unnachgiebigen und dann feindseligen Ausdruck, mit dem er uns an den Straßenrand winkt.

Ich tue, was er von mir will, und fahre rechts ran.

Ich war nicht zu schnell unterwegs.

Ich habe mich trotz allem auf den Verkehr konzentriert.

Ich habe nichts falsch gemacht, das weiß ich.

Dennoch habe ich Angst. Weil er Birdie gesehen hat. Ihre tausend Flecken im Gesicht und am Hals, und wie sie hyperventiliert.

»Bitte, Birdie«, sage ich immer wieder, den Blick geradeaus durch die Windschutzscheibe, aber sie hört nicht auf. Ich greife ganz kurz mit der Hand auf ihren Oberschenkel, aber es ist ihre Prothese. Und noch bevor ich sie berühren kann, wo sie mich spürt, damit ich sie darauf aufmerksam machen kann, dass das hier gerade eine Kontrolle ist, klopft es an meinem Fenster.

Ich atme noch mal tief ein, drücke auf den Knopf, der das Glas zwischen mir und dem Mann verschwinden lässt, der jetzt trotz der Morgensonne mit einer Taschenlampe ins Wageninnere leuchtet und mich blendet.

Birdie holt scharf Luft, als er auch ihr direkt ins Gesicht leuchtet. Erst jetzt, in diesem Moment, bemerkt sie ihn. Ihre Augen weiten sich. Sie redet etwas Unverständliches und wischt sich über die Wangen. Es hilft nichts. Man sieht ihr an, dass etwas nicht stimmt.

»Aussteigen!«, brüllt mich der Polizist sogleich an und greift an das Funkgerät an seinem Gürtel. »Josef-Weinheber-Platz. Ich brauche einen zweiten Wagen. Schickt mir eine Frau. Schickt Verstärkung.« Und dann wieder an mich: »Hände, wo ich sie sehen kann!«

Als ich aussteige, rammt er mich gegen die hintere Tür des Autos und kickt meine Füße auseinander. »Aufs Dach! Hände aufs Dach.«

Ich hatte sie bereits am Dach. Ich will ihm sagen, dass ich Birdie nichts getan habe. Aber ich bringe nichts heraus.

»Was geht hier vor?«, werde ich barsch gefragt, und ich frage mich dasselbe. Was geht hier vor? Keine. Worte. In meinem Kopf sind keine Worte mehr.

»Ausweis haben Sie dabei?«

»In meiner Hosentasche«, schaffe ich es endlich, zu antworten, und reiche ihm meine Geldtasche, nachdem er mich mit einer ruckartigen Kopfbewegung dazu auffordert. Ein schmales Stück Papier segelt zu Boden, als er das Portemonnaie aufklappt. Er bemerkt es nicht. Aber ich schon. Und ich sehe zu, wie die Visitenkarte von Arthurs Anwältin, die ich all die Wochen mit mir herumgeschleppt habe, vom Wind erfasst und unter das Auto geweht wird. Jetzt, wo ich sie allem Anschein nach tatsächlich brauchen könnte ...

»Wem gehört das Fahrzeug?«, fragt der Polizist und blättert die Zulassung durch.

Shit. Ich weiß es nicht. Auf wen das Auto registriert ist. Ich habe keine Ahnung. Toms Vater? Toms Mutter? Als sie mich den Führerschein haben machen lassen, hatten sie noch ein anderes Auto. Da wusste ich es. Aber jetzt?

»Roth«, sage ich, um auf der sicheren Seite zu sein. »Entweder Hanna oder Robert. Ich ... tut mir leid, das weiß ich nicht. Es sind die Eltern meines Mitbewohners.« Ich drehe den Kopf zur Seite. Jetzt hat er meinen Ausweis in der Hand. Meinen Führerschein. Mit einem Namen, der mich brandmarkt. Dabei ist es bloß eine Aneinanderreihung von fucking Buchstaben. Dasselbe mit den Koordinaten meines Geburtsortes. Ich hatte keinen Einfluss darauf. Es ist ein Punkt auf der Landkarte. Aber auf der unattraktiven Seite der Landkarte. Kein Eiffelturm, kein Sightseeing, keine noch stehen gebliebenen Weltwunder oder Reiseziele. Nur Schutt und Asche. Aber das habe ich mir nicht ausgesucht. Dafür kann ich nichts.

Obwohl meine Hoffnung, dass das hier nicht eskaliert, immer düsterer wird, geht um uns herum weiter die Sonne auf.

Der Polizist sieht von meinem Ausweis hoch. Unsere Blicke treffen sich. Seiner sagt, dass er wütend ist, und nichts, was ich jetzt noch rausbringe, kann etwas an dem ändern, was er mittlerweile über mich denkt.

Eine zufallende Autotür lässt uns beide herumfahren.

»Birdie, bleib sitzen«, rufe ich ihr zu.

»Er hat nichts ...«

»Bleiben Sie sitzen«, brüllt jetzt auch der Polizist, und Birdie bleibt abrupt stehen, jedoch knickt ihr Bein weg und sie fängt sich am Seitenspiegel ab. Ich habe das kommen sehen und denke nicht mehr nach, laufe zu ihr, umfasse ihre Wangen mit meinen Händen. »Bitte beruhige dich«, sage ich wieder, aber dann werde ich herumgerissen und lande mit dem Gesicht voran auf der Motorhaube.

»Fass das Mädchen nicht an!« Mit jedem Wort drückt mich der Polizist noch fester gegen das Blech. Ich höre das Klicken von Handschellen, und Birdie dreht durch. Sie schreit und schreit und zerrt an dem Polizisten. Ein zweiter Streifenwagen hält neben uns, und jemand bugsiert Birdie weg.

Während mir irgendwelche Paragrafen zitiert werden, ziehe ich, immer noch mit dem Oberkörper auf dem Auto und den Händen hinter dem Rücken, meinen Ring vom kleinen Finger. Ich schließe meine Faust um ihn, bis die unebenen Kanten in meine Handfläche drücken. Fester. Immer fester, um überhaupt noch was zu fühlen.

Als ich aufgefordert werde, in das Polizeiauto zu steigen, will ich ihn mir wieder anstecken. Meine Finger zittern jedoch. Ich lasse ihn fallen und bleibe stehen. Will ihn aufheben. Aber werde sofort angerempelt, weitergeschoben und weggebracht.

Kapitel 31

Birdie

Ich sehe nur noch die Rücklichter des Autos, in dem Nave jetzt sitzt.

Und ich verstehe absolut gar nichts.

Egal, wie sehr ich es versuche, ich realisiere nicht, was und warum das hier passiert. Zum fünften Mal fragt mich die Polizistin, was Nave mir angetan hat. Aber als mir klar wird, was sie damit meint, ist es bereits zu spät, denn was ich ihr auch antworte, sie hört mir nicht zu.

»Wo bringt ihr ihn hin?«, frage ich.

»Keine Sorge, Liebes, er ist weg.«

»Nein, nein, Sie verstehen nicht ...«

»Doch, ich verstehe.« Sie seufzt. »Du musst mir nichts erklären.«

Ich schreie sie an. Weil sie genauso ist wie der Polizist von vorhin. Völlig überzeugt von etwas, das nicht stimmt.

Sie schreit zurück. Dass ich mich jetzt dringend beruhigen muss. Alle sagen sie, dass ich mich beruhigen soll. Aber ich bin ruhig. So ruhig, wie man unter diesen Umständen eben sein kann. Denn seit ich das Video gesehen habe, weine ich. Um das Leben, das Nave hatte, und das, das er nicht hatte. Und ich bin so wütend. Auf die Welt. Und auf Menschen, die nicht zuhören. Am allermeisten jedoch auf mich. Weil ich das Schlimmste bin, das Nave passieren konnte.

»Wir nehmen sie erst mal mit«, höre ich die Polizistin

zu jemandem sagen, der neben uns steht. Ich sehe nicht hin, starre bloß auf den Ring, der immer noch auf dem Boden liegt.

Als mich jemand am Arm fasst, reiße ich mich los, um ihn aufzuheben. Und ich halte mich daran fest, als sie mich in das zweite Auto setzen und ich gesagt bekomme, dass mein Vater bereits kontaktiert wurde.

Kapitel 32

N_Noor.mp4
Reportage//Not all light is good. Not all
darkness is evil – A. Volt

What are you most afraid of?

Das Video startet mit einem gestochen scharfen Bild und einer gebrochen dumpfen Stimme. »Mein Name ist Navid Arian Noor«, sagt Nave.

Wahrscheinlich hat Arthur ihm vorab die Frage dazu gestellt. Weil es nicht so wirkt, als würde er von sich aus reden wollen. Aber er tut es. Wort für Wort kommt ihm über die Lippen, während keine einzige andere Regung über sein Gesicht huscht.

»Ich habe momentan subsidiären Schutz in Österreich. Aber ich weiß nicht, ob mir dieser verlängert wird und wie lange ich noch bleiben darf. Deshalb will ich meine Geschichte erzählen. Für den Fall, dass sie alles ist, was … von mir bleibt.«

Auch diesmal schließt sich sein Mund nach der letzten Silbe und formt ein loses Lächeln. Lust*los*, hoffnungs*los*, trost*los*.

»Seit ich hier bin, hat man mir geraten, unter dem Radar zu bleiben. Nicht auffallen. Keine unnötigen Komplikationen.

Aber was heißt das? Dass ich in einem Land mit Meinungs-freiheit nicht den Mund aufmachen darf? Weil mir ohnehin niemand zuhört? Menschen erfahren doch sonst so gerne von Katastrophen, bleiben bei Unfällen stehen, fahren langsamer vorbei, um einen Blick auf das Unglück zu erhaschen. Warum schert sich keiner um mein Unglück? Das begann nämlich damit, dass ich nicht weiß und nie erfahren werde, wann genau ich geboren wurde. Man hat mir bei meiner Ankunft in Österreich nicht geglaubt, dass ich minderjährig bin. Schätze, dreizehn Monate Flucht machen aus einem Kind einen Mann. Aber ich weiß, *wo* ich zur Welt gekommen bin. Und diese Info ist mindestens genauso scheiße wie eine gebrandmarkte Identität und die falschen Papiere.«

Eine rauchige Stimme hinter der Kamera fragt nach. »Wo wurdest du denn geboren?«

Nave blickt direkt in die Linse. Bloß eine Sekunde. Dann verschränkt er die Hände auf der Tischplatte und fokus-siert den Ring an seinem kleinen Finger. »Ich kam zwischen Trümmerhaufen auf diese Welt. Ein paar Tage zuvor hat eine Bombe das Haus meiner Eltern zerstört. Meine Mutter erzählte immer, dass ich aussah wie ein Kämpfer. Weil sich das Blut an meinem Körper mit dem vielen Staub zu einer Kriegsbemalung vermengt hat.«

»Navid. Ist das die Bedeutung deines Namens? Dass du ein Kämpfer bist?«

Nave blickt hoch, als hätte er die Frage soeben nicht verstan-den. Dann schüttelt er den Kopf. »Nein. Und ich will kein Kämp-fer sein. Ich will einfach nur ein normales Leben. Ich dachte, dass ich das *hier* haben kann. Aber ... wenn Menschen, denen ich nichts getan habe, mir einfach so sagen, ich soll zurück in meine Heimat gehen, dann frage ich mich: Was ist das?«

Schweigen. Naves grüne Augen lassen den schlichten Auf-nahmeraum um ihn herum noch weiter in den Hintergrund treten. Weil sie und der Ausdruck darin einen verschlingen.

»Was ist was?«, fordert die Stimme im Off ihn dazu auf, weiterzusprechen, obwohl man sich wünscht, Nave würde aufstehen und gehen. Weil es ihm wehtun muss, sich zu erinnern. Weil es wehtun muss, die Fragen zu stellen. Weil es wehtut, dieses Video zu sehen. Die Stimme zu hören. Die Schatten der Erinnerung eines völlig Fremden zu spüren. »Heimat. Was Heimat ist. Der Ort, an dem ich zufällig und komplett willkürlich geboren wurde? Der, wo ich mittlerweile tot wäre? Der, wo Krieg ist? Ein Krieg, den ich nicht begonnen habe, aber den ich auch nicht beenden kann, obwohl ich, seit ich klein bin, für Frieden bete? Wenn ich mich an meine *Heimat* erinnere, dann an dieses beklemmende Gefühl, das ich jede Sekunde hatte, in der ich nicht vor Erschöpfung geschlafen habe.«

»An was denkst du noch, Junge?«

Nave holt zögerlich Luft. »Wenn ich an *Heimat* denke, dann denke ich an den Tag, als mein Vater vor meinen Augen erschossen wurde, weil er sich geweigert hat, eine Waffe in die Hand zu nehmen. Ich denke an den Tag, an dem meine Mutter öffentlich ausgepeitscht und gedemütigt wurde, weil sie weiterhin zur Arbeit gehen wollte, um anderen zu helfen.« Nave spreizt Zeigefinger und Daumen ab. Dann den Mittelfinger, weil er weiterzählt. »Ich denke an den Tag, an dem meine kleine Schwester plötzlich nicht mehr zur Schule gehen durfte, und sie verständnislos neben der Feuerstelle saß und in die Glut gestarrt hat anstatt in ihre Lehrbücher, die ihr eine Zukunft ermöglicht hätten. Ich denke an den Tag, als mein älterer Bruder verschleppt wurde, weil er als Übersetzer für ›den Feind‹ gearbeitet hat. Ich denke an den Tag, der alles verändert hat, weil ich und mein Zwillingsbruder zu meiner Tante und meinem Onkel in die nächste Stadt geschickt wurden.«

»Du hast drei Geschwister, aber nur du und dein Zwillingsbruder wurden fortgeschickt?«

Naves Züge verhärten sich. »Mein älterer Bruder war bereits weg. Ich vermute, dass er tot ist. Ich ... ich hoffe es für ihn.«

»Und deine Schwester?«

»Meine Schwester?«, ruft Nave lauter, und seine Stimme bricht dabei. Er räuspert sich, als wollte er sich damit entschuldigen. Als hätte er nicht vorgehabt, je mehr als einen sachlichen Ton anzuschlagen.

»Lebt sie noch?«

Was ist das für eine Frage? Naves Zwiespalt, seine ausstehende Antwort, spiegelt den Schmerz wider, der ihn gerade zerreißen muss. »Ich weiß es nicht«, flüstert er.

»Du und dein Zwillingsbruder wurdet als Einzige fortgeschickt. Was ist dann passiert?«

»Für meine Schwester wäre die Flucht zu gefährlich gewesen«, rechtfertigt Nave eine Entscheidung, die gewiss nicht seine gewesen ist.

»Hast du heute Kontakt zu deiner Schwester und deiner Mutter?«

»Ich ... ich habe immer wieder über Ecken die Nummer von irgendwelchen Menschen bekommen, die angeblich in der Nähe wohnen. Aber ich habe es bis heute nicht geschafft, meine Familie zu kontaktieren. Und bei jedem gescheiterten Versuch, sie anzurufen, denke ich ... dass vielleicht einfach niemand mehr da ist, der abnehmen könnte ...«

Lange Pause.

»Du und dein Zwillingsbruder«, fragt die Stimme des Interviewers schließlich wieder. »Was ist mit euch passiert?«

»Wir wurden zu unserem ersten Schlepper gebracht. Nicht, weil wir flüchten wollten. Wir waren ungefähr vierzehn! Ich hatte keine Ahnung, was passiert. Mein Bruder ebenso wenig. Meine Mutter hat das für uns beschlossen. Und ich glaube, keine Mutter der Welt würde das freiwillig tun. Ihre Kinder solchen Gefahren aussetzen, wenn die Alternative – nämlich, zu bleiben – nicht so viel gefährlicher wäre. Uns wäre dasselbe passiert wie unserem Bruder. Entweder wir kämpfen für die, die an der Macht sind, oder das war's. Meine Mutter wollte nicht noch mehr Kinder verlieren. Deshalb hat sie uns fortgeschickt.«

»Und ihr wart auf euch gestellt? Du und dein Bruder?«

Nave nickt. Dann schüttelt er den Kopf. »Bereits an der ersten Grenze wurde ich von meinem Zwillingsbruder getrennt. Ich war allein. Ein Rucksack, ein bisschen Geld und die Klamotten, die ich anhatte.«

»Was ist mit deinem Bruder passiert?«

Naves Herz bricht. Man sieht es sofort. Er bewegt sich nicht. Aber die paar Augenblicke, in denen er schweigt, reißt er sich zusammen, nicht zu schreien, weil ein Teil seines Herzens beim Gedanken an seinen Zwilling gerade zersplittert. »Ich habe nie wieder von ihm gehört. Ihn nie wieder gesehen.«

»Bis heute nicht?«

»Freunde, die ich auf der Flucht kennengelernt habe, meinen, dass sie ihm begegnet sind und dass er ...« Nave holt Luft und atmet dann stockend aus. Als würde er sich dafür hassen, noch am Leben zu sein. »Dass er ertrunken ist«, beendet Nave den Satz.

Dieses Mal seufzt sogar der Interviewer laut.

Nave zuckt bloß mit den Achseln. »Ich weiß nicht, was wirklich passiert ist. Auf dieser Reise gab es so viele Gefahren. So viele Dinge, die kein Mensch sehen sollte. Und schon gar kein Kind. Aber das waren wir. Kinder. Kinder ohne Kindheit, ohne Vorbilder. Kinder, die jeden Tag Gewalt gesehen haben.«

»Wie lange hat deine Flucht gedauert?« Nebelschwaden einer Zigarette schweben am Bild vorbei und lösen sich auf, noch bevor Nave antwortet.

»Meine Flucht hat ungefähr ein Jahr gedauert. Und es war die Hölle auf Erden.«

»Kannst du mir erzählen, was du erlebt hast, Junge?«

Nave dreht den Ring an seinem Finger, bevor er seine Lippen benetzt und das tut, wozu er aufgefordert wurde. »Einmal hat man mich mit unzähligen anderen in einen Hühnerverschlag gesperrt, der im Garten eines Schleppers stand. Niemand konnte darin aufrecht stehen, es war nicht genug Platz, um ausgestreckt im Dreck zu schlafen. Es gab schimmeliges Brot. Wenn überhaupt.«

»Wie lange?«

Wieder zuckt Nave mit den Schultern. »Man wusste nie, wann oder wie es weitergeht. Ich bin mit zerfledderten Schuhen über verschneite Bergpässe gegangen. Tagelang. Ich habe unter Brücken geschlafen. Ich habe gebettelt. Ich habe gesehen, wie andere Kinder verschwinden und nie wieder zu ihren Familien zurückkehren. Ich habe Geschichten gehört, dass Mädchen vergewaltigt werden. Ich habe Überfälle gesehen. Blut. Messer. Zorn. Verzweiflung. Und alles, was mich weiter vorwärts getrieben hat, war die pure Angst davor, in dieser Hölle zu bleiben, und dieses winzige Fünkchen Hoffnung, dass es da doch noch etwas Besseres geben muss auf dieser Welt als Krieg und Hass und Gefahren und Missgunst.«

»Du wurdest während dieses Jahres auch verhaftet, richtig?«

»Ja. Mehrmals. Im Boot von der Türkei nach Griechenland wurden wir erwischt und wieder zurückverfrachtet. Mir wurde Geld gestohlen. Ich konnte mir die letzte Überfahrt nur noch knapp leisten. Wie ich mein nächstes Essen bezahlen sollte, wusste ich nicht. Aber ich bin davon ausgegangen, dass ich ohnehin sterben würde, weil dieses Boot, das zweite, auf dem ich war, von Anfang an geleckt hat. Es war ein alter Kutter. Ein paar von uns mussten unter Deck, und der Kapitän hat die Luke zugesperrt. Zuerst wollte ich auch runter, weil dort zwei Männer waren, die ich schon eine Weile kannte, und ich mich bei ihnen sicher gefühlt habe. Aber als der Motor ausgefallen ist und wir so viel länger unterwegs waren, als es zu trinken an Bord gab ... ich müsste jetzt sagen, dass ich froh bin, dass ich oben war. Aber das bin ich nicht, weil ich weiß, dass die Leute unten bereits geschrien haben, als ihnen das Meerwasser bis zum Hals stand. Wir anderen oben haben den Kapitän angefleht, aufzumachen, aber er hat den Schlüssel über Bord geworfen, weil er wusste, dass wir kentern würden, wenn alle an Deck stürmen.«

»Was ist dann passiert?«

»Wir sind trotzdem untergegangen. Langsam. Immer mehr Wasser hat sich zwischen meinen Füßen gesammelt. Meine Kehle war staubtrocken. Meine Haut verbrannt. Überall klebte Salz. Meine Augen haben getränt, und viele konnten nicht schwimmen. Die Schreie waren immer das Schlimmste. Manche sind vor Panik in die Wellen gesprungen, als wir endlich Land gesehen haben. Ich auch. Und ich weiß nicht, wieso, aber ich wusste, wie ich mich über Wasser halten kann. Ich glaube, dass ich als Kind schwimmen gelernt habe. In einem See. Vielleicht war es auch nur ein Traum. An irgendeinem Punkt hat sich meine Kindheit mit einem schwarzen Schleier vermischt, und ich weiß so vieles nicht mehr. Aber ich habe überlebt, während andere rund um mich ertrunken sind.«

»Ist das der Grund, warum du hier eine Ausbildung zum Schwimmlehrer absolviert hast?«

Nave nickt bloß einmal. Als wollte er nicht darüber reden, dass er ein guter Mensch ist. Weil er so viele andere nie retten konnte.

»Was ist mit den Verhaftungen? Kannst du dich daran erinnern?«

»Ich weiß noch, dass ich in der Türkei das erste Mal ins Gefängnis gekommen bin.«

»Was ist mit den anderen Malen?«

»In Rumänien hat man mich aus einem fahrenden Zug gestoßen, und statt des Notarztes wurde auch hier die Polizei gerufen. Man hat mich damals in ein Gefängnis für Schwerverbrecher gesteckt. Ich war immer noch ein Kind. Ich war allein. Keiner hat meine Sprache gesprochen oder wollte mich verstehen, obwohl ich wegen meines älteren Bruders ein bisschen Englisch konnte und drei weitere Sprachen fließend beherrscht habe.«

»Wie bist du freigekommen?«

»Ein paar Wochen später hat man mich ohne Erklärung einfach so wieder rausgelassen. Vielleicht hat einer der Schlepper mich freigekauft. Vielleicht hatte ich Glück. Vielleicht musste Platz gemacht werden für Leute, die tatsächlich Verbrechen begangen hatten. Aber ich denke heute noch an die Art, wie ich mein Leben dort nach Minutentakten verbracht habe. Montags gab es fünf Minuten frische Luft. Dienstags durften wir duschen. Kalt. So schnell wir konnten, weil sonst das Wasser weg war. Keine Seife, keine frischen Klamotten. Essen gab es nur alle paar Tage, und das Wasser hat nach Rost geschmeckt. In der Zelle waren wir so viele, dass es abartig gestunken hat. Ich wurde krank, und ich dachte, dass ich dort verrecken würde. Als ich rausgekommen bin, war mein einziger Wunsch, nie wieder Gitterstäbe sehen zu müssen. Aber ich bin auf meiner endlosen Reise noch einmal im Gefängnis gelandet, weil man mich irgendwann für einen Handlanger der Schlepper gehalten hat. Ich wurde verprügelt, sodass ich nichts mehr durch meine zugeschwollenen Augen sehen konnte.«

»Jesus, Navid. Und all das ein ganzes Jahr lang? Du hast das ein *ganzes Jahr* lang überlebt?«

»Es gab Grenzen, die waren einfacher zu passieren. Aber immer, wenn wir auf die Polizei getroffen sind, wurde es kritisch. Je nach Land, wurden wir auf andere Art schikaniert. Manche haben davon berichtet, sich ausziehen zu müssen. Andere wurden mit Steinen beworfen, bestohlen. Ich weiß nicht, wie jemand, der so etwas mit Flüchtlingen tut, nachts schlafen kann. Wir hatten nichts mehr. Wir waren bereits am Boden. Wieso musste man es uns so schwer machen?«

Die Aufnahme bricht ab. Als sie wieder startet, steht ein Glas Wasser auf dem Tisch.

»Ich habe schnell gemerkt, dass ich nirgends erwünscht sein werde«, erzählt Nave. »Und obwohl mir in Österreich nie körperlich Schaden zugefügt wurde, ging es mir hier nicht immer gut.«

»Warum?«

»Niemand hat sich zuständig gefühlt. Ich habe in Parks geschlafen, wurde von dort vertrieben. Es war Winter. Asylsuchende wurden bei Minusgraden in Wartezonen untergebracht. Ich war in meinem Kopf immer noch im Überlebensmodus, aber meine Hoffnung war gebrochen. Weil ich endlich da war. An einem Ziel. In Sicherheit. Nur hat es sich nicht wie Frieden angefühlt.«

»Wie kann das sein?«

»Egal, wie verzweifelt ich war. Egal, wie gut ich Deutsch gelernt habe. Egal, wie gut ich mich integriert habe. Ich war nie gut genug. Ich war immer das Problem.«

»Du hast vorhin in der Pause erzählt, dass niemand deine Traurigkeit sieht, deine Enttäuschung, wie du langsam von innen heraus aufgibst, bis nur noch Zorn und Wut bleiben. Und dass es unfair ist, als schlechter Mensch betrachtet zu werden. Weil es das ist, was dann sehr wohl jeder sieht, sobald du einen Fehler machst. Wo plötzlich jeder eine Meinung hat. Eine Meinung, ohne dich zu kennen.«

Nave nickt. »Amtierende Regierungspolitiker haben ohne Konsequenzen Orte, in denen Flüchtlinge untergebracht wurden, als *Rape Town* betitelt und Hass geschürt. Beamte haben sich geweigert, einem zu helfen. Bescheide, die eigentlich nur wenige Wochen Bearbeitungszeit haben sollten, sind erst nach Monaten angekommen.«

»Was hast du in diesen Monaten gemacht?«

»Ich durfte nicht arbeiten, wurde im selben Atemzug aber dafür verurteilt, dass ich es nicht tue und dem Staat auf der Tasche sitze.«

»Aber du hast eine Arbeitserlaubnis bekommen, oder? Wurde es dann besser?«

»Als ich mich endlich um Jobs bewerben durfte, kamen Kommentare wie: Du nimmst Einheimischen einen Platz weg. Es war egal, ob es ein mieser Job war, den ohnehin keiner wollte. In den Augen der breiten Masse hatte ich den nicht verdient. Und scheiße, wenn ich einmal Glück hatte und etwas Gutes passiert ist, dann hatte ich das erst recht nicht verdient. Egal, wie qualifiziert ich bin. Ich habe hier nichts verdient.«

»Hast du das Gefühl, dass dir die Menschen hier nichts gönnen?«

»Sobald ich meinen Namen buchstabieren muss, werde ich mit anderen Augen gesehen. Obwohl ich weiß, dass jeder dasselbe tun würde wie ich. Versuchen, irgendwie zu überleben.«

»Wenn du den Menschen etwas sagen könntest, was wäre das?«

Nave denkt nach. »Man klatscht permanent Labels auf Individuen, aber keine Herkunft, keine Hautfarbe, kein Alter, kein Geschlecht könnte je erzählen, was für ein Mensch sich dahinter verbirgt. Ich habe meine Familie verloren. Ich habe meine Kindheit verloren. Ich habe meinen Glauben verloren. Ich habe mich selbst tausendmal verloren. Ich habe gesehen, wie Menschen zerbombt werden. Ich habe Blut gesehen«, seine nächsten Worte werden zu einem Flüstern, »so viel Blut ...« Nave hält inne und blickt hoch. »Aber ich habe es trotzdem nicht verdient, in Frieden zu leben und glücklich zu sein?«

»Wie ist es jetzt, nachdem du schon länger hier wohnst, Junge?«

»Ich kämpfe jeden Tag weiter, laufe jeden Tag weiter, ohne

je anzukommen. So fühlt es sich an. Und das Schlimmste sind die Schlagzeilen.«

»Von welchen Schlagzeilen sprichst du?«

»Begeht jemand aus Europa eine Straftat, erfährt man sein oder ihr Alter und das war's. Begeht ein Ausländer eine Straftat, ist es plötzlich relevant, von wo er kommt. Jedes Mal, wenn einer von *meinen Leuten* eine Straftat begeht, werde ich zum Mittäter gemacht. Aufgrund der Tatsache, dass wir aus demselben Land kommen? Wie unlogisch ist das? Wie würdest du dich fühlen, wenn du für den Fehler eines wildfremden Österreichers geradestehen musst? Steht da auch einer für alle?«

»Warum bist *du* nie straffällig geworden?«

»Ich weiß ehrlich nicht, was aus mir geworden wäre, wenn ich nicht durch puren Zufall bei den Leuten gelandet wäre, die mich, ohne darüber nachzudenken, wie ihren Sohn behandelt haben. Und trotzdem weiß ich manchmal nicht, wohin mit mir. Manchmal habe ich das Gefühl, dass ich falsch bin, egal, wo ich hingehe. Und selbst wenn ich alles richtig mache, mache ich damit etwas falsch. Weil ich eben das Problem bin, von dem man spricht, wenn die Zeiten schlecht sind und jemand die Schuld abbekommen soll.«

»Erklär mir, wie du das meinst.«

»Bei mir soll nichts gut laufen, solange nicht bei allen anderen alles geregelt ist. Ich bin das Ende, ganz unten, das letzte Glied. Man sagt, ein Mensch lernt aus seinen Fehlern. Aber ich darf keine machen. Ich soll für alles Bitte und Danke sagen, aber ansonsten die Klappe halten. Wie soll ich denn Antworten kennen, wenn ich keine Fragen stellen darf? Wie soll ich mich an irgendwelche Regeln halten, die ich nie kennengelernt habe, weil ich mitten im Chaos aufgewachsen bin?«

»Ich habe noch eine letzte Frage an dich, Junge.«

Nave blinzelt direkt in die Kamera.

»Wie geht es dir jetzt gerade?«

Naves Mundwinkel krümmen sich nach oben, aber er lächelt nicht. »Ich bin müde. So unendlich müde. Irgendwann hast du einfach keine Kraft mehr, dich ständig zusammenzureißen und alles richtig machen zu wollen. Weil du nicht genug bist. Nie. Weil sich die Welt um jeden anderen dreht, nur nicht um Leute wie dich. Weil die Welt wegen Leuten wie dir ein komplizierter oder gefährlicher Ort ist. Einer, an dem es plötzlich nicht mehr genug von allem gibt und man deshalb schauen muss, wo man bleibt. Ich verstehe einfach nicht, wie die Koordinaten, an denen ich geboren wurde, definieren, als welche Person ich den Rest meines Lebens gesehen werde. Weil ich doch eigentlich das bin, was ihr aus mir gemacht habt und macht. Weil ein Mensch die Summe seiner Erfahrungen ist. Ich habe gelernt, ein Messer in der Hand zu halten, weil ich ansonsten eines im Bauch stecken hätte. Aber man hat mir nie beigebracht, das Messer abzulegen, weil ich sicher bin. Weil ich nie das Gefühl hatte, sicher zu sein. Ich hatte nie das Gefühl, anzukommen und ich selbst sein zu dürfen.«

Nave macht eine Pause. Er kneift seine Augen zu, schüttelt verständnislos den Kopf. Nur einmal. Knapp. Dann blinzelt er seine Emotionen weg und öffnet die Hand, die er zur Faust geballt hatte. »Das ist so unfair. Es ist so unfair, dass meine Heimat keine Heimat ist, in die ich zurückgehen kann, wenn ich dazu aufgefordert werde, mich wegzuscheren, obwohl ich mein Leben riskiert habe, um hier zu sein. Es ist so unfair, weil meine Heimat irgendwann eine Heimat war, bevor korrupte, extreme, gestörte Menschen an die Macht gekommen sind. Das sind Menschen, die lieber ein ganzes Land in die Luft jagen würden, als sich auch nur einen Fehler einzugestehen oder den Kurs zu ändern.« Naves Gesichtszüge entspannen sich. Wie so oft huscht sein Blick zu seinem Ring. »Aber ich erinnere mich an die geheimen Schallplatten meines Vaters.«

»Hmm?«, hört man die Stimme des Interviewers.

Nave schmunzelt. »Elvis«, erklärt er. »Sie waren von Elvis.

Sie waren Zeugen einer besseren Zeit. Dass es nicht immer so war. Und dass es so anders hätte sein können, wenn es nicht immer bloß um Macht und Geld gehen würde.« Er streicht sich eine Locke aus der Stirn. »Ich weiß, dass meine Mutter, Jahre bevor ich geboren wurde, irgendwann Röcke tragen durfte und ihr Haar, wie sie wollte. Aber heute darfst du nicht singen, keine Bücher lesen, keine Musik machen. Es gibt keine Kinos, keine Kunst, keine Filme, keine Fiktion. Nur bittere Realität. Du darfst nicht lieben, wen du willst, du darfst nicht sein, wer du bist. Du darfst dich nicht kleiden, wie du möchtest, dich nicht rasieren, keine Tattoos haben. Du darfst dich nicht ausdrücken, dir nicht die Haare färben, sie nicht schneiden, nicht spazieren gehen, nicht für Gleichberechtigung sein. Du darfst deine Meinung nicht äußern. Du darfst *nichts*.«

»Was passiert sonst?«

»Wenn du etwas davon tust, weil es der Instinkt eines Menschen ist, sich auszudrücken und frei zu sein, wirst du geschlagen, gefoltert und hingerichtet. Das passiert wirklich. Es passiert. In meiner Heimat, in die ich zurückgehen soll. Aber meine Heimat ist keine Heimat. Sie ist bloß ein Ort, wo man nicht weiß, ob am nächsten Tag die Sonne strahlt oder ob sie von Explosionswolken verdeckt wird.«

»Und der Rest der Welt sieht zu.« Das war keine Frage.

Aber Nave stellt diesmal eine: »Würdest du nicht auch von dort verschwinden?«

Schweigen.

Nave spricht weiter. »Ich. Hatte. Keine. Wahl. *Ich musste fort und leben, oder bleiben und sterben.* Meine größte Angst ist es, dorthin zurückkehren zu müssen. *Was ist deine?*«

Das Bild erlischt.

Kapitel 33

Birdie

Ich komme gleichzeitig an der Dienststelle an wie mein Vater, der aus seinem Wagen stürzt, mich vor allen in die Arme schließt und immer wieder meine Stirn küsst. Aber ich drehe den Kopf weg und sehe mich nach Nave um. Als ich nach ihm frage, ignoriert man mich.

Mein Vater will, dass Fotos von mir gemacht werden.

Ich will das nicht.

Es werden Fotos gemacht.

Ich will ein Statement abgeben. Sagen, dass ich diesen bescheuerten blauen Fleck nur deshalb habe, weil ich mich am Tisch gestoßen habe.

Ich darf nichts sagen, weil mein Vater darauf beharrt, dass ich alles vorher mit unserem Anwalt durchgehe. Wozu?

Das Handy meines Vaters klingelt, und endlich, *endlich* weicht er mir von der Seite und verlässt den Raum.

»Wo ist Nave?«, frage ich sofort.

Die Frau, die die Fotos gemacht hat, sieht mich an und streicht über meine Schulter. Ich zucke weg. Sie lächelt mitleidig. »Der Journaldienst hat telefonisch bereits entschieden, dass Gründe für eine Untersuchungshaft vorliegen. Er wurde ohne unnötigen Aufschub in eine Justizvollzugsanstalt überstellt.«

»Was?«, frage ich fassungslos. Ich verstehe die Welt nicht mehr. »Was?!«, wiederhole ich. Diesmal lauter. Ich stehe auf. »Warum?!« Niemand antwortet. »Warum hört mir hier eigentlich niemand zu?!«

Mein Vater reißt die Tür auf, das Handy flach an seine Brust gedrückt. Sein Blick sagt mir, dass *er* mich gehört hat und ich mich verdammt noch mal zusammenreißen soll. Keine Szene machen. Sein Blick fragt auch, ob ich übergeschnappt bin. Was in mich gefahren ist.

»Was hast du gemacht? Was hast du denen gesagt?«, wispere ich, weil ich nicht glauben kann, dass das alles passiert. »Ihr müsst das rückgängig machen, ihr müsst ihn da rausholen«, bitte ich die Frau und auf ihr Schweigen hin die Polizisten, die hinter meinem Vater stehen. »Warum macht denn keiner was?«

Sie alle schauen mich an, ohne mich zu sehen.

»Kann man ihr irgendwas zur Beruhigung geben?«, fragt mein Vater unnötig betroffen.

Ich bin entsetzt. Weil ich ihm die Sorge in seinem Blick keine Sekunde abnehme. Weil diese Sorge maximal seinem Image gilt, und diese Erkenntnis lässt mich noch wütender werden. Noch verzweifelter. Und, bevor ich unüberlegt handeln kann, noch ruhiger. Weil ich das sein muss. Ein Teil von mir will auf ihn losgehen. Ein anderer hat Angst, dass man mir dann tatsächlich etwas spritzt. Und meine Vernunft weiß, dass ich verliere, wenn ich jetzt durchdrehe.

»Kannst du endlich mal aufhören, nur an dich zu denken? Und mir bitte einfach helfen?«, flehe ich ihn an.

Mein Vater schnaubt belustigt, als wäre ich nicht ernst zu nehmen. Die Menschen um uns schlagen sich auf seine Seite, indem sie unangenehm berührt so tun, als würden sie diese Auseinandersetzung gar nicht mitbekommen.

»Vielleicht wäre es besser, wenn wir erst mal nach Hause fahren. Bernadette wird ihr Statement abgeben, sobald es ihr besser geht«, bestimmt er, und niemand widerspricht ihm.

Das kommt ihm jetzt genau recht ... ich hätte nicht ... ich hätte ...

Niemand hält ihn auf, als er mich auffordert, aufzustehen und mitzukommen.

»Ich gehe nicht ohne Nave«, sage ich in einem letzten Versuch, gehört zu werden. Diesmal werfen sich die Polizisten und die Frau irritierte Blicke zu.

»Bernadette!« Mein Vater presst seinen Kiefer aufeinander, verbeißt sich einen Wutausbruch vor den Leuten. Aber ich weiß, was er mir stumm sagt. Wenn ich jetzt nicht mitkomme, wird er höchstpersönlich dafür sorgen, dass Nave Probleme bekommt. Weil er es weiß. Mein Vater weiß, wer Nave ist. Ansonsten hätte er diesen Zirkus hier nicht veranstaltet. Ansonsten würde er mich fragen, was passiert ist. Ansonsten würde ihm etwas an mir liegen und nicht daran, dass jemand bemerken könnte, dass alles bloß Show ist.

Und ich behalte recht, denn das Erste, was er tut, als wir beide hinten in sein Auto einsteigen, ist, meinen Kalender achtlos auf den leeren Sitz zwischen uns zu werfen. »Wir können fahren«, sagt er an Konrad gewandt, und dann redet den gesamten Weg über niemand auch nur ein einziges Wort.

Als Konrad sich vor dem Haus verabschiedet, bekomme ich Angst. Ich weiß, dass auch Kristin heute nicht hier ist und ich gleich mit meinem Vater allein sein werde. Und obwohl er noch nie so mit mir umgegangen ist, weiß ich, dass meine Angst berechtigt ist. Weil ich heute zum ersten Mal all die Dinge an ihm wahrnehme, die Opposition und kritische Stimmen immer wieder anprangern. Dass er radikal ist. Dass er eiskalt ist. Dass er nicht zuhört. Dass er es liebt, sich zu inszenieren. Dass es ihm nicht um Menschen, sondern um Ansehen geht. Dass er einen politischen Kurs fährt, der es vielen in diesem Land schwer macht, Fuß zu fassen.

All. Das. Ist. Wahr.

Aber ich habe mich nie dafür interessiert. Weil er mein

Vater ist. Weil er immer mein Held war. Weil ich mich immer von ihm beschützt und geliebt gefühlt habe und ich mit dem Wissen aufgewachsen bin, dass er diese Welt zu einem besseren Ort macht. Nur jetzt, jetzt gerade, ist meine Welt ein Scherbenhaufen. Ich fühle mich unendlich schuldig. Spätestens als Nave meinen Nachnamen gehört hat, muss er gewusst haben, wer ich bin. Und er hat mich trotzdem geliebt. Für mich. Er hat mich gesehen und mich für mich geliebt. Er hat mich nie für das verantwortlich gemacht, was mein Vater repräsentiert.

Ich kann nicht mehr atmen. Ich kann nicht mehr schreien. Aber mein Vater kann.

Er schließt die Tür hinter uns, dreht sich in Zeitlupe zu mir um, und feiner Sprühnebel aus Spucke landet mit seinen Worten in meinem Gesicht. »Du hast absolut ...«, beginnt er und schlägt mit der Faust gegen die Wand neben ihm.

Ich erschrecke. Der Putz bröckelt. Ich mache ein paar Schritte zurück, bis ich den Pfosten der Treppe im Rücken spüre.

»Erst Victor. Jetzt du. Seid ihr auf Drogen?!«

Ich sage nichts.

»Erklär's mir!«, brüllt er und hebt die Arme. Dann lacht er.

Ich kann trotz des vielen Aftershaves noch den Alkohol von heute Nacht an ihm riechen.

»Wie kann es sein, dass du diesen Jungen in mein Haus lässt?« Mein Vater greift einen Packen Papier, der auf der Ablage liegt, wo normalerweise unsere Schlüssel in einer Schale aufbewahrt werden, aber die Schale liegt bereits am Boden.

Ich presse meinen Kalender fester an mich und spüre Naves Ring, den ich aus Panik, dass man ihn mir wegnimmt, in den BH gesteckt habe. Zuerst hatte ich ihn am Ringfinger. Aber als sie meine Hände und Arme fotografieren wollten, habe ich ihn vorsichtshalber versteckt.

Mein Vater hält mir vergrößerte Aufnahmen der Überwachungskamera hin. Man sieht darauf nicht, dass es Nave ist, weil der nie in die Linse geschaut hat. Vielleicht dachte mein Vater, dass es Vic sei. Weil der am selben Tag auch schon da war. Und es abends bereits dämmrig war, als Nave und ich zurückgefahren sind. Bestimmt dachte mein Vater das und hat deswegen nichts gesagt. Aber warum überprüft er überhaupt die Kameras? Macht er das immer? Nur dann, wenn ich allein bin? Ich schüttle den Kopf. Meine Schläfen pochen. Ich habe so viel geweint, dass mir alles wehtut und ich keine einzige Träne mehr in mir habe.

»Das ist er doch, oder nicht?«

Ich blicke nach unten und erwidere nichts. Aber dann reißt mein Vater mir meinen Kalender aus der Hand, blättert durch die Seiten und schlägt den Tag auf, an dem Nave hier war. Ich habe alles aufgeschrieben. Ich schreibe immer alles da rein. Er weiß das. Und natürlich steht es da. Tinte auf Papier. Und dann steht es da nicht mehr, weil mein Vater eine Seite nach der anderen aus dem Buch reißt und achtlos zu Boden segeln lässt.

Ich will ihn stoppen. Doch er hält mich mit einer Hand auf Abstand. Im nächsten Moment fällt das Automatenfoto heraus, und er hebt es hoch. Betrachtet es. Lacht ungläubig und schüttelt den Kopf.

»Bitte, gib mir das«, sage ich leise. Aber er zerknüllt es einfach. Und es fühlt sich an, als hätte er mein Herz in seiner Faust. Naves und mein erster Kuss. Ein Zufall auf Bild. Einer meiner Lieblingsmomente. Definitiv mein liebstes Foto. Weg.

Wütend und traurig zugleich presse ich die Lippen aufeinander. Mustere den Mann, der da vor mir steht. Der mir nicht mehr wie mein Vater vorkommt.

»Ich liebe dich. Aber gerade bist du nicht du selbst.«

»Doch. Doch, das bin ich. Aber du liebst mich nur dann, wenn ich das tue, was du von mir erwartest. Das ist nicht

Liebe. Du willst, dass ich so bin wie du. Aber ich bin nicht du. Und ich bin auch keine Schachfigur.«

»Du hast recht, Bernadette.«

Ich horche auf.

»Du hattest recht damit, dass du Hilfe brauchst. Und ich habe es versucht. Aber du machst es einem nicht einfach.«

»Was redest du da?«

Mein Vater reckt den Daumen hoch. Aber es ist kein »alles okay«-Zeichen. Er beginnt, zu zählen. »Du lässt jemanden in mein Haus, der ein Lügner ist. Du willst dir einen Job suchen. Ja, wie denn? Du kannst nichts! Man muss schon zuerst studieren, damit man überhaupt mal in die Nähe einer anständigen Stelle kommt. Aber gut. Ich dachte, dass ich dir einfach noch Zeit gebe. Nur hat Zeit nichts besser gemacht. Du kommst mit immer verrückteren Ideen daher. Willst, dass ich dich ernst nehme, aber triffst dich gleichzeitig mit jemandem, der Essen mit dem Fahrrad ausliefert und nach Feierabend mit Sicherheit dann die Drogen.«

Ich schüttle den Kopf. Fassungslos.

»Mama hätte so was niemals gesagt«, rutscht es mir raus, und so schnell kann ich gar nicht blinzeln, steht mein Vater direkt vor mir. Zwischen uns sein erhobener Zeigefinger.

»Du bist still! Du bist jetzt still! Ganz still!«

»Wieso hast du mir nie davon erzählt, was sie wirklich gemacht hat?«

»Weil deine Mutter irgendwann verstanden hat, dass man sein Leben nicht für jemanden riskiert, der es nicht wert ist!« Unruhig geht er vor mir auf und ab, bis er wieder stehen bleibt. »Du und dieser ... Wenn das jemand erfährt. Machst du dir eigentlich je Gedanken über andere? Hm?«

»Meinst du das ernst?«

»Meine Tochter!« Er schlägt sich mit der Faust gegen die Brust. »Das wäre ja eine Schlagzeile.« Wieder lacht er dieses komplett irre Lachen. »Meine Tochter und ein illegaler Krimineller.« Als würde ihm jetzt erst etwas klar werden, reibt er sich verzweifelt mit den Händen übers Gesicht, bevor er mich mit dem nächsten Satz bombardiert. »Sag mir, dass dieses Schwein dich nicht angefasst hat!«

»Hör auf«, flüstere ich. »Bitte, hör auf damit.«

Aber er hört nicht auf.

Kapitel 34

Tom

»Kannst du bitte endlich rangehen?« Vic zieht mir stöhnend das Kissen unter dem Kopf weg und presst es sich aufs Gesicht.

»Hey!«, beschwere ich mich und reibe mir über die geschlossenen Augenlider, die seit meiner Laser-OP vor einem Jahr morgens immer so trocken sind, dass ich sie nicht auf Anhieb aufbekomme. War trotzdem die drei Tage Höllenschmerzen wert. Weil ich jetzt endlich was sehe. Und was ich sehe, sind neun Anrufe in Abwesenheit von meinen Eltern.

»Alterrr«, murmle ich und zähle innerlich bis drei, weil ich zu ungeduldig bin, um bis zehn zu zählen. Dann hebe ich ab. »Leute, ich weiß, ihr habt mich gemacht und alles, aber ich stehe sonntags um diese Uhrzeit für niemanden zur Verfügung. Ruft euch ein Taxi oder fragt Nave, ob er euch zum Flughafen fährt.«

»Thomas?« Die Stimme meiner Mutter ist dünn. So, als könnte sie jede Sekunde abbrechen, weil die Verbindung kacke ist. Wahrscheinlich sind sie sogar schon am Flughafen, und mein Dad hat bestimmt wie immer was vergessen.

Ich richte mich im Bett auf und ziehe Vic dabei die halbe Decke weg, was ihn im Hintergrund irgendwelche halb verschlafenen Beschwerden grummeln lässt. Ich muss die Lippen aufeinanderpressen, um nicht zu lachen.

»Es ist etwas passiert«, fährt meine Mutter fort, und ich blicke auf die Uhr in Vics Schlafzimmer. Halb acht. Gar nicht so früh, wie ich gedacht habe. Die beiden müssten längst in Rom sein.

»Irgendwas ist immer«, witzle ich. »Was habt ihr diesmal vergessen?«

»Thomas, es ist Nave.«

Es ist Nave.

Diese drei Worte reichen. Und ich bin hellwach.

»Was ...« Ich spreche meine Frage nicht ganz aus, weil ich bereits Tränen spüre, die in meinen trockenen Augen brennen wie Shampoo.

»Er war mit einem Mädchen unterwegs. Sie wurden angehalten. Ich ...« Meine Mom weint. Sie weint so gut wie nie. »Ich weiß nicht, was genau los war, aber sie haben ihn in eine Justizvollzugsanstalt überstellt. Mehr weiß ich nicht. Wir haben bereits einen Rückflug gebucht, aber der geht erst morgen, und auch mit dem Zug wären wir frühestens morgen früh wieder in Wien. Robert sieht sich gerade nach Mietwagen um. Aber du musst zur Polizei. Du musst den Schlüssel von unserem Auto holen und es wegfahren. Das haben sie uns gesagt. Das. Und über Nave nichts. Sie sagen uns nichts.«

»Weiß der Anwalt Bescheid?«

»Ja. Ja, natürlich. Aber der kann uns auch nicht mehr sagen. Er konnte noch nicht zu Nave. Er sagt, dass das ungewöhnlich ist. Aber dass sich niemand an irgendwelche Protokolle hält. Dass es etwas mit dem Mädchen zu tun hat. Tom, ich verstehe die Welt nicht mehr.«

»Ich fahr hin. Ich frag nach. Ich ... ich melde mich wieder, sobald ich was weiß.«

Meine Mom sagt noch ein paar Dinge, aber ich verstehe kaum was davon, weil sie so verzweifelt ist und zusätzlich zu ihrem Weinen auch noch Schluckauf bekommt. Ich reiße mich bis zu ihrem »hab dich lieb« zusammen. Dann lege ich auf, presse mir die Handballen gegen die Augen und weine still in mich hinein, bis mein Handy erneut klingelt. Meine

Eltern haben mir die Adresse der Dienststelle geschickt, zu der ich muss.

»Tom?« Vic dreht sich um und schiebt das Kissen von seinem Gesicht. Als er meins sieht, runzelt er die Stirn. »Was ist los?«

»Dein verfickter Boss ist los«, sage ich und schiebe zuerst seine Hand weg, aber entschuldige mich im nächsten Atemzug, weil ich weiß, dass Vic nichts dafürkann.

»Nave und Birdie?«

Ich nicke. »Nave und Birdie.«

»Wie oft hab ich dir gesagt, dass du mit ihnen reden musst?«

»Ich weiß noch nicht, was genau passiert ist.«

»Tom, das ist egal. Ich hab dir gesagt, dass das Wahnsinn ist. Und dass du was tun musst.«

»Vic, ehrlich. Wir leben im Jahr 2023. Die beiden sind nicht Romeo und Julia. Woher hätte ich wissen sollen, dass es tatsächlich noch so bescheuerte Typen gibt, die es drauf anlegen, Nave nach allem, was er erlebt hat, Steine in den Weg zu legen?«

»Mit wem hast du telefoniert?«

»Meiner Mutter. Sie weiß auch nicht mehr. Nave sitzt im Knast. Ich kann mir nicht vorstellen, dass er auch nur irgendwas falsch gemacht hat. Nave lebt sein Leben wie auf Probe. Der fährt keinen Kilometer pro Stunde zu schnell.«

»Tom. Fuck. Es ist so egal, wie Nave drauf ist. Weil es darum geht, dass er mit Birdie unterwegs war. Ich hab dir gesagt, dass du mit ihnen reden musst. Verdammt!«

»Schrei mich nicht an! Du kannst nicht immer gleich wie ein Choleriker laut werden, nur weil du gestresst bist.«

»Sorry. Sorry, okay? Was jetzt?«

»Ich muss dahin. Die haben die Wagenschlüssel, und ich muss das Auto wegfahren. Mal schauen, ob sie mir was zu Nave sagen.«

»Das kannst du vergessen. Hast du mit Birdie geredet?«

»Nein.«

»Ruf sie an.«

»Glaubst du wirklich, dass es ihre Schuld ist?«

»Hörst du mir zu? Natürlich ist es nicht ihre Schuld. Sie kann nichts dafür, wer ihr Vater ist.«

Ich erinnere mich an die paar Dinge, die Birdie mir selbst über ihren Vater anvertraut hat, und hasse mich dafür, dass ich sie gerade eben für ein paar Sekunden verflucht habe. Sie hat Nave glücklicher gemacht, als er je war. Und ich schätze, umgekehrt war es ähnlich. Wenn Vic sie letztens nicht in die Ambulanz gebracht hätte, hätte ich immer noch keine Verbindung zwischen ihrem Nachnamen und ihrer Familie hergestellt. Aber natürlich wollte ich von Vic wissen, woher die beiden sich kennen. Das war auch der Abend, an dem ich von Vic erfahren habe, warum er mich immer wieder von sich gestoßen hat. Er ist vielleicht kein Anker, aber er gehörte bis vor wenigen Stunden noch zu den Personen, die Erics rechte Hand sind.

Ich suche Birdies Nummer raus und probiere es drei Mal, aber die ersten beiden Male werde ich weggedrückt, und dann kommt nur noch die Mailbox.

»Warte kurz, ob sie dir schreibt. Birdie ist immer erreichbar. Auch wenn sie ihr Handy auf lautlos hat. Sie meldet sich trotzdem, um nachzufragen, was los ist.«

Wir starren beide aufs Display.

»Ich kann das jetzt nicht«, sage ich, weil ich nicht mehr still sitzen bleiben will, und lasse mein Handy liegen. »Sag Bescheid, wenn was kommt, ich mach mich fertig.«

Während ich mich anziehe, denke ich die ganze Zeit an Nave. Daran, wie er mir erzählt hat, dass er Gitterstäbe nie wieder von innen sehen will, und ich kann nicht anders, ich fange wieder an zu weinen, weil ich so eine beschissene Angst um ihn habe. Weil Nave so etwas wie mein Bruder ist. Streich das. Nave *ist* mein Bruder.

»Tom?«

»Hat sie sich gemeldet?«

»Nein. Und ich glaube, dass das nicht gut ist.«

»Warum?«

»Weil ich mir vorstellen kann, was gerade zwischen ihr und Eric abgeht.«

»Oder sie ist selbst noch bei der Polizei.«

»Ich fahr dich hin. Du fragst dort nach Birdie. Wenn sie nicht da ist, fahre ich zu ihnen.«

»Du willst zu denen nach Hause fahren? Nach allem, was ihr Vater zu dir gesagt hat?«

»Ich mache mir, ehrlich gesagt, Sorgen. Und ich wurde schon Schlimmeres genannt als eine Schwuchtel.«

»Ich hoffe, dieser Typ kommt nie mit einem Herzinfarkt zu mir ins Krankenhaus. Weil ich echt bezweifle, dass ich sein Herz finden könnte.«

»Lass den Scheiß.«

»Wie kann man nur so ein Arschloch sein?«

»Schon klar. Du musst trotzdem aufpassen, was du dort gleich sagst. Als Nächstes lässt er dich auch festnehmen.«

»Für was denn? Meine Meinung?«

»Tom, ich lüge nicht, wenn ich dir sage, dass …«

»Ja. Hab verstanden. Bist du fertig?«

»Nein.«

»Was noch?«

»Eine Sekunde.« Vic zieht mich in seine Arme und sieht mich an. »Es tut mir leid, dass ich so lange gebraucht habe, um mich gegen meine Familie und für dich zu entscheiden.«

Ich seufze. »Mir tut's leid, dass du dich überhaupt erst entscheiden musstest.«

»Mir auch.«

Vic weiß seit Jahren, dass er auf Typen steht, und wollte es seinem Bruder in Berlin erzählen. Aber er hat es nie getan, weil er auch wusste, dass weder seine Eltern noch sonst jemand aus seinem Umfeld dann weiter zu ihm stehen würde. Ich habe immer gedacht, dass ich an seiner Stelle sofort gegangen wäre. Wer mich nicht akzeptiert, hat mich nicht verdient. Aber je länger ich Vic kenne, desto mehr habe ich gecheckt, dass er keine Ahnung hatte, wohin. Und dass es trotz allem seine Familie ist. Whatever. Ich bin froh, dass er die Leute los ist. Vor allem Birdies verfickten Vater. Ich fasse es nicht, wie sie so anders sein kann als er. Aber sie ist es. Und ich mache mir ebenfalls Sorgen, als ich erfahre, dass sie nicht mehr auf der Dienststelle ist. Ich mache mir erst recht Sorgen, als ich ein paar Gesprächsfetzen höre, dass sie angeblich verletzt war.

Schnell schreibe ich Vic eine Nachricht. Dass er losfahren und nicht auf mich warten soll. Und dann gebe ich mein Statement ab. »Nein, Nave hat den Wagen natürlich nicht entwendet. Er hat meine Eltern zum Flughafen gefahren.«

»In welcher Verbindung stehen Sie zu Herrn Noor?«

»Er ist mein Mitbewohner, mein Freund und zu mir und meiner Familie gezogen, als er sechzehn war.«

»Wurde Herr Noor, seit Sie ihn kennen, schon einmal gewalttätig?«

»Was? Nein! Nave bringt sogar Spinnen nach draußen auf den Balkon, statt den Staubsauger zu nehmen.«

Etc.

Etc.

Ist das euer Ernst?

Kapitel 35

Vic

Nach gestern hatte ich mir geschworen, nie wieder herzukommen. Ich hätte nicht gedacht, dass Eric mich rauswirft. Ich hatte damit gerechnet, dass seine erste Reaktion nicht verständnisvoll sein würde. Das schon. Aber dass er sich danach wieder einkriegt. Checkt, dass ich immer noch *ich* bin. Stattdessen ist er genauso beschissen aus der Haut gefahren wie meine eigenen Eltern. Wenn ein erwachsener Mensch mir mit Scotch in der Hand erklären will, dass Gott das, was ich tue, nicht gutheißen würde, muss ich mir allerdings fast ein sprachloses Lachen verkneifen. Sonntags in die Kirche gehen und beim Nächstenliebepart jedem die Hand reichen, aber sie zur Faust ballen, sobald ich sage, dass ich einen Typen liebe?

Als das Tor nicht sofort aufgeht, denke ich, dass mein Kennzeichen bereits aus dem System gelöscht wurde, aber nach kurzem Knarzen öffnet es sich doch, und ich bleibe direkt dahinter stehen, gehe das letzte Stück zu Fuß. Und die Frage, ob mir überhaupt jemand aufmachen wird, wenn ich läute, erübrigt sich auf dem Weg. Weil Birdie durch die Terrassentür ihres Zimmers im Erdgeschoss stolpert und ihr Vater ihr direkt hinterherrast.

»Die Schlagzeilen werden ja immer besser«, ruft er, und Birdie wirbelt zu ihm herum.

»Weißt du was?«, blafft sie ihn an, und die beiden sind so

in Rage, dass sie nicht bemerken, wie ich näher komme. »Ich finde, die Schlagzeilen wären dann perfekt, wenn dort steht, dass *ich* der Drogenjunkie bin.« Birdie deutet auf sich selbst, und erst jetzt fällt mir auf, dass sie keine Krücken dabeihat. »Denn das bin ich. Du hast nicht mal mitgekriegt, dass ich seit Monaten Schmerzmittel nehme, dass ich von den Fentanyl-Pflastern abhängig bin! Hauptsache, ich funktioniere, oder?!«

»Bernadette, ich warne dich. Lüg mich nicht an.« Eric geht einen Schritt auf sie zu.

Birdie weicht keinen einzigen zurück.

»Mach ich nicht«, erwidert sie und reckt ihr Kinn hoch. »Das ist ja bereits dein Job.«

Tu das nicht, denke ich, weil ich weiß, dass man Eric besser nicht provozieren sollte.

»Wirst du eigentlich auch dafür bezahlt, dass du wegsiehst?«, fragt Birdie herausfordernd weiter, und eine Ader an Erics Stirn tritt deutlich hervor. »Nicht schlimm, wenn das Gesetz für dich Ausnahmen macht, oder? Sag mal, stehst du eigentlich für alle Menschen in diesem Land oder nur für die, die dir vorher das Geld zustecken?«

»Bernadette!«, knurrt Eric, und sie legt den Kopf schief, als würde sie etwas in seinem Gesicht suchen, es aber nicht finden. Vertrautheit vielleicht.

»Ich will nie, niemals so sein wie du. Ich will …«

Ohne mit der Wimper zu zucken, holt Eric aus und schlägt Birdie mit der flachen Hand ins Gesicht, so stark, dass sie taumelt. Mir bleibt der Atem in der Kehle stecken, aber Birdie fällt nicht. Sie fasst sich bloß ans Gesicht, dreht sich von ihrem Vater weg und erblickt dabei mich. Sofort schiebt sie ihre Augenbrauen zusammen, und ich hebe beschwichtigend die Hände, gehe auf sie zu und an ihr vorbei, stelle mich zwischen die beiden.

Mir ist nicht entgangen, wie blass sie ist. Wie dunkel die

violetten Schatten unter ihren Augen sind, und dass ihre Wange sich bereits rot färbt.

»Fass sie noch einmal an, und ich rufe die Polizei«, presse ich hervor, halte Erics Blick stand, der nichts sagt und sich nicht bewegt, als wäre er selbst geschockt von dem, was er getan hat. Aber ich habe kein Mitleid mit ihm, wende mich stattdessen an Birdie, die mich verwirrt ansieht. »Hör mir zu«, bitte ich sie. »Ich weiß, was passiert ist. Pack deine Sachen. Wir gehen. Okay?«

Birdies Blick huscht zum Haus. »Ich weiß nicht, wo mein Handy ist. Alle meine Sachen sind oben im alten Zimmer. Ich...«

»Egal«, sage ich rasch. »Wir kümmern uns später darum. Kannst du so gehen?«

Birdies Kopfschütteln geht in ein Nicken über. Ohne darüber nachzudenken, dass zwischen mir und ihr eigentlich Eiszeit herrscht und sie mich hasst, nehme ich ihre Hand. Birdie krallt ihre Finger so fest um meine, dass sie mir das Blut abschnürt.

Als ich mich umdrehen will, packt Eric mich an der Schulter.

»Wenn du sie nicht gehen lässt, rufe ich die Polizei«, sage ich nüchtern, und Eric lässt mich los, um sich an die Schläfe zu tippen.

»Den Verstand habt ihr verloren. Alle beide.« Grinsend schüttelt er den Kopf. Dann schnaubt er. Dann lacht er. »Nur zu. Ruf an. Ruf an! Ich würde ja wirklich gerne wissen, was du denen erzählst.«

Ich weiß, dass er blufft, denn als ich mein Handy rausziehe, entgleisen seine Gesichtszüge.

»Das hat Konsequenzen«, ruft er uns hinterher, als Birdie mich von ihm wegzieht. »Ihr habt sie doch beide nicht mehr alle. Bernadette! Wenn du jetzt gehst ... Kannst du bitte ... kannst du endlich wieder zur Vernunft kommen?«

Birdie reagiert nicht, zieht mich einfach den Kiesweg weiter Richtung Auto.

»Das hat Konsequenzen«, ruft Eric noch mal, als wir ins Auto steigen, und ich befürchte, dass er recht hat. Steht nur noch nicht fest, für wen.

»Warum hilfst du mir?«, fragt Birdie, als wir Erics Haus hinter uns gelassen haben und ein paar Straßen weiter rechts abbiegen.

»Weil man sich nicht aussuchen kann, in wen man sich verliebt.« Ich sehe weiter geradeaus. Aber ich spüre regelrecht, wie sie mich von der Seite aus mustert und die Stirn krauszieht. »Wir müssen reden, Birdie.«

Kapitel 36

Arthur

Ich nehme Bernadette in den Arm, und es fühlt sich an, als wäre sie Rita. Weil ich nur noch ein paar Sekunden davon entfernt bin, die Nerven wegzuwerfen, schiebe ich sie dann doch wieder von mir. »Setz dich.«

Wie auf Autopilot nimmt sie zwischen den Jungs auf der Couch in meinem Büro Platz. Tom starrt genauso ausdruckslos auf den Boden, und Victor dreht am verstaubten Globus, der neben ihm steht, und betrachtet die unzähligen roten Stecknadeln, die ich überall reingepinnt habe.

»Ich habe bereits mit Navids neuer Anwältin telefoniert. Es gibt kein offizielles Statement von dir, Bernadette, das deine Sicht schildert. Aber es gibt Anschuldigungen, die von deinem Vater, den Einsatzkräften vor Ort und Fotos, auf denen die Auswirkung von Gewalt erkennbar sein soll, gestützt werden. Der Junge wurde in Gewahrsam genommen, weil jemand festgestellt haben will, dass Flucht- und Verdunkelungsgefahr bestehen.«

»Was heißt das?«, fragt Bernadette, und ihre Stimme stolpert, als hätte man sie mit Schmirgelpapier bearbeitet.

Victor hält ihr eine Wasserflasche aus dem Automaten hin, aber anstatt daraus zu trinken, hält Bernadette sie einfach bloß in den Händen.

»Dass es eine Anhörung geben wird«, erkläre ich.

Toms Blick zuckt zu mir, als würde er sicherstellen wollen,

dass er sich soeben nicht verhört hat. »Aber für was?«, fragt er verzweifelt. »Nave hat doch nichts getan!«

»Ich weiß«, versichere ich ihm. »Wir alle wissen das. Aber jemand wie Eric Anker ...«

»Wusste Nave, wer ich bin?«, unterbricht Bernadette mich und hält die Flasche so fest, dass das Plastik knackt.

»Er wusste es«, bestätige ich ihr, weil ich es ihm schließlich selbst gesagt habe.

»Wie konnte er sich dann auf mich einlassen?« In ihren Augen sammeln sich Tränen.

Ich seufze. »Weil man dumme Dinge tut, wenn man verliebt ist.«

Kapitel 37

Birdie

Ich habe seit dem katastrophalen Tag nach meinem Geburtstag nicht mehr mit meinem Vater gesprochen. Kristin hat meine Sachen für mich gepackt. Konrad hat sie mir gebracht. Und Tom lässt mich bei sich im Gästezimmer wohnen, wobei ich mich jede Nacht in Naves Zimmer schleiche und in seinem Bett schlafe, weil das Kissen noch nach ihm riecht. Ich schlüpfe in seine Pullis und ziehe mir den Kragen übers halbe Gesicht, während mein Verstand immer noch nicht begriffen hat, was eigentlich vor sich geht. Elvis liegt nachts meistens bei mir, aber tagsüber schlurft sie suchend durch die Wohnung, als würde sie Nave ebenfalls vermissen. Ein einziges Mal habe ich es gewagt, beim Vorbeigehen über die Saiten von Naves Gitarre zu streichen.

Als Tom Stunden später von der Uni nach Hause gekommen ist, hat er mich immer noch neben dem Instrument sitzend vorgefunden, und ich verstehe nicht, wie er so nett zu mir sein kann, wenn das alles doch irgendwie im Grunde meine Schuld ist. Aber sie alle sind ständig für mich da. Marcella. Tom. Vic. Arthur. Niemand beschuldigt mich für das, was mein Vater getan hat. Aber weil ich nun mal eine Anker bin, wundert es mich kein bisschen, als Arthur am Morgen der Anhörung plötzlich vor der Tür steht.

»Dein Vater will nicht, dass du für Navid aussagst.«

Ich lache ungläubig auf. Natürlich will er das nicht. Aber

weil ich mir sicher bin, dass das nicht alles ist, was Arthur mir mitteilen möchte, ziehe ich die Tür weiter auf. Er macht jedoch keine Anstalten, hereinzukommen.

»Hör mir gut zu, Bernadette. Wir müssen klug sein. Eric kann es sich nicht leisten, dass du dich öffentlich auf die Seite von jemandem stellst, der nicht mal Asylstatus hat.« Er spricht schnell und fährt sich durch sein schütteres Haar. »Nave hat subsidiären Schutz. Der gilt nur für ein Jahr. Das ist fast rum. Sein Antrag auf weiteren Schutz und danach die Niederlassungserlaubnis, weil er dann schon seit fünf Jahren hier und bestens integriert ist, werden verweigert werden, wenn er sich strafbar gemacht hat.«

»Aber das hat er nicht!«, stelle ich klar, und Arthur bewegt beschwichtigend die Hände.

»Davon bin ich überzeugt. Trotzdem traue ich Eric alles zu, wenn er denkt, du könntest ihm in den Rücken fallen.«

Ich greife mir an den Hals, spüre meine Schlüsselbeine unter den Fingerkuppen und meinen zittrigen Atem in meiner Brust. Eigentlich wusste ich, was heute zu tun ist. Ich war die letzten Tage zwar nervös, aber mir war klar, dass Nave nichts passieren kann, sobald man mir zuhört und ich alles richtigstellen kann. Doch wie konnte ich nur davon ausgehen, dass mein Vater es auf die Wahrheit ankommen lassen würde?

»Er will, dass du deine Aussage bei der Anhörung verweigerst. Ansonsten wird er dafür sorgen, dass Navid, egal, ob er verurteilt wird oder nicht, keinen weiteren positiven Bescheid erhält und abgeschoben wird.«

Ich blinzle. »W... was soll ich tun?«

»Deinen Vater anrufen und ihm versichern, dass du nicht für Navid aussagen wirst.«

Kapitel 38

Nave

The end.

»Navid?«

Ich hebe den Kopf. Lovisa, Arthurs Anwältin – *meine* Anwältin – sitzt neben mir und lächelt. Selbst wenn ich wollte, könnte ich es nicht erwidern. Die Anspannung in mir ist so real, dass ich zu nichts mehr fähig bin. Mein Kopf tut weh. Vor allem die Gedanken, die sich darin überschlagen. Mein Hals brennt, von dem mulmigen Knoten darin zerkratzt. Weil ich mich vor Hunderten Leuten rechtfertigen musste; weil Birdies Vater darauf gepocht hat, dass ich mich an seiner Tochter vergriffen habe, die seither völlig traumatisiert sein soll. Allein die Vorstellung lässt meinen Magen rebellieren. Ich konnte mir die Fotos, die von ihr auf der Polizeistation gemacht wurden, nicht ansehen.

Hat mich das schuldig wirken lassen?

Stattdessen habe ich die gesamte Befragung über auf die Tischplatte gestarrt. Auf die kreisförmigen Kratzer, die irgendein Scheuerschwamm wahrscheinlich beim Putzen dort hinterlassen hat. Ob die Person, die Gerichtssäle reinigt, hier innehält? Bei dem Platz, wo für gewöhnlich der Angeklagte sitzt?

Wenn ich jetzt abgeschoben werde, bin ich tot. Birdies Vater muss das wissen. Aber ich weiß nicht, wie dieser Typ nachts schlafen kann. Ich …

»Bernadette Marie Anker«, ruft die Richterin die nächste Zeugin auf. *Die Zeugin*, die laut dem Anwalt der Ankers – das hat er bereits mehrmals seit Beginn der Verhandlung klargestellt – nicht aussagen wird. Irgendwie dachte ich, dass das gleichzeitig bedeuten würde, dass sie nicht kommt.

Mein Kopf schnellt zur hölzernen Flügeltür des Saals, die soeben geöffnet wird, und ich bin kurz davor, zu lächeln, weil ich für eine Sekunde vergesse, wo ich bin. Wo wir sind. Aber Birdie sieht mich nicht an, und um mich herum wird es plötzlich laut.

Ein Raunen geht durch die Menge. Jeder einzelne Platz im Gerichtssaal ist besetzt. In der letzten Reihe treten sich die stehenden Zuschauer – die meisten davon Journalisten – sogar regelrecht auf die Füße. Ich weiß nicht, wer dafür verantwortlich ist, dass meine Verhandlung öffentlich stattfindet. Erics starrer Miene am Anfang der Sitzung zufolge scheint er es jedoch nicht gewesen zu sein. Und auch jetzt wirkt er, als würde gerade etwas passieren, mit dem er nicht gerechnet hat.

Ist etwas mit Birdie?, frage ich mich sofort und lasse den Blick erneut über sie schweifen. Mir wird erst bewusst, dass ich mich nach vorn gelehnt habe, als Lovisa sich neben mir leise räuspert. Ich ignoriere sie und betrachte weiterhin Birdie. Was, wenn ich sie heute zum letzten Mal sehe?

Zielstrebig geht sie auf den Platz neben ihrem Anwalt zu, und erst jetzt, weil sie dabei nicht mal auf den Boden sieht, denke ich an ihre Prothese. Ihre Prothese, die sichtbar ist. Es ist ihr egal, dass alle Blicke auf sie gerichtet sind. Nicht nur, weil sie eine Anker ist. Nicht nur, weil sie *die* Zeugin ist. Sondern weil sie zu ihrer dunkelblauen Bluse einen gleichfarbigen Rock trägt, der ihr nur knapp bis über die Knie reicht.

Mir fällt auf, dass ihre Haare offen sind. Die vorderen Strähnen mit einer Spange nach hinten geschoben, sodass keine einzige Locke ihr Gesicht umrahmt. Mir fällt auf, dass das Make-up sie älter aussehen lässt. Zumindest denke ich, dass das der Grund ist, weil ich mir nicht vorstellen kann, dass sich Birdie innerhalb kurzer Zeit so sehr verändert hat. Mir fällt auf, dass ihre Augen eisgrau sind. Dass ihre Finger nicht zittern. Mir fällt auf, dass sie nicht nach der nächstbesten Möglichkeit sucht, um sich daran festzuhalten. Sie denkt gar nicht daran, dass sie stolpern könnte. Mir fällt all das auf, während die Leute um mich bloß auf die Prothese starren und den Rest von ihr ignorieren. Bis sie sich setzt, ihr Carbonbein unter der Tischplatte verschwindet und alle auf ihre Worte warten.

Hinter Birdie, in der ersten Zuschauerreihe, sitzt ihr Vater. Sie hat wahrscheinlich keine Ahnung, was er in der Verhandlung bereits alles gesagt hat, denn sie dreht kurz den Kopf, um ihn anzulächeln.

Ihr Anwalt verkündet währenddessen zum zehnten Mal, dass Bernadette nicht aussagen wird, und sie widerspricht ihm nicht.

Ich schließe die Augen. Fuck.

Seit der Verkehrskontrolle sitze ich in Untersuchungshaft. Zwischendurch hieß es sogar, dass ich in eine Abschiebehaft überstellt werden soll. Aber Lovisa hat sichergestellt, dass das nicht passiert. Eigentlich habe ich gehofft, Birdie irgendwie vor der Verhandlung sehen zu können, um ihr alles zu erklären. Immerhin habe ich sie belogen. Ich habe ihr nicht gesagt, was auf dem Spiel steht, wenn ich, wenn wir ...

»Frau Anker«, unterbricht die Stimme der Richterin meine Gedanken, und ich öffne die Augen, starre auf meine Hände, die ich zuerst nur verschwommen wahrnehme und die erst nach mehrmaligem Blinzeln scharf werden. Die Stelle an meinem kleinen Finger, an der mein Ring fehlt, ist ein klein wenig heller, und ich balle die Hand zur Faust, um nicht sehen zu müssen, dass ich ihn verloren habe. Dass dieser Ring für immer weg ist.

Birdie sitzt nur ein paar Meter weiter. Aber auch sie ist weit, weit weg. Und bald bin ich es auch. Weg.

»Aufgrund der Natur der Anschuldigungen wurde mir von Ihrem Anwalt bereits im Vorfeld mitgeteilt«, höre ich die Richterin wie durch Watte sagen, »dass Sie eine Aussage verweigern wollen. Sie werden hier natürlich keinesfalls dazu gezwungen, über die Geschehnisse zu sprechen. Allerdings bitte ich Sie fürs Protokoll, selbst zu antworten. Möchten Sie heute aussagen?«

Birdies Anwalt klappt bereits die Mappe vor sich zu und greift nach seiner Aktentasche, die ebenfalls auf dem Tisch liegt, als Birdie sich zum Mikrofon beugt. Ihr Blick huscht zu mir. Zum ersten Mal, seit sie reingekommen ist. Aber so kurz nur, dass ich mir nicht mal sicher bin, ob er wirklich mir galt. Und ich weiß nicht, was er zu bedeuten hatte. War das ein »Es tut mir leid, Nave?«, ein »Geh zur Hölle, Nave?« oder ein »Mir sind die Hände gebunden, weil ich eine Anker bin, Nave«?

»Bernadette?«, weist ihr Anwalt sie darauf hin, dass die Richterin und der Rest aller Anwesenden noch auf eine Antwort warten. Aber als er sie an der Schulter berührt, um ihre Aufmerksamkeit zu bekommen, weicht Birdie von ihm ab.

»Ich möchte aussagen«, erklärt sie mit fester Stimme.

Überrascht blickt die Richterin über den Rand ihrer schmalen Lesebrille. »Frau Anker. Wenn Sie eine eidesstattliche Aussage abgeben möchten, muss ich Sie darauf hinweisen, dass Sie dabei die Wahrheit sagen müssen.«

»Ich möchte aussagen«, wiederholt Birdie, und ich traue mich nicht, zu atmen, hole nur flach Luft und weiß nicht, wo ich hinsehen soll, weil ein paar Kameras aufblitzen.

Birdies Vater streckt die Hand von hinten nach seiner Tochter aus, besinnt sich jedoch eines Besseren und lässt sie wieder sinken. Berührt sie nicht. Muss stattdessen zusehen, wie Birdie wohl das Gegenteil von dem tut, was er von ihr wollte. Was er und der Anwalt von ihr wollten, denn der

Anzugtyp neben Birdie würde allem Anschein nach am liebsten explodieren.

»In diesem Fall«, fährt die Richterin unbehelligt fort. »Können Sie uns schildern, was sich an jenem Tag zugetragen hat, als diese Bilder entstanden sind?« Sie blendet ein paar Fotos ein. Dieselben, die auch ich bereits vorgelegt bekommen habe und nicht ansehen konnte. Sie nennt das Datum und die Uhrzeit, sie liest ein Gedankenprotokoll eines der Polizisten vor und fasst zusammen, was von der Verkehrskontrolle bekannt ist. Nämlich, dass Grund zur Annahme bestand, dass Birdie nicht freiwillig mit mir im Auto saß. Dass ich sie verletzt habe. Dass ich sie vor den Augen eines Beamten erneut angegriffen habe.

Lovisa stupst mich unter dem Tisch mit ihrem Fuß an, bedeutet mir, ruhig zu bleiben, weil ich mit dem Bein gewippt hatte, ohne es zu bemerken.

Der Saal wird so still, ich bin überzeugt, dass man Herzen schlagen hören kann. Wut kochen. Verzweiflung brodeln. Ich spüre, wie mich die Leute mustern. Spüre, dass es abschätzige Blicke sind, und erwidere keinen einzigen davon. Die Tatsache, dass ich nichts mehr will, als aufzustehen, zu Birdie zu gehen und sie zu fragen, ob wir ein letztes Mal so tun könnten, als müssten wir nicht wir sein, treibt mich in den Wahnsinn. Weil ich nicht kann. Weil ich sitzen bleiben und zusehen muss. Weil ich im Grunde weiß, dass das heute nicht gut ausgeht. Wenn Birdie irgendwo, irgendwann gesagt hätte, dass ich verdammt noch mal nichts getan habe, gäbe es diese Verhandlung doch gar nicht, oder?

»Das ist nicht wahr«, sagt Birdie knapp, und Lovisa nickt erleichtert. »Ich *wollte*, dass er mich abholt. Ich bin freiwillig in das Auto gestiegen. Es gibt Nachrichten auf meinem Handy, die genau das auch bezeugen.«

»Wie erklären Sie dann Ihren aufgelösten Zustand?«

»Ich habe geweint«, gibt Birdie zu und nickt. »Ich war aufgebracht. Das stimmt. Aber ich habe erst ein paar Stunden zuvor von …« Sie räuspert sich leise, doch über das Mikrofon geht mir der Laut durch und durch. »Von dem Interview erfahren, das mein Freund für die Reportage von Herrn Volt gegeben hat.«

Ich weiß nicht, was mich mehr überrascht. Wie Birdie mich gerade genannt hat oder dass es Arthur war, der ihr erzählt hat, wer ich bin. Ich hatte jedenfalls unzählige Nächte Zeit, mir auszumalen, was Birdie erfahren hat. Von wem. Und was sie jetzt wohl über mich denkt.

»Damit ich das richtig verstehe: Wenn Sie *mein Freund* sagen, beziehen Sie sich auf den Angeklagten, Navid Arian Noor?«, will die Richterin wissen.

Birdie nickt erneut. »Ja.«

»Und mit dem Interview meinen Sie dieses Material, das uns zur Verfügung gestellt wurde?« Auf dem Monitor im Saal erscheint das Foto einer CD, auf der ich Arthurs Handschrift erkennen kann.

»Ja.«

»Ich habe aufgrund des Inhalts entschieden, das Video nicht öffentlich abzuspielen.« Die Richterin sieht zu einem Mann, der die Sitzungsniederschrift führt. Dieser nickt, und sie wendet sich wieder Birdie zu. »Frau Anker. Was ist Ihrer Meinung nach passiert, als Sie beide angehalten wurden?«

Birdies Vater senkt den Kopf. Birdie hebt ihn. »Ich wollte mit Nave über das Interview sprechen. Ich wusste nichts davon, und ich hatte Panik, weil …«, sie blickt kurz über ihre Schulter ins Publikum. »Ich glaube, Sie alle wissen, aus welcher Familie ich komme.«

»Dann waren Sie also wütend, weil Herr Noor etwas vor Ihnen verschwiegen hat, das Sie in einen Konflikt mit Ihrem Vater bringt?«

»Nein«, sagt Birdie sofort. »Ich war traurig, weil ich gedacht habe, dass ich die Beziehung beenden muss, um Nave keinen Schaden zuzufügen. Ich hatte Angst vor der Reaktion meines Vaters. Dass er herausfinden könnte, wen ich liebe, wenn ich mich weiterhin mit Nave treffe.«

»Und als Sie Herrn Noor davon in Kenntnis gesetzt haben, dass Sie die Beziehung beenden möchten. Wurde er da wütend? Hat er Sie am Handgelenk gepackt?«

»Nein«, stellt sie erneut klar. »Das hat er nicht. Es kam nie dazu, dass ich ihm gesagt habe, dass ich die Beziehung beenden muss. Wir wurden *davor* angehalten. Der Polizist hat mich gesehen und Nave sofort aussteigen lassen. Er hat uns nicht zugehört. Ich wollte ebenfalls aussteigen und die Situation klären, aber bin mit meiner Prothese weggeknickt. Nave wollte mir nur helfen. Er wollte, dass ich mich beruhige. Er hat mir nie wehgetan. Er hat mich nicht am Handgelenk gepackt.«

»Wie erklären Sie sich dann das Hämatom, das man auf diesen Bildern sieht?«

»Diesen blauen Fleck habe ich, weil ich mich am Schreibtisch gestoßen habe. Ich war allein, als das passiert ist. Niemand hat mich geschubst, bedroht oder gepackt.«

»Warum haben Sie das auf der Polizeistation nicht ausgesagt?«

»Das habe ich. Ich habe mehrmals versucht, alles richtigzustellen. Aber niemand hat mir zugehört.«

»Wenn Sie so dringend wollten, dass Ihnen jemand zuhört, Frau Anker, warum ändern Sie dann Ihre Meinung? Aussagen ... nicht aussagen ... jetzt wieder doch?«

»Haben Sie vor der Anhörung ein neues Beweisdokument von Herrn Volt erhalten?«, fragt Birdie, und die Richterin reagiert ein paar Sekunden nicht, bedeutet dann aber jemandem, etwas am Monitor einzublenden.

Ich blinzle ungläubig. Weil es sich um ein Foto von Birdies Gesicht handelt. An ihrer Wange prangt ein rot-violetter Fleck. Er hat sogar die Form einzelner Finger, und ich kralle meine eigenen in den Stoff meiner Hose.

»Dieser Abdruck …« Birdie hält inne und schluckt. »… stammt von einer Hand.«

Meine Gedanken überschlagen sich. Weil ich weiß, dass ich das nicht war. Weil ich mir sicher sein kann, dass ich das nicht war. Ich würde das *niemals* tun.

»Möchten Sie mir damit sagen, dass Sie geschlagen wurden?«

Birdie nickt einmal. »Ja«, antwortet sie schließlich.

Ich presse die Lippen aufeinander und sehe sofort zu Eric. »Frau Anker. Wer hat Sie ins Gesicht geschlagen?«

»Mein Vater.«

Dieser verdammte Wichser! Wieder geht ein Raunen durch die Menge. Lovisa ermahnt mich mit ihren Anwältinblicken, nichts zu sagen oder zu tun, und die Richterin muss die Leute im Saal mehrmals zur Ruhe rufen, bevor sie fortfahren kann. »Warum sollte Ihr Vater so etwas tun?«, will sie schließlich wissen.

Birdie zuckt mit den Schultern. »Weil er wütend war, dass ich mich in jemanden verliebt habe, der nicht ins Bild passt. Mein Vater hatte Angst um sein Image, seine Partei und die Meinung der Menschen, die ihn unterstützen. Er wollte nicht, dass ich für Nave aussage. Er hat damit gedroht, Naves Sicherheit aufs Spiel zu setzen.«

»Verstehe ich das richtig, Ihr Vater hat von Ihnen verlangt, nicht für den Angeklagten auszusagen?«

»Richtig. Und deshalb habe ich mich dazu entschlossen, stattdessen gegen meinen Vater auszusagen.«

Die unzähligen Blitze der auslösenden Kameras sind alles, was ich für ein paar Herzschläge wahrnehme. Dann den Anflug von Erleichterung, als Lovisa mir die Worte »ein großartiges Mädchen« zuflüstert. Ich bin zu sehr unter Strom, um ihr zu sagen, dass Birdie das beste ist.

»Keine weiteren Fragen. Vielen Dank, Frau Anker«, bedeutet die Richterin, dass sie fertig ist.

Als Birdie aufsteht, sieht sie mich endlich an. Sieht mich *richtig* an. So wie sie es immer getan hat. Mit Augen, die plötzlich mehr blau als grau sind, und einem Lächeln, das immer breiter wird. Ich erwidere es zögerlich, weil ich immer noch die Blicke aller auf mir spüre, aber als Birdie sich die Haare hinters Ohr streicht, hält sie mit ihrer Hand in der Bewegung inne. An ihrem Zeigefinger steckt mein Ring. Sie hat ihn. Birdie hatte ihn die ganze Zeit.

Epilog
Zwei Monate später.

Nave

~~The end.~~ The beginning.

»Schachmatt.« Ich kicke Birdies König entschlossen vom Brett und sehe sie triumphierend an, während Elvis angelaufen kommt, um zu überprüfen, was da gerade auf dem Boden gelandet ist.

»Hey«, beschwert Birdie sich. »Erstens, du hast geschummelt. Und zweitens, wieso musstest du die arme Figur so zur Seite stoßen?« Sie bückt sich, um Elvis über den Kopf zu streicheln und den König aus ihren Klauen zu befreien, damit sie ihn wieder hinstellen kann.

Weil ich nämlich wirklich geschummelt habe. Das Spiel ist noch lange nicht vorbei. Aber bevor sie sich aufrichtet, tausche ich in einer blitzschnellen Bewegung ihre Dame durch den Ring aus. Sie hat ihn mir nach der Verhandlung zurückgegeben. Und ich habe vor ein paar Tagen zwei daraus machen lassen. Ihrer besteht aus einem filigranen silbernen Band und der Hälfte des türkisen Steins, der zersplittert und jeweils neu eingesetzt wurde.

Birdie stellt den König ab, ihre Finger verharren noch an der kreuzförmigen Spitze, während sie irritiert auf das gekachelte Spielbrett starrt, mit den Augen abscannt, was sich dort verändert hat. Als sich ihre geschlossenen Lippen voneinander lösen, weiß ich, dass sie mein erneutes Schummeln bemerkt hat.

»Nave?«, sagt sie nach ein paar Sekunden Stille, den Blick immer noch auf den Ring gerichtet, und ich grinse sie an.

»Was wird das?«, fragt sie mich und hebt den Kopf.

Ich stehe auf, gehe um den Tisch herum und vor ihr in die Hocke. Eigentlich wollte ich nach ihrer Hand greifen, aber sie presst sich beide gegen die bebenden Lippen, weshalb ich meine Hände stattdessen auf ihre Knie lege. Ihr rechtes Knie und ihr goldenes Knie, weil wir ihre Definitivprothese mit farbiger Folie verziert haben.

»Keine Sorge, das wird kein Heiratsantrag«, sage ich schnell.

»Was?« Birdie lacht auf, und diesmal schnappe ich mir eine ihrer Hände, die zwischen uns in der Luft schwebt, um zu begreifen, was vor sich geht.

»Du und ich, wir sind keine Schachfiguren. Aber wenn du eine wärst, dann die Königin.«

»Dame«, unterbricht sie mich. Weil die Figur auf Deutsch wirklich nicht Königin heißt, was ich dämlich finde. Ich wusste aber, dass sie das sagen würde, und verenge belustigt die Augen.

»Ich bin dran.«

Sie presst die Lippen aufeinander, aber es ist keine gerade Linie, weil ihre Mundwinkel nach oben zucken.

»Du wärst die Dame, zufrieden? Weil du die mächtigste Figur auf dem Schachbrett wärst. Diejenige, die das gesamte Spiel – die alles – retten kann. Birdie, du hast mein Herz und meine Seele. Weil du beides gerettet hast. Und bevor ich dich kannte, war dieser Ring nur noch etwas, das …« Ich hole tief Luft, weil es der Ring meines Vaters ist und ich die folgenden Worte niemals hätte denken dürfen. »Ich war oft genug davor, ihn einfach in die Donau zu schleudern. Weil er mich immer daran erinnert hat, wo ich herkomme. Und das etwas war, das ich nur noch vergessen wollte. Aber als du ihn mir zurückgegeben hast ...«

Ich weiß nicht mehr, was ich sagen wollte, als unsere Blicke sich ineinander verhaken.

Birdie blinzelt, schluckt, lächelt, nimmt den Ring vom Schachbrett und reicht ihn mir, sodass ich ihn auf ihren Finger schieben kann. Direkt über das winzig kleine Schmetterlingstattoo, das sie sich dort hat stechen lassen. Und jetzt sieht es aus, als hätte der türkise Stein aus meiner Heimat Flügel bekommen.

Nachwort

I am not who you think I am.
I am not who I think I am.
I am who I think you think I am.

– Charles Horton Cooley

Ich habe dieses Buch mit dem größten Respekt und nach bestmöglichem Gewissen geschrieben. Und ich habe so sehr mit dieser Geschichte gerungen. Irgendwann kam ich sogar an einen Punkt, wo ich der Meinung war, es wirklich zu bereuen, jemals das Exposé dazu verfasst zu haben. Weil ich wusste, dass ich dem Thema ... den Them*en*, niemals gerecht würde werden können. Aber dann habe ich aufgehört, an meine Angst zu denken und plötzlich die meiner Protagonisten gefühlt. Birdies. Und Naves. Immer wieder Naves. Der so herzlich, liebevoll und selbstlos ist, obwohl er derart schreckliche Seiten der Welt und der Gesellschaft gesehen hat.

Nave ist meine große Buchliebe. Nave ist alles. Für Birdie und diese Geschichte. Seine Geschichte.

Wenn Nave im echten Leben nicht als Held gesehen wird, mache ich ihn in meinem Buch zu einem. Einem Menschen mit Gefühlen und Träumen. Einem Menschen, in den man sich verliebt, um so vielleicht endlich wirklich hinzusehen.

Zuzuhören. Auch wenn es traurig ist. Auch wenn es ungemütlich ist. Auch wenn man selbst nicht unmittelbar etwas tun kann, außer achtsamer zu sein. Denn was ich von einer anderen Person halte, wie ich von ihr denke, zu dieser Person wird sie früher oder später auch.

Bitte vergiss nie: Jeder Mensch kann eigene Entscheidungen treffen. Du bist nicht die Summe der Taten deiner Eltern. Du bist nicht die Summe der Taten deiner Mitbürger. Wir sollten die Träume unserer Mitmenschen sehen, keine Label. Wir sollten ihre Hoffnungen und Ängste sehen. Weil wir dahingehend so ähnlich sind.

Die Hälfte aller Flüchtlinge weltweit ist unter 18 Jahre alt. Es sind Kinder, die im Krieg aufgewachsen sind. Junge Menschen, von denen man viel zu früh und unter den schlimmsten Umständen verlangt hat, erwachsen zu werden, und die in ihrer neuen Heimat oftmals an den Rand gedrängt werden. Warum gönnen wir ihnen nichts? Aus Angst, dass es dann zu wenig für uns gibt? Das ist so unendlich töricht. Weil es nie genug Liebe geben kann. Niemals. Und jedes erfüllte Leben; jeder Mensch, dem Wohlwollen entgegengebracht und die Chance auf Frieden gegeben wird, die Möglichkeit, seine Träume zu erfüllen und mit Respekt und Geduld behandelt zu werden, ist jemand, der dieses wertvolle Geschenk zurückgibt. Uns nimmt niemand etwas weg, wenn wir teilen. Diese Welt gehört uns nicht. Warum ziehen wir also Grenzen, die nicht existieren? Überall und immer? Warum haben wir so verdammt viel Angst voreinander?

P.S.: Im echten Leben hätte diese Geschichte mit hoher Wahrscheinlichkeit kein Happy End gefunden. Weil Nave längst abgeschoben worden wäre. Bitte stell dir dieses Ende kurz in deinem Kopf vor. Wie fühlst du dich? Vergiss dieses Gefühl nicht, wenn du das nächste Mal Hetze und Zweifeln begegnest.

Anmerkung zu S. 295: Der Orts-bzw. Straßenname *Josef-Weinheber-Platz* wurde gewählt, um darauf hinzuweisen, dass es in Österreich (und vielen anderen Ländern) unzählige Orte gibt, die nach Menschen benannt sind, die für antisemitisches, nationalsozialistisches, Hass schürendes Gedankengut bekannt sind, teilweise sogar ranghohe NSDAP-Mitglieder waren. Anstatt ihnen die dadurch immer noch andauernde Würdigung im öffentlichen Raum zu entziehen, wurden jene Denkmäler (in Österreich) erst vor Kurzem mit Zusatztafeln der Aufklärung ausgestattet und als »Fall mit Diskussionsbedarf« eingeordnet.

Danksagung

Der größte Dank gebührt A. und M., für die Inspiration, die mir ihre Liebe gegeben hat. Ohne euch hätte ich *I want you to Stay* nie geschrieben!

An meine Leser*innen: Es bedeutet mir unheimlich viel, dass ihr meinen Büchern eure Zeit schenkt. Von Herzen danke!

Dass ihr diese Geschichte allerdings so auf den Seiten vorfindet, wie sie letztendlich gedruckt wurde, verdanke ich Svenja Kopfmann, die mir an unzähligen Stellen den Schubs in die richtige Richtung gegeben und den Text mit unendlich viel Aufmerksamkeit und Liebe zu einem so viel besseren gemacht hat, als er vor dem Lektorat war.

Everlove und dem gesamten Verlagsteam danke ich dafür, dass sie diesem Buch ein so wundervolles Zuhause gegeben haben.

Carsten Polzin danke ich wie und für immer, dass er mir diesen Traum vom Schreiben ermöglicht hat.

Cristina und ihrer Familie danke ich für die magische Zeit in ihrem Zuhause, während der dieses Manuskript entstanden ist.

Mayas Worte, nachdem sie als eine der ersten dieses Buch vorab gelesen hat, haben nicht nur viele meiner Zweifel vertrieben, sondern mich so gerührt, dass sofort klar war, wer den Blurb schreiben soll. Danke für all deine Buchliebe along the way!

Meinem Freund und unserem Hund danke ich dafür, dass sie meine ganz persönlichen Helden sind. Mit euch ist alles schöner, leichter, möglicher und abenteuerlicher. Ich bin jeden Tag dankbar, dass es euch gibt.

An meine Schreibmädels – Marilena, Jenni, Anne, Johanna und Vanessa: Ich wüsste nicht, wo, wer oder was ich ohne euch wäre! 🖤

Triggerwarnung

(Achtung, Spoiler!)
»I want you to Stay« enthält potenziell triggernde Inhalte.
Diese sind:
Beschreibung und Erwähnung von Verletzungen
und Narben, Tod, Trauer, Substanzmissbrauch und
Abhängigkeit, Flucht, Gewalt, Mord, Krieg.

Bitte lest dieses Buch nur, wenn ihr euch momentan
dazu in der Lage fühlt. Falls es euch mit diesen
genannten oder auch anderen Themen nicht gut geht,
findet ihr unter der Nummer der Telefonseelsorge
rund um die Uhr kostenlose und anonyme Hilfe.

0800–1110 111/0800–1110 222
https://www.telefonseelsorge.de/